JODI PICOULT

死亡约定

THE PACT

[美] 朱迪·皮考特 著
施清真 译

北京联合出版公司
Beijing United Publishing Co.,Ltd.

图书在版编目（CIP）数据

死亡约定 / (美) 皮考特著 ; 施清真译. -- 北京 :
北京联合出版公司, 2015.6
ISBN 978-7-5502-5351-3
Ⅰ. ①死… Ⅱ. ①皮… ②施… Ⅲ. ①长篇小说—美
国—现代 Ⅳ. ①I712.45
中国版本图书馆CIP数据核字(2015)第104860号

死亡约定
作者：[美]朱迪・皮考特
译者：施清真
责任编辑：徐秀琴
选题策划：读客图书　021-33608311
特约编辑：朱华怡　王菁菁　孙青　杨菊蓉
封面设计：陈艳丽
版式设计：陈宇婕
责任校对：张新元

北京联合出版公司出版
（北京市西城区德外大街83号楼9层　100088）
北京正合鼎业印刷技术有限公司印刷　新华书店经销
2015年10月第1版　2015年10月第1次印刷
字数 372千字　890毫米 × 1270毫米　1/32　15.75印张
ISBN 978-7-5502-5351-3
定价：52.00元

读客®

全球顶级畅销小说文库

全球文化，尽收眼底；

顶级经典，尽入囊中！

献给我的哥哥乔恩，

你知道太空厕所的成本、“俄罗斯方块”的拼写，以及去哪里找被我不小心遗失在计算机里的某个故事章节。

希望你也知道，你在我心中有多了不起。

致 谢

为这本书做调研时我询问过很多人，每问一次，故事就更完善一些。现在，这个故事已经完全超出了我的预期，甚至比我期望的好很多很多。

我要感谢以下这些各有所长、以虚构角色代入故事的朋友们：

罗伯特·拉库辛医生，蒂娅·霍纳医生，詹姆斯·乌姆拉斯医生，保拉·斯波尔丁，坎达斯·沃克曼，比尔·麦吉州警，亚历克西斯·阿尔达霍德，柯丝蒂·德普雷，朱莉·诺尔斯，库瑞涅·考瑞和他的朋友们，格拉夫顿乡村教管所所长西德尼·伯德，弗兰克·莫兰探长，迈克·伊万斯巡警，以及新罕布什尔州汉诺威警察局局长尼克·贾科尼。

再次感谢我的第一书评人，简·皮考特和劳拉·格罗斯，还有让我重拾出版信心的贝丝·古德哈特以及她所在的莫洛图书公司。

最后，向经常加班、顶着压力、不求回报的我的梦之队成员干杯：安德烈·格林律师，阿利格拉·卢布拉诺，克里斯·基廷和奇奇·基廷。

第一部
邻家男孩

曾经坠入情网的人，哪个不是一见钟情？

——克里斯托弗·马洛，《希洛与里安德》

且让我们拥抱，从这一刻起，我们誓言患难与共。

——托马斯·奥特韦，《孤儿》

现在
1997年11月

再也没什么好说的。

他的身躯覆盖着她，她的双臂环抱着他，脑海中浮现他过去所有的身影：五岁时，依然一头金发的他；十一岁时，越长越高的他；十三岁时，有了男人般双手的他。月亮轻移，斜挂在夜空，她吸进他肌肤的气味。“我爱你。”她说。

他吻她，轻柔得让她怀疑这是不是自己的想象。她稍微抽身，凝视他的双眼。

然后，枪声一响。

虽然从来没有预订座位，但每星期五晚上，欣园餐厅后排角落的桌子都会为哈特和戈德两家保留。打从众人有记忆以来，这两家就是常客，多年以前，他们带着孩子们一起来，狭窄的角落挤满了高脚椅和装尿片奶瓶的大包，座位拥挤到服务生几乎无法把热腾腾的菜肴端到桌上。现在只剩下四个大人，他们六点左右相继抵达，然后紧紧相邻坐下，好像这样就能造成某种磁场吸力。

詹姆斯·哈特最早到。他整个下午都在开刀，想不到却比预期的下班时间早。他取出面前纸套里的筷子，好像操弄开刀仪器一样在指间挥舞。

“嗨，”梅兰妮·戈德忽然出现在他面前，“我想我来早了。”

“不，”詹姆斯回答，“其他人都迟到了。”

“真的吗？”她脱下外套，把它卷成一团放在旁边，“我还希望我早到呢，我不记得我早到过。”

“是啊，”詹姆斯想了想说，“我想你说得没错。”

他们的交集是奥葛丝塔·哈特，但葛丝[1]还没到，所以两人有点尴尬地坐着。詹姆斯和梅兰妮知道对方许多隐私，但他们从来没有直接跟对方交心过，而是葛丝在床上跟詹姆斯不经意提及，或是葛丝跟梅兰妮喝咖啡的时候聊起。詹姆斯和梅兰妮想到这都有点不自在。詹姆斯轻咳一声，手指娴熟地翻弄筷子。“你觉得如何？”他笑笑问梅兰妮，“我应该试试当个鼓手吗？”

梅兰妮不禁脸红，她一感到难为情就会脸红。她长年坐在咨询服务台后面，桌面像是呼拉裙一样绕在腰际，她处理正儿八经的问题时得心应手，轻描淡写的玩笑话则不然。如果詹姆斯问她“埃塞俄比亚首都亚的斯亚贝巴目前有多少人口”，或是“你能不能跟我说说胶片定影液的化学成分”，她绝对不会脸红，因为这些问题的答案绝不会冒犯到詹姆斯。但鼓手的问题就棘手了：他究竟要她怎么回答呢？

“你不会喜欢的。”她故作轻松地说，“你得把头发留长，还得戴个乳环之类的东西。”

“我能知道你们为什么讨论乳环吗？”迈克·戈德边说边走到桌旁，他弯下来摸摸太太的肩膀，结婚多年之后，这个举动算是代替了

① 奥葛丝塔的昵称。——译注（本书中注释如无特别说明，均为译注。）

拥抱。

“别抱太大希望。”梅兰妮说，“想穿乳环的是詹姆斯，不是我。”

迈克笑笑：“这样一来，你的医师执照恐怕会被吊销喽。”

“怎么会？”詹姆斯皱皱眉头，“记得去年夏天我们在阿拉斯加游轮上碰到的那个诺贝尔奖得主吗？他的眉毛上就有个环。”

“我正是这个意思。”迈克说，“你不需要一纸证书依然可以满篇脏话地写诗，但医生可不一样。”他抖开餐巾摊放在膝上，“葛丝在哪儿？”

詹姆斯看了一下手表。他非常守时，但葛丝却连表都不戴，这简直令他抓狂。“我想她应该送凯特去朋友家过夜了。”

“你们点菜了吗？”迈克问。

“葛丝负责点菜。”詹姆斯稍带歉意地说。葛丝通常最早到，有她在场的话，席间一切才能顺利进行，其他场合也是如此。

好像听到她丈夫的召唤似的，葛丝匆匆踏进餐厅。“天啊，我迟到了。”她边说边单手解开外套纽扣，“你们绝对想象不到我今天是怎么过的。”其他三人倾身向前，等着听她讲述一些糟糕的事，但葛丝反而挥手叫服务生过来。“老样子。”她说，随即灿烂一笑。

老样子！梅兰妮、迈克和詹姆斯看看对方。就这么简单吗？

葛丝是个“专业等候者”——并不是在餐厅端菜的那种“侍者”，而是牺牲自己时间好让别人不必浪费时间的“等候者”。葛丝的公司叫作“别人家的时间”，忙碌的人们若不想在汽车监理处排队，或是花一整天的时间等技工上门维修有线电视，就会寻求她的服务。她伸手顺顺卷曲的红发。“今天一早啊，”她说，嘴里还咬着一根橡皮筋，“我在监理处待了一早上，就算一切顺利，监理处也不是个好地方。”她努力想扎个马尾辫，发丝却像电流一样四散纷飞。她抬起头来继续说：“等了半天，总算排到我了，刚站到那个小窗口前面，柜台职员竟忽然心脏病发作！我发誓这是真的，他就这样倒在地上死了。”

“真糟糕。”梅兰妮屏息说。

“唉，更别提他们关闭了这个窗口，我得从头再排一次。”

“你可以多算钱。”迈克说。

“这种状况可不行，”葛丝说，“我两点钟还得赶去艾克斯特。”

“艾克斯特中学？”

“没错，我跟一位叫法克斯席尔的先生有约，结果他竟然是个荷包满满的三年级学生，他要雇人替他罚坐。”

詹姆斯大笑：“真是天才。”

“校长当然不同意，我解释说，我跟他一样不知道这个孩子的计划，但他还是长篇大论地教训我说大人应该负起责任等等，浪费我不少时间。然后我赶去足球场接凯特，车子的轮胎却没气了，等我换上备胎开到足球场，她已经找到人送她去苏珊家了。”

“葛丝，”梅兰妮说，“那个职员怎么了？”

“你自己换轮胎？”詹姆斯问，好像没听到梅兰妮说话似的，“真让我敬佩。”

“我也是。但我想今天晚上还是开你的车比较保险，万一我轮子装反了呢。”

“你还得工作？”

葛丝点点头。服务生上菜时她笑笑说：“我得去买摇滚乐团‘金属乐队’的票。”

“那个职员到底怎么了？”梅兰妮逼问。

大伙瞪着她。“拜托，梅兰妮，”葛丝说，“你不必喊得这么大声。”梅兰妮听了脸红，葛丝马上放缓口气，“其实我不知道他怎么了，”她招认，“救护车把他带走了。”她捞了一束面条到盘子里，“对了，今天我在州政府大楼里看到了艾米丽的画。”

“你去州政府大楼做什么？”詹姆斯问。

她耸耸肩。“去看艾米丽的画。”她说，“画看起来……嗯，似乎好专业，画框亮晶晶的，下面还挂了一条长长的蓝色缎带。以前我把她和克里斯画的蜡笔画收起来，你们还笑我。”

迈克微笑：“你说这些画有一天会变成退休基金，所以我们才笑你。”

“你们等着瞧，”葛丝说，“她十七岁会拿到全州艺术比赛冠军，二十一岁会在艺廊开展……不到三十岁，她的作品就会陈列在现代艺术博物馆。”她伸手捉住詹姆斯的手臂，把他腕上的手表表面转向她，“我再过五分钟就得走。”

詹姆斯把手缩回来放在大腿上：“晚上七点开始卖票？”

“早上七点！”葛丝说，“睡袋已经在车子里了。”她打了个哈欠，“我想我得改行做些比较没有压力的工作……比方说机场塔台管制，或是以色列的总理。”她夹了一些木须鸡肉，卷成饼后分给大家，“葛林布雷特太太的白内障还好吧？”她心不在焉地问。

“开刀解决了，”詹姆斯说，“她的视力会恢复正常。”

梅兰妮叹口气：“我也要开白内障。我没办法想象一觉醒来全都看得清清楚楚的感觉。”

“你不需要开白内障。”迈克说。

“为什么不需要？我可以不必戴隐形眼镜，更何况我认识一位很好的眼科医生。”

“詹姆斯不能帮你开刀。”葛丝微笑着说，“帮自家人开刀不是违反了某些伦理规章吗？”

“伦理规章不适用于‘几乎是一家人’。”

“嗯，‘几乎是一家人’，”葛丝说，“我喜欢这个名词。不过应该制定一些条例……你们知道的，就像不成文的婚姻法中说：如果你跟对方形影不离地相处了一段时期，你们就等于是亲人了。”她咽下最后一口木须鸡肉后站了起来。“哇哦，”她说，“这顿饭真是丰盛。”

“你还不能走，”梅兰妮边说，边转身跟服务生要幸运签饼。接过服务生递过来的签饼后，她塞了几个到葛丝的口袋里，“卖票的地方可不提供外卖。”

迈克拿起一个签饼捏碎。“不可轻忽爱情的赠礼。”他大声念了出来。

“感觉年轻，人就年轻。”詹姆斯看着自己的签饼念道，“就我的年纪而言，这话说了等于没说。”

每个人都转头看着梅兰妮，只见她低头念着小纸片上的字句，然后将它收进口袋。她相信，如果大声念出来，好运就不会成真。

葛丝拿起盘中剩下的几个签饼之一，把它掰开。“你们看，”她说，“我拿到一个空心的签饼。”

“没有签条？”迈克说，“你的晚餐应该免费。”

“检查一下地上，葛丝，你肯定把签条掉在地上了。谁听说过幸运签饼里没有签条这回事？”梅兰妮说。

但地上并没有签条，盘子里，或是葛丝外套上也没有。她有点难过地摇摇头，举起茶杯说：“为我的好运干杯。”说完一饮而尽，匆匆离开。

新罕布什尔州的班布里奇是个中产阶级群聚的小镇，居民大多是达特茅斯学院的教授或当地医院的医生。小镇离大学不算远，地段相当不错，但也不算近，称得上是“乡间”。狭窄的小路穿梭在屹立至今的老牧场之间，条条通往班布里奇。班布里奇于上世纪七十年代后期初具雏形，镇上其中一条小路叫作伍德哈洛街，戈德和哈特两家就住在这条街上。

两家各自拥有一块三角形的土地，加起来是个方形，中间共享一条斜边。哈特家的车道处最窄，然后由此处扩展，戈德家刚好相反，两家之间仅隔约一英亩。两栋房子中间有片小树林，但不至于完全挡住视野，隔着树林依然看得到对方的家。

詹姆斯的灰色富豪轿车转进伍德哈洛街，迈克和梅兰妮分别开车跟进，上坡约半英里之后，詹姆斯在标示着三十四号的大理石石柱处左转，迈克则转进下一个车道。他刚关掉卡车引擎，下车站到驾驶座旁流泻出的一方光影之中时，葛瑞迪和布鲁就飞扑到他的胸前，在等梅兰妮从她自己车上下来的这段时间里，这两只爱尔兰雪达犬一直在他身边团团转。

“看起来艾米丽还没到家。”他说。

梅兰妮下车，随手关上车门。“现在八点，”她说，“她说不定才刚出去。”

他们从侧门走进厨房，梅兰妮把薄薄的一叠书摆到桌上。“今天晚上谁轮值？”她问。

迈克伸伸懒腰。“我不知道，但不是我。我想是威斯顿兽医院的理查德。”他走到门口叫唤两只小狗，小狗瞪了他一眼，显然不愿意停止追逐风中的落叶。

“真是滑稽，”梅兰妮说，“一个兽医居然叫不动自己的狗。”

梅兰妮走到门口吹口哨，小狗从退到一边的迈克身旁冲过，带进一股清冽的夜晚气息。“它们是艾米丽的狗，”迈克说，“这可有所差别。”

清晨三点电话铃声大作，詹姆斯·哈特马上醒来。他想也许是葛林布雷特太太出了什么错，也许需要紧急求诊。他滚到床的另一边接电话：“喂？”

“请问是哈特先生吗？”

“我是哈特医生。”詹姆斯更正。

“哈特医生，我是班布里奇警局的史丹利警官，你儿子受伤了，已经被送到班布里奇纪念医院。”

詹姆斯喉头一紧，想说的话全都纠结在一起。“他……他出了车祸吗？”

对方暂不做声。“不，先生。”警官说。

詹姆斯的心纠成一团。“谢谢。”他边说边挂了电话，虽然他实在不知道为什么要跟一个传达坏消息的人道谢。一挂好听筒，他马上想到上千个问题。克里斯哪里受伤了？伤势重不重？艾米丽在他身边吗？发生了什么事？詹姆斯换上已经丢到洗衣篮的那套衣服，几分钟后就冲下楼。他知道他十七分钟就能赶到医院，沿着伍德哈洛街加速行驶的同时，他拿起车上的电话打电话给葛丝。

……

“他们说什么？”梅兰妮已经问了十次，“他们究竟说了什么？”

迈克拉上牛仔裤拉链，穿上网球运动鞋。他想到自己没穿袜子，唉，太迟了，去他妈的袜子。

“迈克。”

他抬头看看。“他们说艾米丽受伤，被送到了医院。”他的手在发抖，但他讶异自己还能做些该做的事，比方说把梅兰妮推向门口，找到车钥匙，想出怎样才能在最短的时间内开到班布里奇纪念医院等等。

他曾假想过，如果半夜接到电话，电话另一端传来令人难以置信的消息，他会怎么办？他以为他会急得发狂，但此时他却小心倒车，稳稳握住方向盘，只有脸颊稍微抽动，透露出心中的慌张。

“詹姆斯在那里工作，”梅兰妮轻声说，喃喃有如祷词，“他会知道我们该找谁谈，或是该怎么办。”

“亲爱的，”迈克边说边在黑暗中握住她的手，“我们什么都不知道。”但当开车经过哈特家时，他看到窗户黑漆漆的，屋里一片沉静，似乎一切如常，心中不禁升起一股强烈的嫉妒。*为什么是我们？*他想。但他没注意到伍德哈洛街尾有另一部车，车灯一闪一闪的，已经朝着镇上驶去。

葛丝躺在人行道上，一边是三个满头绿发的青少年，另一边是一对情侣，情侣耳鬓厮磨，几乎要在大庭广众之下做起爱来。*如果克里斯敢把头发弄成这副德行*，她想，*我们会*……会怎样？她从来不必担心这个问题，因为在葛丝的记忆中，克里斯一直剪的是稍微长一点的小平头。至于右边那对罗密欧与朱丽叶，她想都不想也知道克里斯不会这么做。克里斯和艾米丽从一懂事就开始约会，也正合乎大家的预期。

再过四个半小时，客户的孩子们就会拿到“金属乐队”演唱会的门票，她也可以回家睡觉，等她起床时，詹姆斯已经打猎回家（她想现在八成是某个狩猎季节），凯特正准备参加足球比赛，克里斯也许才懒洋洋起床。然后葛丝会像其他没有特定计划或是没有亲人来访的星期六一样，走去梅兰妮家，或是请梅兰妮过来，她们会聊聊工作、子女的青春期和自己的丈夫等等。她有几个不错的女性朋友，但只有梅兰妮来访时，她不必担心家里乱七八糟或是没有上妆，也只有和梅兰妮聊天时，她不必担心说错话或是说了什么蠢话。

“小姐，”一位绿发青少年问，“你要来一支烟吗？”

对方的语气快速直接，葛丝刚开始被这个厚脸皮的问题吓了一跳。*不*，她想说，*我不抽烟，你也不该抽烟*。然后她看到他拿了支香烟在她眼前晃动（最起码她希望那只是支香烟）。“对不起，我不抽。”她摇摇头说。

真难想象有这种青少年，更何况她还有个克里斯一样的青少年儿子，相较于眼前这些小孩，克里斯似乎是完全不同的生物。也许这些头发翘得跟刺猬一样、身穿皮背心的孩子只有下课才是这副德行，他们跟爸妈在一起时，会马上变回衣着整齐、中规中矩的青少年。这太荒谬了，她跟自己说，克里斯根本不可能是两面人，再说他是自己的亲生儿子，她怎么可能不知道他有哪些重大改变？

她听到臀部附近嗡嗡响，她移动一下身子，心想八成是和那对热情如火的情侣靠得太近。但嗡嗡声没有停止，她伸手一探，这才想到那是传呼机。自从创办“别人的时间”之后，她就在皮包里放了个传呼机。詹姆斯坚持要她这么做，否则一旦他不得不赶回医院，孩子们又需要帮忙的时候，那该怎么办？

但就像打了预防针似的，随身携带传呼机之后，紧急事件似乎从不上门。过去五年来，传呼机只响过两次：一次是凯特问地毯清洁用品放在哪里，一次是电池快没电时发出的警讯。她从皮包最里面翻出传呼机，按下“来电是谁”的按键，结果显示是她车上的电话，谁会在这个时候开她的车子?

是詹姆斯！她爬出睡袋，穿过马路到最近的一个公共电话亭，电话亭上布满扭曲歪斜的涂鸦。詹姆斯一接起电话，她马上听到车轮驶过路面的声音。

“葛丝，”詹姆斯说，语调低沉，“你得马上过来。”

一秒钟之后，她丢下了睡袋，拔腿就往前跑。

他们不肯移开他眼前的灯光。水银灯悬挂在上方，强烈的白光令他退缩。他感觉最少有三个人碰他，他们大声喊叫，把手放在他身上，剪破他的衣服。他无法移动手臂或是双脚，每次想动就感到锥心刺痛，好像有人在他头上套了头箍。

“血压下降，”一个女人说，“只有70。”

“瞳孔扩张，但没有反应，克里斯多弗[①]、克里斯多弗，你听到我说话吗?”

“他心搏过快，给我两条大口径的静脉注射针管，14或是16口径。拜托给他一般生理盐水，先由一升开始。我还得抽血……测试一下白血球指数、血小板指数、凝血因子浓度、血清、尿酸以及毒物筛检，把他的血型通知血库。”

他感到手臂上一阵刺痛，有人猛然撕下胶带。“状况如何?”一

① 克里斯的全称。

个没听过的声音问道。女人再度开口："很糟糕。"克里斯感觉有人在额头上刺了一下，他痛得挣扎，护士轻柔温暖的双手制住他。"没事、没事，克里斯。"护士安抚他。他们怎么知道他叫什么？

"他有些明显的颅脑外伤，打电话给放射科，请他们准备做脊椎电脑断层检查。"

大伙忙成一团，大喊大叫。克里斯透过右边布帘的缝隙看到他爸爸，这里是医院，他爸爸工作的医院，但他爸爸没有穿着白袍，而是平常的衣服，衬衫的纽扣甚至扣错了。他爸爸跟艾米丽的爸妈站在旁边，正试图穿过几个不让人走近的护士。

克里斯忽然猛力扯下手臂上的静脉注射针管，他瞪着迈克·戈德，开始放声尖叫，但却发不出声响，只有一波接着一波的恐惧。

"我不管他妈的程序，"詹姆斯·哈特说，布帘内传来手术刀的碰撞声和阵阵急促的脚步声，声音让护士们分神，詹姆斯趁机溜进血迹斑斑的布帘内，他儿子正想挣脱套在脖子上的固定颈圈，四处都是血，克里斯的脸庞、衬衫和脖子上鲜血淋漓。"我是哈特医生，"他对匆忙跑过来的急诊室医生说，"我只想看看帮不帮得上忙。"他加了一句。他伸手紧握克里斯的手，"怎么回事？"

"救护车把他和一个女孩子送到这里，"医生轻声说，"据我们判断，他的头皮撕裂，我们正要把他送到放射线科，检查看看有没有颈椎骨骼裂痕，如果一切正常，我们会帮他安排做电脑断层扫描。"

詹姆斯感觉克里斯把他的手捏得好紧，他的结婚戒指都掐到了肉里。*当然正常*，他想，*他力气这么大，肯定没事*。"艾米丽，"克里斯沙哑地轻轻喊叫，"他们把艾米丽送到了哪里？"

“詹姆斯！”有人怯怯地叫他。他转过头，看到梅兰妮和迈克在布帘附近徘徊，他们肯定被这么多血吓了一跳。天知道他们是怎么突破那些急诊室护士的包围的！“克里斯还好吗？”

“还好，”詹姆斯说，其实这话只是自我安慰，而不是说给其他人听的，“他会没事的。”

一位驻院医生挂了电话。“放射科的人在等。”她说。急诊室医生朝着詹姆斯点点头。“你可以跟他一起去。”他说，“让他镇定下来。”

詹姆斯紧跟在轮床旁，紧紧握住儿子的手。急诊室人员推着轮床快速经过戈德夫妇，詹姆斯跟着小跑步，“艾米丽还好吧？”他想起来去问，但还没听到回答就走远了。

先前忙着处理克里斯伤势的医生转身。“两位是戈德先生、戈德太太吗？”他问。

他们马上同时走向前。

“两位请跟我到外面，好吗？”

医生带他们走到咖啡贩卖机后面的小房间，房间里有几张蓝色沙发和难看的小塑胶桌，梅兰妮马上感到放松，她是解读语言和非语言符号的专家，既然医生没有拉着他们快步冲向检验室，可见危机已过，也许艾米丽已被送到普通病房，或是和克里斯一样被送到放射科，也许有人正护送她来见他们。

“请，”医生说，“请坐。”

梅兰妮一心想站着，但膝盖却不由自主地发软，迈克保持立姿，动也不动。

“我非常抱歉。”医生说。一听到这短短几个字，梅兰妮脑中顿时一片空白，只想着它们所象征的意义。她整个人垮了下来，身体弯成两截，头深深埋进颤抖的手臂中，几乎听不到医生说些什么。

“你们的女儿一送进医院就被宣告死亡，她头部挨了一枪，当场丧命，没有受苦。”他停顿了一下，“我需要两位其中之一跟我去认尸。”

迈克试着眨眨眼，以前他不自觉地就能眨眼睛，而此时，站立、呼吸甚至发呆等举动似乎都必须凭借意志力才能完成。“我不明白，”他说，声音远高过平日的语调，“她跟克里斯·哈特在一起。”

“没错，”医生说，“他们同时被送进医院。”

“我不明白，”迈克又说了一次，其实他真正的意思是：**如果他还活着，她怎么可能死了？**

“谁下的手？”梅兰妮勉强挤出一句话，她的牙齿紧咬着这个问题，像是咬着一根她想占有的骨头，“谁开枪射她的？”

医生摇摇头：“戈德太太，我不知道。我相信在案发现场的警察很快就会过来找你们谈话。”

警察？

“你们可以去了吗？”

迈克瞪着医生，心想这个男人认为他们该去哪里。然后他才想起来：艾米丽的尸体。

他跟着医生走回急诊室，不知是真的还是错觉，他觉得护士们看他们的眼神都不一样了。他走过一个个小隔间，里面的人呻吟，受了伤，但还活着，最后他停在一片布帘之前，里面没有声响，没有一团慌乱，没有任何动静，医生等着迈克点头，然后拉开布帘。

艾米丽仰卧在一张桌子上。迈克向前一步，把手放在她的头发上，她的额头光滑，尚有暖意。医生错了，肯定是如此。她没死，她不可能死，她……他将她的头缓缓转向他，他看到她右耳上方的枪孔，枪孔跟硬币一样大，周围参差不齐，沾满了干枯的血迹，但没有再流出鲜血。

“戈德先生。”医生说。

迈克点点头，转身往外跑。他跑过一个躺在担架上的男人，男人紧捂着胸口，年纪比艾米丽大四轮；他跑过一个端着杯咖啡的驻院医生；他跑过葛丝，葛丝上气不接下气，双手伸向他；他加速奔跑，然后转了个弯，跪下来干呕。

葛丝一路祈祷着跑到班布里奇纪念医院，每跑一步，心口就更加沉重。詹姆斯不在急诊室的大厅，刚才在伤检分类处又跟迈克擦肩而过，她原本希望克里斯只是受了一些手臂骨折或是轻度脑震荡等轻伤，这下却感到希望落空。“你再查查看，”她喝令伤检分类处的护士，“克里斯多弗・哈特，他是詹姆斯・哈特医生的儿子。”

护士点点头。“他刚才在这里，”她说，“我只是不知道他们把他送到哪儿去了。”她一脸同情地抬头看看，“让我问问看有没有人知道更多消息。”

“好吧。”葛丝尽量放缓语气，护士一转身，她马上颓然叹气。

她的视线慢慢搜寻急诊室的入口，从一排排空轮椅一直看到嵌在天花板上的电视机。在入口角落，葛丝瞥见一个红色的影子，她走过去，慢慢看出那是一件她和梅兰妮在平价服饰店两折买到的外套。

“梅兰妮，”葛丝轻声打招呼，梅兰妮抬起头，脸上的表情跟迈克一样悲伤，“艾米丽也受伤了吗？”

梅兰妮瞪了她好久。“不，”她慢慢地说，“艾米丽没有受伤。”

“噢，感谢上帝……”

“艾米丽，”梅兰妮打断，“死了。”

“怎么这么久？”葛丝已经问了三次。克里斯被安排到一间私人病房，葛丝在病房的小窗户前不停踱步，“如果他真的没事，为什么他们不把他送回病房？”

詹姆斯坐在唯一的一把椅子上，头埋在双手间，他已经看了电脑断层扫描片，他很担心会看出颅内挫伤、硬脑膜外出血等迹象，看片子从来没有看得这么害怕。但克里斯的脑部没有受损，只是一些外伤，他们把他送回急诊室，医生将进行缝合手术，他得接受留夜观察，隔天再做另一些测试。

“他有没有跟你说什么？到底发生了什么事？”

詹姆斯摇摇头。“他伤痕累累，葛丝，而且很痛，我不想逼他。”他站起来靠在门框上，“他问他们把艾米丽送到哪里去了。”

葛丝慢慢转身。“你没有告诉他？”她说。

“没有，”詹姆斯沉重地咽了一口口水，“当时我甚至想都没想过，事发之时他们居然在一起。”

葛丝走过来抱住詹姆斯。即使在这种情况下，他依然全身僵硬，他不习惯在公众场合拥抱，虽然儿子与死神擦身而过，但他还是改变不了习惯。“我不知道该怎么想，”她一边喃喃自语，一边把脸颊靠在他背上，“我刚刚看到梅兰妮，我一直在想，我也可能和她一样失去孩子。”

詹姆斯推开她，走到暖气片前面。暖炉片噗噗发出热气。“他们为什么会开车经过治安不好的地区？”他问。

“什么地区？”葛丝一听马上紧接着问，“救护车从哪里把他们送到医院来的？”

詹姆斯转身面向她。“我不知道，”他说，“我只是猜想。”

她忽然升起一股使命感。“我回去急诊室问问看，”她说，“他们一定有记录。”她果断地大步走向门口，但她正想开门，就有人从外面把门推开，一位男看护推着克里斯进来，克里斯的头上裹着一层厚厚的白纱布。

她呆站在门口，没办法想象眼前这个憔悴的男孩，就是今天早上站起来高她一个头的健康的儿子。护士跟她说话，她却一点都不想听，过了一会儿，护士和看护就离开了病房。

葛丝听到自己沉重的呼吸声跟克里斯手臂上方的点滴声相互回应，镇静剂令他双眼昏沉，恐惧也令他难以集中精神。葛丝在病床边坐下，把他抱在怀里。“嘘。”她轻声说。他贴着她的毛衣开始哭，刚开始只是掉眼泪，后来放声大哭。“没事，没事。”

过了几分钟，克里斯慢慢镇定下来，闭上双眼。尽管他高大的身躯从她手臂中滑下来，但葛丝依然试着抱住他，她瞄了一眼詹姆斯，他坐在病床旁边的椅子上，好像一名严肃僵立的警卫。他想哭却不哭出来，他从七岁之后就没哭过。

葛丝也不喜欢在他面前哭，这倒不是因为他叫她不要哭，而是因为他看起来不像她一样伤心，她若哭了，似乎显得很愚蠢。她紧咬下唇，拉开病房的房门，想找个地方发泄情绪。她站到走廊上，手掌贴着冰凉的空心砖墙，试着回想昨天的光景：她去超市买菜，清扫楼下的浴室，克里斯把牛奶在厨房料理台上放了一天，牛奶发酸，她还骂了他一顿……这些还只是昨天的事。昨天，一切都显得合情合理。

“对不起。”

葛丝转头看到一个高挑、黑发的女人。“我是班布里奇警局的刑事小队长安玛丽·玛洛，你是哈特太太吧？”

她点头，跟女警握了握手：“是你发现他们的吗？”

“不，不是我，但他们叫我去了现场。我得请教你几个问题。”

“哦，”葛丝惊讶地说，“我还以为你能回答我的问题。”

安玛丽笑笑，葛丝马上发现她整个人变得漂亮起来。“你帮我忙，我就帮你忙。”探长说。

“我不知道帮得上什么忙，”葛丝说，“你想知道什么？”

探长拿出笔记本和一支笔：“你儿子跟你说过他晚上要出去吗？”

“是的。”

“他跟你说过他要去哪里吗？”

“没有，”葛丝说，“不过他十七岁了，而且向来非常有责任感。”她瞄了一眼病床的门，“最起码直到今晚之前。”她加了一句。

“哈特太太，你认识艾米丽·戈德吗？”

葛丝的眼中马上充满泪水，她不好意思地用手背抹眼泪。“认识，”她说，“艾米丽……就像我自己的女儿。”

“她跟你儿子是什么关系？”

“她是他的女朋友。”葛丝这下更感到困惑，艾米丽是不是牵扯上哪些违法或是危险的事情了，所以克里斯才会开车经过治安不好的地区？

安玛丽眉头一皱，葛丝看了才知道，自己居然大声说出了心中的困惑。“治安不好的地区？”探长问。

“嗯，”葛丝不禁脸红，“我们都知道这事跟枪有关。”

探长猛然合上笔记本，朝着病房走去。“我想跟克里斯谈谈。”她说。

“现在还不行，”葛丝坚持，同时挡住探长的路，“他睡了，他需要休息，况且他还不知道艾米丽的状况，我们不能告诉他，最起码目前不行，他爱她。”

安玛丽瞪着葛丝。“或许吧，”她说，“但他也可能射杀了她。”

过去
1979年秋天

从梅兰妮掂量手掌中那块香蕉蛋糕的模样，迈克不确定她是打算尝尝看，还是想扔掉。她关上新漆的闪闪发亮的大门，把蛋糕拿到两个权充餐桌的纸箱旁，她带点崇敬地用手指碰碰法式花结缎带，撕开一封手绘骏马图样的卡片。“‘马儿嘶嘶叫’，”她念道，“‘欢迎你们来到’。”

“你人还没到，大家就知道你是个兽医了。”她边说边把卡片递给迈克。

迈克浏览了短短的祝词，笑着撕开蛋糕的玻璃纸。“不错，”他说，“尝尝看。”

梅兰妮脸色发白，最近这一阵子，只要是中午以前，一想到食物甚至是香蕉蛋糕，她就觉得恶心。这实在很奇怪，因为所有她读过的关于怀孕的书都说，怀孕四个月不该再害喜。“我得打电话谢谢他们，”她边说边拿起卡片，“哦，天啊，”她抬头看看迈克，“葛斯跟詹姆斯，而且他们还送我们糕点，你想他们会不会是……你知道的？”

“同性恋！”

“我会说‘追求另类生活形态’。”

“但你没说。”迈克露齿一笑，然后抬起箱子走上楼梯。

“好吧，”梅兰妮小声说，“不管他们……他们的性取向是什么，我相信他们人一定很好。”但打电话时，她却再度怀疑自己到底搬到了一个怎样的小镇。

她原本就不想搬到班布里奇。虽然波士顿离她的家乡俄亥俄州有段距离，但她在波士顿住得很开心，更何况班布里奇就好像在荒郊野外，她向来又不善于交朋友，难道迈克不能在比较靠南部的地区找些大型动物来照顾吗？

电话响到第三声时，一个女人接起电话。“中央车站。”对方说，梅兰妮马上挂了电话。她仔细再拨一次号码，接电话的却还是同一个女人，对方明快地说：“哈特家。”声音中带着笑意。

“嗯，”梅兰妮说，“我是隔壁的邻居梅兰妮·戈德，我想谢谢哈特家送我们蛋糕。”

“太好了，你们收到了。你们安顿好了吗？”

梅兰妮猜想对方是谁。她不知道这附近的风俗习惯是什么，大家会把大小事情告诉管家或是保姆吗？她一时之间默不做声。“请问葛斯或詹姆斯在家吗？”梅兰妮小声问，“我……嗯……我想打声招呼。”

“我是葛丝。”电话另一端的女人说。

“但你不是男人。”梅兰妮脱口而出。

葛丝·哈特大笑：“你是说你以为……哇！不，对不起，让你失望了，但我上次瞧见自己的时候，我依然是个女人。我叫葛丝，也就是奥葛丝塔，但除了我祖母坚持叫我‘奥葛丝塔’之外，就从来没有人这样称呼我。嗨，你们需要帮忙吗？詹姆斯出去了，我已经清扫了客厅的每个角落，没有其他事情可做。”梅兰妮还来不及推辞，葛丝就帮她做了决定。“把门开着，”她说，“我过几分钟就到。”

迈克搬着一箱瓷器走回厨房时，梅兰妮依然握着话筒。“你跟葛斯·哈特通话了吗？”他嘟哝一声，“他人怎样？”

她刚想开口就有人推开大门，大门随即在一阵急风中猛然关上，门口出现一个肚子好大、一头乱发、脸上带着有如圣徒般甜美笑容的准妈妈。

“她啊，”梅兰妮回答，“是个龙卷风。”

梅兰妮的新职是班布里奇公立图书馆馆员。

面试那一天，她就爱上了这座小小的砖瓦楼房。她好喜欢咨询服务柜台后面的彩绘玻璃、目录柜上等着读者取用的成叠黄色便条纸以及陈旧的石阶。年岁将石阶磨出弧度，好像每阶都在露出笑脸。这座图书馆很漂亮，而且需要她，馆内图书乱七八糟地堆在书架上，书本之间挤得没有喘息或供人浏览的空间，有些小说的书脊裂了一半，文件及备忘录散置在档案柜各处。对梅兰妮而言，图书馆馆员其实跟上帝不相上下：谁会留心甚至知道这么多不同问题的答案呢？知识就是力量，但一位优秀的图书馆馆员不会私藏这份礼物，她得指引其他人怎么找、到哪里找以及怎么应用。

迈克的问题把她难住了，所以她才爱上了他。迈克到咨询服务柜台问她两个问题，当时他还是塔夫特大学兽医学院的学生，这两个问题是：哪里能找到关于患了糖尿病、肝脏受损的猫咪的资料？她是否愿意跟他共进晚餐？第一个问题她闭着眼睛也能回答，第二个问题则让她哑口无言。他那头整齐、带点少年白的短发，让她以为他是富家子弟。他那双能够诱使刚出生的小鸟从滴管中喝水的温柔大手，让她对自己的身体有了全新的了解。

结婚之后的头几年，迈克开了一家医治小型动物的诊所，梅兰妮继续在大学图书馆工作。她在图书馆中充实自己，心中盘算，即使哪天迈克醒来，忽然觉得她害羞腼腆的模样不再吸引人，她的聪慧依然抓得住他的心。但迈克攻读兽医是为了照顾牛羊和培育种马，做了几年阉割小狗、帮小狗打预防针等工作之后，他跟梅兰妮说他需要一些改变，问题是，在大城市里很难找到大型农场动物。

以梅兰妮的资历，在班布里奇公共图书馆找到差事并不难，但她已经习惯与专注认真的年轻男女学生和埋头苦读的教授相处，也习惯闭馆之前把人赶出图书馆。班布里奇图书馆的重点活动却是娃娃读书时间，这还是因为馆方招待妈妈们喝咖啡的缘故。有时梅兰妮在咨询服务柜台旁坐了一整天，却只看到邮差。

她好希望碰到一个跟她一样认真的读者，出乎意料地，这人竟是葛丝·哈特。

葛丝每个星期二和星期五出现在图书馆，从不缺席。她摇摇摆摆地走过狭长的拱窗，一股脑地归还上次借的书。梅兰妮总是小心地翻开书，对照借书卡，把书摆回小车上等着重新上架。

葛丝·哈特阅读陀思妥耶夫斯基、米兰·昆德拉和诗人蒲柏的作品，她还读乔治·艾略特、英国小说家萨克莱以及世界历史，有时甚至几天内全部读完。梅兰妮大为惊讶，也有点害怕，身为图书馆馆员，她已经习惯于扮演专家的角色，但她得花点时间才能熟知一切，但葛丝却像海绵一样吸收知识，做起来全不费工夫，就像她做其他事情一样。

“我得告诉你，”某个星期二，她跟葛丝说，“我想镇上只有你喜欢古典文学。”

“是啊，”葛丝严肃地说，“我确实喜欢。”

“你喜欢《亚瑟王之死》吗？”

葛丝摇摇头：“我没找到我要找的东西。”

你想找什么？梅兰妮猜想。宽恕？娱乐？还是好好哭一场？

仿佛听见梅兰妮的疑问似的，葛丝不好意思地抬头说：“我想找个名字。”

梅兰妮顿时松了口气。葛丝好像翻阅通俗小说一样大量阅读情节繁复的古典名著，难怪她将之视为威胁，结果她却发现，葛丝只不过想帮宝宝取个古典而响亮的名字，所以才把书从头翻到尾……嗯，她应该感到失望，但她却没有这种感觉。

“你准备帮你的宝宝取什么名字？”葛丝问。

梅兰妮吓了一跳，她的肚子还看不太出来，没有人知道她怀了小宝宝，她也迷信到尽量保守秘密的地步。“我不知道。”她小声说。

“这么说来，”葛丝高声宣布，“我们处境相同喽。”

初中时太像书呆子、社交不太频繁的梅兰妮，现在忽然有了一个如同死党一般的好朋友。但外向活泼的葛丝非但没有使内敛的梅兰妮相形失色，两人反而成了完美的互补，她们就像橄榄油和果醋，你不会想把其中之一单独加进色拉里，调配在一起却显得非常自然，好像注定是天作之合。

她常一早就接到葛丝的电话。“外面天气怎样？”虽然从两家窗户看出去，天气状况都差不多，葛丝依然问道，“我该穿什么？”

她和葛丝经常一起坐在哈特家客厅的皮沙发上，两人一边翻阅葛丝的结婚相簿，一边嘲笑葛丝亲戚们有如钢盔般的发型。她和迈克吵架之后就打电话给葛丝，听听葛丝对她百分之百的支持。

葛丝跟梅兰妮熟到不敲门就直接进门，梅兰妮通过馆际合作借了一些帮宝宝取名的书，看完之后就把书摆在葛丝的信箱里。梅兰妮借穿葛丝的孕妇装，葛丝买了梅兰妮最喜欢的低咖啡因咖啡，好让梅兰妮随时可以享用。她们渐渐不经思索就知道对方想说什么。

“嗯，”迈克接下詹姆斯调配的金汤力鸡尾酒，“你是外科医生喽？”

詹姆斯在迈克对面的扶手椅上坐下，他可以听到葛丝和梅兰妮在厨房中谈笑，声音有如云雀般高亢悦耳。“没错，”詹姆斯说，“我正在班布里奇纪念医院的眼外科受训。”他啜饮一口自己的酒，“葛丝说你接管了霍华斯的诊所。”

迈克点点头。“他是我在塔夫特大学的老师，”他解释，“他写信说打算退休，我想这里也许需要一位兽医。”他笑笑，“我在波士顿方圆二十英里之内找不到半只母牛，但我今天就看到六只。”

两人不自然地笑笑，然后各自低头凝视手中的酒杯。

迈克瞄了一眼厨房里的女人们。“她们非常投缘。”他说，“葛丝经常到我们家，有时我还以为她搬过来了。”

詹姆斯笑笑：“葛丝需要一个像梅兰妮一样的朋友，一讲到妊娠纹、膝盖肿胀之类的事情，我觉得你太太比我更了解这些抱怨。”

迈克没说什么，詹姆斯说不定对于太太怀孕这件事又爱又怕，但迈克想知道所有细节。他从梅兰妮的图书馆里借了怀孕的书籍，书中展示胚胎逐渐变成小宝宝的雏形，他也主动报名参加自然生产课程。梅兰妮对于自己吹气球似的身体感到害羞，他却觉得她美极了，她像石榴一样成熟丰美，每次她轻快地走过他身旁，他都得压下爱抚她的冲动。但梅兰妮关了灯才脱衣，把被子紧拉到下巴，抗拒他的拥抱。有时迈克看着葛丝在他家走来走去——葛丝的预产期比梅兰妮早五个月，行动也较笨拙，但她有一股发自内心的自信和精力——不禁心想，*梅兰妮应该像这样*。

他朝厨房看看，没看到葛丝，只瞥见她的大肚子。“其实，”迈克慢慢说，“我挺喜欢怀孕这回事。”

詹姆斯哼了一声。“请相信我，”他说，“我在产房轮过班，生产挺可怕的。”

“我知道。”迈克说。

“但是帮小牛接生肯定不一样。”詹姆斯坚持，“母牛不会喊‘是丈夫让她痛成这样，恨不得要杀了他’等等，母牛的胎盘也不会像银色子弹一样飞到产房的另一头。”

“哎呀，”葛丝突然出现，“你们真是三句不离本行。”她把手放在詹姆斯肩上。“我这个医生老公很怕生产，”她开詹姆斯玩笑，转头跟迈克说，“你愿意帮我接生吗？”

“没问题，”迈克笑笑，“但我在谷仓里接生比较自在。”

葛丝从梅兰妮手中接过一盘芝士，放在咖啡桌上。“我随意。”她说。

迈克看着葛丝在她丈夫椅子的扶手上坐下，而詹姆斯完全没有碰她的意思。迈克倾身取用食物：“这是肉馅酱吗？”

葛丝点头。“我自己做的，”她说，“用詹姆斯猎到的野鸭。”

“真的？”迈克边说边拿块小饼干来享用肉馅酱。

“他还猎鹿、猎熊，还有一次猎到了可爱的小白兔。”葛丝继续说。

“你们想必看得出来，”詹姆斯无动于衷地说，“葛丝不太赞同打猎这项运动。”他抬头看看迈克，“你是兽医，我想你也不喜欢打猎。但是打猎是种艺术，你比全世界其他人都早到那里，四下安静得不得了，你还得揣测猎物在想什么。”

“我了解。”说是这么说，但迈克却不明白。

“詹姆斯真是个大白痴，”一个飘雪的下午梅兰妮来电，葛丝在电话里抱怨，“他说我如果老在伍德哈洛街上走来走去，迟早会在电线杆旁边生下宝宝。”

“我以为你的预产期没那么快到。”

“跟他真是说不通。”

“你不妨采用不同策略，”梅兰妮说，“跟他说你生产之前越常运动，生产之后越容易恢复以前的身材。”

“谁说我想恢复以前的身材？”葛丝问，“我不能选择其他人的身材吗？比方说法拉·佛西，或是超级名模克莉斯汀？”她叹气，“你不知道你有多么幸运。”

“因为我只怀孕五个月？”

“因为你嫁的是迈克。”

梅兰妮一时没有回答。詹姆斯·哈特一派英格兰绅士的英挺，自然而然流露出迷人的风采，讲话带着一丝波士顿腔调，令她相当激赏。她和詹姆斯有些相似之处，但詹姆斯表现得却比她迷人——她内向保守，詹姆斯镇定自若；她害羞，詹姆斯内敛；她拘泥小节，詹姆斯慎重仔细。

他也判断正确。三天之后，葛丝在伍德哈洛街走了半英里之后，羊水破了，如果不是电话公司的公务车停下来问她好不好，她说不定真的会在路边生下克里斯。

在梅兰妮的梦中，迈克在马房里背对着她，他的银发在晨光中闪闪发光，双手在一匹快要生产的母马肚子上揉搓。她站在稻草堆之类的某样东西上，羊水从腿间滴落，好像尿裤子似的，她大声向他求助，但嘴里却发不出声音。

就这样，她知道她会独自生下宝宝。

“我每小时都会打电话回家。”迈克跟她保证。但梅兰妮深知迈克对工作的投入，他一忙着照顾害了疝气的马或是罹患乳腺炎的母羊，就忘了时间。身为乡间的兽医，他造访的地方大多连公共电话亭都没有。

她已经过了四月底的预产期，有天晚上，她听到迈克接起床边的电话，他轻声说了几句话，她听不太清楚，然后他就摸黑出了门。

她又梦见那个马房，醒来发现床垫全湿了。

她痛得整个人躬起来，迈克一定把电话号码留在某处，梅兰妮在卧室和浴室走了一圈，不时停下来挥汗压住阵痛，但却找不到电话号码，于是她打电话给葛丝。

“是时候了。”她一说葛丝就明白。

詹姆斯在医院开刀，所以葛丝带着克里斯开车过来。“我们会找到迈克。”她跟梅兰妮保证。她叫梅兰妮把手放在变速杆上，感觉到阵痛就紧捏杆子。她一路开到急诊室外，把车停好。“待在车里，”她说，然后一把抱起克里斯冲过旋转门，“你得帮帮忙，”她跟护士大喊，“有个女人快生了。”

护士对着她和克里斯眨眨眼。“就我看来，你好像已经不需要人帮忙了。”她说。

“不是我，”葛丝说，“是我的朋友，她在车里。”

几分钟之内，梅兰妮就被送进产房，换上干净的袍子。她痛苦呻吟，助产护士转向葛丝说：“你知不知道孩子的爸爸在哪里？”

“他快来了，”明知这么说不对，葛丝照样说，“他叫我暂时代理。”

护士看看梅兰妮抓住葛丝的手，然后看看婴儿车中沉睡的克里斯。“我会把他带到婴儿房，”她说，“小宝宝不能在产房里。”

“我以为产房就是用来接生小宝宝的。”葛丝喃喃抱怨，梅兰妮忍不住一笑。

“你没跟我说生产会痛。”梅兰妮说。

“我当然跟你说了。”

“你没告诉我，”她补了一句，“会这么痛。”

梅兰妮的医生也帮葛丝接生。“让我猜猜，”医生边对葛丝说，边伸到袍子里检查梅兰妮的子宫颈，“你第一次生产意犹未尽，所以不想离开医院。”她扶梅兰妮坐起来，“好，梅兰妮，”医生说，“请你用力推。”

葛丝稳住她的双肩，跟着她一起放声喊叫。在好友的协助下，梅兰妮生下一个女婴。“天啊，”她双眼濡湿，说，“你瞧瞧。”

“我知道，”葛丝喉头一紧，“我了解。”说完就出去找她自己的宝宝。

护士刚把冰袋安置在梅兰妮的双腿间，拿条毯子盖在她腰上，葛丝就抱着克里斯进来了。“你看我碰到谁了。”她边说边拉住门，好让迈克进来。

“我跟你说吧。”梅兰妮轻声斥责，但同时抱着宝宝转向迈克，好让他看看女儿。

迈克碰碰女儿柔细的金黄色眉毛，他的指甲比她的鼻子还大。“她太美了，她……”他摇摇头，抬头一望，“我不知道该说什么。”

“你欠我一个人情。”葛丝说。

“没错，”迈克说，心中暗自发笑，“除了我们家的老大以外，你要什么我都可以给你。”

门又被推开，詹姆斯戴着手套站在门口，手中高举一瓶香槟。“嗨，”他拍拍迈克的手说，“听说你今天早上很忙。”他打开香槟瓶盖，泡沫溅到了梅兰妮的毯子上，他轻声跟她道歉，然后把香槟倒进四个塑料杯里。“为爸爸妈妈干杯，”他举起杯子说，“敬……她叫什么？”

迈克看看他太太。“艾米丽。”她说。

“敬艾米丽。”

迈克举起杯子：“虽然有点迟，但也敬克里斯。”

梅兰妮瞥见宝宝透明的眼睑和弯弯的小嘴，不情愿地把她放进床边的婴儿车里。艾米丽几乎只占到车大小的三分之一。

“你介意吗？”葛丝轻声问，先指指婴儿车，然后指指她怀中小声打呼的克里斯。

“请便。”梅兰妮看着葛丝把儿子放在艾米丽旁边。

“你们瞧瞧，”迈克说，“我女儿才出生一个小时，就已经跟人‘上床’喽。”

他们都看着婴儿车，小女婴反射性地动了动，五指像牵牛花般伸开，然后又缩成一个小拳头，紧握住一样东西。虽然完全不自知，但当艾米丽·戈德再度坠入梦乡时，她紧紧握着克里斯多弗·哈特的手。

现在

1997年11月

能让安玛丽·玛洛震惊的事情相当少。

在华盛顿特区的市警队待了十年之后，她以为班布里奇这个宁静的新罕布什尔州小镇发生不了什么令她震惊的案件，但这么想就错了。在华盛顿特区，她向来不认识管区的民众，但不知道为什么，广受敬重、堪属地方传奇的班布里奇小学校长涉嫌家暴，却格外令她气馁；特区里帮派操控的毒品集团，感觉上也不像英格努克老太太种植大麻一样令人不安，老太太把大麻种在九层塔和马郁兰草等香料旁边，把大麻当作香料一样悉心栽培。现在，警方发现一位伤重不治的少女和一位血流不止的少年，案发现场还有一把冒烟的手枪，班布里奇虽然很少发生类似案件，但并不表示这种事情不会发生。

“我想跟克里斯谈谈。”她重复。

“你错了。”葛丝·哈特说，双臂交握在胸前。

“说不定你儿子可以亲自纠正我。”她不想跟面前这位母亲讲真话。虽然她还没有足够的证据逮捕克里斯多弗·哈特，但在证实他没有涉案之前，警方依然将他视为谋杀案的嫌犯。

“我知道我的权利……”葛丝开口，但安玛丽举手示意她不要多说。

“哈特太太，我也知道。如果你想的话，我乐意对你和你儿子宣读两位的权利。他现在还未涉嫌，只是帮助我们进行调查。他是本案唯一活着的证人，我不明白你为什么不让我跟他说话。除非……”她说，“他跟你说了一些你觉得需要隐瞒的事。”

葛丝·哈特双颊通红，随即退后一步，让探长走进病房。

虽然这个女人没穿制服，除了笔记本之外，显然也没有携带具有威胁性的物品，但她却带着一股傲气跨进病房，詹姆斯不禁站起来走到克里斯的床边。“詹姆斯，”葛丝悄悄说，暗自希望儿子睡着，不必面对这一切，“玛洛探长想跟克里斯谈谈。”

“嗯，”詹姆斯说，“我是医生，他现在不能……”

“我不想冒犯你，哈特医生。”安玛丽说，“但你不是值班医生。柯尔曼医生已经准许我进来了。”她在床边坐下，把笔记本放在膝上。

葛丝看着这个女人坐在应该是她坐的地方，胸中升起一股怒气，那种感觉很像多年以前有个牙牙学语的小孩在操场推搡克里斯，或是克里斯五年级时，有个老师在家长会中悄悄跟她说克里斯的小缺点。詹姆斯总说她像只母老虎，为了保护孩子不惜大发雌威，但此时此刻，她该如何保护儿子？

“克里斯，”探长轻声叫他，“克里斯……我能跟你谈谈吗？”

克里斯眨眨眼张开眼睛，一双葛丝总是称为“蒙眬睡眼”的眼睛深邃而神秘，映着乌黑的头发显得格外惨白。“我是班布里奇警局的玛洛探长。”

“探长，”詹姆斯说，“克里斯受到严重惊吓，我不明白有什么事情非得现在谈不可。”

克里斯双手紧抓着被单边缘，他抬头看看探长：“你知道艾米丽怎么了吗？”

安玛丽愣了一会儿，不知道这个男孩是询问消息，还是打算忏悔。“艾米丽，”她说，“跟你一样被送到医院。”她抖抖笔尖，“克里斯，你们今晚在旋转木马场做什么？”

“我们……嗯……我们去那里逛逛。”他搅弄被单的一角，“我们带了一些加拿大威士忌过去。”

葛丝惊讶得张开嘴。克里斯曾跟她在MADD①担任义工，怎么可能酒后驾车？

“你们只带了酒吗？”

“不，”克里斯小声说，“我还带了一把我爸的枪。”

“什么？”葛丝惊呼一声，大步向前，詹姆斯也同时打算抗议。

“克里斯，”安玛丽眼睛眨也不眨地说，“我只想知道今晚发生了什么事。”她紧盯着他，“我得知道你的说法。”

“因为艾米丽不能告诉你她的说辞，对不对？”克里斯躬着身子向前，“她死了？”

葛丝还来不及走到床边抱住儿子，安玛丽就替她这么做了。“没错。”她说。克里斯马上号啕大哭，探长搂着克里斯。葛丝只看到他背对着她不停咳嗽喘息，背部一阵阵抽搐。

“你们吵架了吗？”探长边说边放开克里斯。

葛丝和克里斯同时听出探长的暗示，**滚出去**，她想说，一股强烈的怒意浮上心头，但她却发现自己说不出半句话。她跟詹姆斯一样等

---

① “Mother Against Drunk Driving”，反酒驾母亲行动联盟，创立于1980年，起源地为美国加州，现已成为国际组织。

着儿子提出抗议。

有那么短暂的一刻，他们都不确定他是否会抗议。

克里斯猛摇头，好像安玛丽正把某个念头深植到他脑海中，他得用力把它甩开。“天啊，不、不，我爱她，我爱艾米丽。”他在被单下拱起膝盖，把脸埋在两膝之间，“我们打算一起……”他喃喃自语。

“一起做什么？”

提出问题的虽然不是葛丝，但克里斯抬头看着他的母亲，脸上充满恐惧。“自杀。”他轻声说，“艾米丽打算先动手，”他解释，依然面向葛丝，“她……她开枪射自己，我还没来得及动手，警察就来了。”

别想太多，葛丝无声命令自己，*采取行动就好*。她跑到床边抱住克里斯，深感难以置信，脑中也随之麻木。艾米丽和克里斯？自杀？这根本不可能。但事情若非如此，只剩下另一种更丑恶的可能性，也就是玛洛探长所提出的猜测。艾米丽会自杀已经令人难以置信，但“克里斯杀了艾米丽”这种想法更是荒谬。

葛丝从克里斯宽阔的肩膀移开，抬头看看探长。“请你出去，”她说，“马上出去。”

安玛丽点头。“我会保持联络，”她说，“我很抱歉。”

安玛丽离开时，葛丝一直抱着儿子轻晃，心中不禁猜想，不知道探长是为了已经发生的事还是即将发生的事感到抱歉。

迈克扶梅兰妮上床休息，有个好心的急诊室医生帮他开了镇静剂，药效让他头重脚轻，他坐在床的另一边，耐心等到梅兰妮呼吸平缓，沉沉入睡，除非确定她不会也在他浑然不知的情况下从他生命中消失，否则他不愿离开。

过了一会儿，他走向艾米丽的房间。房门紧闭。他一推开房门，回忆如潮水般涌现，好像房内蕴藏着女儿的灵魂。他悲喜交加，感到头晕目眩，他倚在门柱边，深深吸一口艾米丽惯用的“美体小铺”的香水味，香水气味甜腻，带点坚果果香，他伸手拿起床头的毛巾，毛巾还湿湿的。

她会回来的，她一定会回来，这里还有太多尚未完成的梦想。

他在医院里跟负责此案的探长聊了一会儿，他先前以为案子跟蒙面强盗、杀人抢劫、驾车开枪射击等等有关，也一直幻想着紧紧勒住这个素昧平生却夺走女儿性命的人的喉头。

他不知道这人竟是艾米丽自己。

但玛洛探长也跟克里斯谈了，她说像这种一人生还、一人死亡的案子都会被视为凶杀案。克里斯·哈特还提到自杀盟约。

迈克试图回忆过去种种对话或事件，他最后一次跟艾米丽讲话时，两人正在吃早餐。“爸，”她说，“你有没有看到我的背包？我哪儿都找不到。”

那是某种暗语吗？

迈克走到艾米丽梳妆台的镜子前，看到镜中自己深似女儿的脸。他双手摊放在梳妆台上，一不小心撞翻一小罐护唇膏，护唇膏油亮亮的油蜡上有个指印。那是她的小指吗？那是她小时候从脚踏车上摔下来，或是被抽屉夹到时，迈克所亲吻的那根指头吗？

他冲出房间，悄悄离家，开车朝北而去。

辛普森家的得奖纯种种马上星期难产，生下两匹小马后几乎丧命。辛普森先生清晨喂马时在马房里看到迈克，感到有点讶异，他说过去几天情况还不错，不需要医生照顾等等，但迈克挥挥手请他走开，还跟他保证难产之后有一次免费的后续诊疗。迈克背对着辛普森先生站着，过了一会儿，马主耸耸肩离开，迈克轻抚母马修长的脊背，摸摸小马笔直的毛发，试着提醒自己曾经具有疗伤的力量。

醒来之时，克里斯觉得好像有块柠檬堵在喉咙中央，他的眼睛好干，眼睑一闭一合好像刮在碎玻璃上，头也好痛，但他不知道这是因为跌伤还是伤口缝线。

他妈妈蜷曲在床脚，他爸爸在唯一的一把椅子上睡着了，除此之外没有其他人，没有医生护士，也没看到探长。

他试着猜想艾米丽现在在哪里，某家殡仪馆，还是停尸间？医院里有停尸间吗？电梯里从来没有列出停尸间在哪一楼。他不自在地移动身子，头痛得呻吟了一声，试图回想艾米丽最后跟他说了什么。

他头好痛，但远远不及心痛。

“克里斯，”妈妈的声音像烟雾一样笼罩着他，她在床边的地上坐直身子，毛毯在她脸上留下了一道印子，“甜心，你还好吗？”

他感觉妈妈摸着他脸颊的手，如同河水般冰凉。“你的头痛不痛？”她问。

过了一会儿爸爸也醒了，现在爸妈各自坐在病床的一边，好像一套成双的书夹，两人脸上皆写满了怜悯与痛苦。克里斯把脸埋在枕头下。“等你回家，”妈妈说，“就会舒服一点。”

“我这个周末打算租个伐木机，”爸爸加了一句，“如果医生同意，你就没有借口不帮忙了。”

伐木机？该死的伐木机？

“甜心，”妈妈把手搁在他肩头，“你想哭也没关系。”她重复着昨晚急诊室心理医生交待了半天的陈腔滥调。

克里斯毫无移开枕头的迹象，葛丝捉住枕头一角轻轻拉扯，枕头从病床上掉下来，露出克里斯的脸庞。他满脸通红，双眼干涩，带着一丝怒气。“走开。”他一字一顿地说。

直到听到走廊尽头的电梯叮当一响，他举起颤抖的双手遮住脸，摸摸眉毛、鼻梁和空洞的双眼，试着了解自己变成了什么模样。

詹姆斯把纸巾揉成一团填入咖啡杯底。“嗯，”他瞄一眼手表说，“我该走了。”

葛丝抬头看着他，面前一杯动也没动过的茶还冒着热气。“什么？”她问，“你要去哪里？”

“我今天早上九点有个近视角膜手术，现在已经八点半了。”

葛丝喉头一紧，难以置信得几乎呛到：“你今天要去开刀？”

詹姆斯点头。“我现在怎么能取消？”他动手把杯子和纸盘堆在餐盘上，“如果我昨天晚上想到这件事，那就另当别论，但我没想到。”

葛丝觉得他讲话的语气听上去仿佛这全都是她的错。“上帝啊，”她厉声说，“你儿子有自杀倾向，他女朋友死了，警方还留有你的枪，你却打算假装昨晚什么都没发生？你可以照常过活？”

詹姆斯站起来，迈步离开。“我如果不这样的话，”他说，“我们怎么能期望克里斯也照常过活？”

梅兰妮坐在殡仪馆的一个房间里，等着沙兹曼兄弟中的一个来协助处理丧女的种种细节。坐在她旁边的迈克打了领带感到很不自在，他只有三条领带，却坚持戴上其中一条来这里，梅兰妮则拒绝换掉从昨晚穿到现在的衣服。

“戈德先生，”一个男人匆忙跑进来，“戈德太太。”他分别跟两人握手，握得比平常更久，“我对你们所失去的深感抱歉。”

迈克喃喃道谢，梅兰妮眨眨眼，这个男人讲话不清不楚，她怎么能把丧礼交由他全权处理？什么叫作“所失去的”？这话着实荒谬，又不是失去一双鞋或是一串钥匙，你不能对着遭逢丧女之痛的人说这种话，丧失子女是个大灾祸、大悲剧，犹如置身炼狱。

雅各·沙兹曼悄悄坐到他那张大办公桌后面：“我跟两位保证，我们将尽全力让这个过渡阶段顺利一点。”

过渡阶段，梅兰妮心想，从蛹变为蝴蝶叫作过渡阶段，而不是……

“您能告诉我艾米丽现在在哪里吗？”沙兹曼问。

“哦。”迈克说完清清喉咙。梅兰妮替他感到不好意思，他听起来很紧张，肯定会在这个男人面前出丑，但他凭什么要留给雅各·沙兹曼好印象？“她在班布里奇纪念医院，但是……在目前的情况下，他们必须进行解剖。”

“然后她会被送到康科特，”沙兹曼轻声说，同时在便条纸上记笔记，“我想你们大概想尽快举行葬礼，也就是……下星期一。”

梅兰妮知道他正计算解剖需要一天，把尸体运回班布里奇也需要一天，等等。她轻咳一声，勉强压下开口的冲动。

“我们必须讨论一些事情，”沙兹曼说，“首先当然是棺材。”他站起来，指指跟他办公室相连的一扇门，“请两位进去看看，你们才知道有哪些选择。”

“最好的，”迈克坚定地说，“我要最顶级的。”

梅兰妮看着沙兹曼自在地点点头，心想葬仪社这一行怎么样都能赚钱，这肯定会是她和葛丝谈笑的话题，哪个悲伤的亲人会为了棺材讨价还价，或是要求廉价的款式？

“你们已经有墓地了吗？”沙兹曼问。

迈克摇摇头：“你能处理吗？”

“我们能处理所有事情。”沙兹曼说。

梅兰妮板着脸聆听刊登讣闻、冷藏保存遗体、丧礼回条、墓碑等事宜，置身此地就像获准进入至圣所，你静静地提出问题，其实却不希望得到答复。老实说，她从不知道死亡包括这么多细节：棺材要打开还是盖上？葬礼的来宾签名簿要精装还是平装？告别花环应该插上几朵玫瑰花？

梅兰妮看着账单慢慢累积成惊人的数目：棺材两千美金，水泥封箱两千美金，却只是延缓尸骨不免腐化的过程，聘请拉比[①]三百美金，《纽约时报》讣闻五百美金，整治坟地一千五百美金，殡仪馆礼堂租金一千五百美金。他们上哪儿凑出这么多钱？然后她忽然想到，艾米丽的大学基金！雅各·沙兹曼把总数递给迈克，迈克连眨都不眨一眼。“没问题，”他再度声明，“我要最好的。”

梅兰妮慢慢转身朝向沙兹曼。“玫瑰花，”她说，“桃花心木棺材、水泥封箱和《纽约时报》的讣闻，”她开始颤抖，“最好的一切，”她冷冷地说，“也不能让艾米丽死而复生。”

迈克脸色发白，把一个购物袋递给沙兹曼。“我想我们该走了，”他轻声说，“衣服在里面。”

① 犹太法学博士或犹太教教士的尊称。

梅兰妮刚从椅子上站起来，这时赫然停住："衣服？"

"她下葬时穿的衣服。"沙兹曼镇定地说。

梅兰妮一把抓住纸袋，打开封口，拉出一件十一月穿了绝对太冷的七彩印花洋装，还有一双艾米丽两个夏天都没穿过的凉鞋，她继续翻找，抓出一件依然带着衣物柔软剂清香的内裤和一个扣不起来的发夹。迈克没带件胸罩或是衬衣过来。他们记得的是同一个女儿吗？

"你为什么带这些东西过来？"她轻声说，"你在哪里找到这些东西的？"这些衣物早已过时，艾米丽根本不想要，更受不了穿上它们迈向永生。这些衣物赋予了他们最后一次机会，让他们证明自己确实了解艾米丽，也确实听进了她的话。但如果他们从头到尾都错了呢？

她冲出办公室，试图忽略问题的真正所在。问题不在于迈克的决定都是错的，而是他毕竟做出了决定。

他们到家时，安玛丽·玛洛正在车道旁等候。

迈克昨晚匆匆和安玛丽见过面，但当时没心情多听。她已传达艾米丽和克里斯相约自杀的坏消息，况且艾米丽已经死了，迈克不知道安玛丽还能跟他们说什么。

"戈德医生，"安玛丽边叫他边从她的车里下来，踏上碎石小径，朝着他们走过来。就算她注意到梅兰妮仍坐在前座，呆呆凝视着前方，她也没说什么。"我不知道你是医生。"她指指他的卡车，口气和缓地说。卡车停在左边，上面漆着诊所的名字。

"兽医，"他简短说明，"跟一般医生不一样。"然后他叹了口气，不管今天过得多糟，这都不是安玛丽·玛洛的错。她只是善尽其责。"玛洛探长，我们刚从殡仪馆回来，我真的没时间多谈。"

“我了解，”安玛丽很快回答，“我只占用你几分钟。”

迈克点点头，指指屋子说：“门没锁。”他看得出探长似乎有意开口抨击这属违法行为，但想想还是没说。他走到副驾驶座位旁，打开车门把梅兰妮拖下车。“进屋里来。”他放缓语调，声音低沉温和，好像安抚一匹受惊的马儿。他扶着太太走上石阶，走进厨房，让她在一把椅子上坐下，但她毫无脱下外套的意思。

安玛丽倚着料理台。“我们昨晚谈到哈特家的男孩供词，他们打算一起自杀。”她开门见山地说，“你女儿也许是自杀，但你得知道，除非证实没有他杀，不然这个案件将被视为谋杀案。”

“谋杀？”迈克深深吸了口气。听到这么一个可怕、充满暗示的字眼，他忽然找到一个辩白的机会，这下除了自己之外，他总算可以把艾米丽的死归咎于其他人，“你是说克里斯杀了她？”

探长摇摇头。“我什么都没说，”她说，“我只是从法律观点解释事情。就一般程序而言，我们会仔细盘查身旁有一支冒着烟的枪的人，尤其是那个人刚好还活着。”她补充说明。

迈克摇摇头：“如果你过几天再来，等到……等到事情缓和一点，我会乐意让你看一些旧相簿、艾米丽的纪念册，或是克里斯从夏令营写给她的信。他没有谋杀我的女儿，玛洛探长，如果他说他没有，我就相信他。我可以帮克里斯担保，我非常了解他。”

“就像你非常了解你女儿吗？了解到你甚至不知道她有自杀倾向？”安玛丽双臂交叉，“如果克里斯多弗·哈特的说法是真的，这表示你女儿虽然看不出有忧郁症，但却打算自杀，而她也确实自己结束了生命。”

安玛丽擦擦鼻梁：“为了你好，也为了艾米丽和克里斯好，我希望这个案子真的是双双自杀未果。自杀在新罕布什尔州不犯法，但如果证据显示是他杀，州检察官会将这个男孩子以谋杀罪起诉。”

安玛丽不必明说，迈克也知道，所谓的“证据”将来自艾米丽的尸体，也就是她的解剖报告。“我们会拿到一份法医的报告吗？”他问。

安玛丽点点头：“如果你要的话，我可以拿给你看。”

“好，”迈克说，“请拿给我看。”这将是最后一份声明，也是她身后的告白，“但我相信事情不会到这种地步。”

安玛丽点点头向门外走去，走到门口时她转头说：“你跟克里斯谈了吗？”

迈克摇头：“我……现在似乎不太恰当。”

“当然，”探长说，“我只是想知道。”她再次致哀，然后走向门外。

迈克走到地下室，开门让两只爱尔兰雪达犬出来。小狗爪子乱抓，疯狂地跑来跑去。他把小狗赶到车道，在敞开的门口站了一会儿。他没注意到梅兰妮在忽然吹入屋内的寒风中拉紧外套，咬牙切齿地念着“谋杀案”这个词，仿佛不可饶恕。

詹姆斯在医院陪克里斯，等着值班医生把克里斯从普通病房转到警卫森严的青少年精神病房。医生的建议让葛丝安心不少，她先前显然观察不出克里斯有忧郁症的任何征兆，现在又怎么能相信自己看得出蛛丝马迹？克里斯还是待在训练有素的医院里，让有经验的医护人员来看护比较安全。

詹姆斯发了一顿脾气。这个医疗记录会永远跟着克里斯吗？克里斯已经十七岁，这是否表示他随时可以自己签字出院？学校、未来的雇主以及政府会知道他曾在精神病房待了三天吗？

葛丝望向窗外，看着她家和戈德家间的小径。每年这个时候，小径上布满松针，路面因晨霜而湿润。她看到梅兰妮卧室的灯亮着。她悄悄走到凯特的房里看看女儿睡得好不好，凯特下午刚得知艾米丽的死讯，不出她所料，女儿哭着睡着了。

葛丝披上外套跑过小径，径自进入戈德家的厨房，除了布谷鸟吊钟的滴答声之外，屋里一片沉静。“梅兰妮，”她大喊，“是我。”她迈步上楼，探头到卧房和书房里看看，艾米丽的房间门紧闭，葛丝决定还是不要闯入。她敲敲另一扇关着的门，然后慢慢推门而入。

梅兰妮坐在马桶盖上，葛丝一进来，她就抬头看看，但不显得惊讶。

葛丝这会儿人到了，但却不知道该说什么。她自己也置身这个悲剧之中，由她来安慰别人似乎相当荒谬。“嗨，”葛丝轻声说，“你还好吧？”

梅兰妮耸耸肩。“我不知道，”她说，“星期一举行葬礼，我们去过殡仪馆了。”

“感觉一定很糟。”

“我不在乎，”梅兰妮说，“我现在很受不了迈克。”

葛丝点点头：“我知道，詹姆斯还和要把克里斯转到精神病房的医生吵架了，因为这样有辱家庭的名声。”

梅兰妮抬头看着她。“你有想过会发生这种事情吗？”她问。葛丝知道她的意思。

“不，”葛丝说，声音变得嘶哑，“如果我看得出来，我一定会跟你说，我知道你也会告诉我。”她颓然坐到浴缸边缘，“什么事情会糟到这种地步？”她喃喃自语。她知道她跟梅兰妮想的一样：克里斯和艾米丽在众人的关爱中长大，家境富裕，又有彼此相伴，他们还需要什么？

梅兰妮抓住卫生纸的一角，在手指间玩弄。“迈克帮艾米丽挑的衣服好难看，”她说，“被我一把抢走了，我不能让她穿那套衣服。”

葛丝站起来，一听到有些事情可做，她马上松了口气。“这么说来，我们得帮她挑些其他衣服。”说完握着梅兰妮的手，拉她站起来，把她带到艾米丽的房间。葛丝扭开门把，好像一点都不怕迎面而来的种种回忆。

但那仍是艾米丽的房间。房里到处是GAP的衣服、香水和克里斯的照片。梅兰妮犹豫地站在房间中央，葛丝则在衣柜里东翻西找。“这件学校拍照时她穿的蓝绿色衬衫如何？”葛丝问，“她的眼睛在衬衫的衬托下好漂亮。”

“那件衬衫无袖，”梅兰妮心不在焉地说，“她会冻死。”话一出口，梅兰妮马上遮住嘴，葛丝的手还搁在衣架上。“不、不。”她呻吟，眼中充满泪水。

“噢，梅兰妮，”葛丝一把抱住她的朋友，“我也爱她，我们都爱她。”

梅兰妮抽身，背对着她。“你知道吗，”葛丝犹豫地说，“也许我可以问问克里斯，他比我们都清楚艾米丽喜欢穿什么。”

梅兰妮没有反应。探长跟戈德夫妇说了什么？更重要的是，他们相信吗？“你知道克里斯爱她，”葛丝轻声说，“你知道他愿意为她做任何事。”

梅兰妮转过身来，脸上带着完全陌生的表情。“我只知道，”她说，“克里斯还活着。”

过去
1984年夏天

这次，葛丝梦见在六号公路上开车。后座的克里斯拿起玩具士兵猛敲儿童座椅的扶手，小宝宝坐在他旁边，从后视镜里看不太清楚宝宝的脸。“她在喝牛奶吗？”葛丝问克里斯，这个小家伙不但是大哥哥，还是副驾驶。

但在他回答之前，有个男人敲了敲车窗。她微笑着摇下车窗，准备给他指路。

他却在她面前挥舞手枪。“下车。”他说。

葛丝颤抖地关掉引擎。她下车（他们总是叫她下车），尽可能把钥匙丢到远处，钥匙掉在隔壁车道的中央。

“贱女人！”男人一边大骂一边冲过去捡钥匙。葛丝知道自己只有不到三十秒的时间，不足以让她解开两个儿童座椅，把两个孩子拖下车，以确保他们都平安无事。

他又追向她，她必须做决定。她边哭边慌张地搜寻后座车门的把手，“赶快、赶快。”她哭着猛拉儿童座椅的把手，把宝宝抱入怀中，然后飞奔到车子另一边，克里斯还坐在车里，但男人已经发动引擎。她手里抱着一个小孩，眼睁睁看着另一个小孩被抢走。

“葛丝、葛丝！”她醒来全身发抖，试图看清楚丈夫的脸。“你又哭了。”

“你知道的，”葛丝上气不接下气，“大家说如果你边做梦边哭，这就表示你在梦里尖叫。”

“同一个噩梦？”

葛丝点头：“这次是克里斯。”

詹姆斯一把搂住葛丝，揉揉她的大肚子，轻抚那些可能是宝宝膝盖或是手肘的小肿块。“这样对你不太好。”他喃喃地说。

“我知道，”她汗水淋漓，心跳急速，“也许……也许我该找人谈谈。”

“心理医生？”詹姆斯不屑地说，“算了吧，葛丝，这不过是噩梦。”他放缓语调继续说，“更何况我们住在班布里奇。”他吻吻她的脖子，“没有人会劫车，也没有人会抢走我们的孩子。”

葛丝抬头盯着天花板。“你怎么知道？”她轻声问道，“你怎么能确定一切都会平安无事？”然后她蹒跚走到儿子的房间，克里斯四肢大张睡在床上，小小的身体散发出无言的保证。葛丝心想，他睡觉的模样，好像知道某人会确保他的安全似的。

那年夏天格外炎热，葛丝认为这不是因为厄尔尼诺现象或是全球暖化，而是墨菲定律：任何你觉得可能出错的事，它就真的会出错。她为什么这么想呢？因为那时她刚好怀第二胎怀到四五个月，过去两星期来，每天一早气温就爬升到将近30摄氏度，葛丝和梅兰妮都带着小孩到镇上的游泳水塘消暑。

克里斯和艾米丽在水塘边，两人头靠着头，光溜溜的四肢晒得跟檀香木一样。葛丝看着艾米丽双手涂满泥巴，轻柔地贴上克里斯的脸。“你是印第安人。”艾米丽说，小指头在克里斯的双颊留下一道道泥印。

克里斯蹲到水里，两手各挖出一摊泥巴，然后把泥巴抹到艾米丽的胸前，泥巴一路滴到她的肚子上。“你也是。”他说。

“唉，”葛丝喃喃地说，“我想我最好及早改掉他这个习惯。”

梅兰妮笑笑：“你是说对女孩子动手动脚？运气好的话，等到非改不可的时候，他动手动脚的对象说不定已经穿上比基尼了。”

艾米丽从克里斯身边跳开，尖叫着跑向沙滩另一头。梅兰妮看着他们消失在峡角后面。“我最好过去把他们带回来。”她说。

“嗯，你绝对比我更早追得上他们。”葛丝说。她把头往后仰，小睡片刻，直到有人在旁边的沙地上跳来跳去，她才慢慢醒来。她睁开眼睛一看，艾米丽和克里斯站在她面前，两人全身上下光溜溜。

“我们想知道艾米丽为什么有‘阴岛’。”克里斯大声说。

梅兰妮渐渐出现在他们身后，手里握着两人丢弃的泳衣，“阴岛？”

克里斯指指他的小鸡鸡。“嗯，”他说，“我有小鸡鸡，她有‘阴岛’。”

梅兰妮淡淡一笑。“我把他们带回来了，”她说，“轮到你来回答问题。”

葛丝清清喉咙。“艾米丽有‘阴道’，”她说，“因为她是女孩子。女孩子有阴道，男孩子有小鸡鸡。”艾米丽和克里斯看看对方，一副若有所思的模样。

“她能不能买小鸡鸡？”克里斯问。

“不行，”葛丝说，“你有什么就是什么，就像万圣节讨来的糖果一样。”

“但我们要一模一样。”艾米丽抱怨。

“不，你们不会一模一样，”葛丝和梅兰妮不约而同地说。梅兰妮把泳装递给艾米丽。“把衣服穿上，”她说，“你也是，克里斯。”

孩子们依言穿上湿湿的泳衣，晃到沙滩另一端去看刚才堆的城堡。梅兰妮看看葛丝：“万圣节糖果？”

葛丝笑笑：“你知道怎么回答更好吗？”

梅兰妮坐下。“在他们的婚礼上，”她说，“我们会回忆起这件事，然后大笑一番。”

詹姆斯的猎犬查理已经病了好一阵子，前一年迈克诊断出查理患了胃溃疡，也帮它开了一些“泰胃美”“善胃得”之类的药，这些人吃的药花了不少钱，他们得喂查理吃少量非常清淡的食物，而且严禁它接近任何有培根屑的垃圾桶。但查理的病情时好时坏，有时连着几个月都没事，有时病情转剧，葛丝就带过去让迈克看看。她把账单藏起来，因为她知道詹姆斯绝对不会为了一只垂死的狗花五百美金，但葛丝拒绝考虑其他可行之道。

那年夏天查理出现新毛病。它不停喝水，抽水马桶、克里斯的洗澡水、泥坑里的水都是它的目标。过去六年来，查理从来不在家里大小便，现在却在地毯和被子上撒尿。迈克说查理说不定有糖尿病，史宾格猎犬不常患糖尿病，虽然不会致命，但控制病情相当麻烦，葛丝每天早上都得帮查理注射胰岛素。

每个星期六早上，葛丝带查理到戈德家让迈克检查，他们每星期都讨论病情为何不见好转，以及要不要让小狗安乐死。“它是只病狗，”迈克跟她说，“如果你决定让它安乐死，我绝不会怪你。”

八月的第三个星期六，葛丝走在她家和戈德家之间的小径上，查理在她脚边绕来绕去，克里斯和艾米丽也在她身边，他们已经在哈特家玩了一早上，孩子们和小狗在小径上留下一个个足迹和脚印。一行人走到戈德家时，梅兰妮按着门，孩子们跑进厨房，查理冲到梅兰妮双腿之间。“还撒尿吗？”葛丝点点头。“查理！”梅兰妮大喊，“过来！”

在小狗弄脏地毯或是冲到楼上之前，迈克出现了，小狗乖乖地跪在他旁边。“你怎么办到的？”葛丝笑着说，“我连叫它坐下都没办法。”

“这是多年训练的结果，”迈克笑笑回答，“你准备好了吗？”

葛丝转身对梅兰妮说：“帮我看着克里斯？”

“我想艾米丽够他忙了。我们今晚几点得到你家？”

“七点，”葛丝说，“我们可以送孩子们上床睡觉，然后假装我们都没小孩。”

迈克拍拍葛丝的肚子：“有这么一副小女孩的身材，你假装起来肯定非常容易。”

“你如果不是我家小狗的兽医，”葛丝说，“我这就拿球扔你。”

他们有说有笑地走向迈克在车库的办公室，完全不知道梅兰妮一直看着他们。在她眼中，他们的默契有如旧毛毯一样舒坦自然。

葛丝对着镜子旋紧左耳耳环，詹姆斯从后面走过来。“我几岁了？”他边说边伸手顺顺头发。

“三十二。”她说。

詹姆斯双眼大张。“才不是呢，”他坚称，“我三十一。”

葛丝笑笑：“你1952年出生，自己算算吧。”

“噢，天啊，我以为我三十一。”他看着太太露出笑容，“这很严重，”他说，“有时候你醒来以为今天是星期五，其实却只是星期二，我就有这种感觉。唉，我少算了整整一年。”

楼下门铃响了。“爸，”克里斯边说边跳进来，身上穿着蝙蝠侠的睡衣，“艾米丽来了，艾米丽来了。”

“去帮她开门，”葛丝说，“跟梅兰妮说我们马上下去。”

詹姆斯迎上她在镜中的双眼。“我有没有跟你说你今晚好漂亮？”他喃喃地说。

葛丝笑笑：“那是因为你从镜子里看不到我腰部以下。”

“就算是这样，你还是很漂亮。”詹姆斯轻声说，同时亲吻她的脖子。

“我有没有跟你说，”葛丝说，“我好爱三十一岁的你？”

“三十二岁。”

“噢，”葛丝皱皱眉头，“这样哦？那就算了。”她笑笑抽身。她身穿一袭金黄色丝质长袍，看起来真的很漂亮。“一起下楼吗？”她问。詹姆斯点点头，于是她关掉卧室的灯，迈步下楼。

晚宴进行到一半，狗就病了。

他们刚吃完主菜，男士们上楼帮躺在主卧室大床上的克里斯和艾米丽盖被子，詹姆斯下楼时听到一声咳嗽，接着传来一阵令人难以忽视的嚎叫。

他走到楼下，发现查理在古董地毯上吐了一地，周围还有一摊逐渐扩散的尿液。“该死的。”他低声咒骂，然后听到背后传来脚步声。他抓住查理的项圈，猛力把它拉到屋外。

“这不是它的错。”葛丝轻声说，梅兰妮已经跪在地上用擦碗巾清理地毯。

“我知道，”詹姆斯愤愤地回答，“但事情还是一样麻烦。”他转身面向迈克，迈克双手插在口袋里，站在远处观看。“你不能想个法子吗？”

“不能，”迈克说，“我不能造成它胰岛素休克。”

“这下可好了。”詹姆斯边说边用脚摩擦地毯。

葛丝从梅兰妮手中接下擦碗巾，梅兰妮慢慢站起来。“也许我们该走了。”她说。迈克点头。葛丝和詹姆斯忙着挽救古董地毯时，戈德夫妇径自上楼，他们看到小女儿跟克里斯埋在一堆床单里，两人的头发散布在同一个枕头上，一缕缕金色和黄褐色的发丝交错。迈克轻轻抱起艾米丽，一路抱着她下楼。

葛丝等在大门口。“我再打电话给你。”她说。

“好。”梅兰妮悲伤地笑笑，伸手按住大门。

迈克只多待了一会儿，他把怀中女儿温暖的身躯换个姿势。“也许是时候了，葛丝。”他说。

她摇摇头：“今晚真是抱歉。”

“不，”迈克说，“该说抱歉的是我。”

这次车匪有个狗鼻子和黑色的眼屎。“下车。”他说。葛丝慌忙下车，丢车钥匙时，她刻意丢得远一点，心想要跑得更快。

她猛力打开后座车门，拼命解开婴儿座椅的安全带，把宝宝从车里抱出来。“自己解开安全带！”她对克里斯大喊，克里斯努力尝试，但他小小的指头却派不上用场，“自己解开安全带！”

她跑到克里斯那一边时，车匪已经坐进驾驶座，把枪抵着她。葛丝的手腕上有了道刮痕。她低头看看怀里的宝宝，这才发现她始终抱着查理。

詹姆斯天还没亮就起床了，他穿上牛仔裤和T恤，心想晨雾散尽之前不知道会有多冷。他坐在餐桌旁吃了一碗麦片，刻意让脑中一片空白，然后走下通往地下室的阶梯。

查理总比任何人更早察觉他的到来，这时它已经在笼子里走来走去了。“嗨，好家伙，”詹姆斯边说边打开笼子，“你想出去？你想出去打猎？”小狗眼睛骨碌碌转动，高兴地伸出粉红色的舌头，然后蹲下来在水泥地上撒了一泡尿。

詹姆斯咽了口口水，伸手到口袋里翻找枪柜的钥匙。他拿出那把二二口径、专为克里斯保留的手枪，克里斯年纪够大了就可以用它猎兔子和松鼠。詹姆斯用硅胶布擦拭平滑的木头枪杆以及闪闪发亮的枪身，他取出两发子弹，把它们放进口袋深处。

查理赶在詹姆斯前面冲出门，善尽其责地嗅闻地面，突袭一只肥硕的褐蟾蜍。小狗绕自己的尾巴转圈，追踪自己的气味。

“来，朝这里走。”詹姆斯吹吹口哨，带着小狗走向屋子后面林木更茂密的地方。他把子弹装进枪里，看着查理在矮树丛里钻来钻去，试着追出雉鸡或是竹鸡，正如它从小所接受的训练。詹姆斯看到查理停下来，抬头看着天空。

詹姆斯走到小狗后面，泪水悄悄滑下脸庞。他的行动是如此轻缓、如此熟悉，查理甚至没有转身。然后詹姆斯举枪，一枪射中小狗的后脑勺。

“嗨，”葛丝边说边走进厨房，“你起得真早。”

詹姆斯在水槽里洗手，头抬也没抬。“唉，”他说，“狗死了。”

葛丝停步，站在厨房中央。她靠着料理台，眼泪马上夺眶而出。“一定是胰岛素，迈克说……”

“不是，”詹姆斯说，依然回避她的目光，“我今天早上带它去打猎。”

还有好几个月才是新英格兰的打猎季节，但就算葛丝觉得奇怪，她也没说什么。“是癫痫吗？”她皱着眉头问。

“不是癫痫，是……葛丝，是我动手的。”

她难以置信地捂着嘴。“你动手做了什么？”她边哭边说。

“该死的，我杀了它，”詹姆斯说，“满意了吧？我也很难过。我不是因为地毯而生气，我只想帮它，让它不要受苦。”

“所以你就开枪杀它？”

“你会怎么做？”

“我会把它带到迈克那里。”葛丝说，声调高昂急促。

“好让他帮查理打一针？”詹姆斯说，“查理是我的狗，它的事情由我处理。”他走过厨房低头看着太太。“怎么了？”他质问。

葛丝摇摇头。“我不认识你。”说完就冲出家门。

“哪种人，”葛丝问梅兰妮，握着咖啡杯的双手依然颤抖，“会射杀自己的狗？”

梅兰妮隔着餐桌凝视葛丝。“他没有恶意。”她说，但却有点言不由衷。直到几分钟前，她最要好的朋友哭着从侧门冲进来，梅兰妮才明白自己多么珍惜迈克的行医热诚。

“他不会杀他的病人，对不对？”葛丝冲口而出，仿佛能够读出梅兰妮的心思似的，“我该怎么跟克里斯说？”

“跟他说查理死了，也不必受苦了。”

葛丝伸手揉揉脸。“这样是说谎。”她说。

“这样他就不会太伤心。”梅兰妮回答。然后两人都不由自主地回想起詹姆斯做了什么，以及他为什么这么做。

葛丝回家时，克里斯在前廊阶梯上等着。“爸爸说查理死了。”他大声说。

“我知道，”葛丝说，“我很抱歉。”

“我们会把它放进棺材里吗？”

“棺材？”葛丝皱眉，詹姆斯怎样处置狗的遗体？“甜心，大概不会吧，你爸爸也许已经把查理埋在树林里。”

“查理成了天使吗？”

葛丝想到那只活蹦乱跳的猎犬，它四只脚上似乎总是长了翅膀。“没错，我想是的。”

克里斯揉揉鼻子："嗯，我们什么时候能再看到它？"

"等我们上了天堂才行，"葛丝说，"还得过好久呢。"

她抬头看着克里斯，小孩脸上充满闪亮的泪光。冲动之下，她走进屋内，克里斯紧跟在后。她走到浴室里拿起牙刷、洗发精、剃刀、黄杏气味的香水，一股脑把东西包在棉睡袍里，摆在卧室床上，然后从抽屉和衣架上胡乱扯下衣服。"如果我们去跟艾米丽住几天，"她问克里斯，"你高不高兴啊？"

葛丝和克里斯睡在戈德家的客房里，客房在兽医诊所两间检验室中间，空间不大，里面有张双人床和一个摇摇晃晃的衣柜，而且始终弥漫着酒精味。葛丝知道她们母子不请而入，情况相当尴尬，所以她帮克里斯换上睡衣，两人八点就上床睡觉。她躺在黑暗中，试着不想詹姆斯。

迈克和梅兰妮没说什么，其实他们什么也不能说，反正不管怎么说，听起来总是不对。詹姆斯已经打来四次电话，这点倒值得称许，他还两度亲自来到戈德家，葛丝却从屋里大喊不要见他。

葛丝等到楼上的水声停息，数了数克里斯均匀的呼吸声，然后蹑手蹑脚下床，她穿过走道到书房，电话的按键在黑暗中闪闪发光。

电话响到第三声时，詹姆斯接起电话。"喂？"他的声音充满睡意。

"是我。"

"葛丝，"她听得出他忽然清醒，并坐直身子，拉近话筒，"我真希望你现在就回来。"

"你把它埋在哪里了？"

“树林里的石墙旁，你愿意的话，我可以带你去。”

“我只是想知道，”葛丝说，“这样我才可以告诉克里斯。”其实她根本不打算告诉克里斯，她自己也说不清，但她害怕过了几年，哪天下了暴风雨之后走到树林里，走着走着碰到一具尸骨。

“我不想伤害查理，我根本不在乎那张该死的地毯，如果我能用地毯换回查理的健康，你知道我绝对会的。”

“但你没有，”她说，“不是吗？”她轻轻挂了电话，指节贴上唇际，过了一会儿，她才发现迈克站在面前。

他穿着一件膝盖上破个洞的运动裤和褪色的塔夫特大学T恤。“我听到一些声音，”他说，“所以下来确定你没事。”

“没事。”葛丝接着他的话回答。她想到梅兰妮总是用字精准，也想到詹姆斯今早所言：狗死了：但你若想得仔细一点，狗其实不是死了，而是被杀了，两者是有差别的。

“唉，我不太好，”她说，“我一点都不好。”

她感觉迈克的手搭在她手臂上。“他做了他觉得最适当的抉择，葛丝，动手之前，他甚至带查理去打猎。”他在葛丝身旁蹲下，“查理死的时候，身边有它最爱的人相伴。我可以帮它打一针，但它走得不会那么快乐。”他起身，拉住她的双手，“去睡吧。”他边说边带她走回客房，一只手搭上她温暖的腰际。

隔天，梅兰妮和葛丝带孩子们到水塘。两个妈妈还忙着铺毯子、摆沙滩椅和冰桶，克里斯和艾米丽就一股脑冲向水边。救生员忽然吹哨，一个身强力壮、晒得发黑、身穿红色泳衣的青少年随即跳入水塘，飞速游向一块大岩石。梅兰妮和葛丝呆坐在沙滩椅上，两人忽然同时想到：孩子们不见了！顿时吓得无法动弹。

这时，一个她们不认识的女人把艾米丽带了过来。混浊的蓝色水塘里有个身影上下沉浮，似乎被困在水中。救生员潜下水面，不一会儿破水而出，把救起的小孩拖到沙滩上。

克里斯躺得笔直，小脸发白，胸部没有起伏。葛丝推开人群，她无法言语，也无计可施，只能虚软跌坐在离儿子几英寸之处，救生员俯身，嘴唇贴上克里斯的小嘴，救回他一条小命。

克里斯的头转到一侧，吐出一摊水，一边猛咳一边哭，伸出双手寻求葛丝的慰藉。青少年救生员站起来。“太太，他应该没事了，”他说，“那个小女孩是他的朋友吧？她从岩石上滑下去，所以他跳下去救她，问题是她掉到一个站得住脚的地方，你儿子却不是。”

“妈。”克里斯说。

葛丝颤抖着转向救生员：“对不起，谢谢。”

“不客气。”青少年说，然后走回救生站。

“妈，”克里斯说，然后叫得更大声，“妈！”他伸出一双冰冷、颤抖的小手，圈住她的脸。

“怎么了？”她说，一颗心涨得好满，几乎压到肚子里的宝宝，“什么事？”

“我看到它了，”克里斯说，双眼闪烁着光芒，“我看到查理了。”

那天下午，葛丝和克里斯搬回家里，他们带着盥洗用具和衣物上楼，打开行李箱，仔细把东西放回原处。夜晚时分，詹姆斯从医院回家，上楼确认儿子已经熟睡，太太正在床上等他，感觉好像他们母子从未离家出走。

这次在噩梦中，葛丝设法把钥匙丢到比先前任何一次都远的地方，钥匙掉到停在对街的一部车子下面，她解开安全带，走到宝宝座椅的门边，设法把宝宝抱出来，却忽然听到身后又传来脚步声。

“你这个混蛋！”葛丝大叫，然后第一次在梦中出手还击。她猛踢轮胎，盯着后座，以为会在渐远的车中看到儿子的脸，不料竟看到她丈夫伸手到车后松开克里斯的座椅。她不禁纳闷：自己为什么这才注意到詹姆斯始终坐在副驾驶的座位上？

现在
1997年11月

“我要帮克里斯雇一位律师。”詹姆斯星期六吃晚饭时宣布。这话像打嗝一样脱口而出，他说完还拿起餐巾擦擦嘴，好像能把话收回去讲得更委婉似的。

律师！葛丝手中离餐桌仅几英寸的餐盘铿的一声滑落到桌面。“你说你要怎样？”

“我私下跟葛瑞·莫尔豪斯谈到此事，你还记得在同学会上碰到过他吗？他建议我这么做。”

“但是克里斯没犯罪，心情沮丧又不犯法。”

凯特一脸怀疑地转身看着爸爸。“你是说他们认为克里斯杀了艾米丽？”

“绝对不是，”葛丝双臂交叉说道，忽然全身发抖，“克里斯不需要律师，没错，他确实得看心理医生，但律师……”

詹姆斯点头：“克里斯告诉安玛丽这是一桩双重自杀，而且只有他和艾米丽牵涉在内，葛瑞说这样一来，克里斯等于承认自己是嫌犯。”

“这是哪门子疯话。”葛丝说。

“葛丝，我不是说克里斯犯了他们所说的罪行，”詹姆斯轻声说，“但我认为我们应该有所准备。”

“你不能这么做。”葛丝说，她声音发颤，“你不能为了一桩根本没发生的案子聘请律师。”

“葛丝……”

“你不能，詹姆斯，我不会让你这么做。”她把自己抱得更紧，两只手几乎要在背后相碰，“如果他们发现我们聘了律师，就会以为克里斯有所隐瞒。”

“他们已经认为如此了。他们正对艾米丽进行解剖，还把枪送去检验，你我都知道发生了什么事，克里斯也知道，我们难道不该让一位专业人士告诉警方真相吗？”

“根本什么都没发生！”葛丝大喊，然后忽然转身面对厨房。“什么都没发生。”她重复道，但她的良知却说，*你敢跟梅兰妮这样说吗？*

她忽然记起有天克里斯醒来，伸出手臂抱住她的脖子，在那一刻，她发现克里斯闻起来不再像是小宝宝。他的气味普通，不再充满甜美的奶香。她不自觉地抽身，似乎不是因为他吃下的食物起了变化，而是从此之后，这个摇摇学步的小男孩已有能力隐瞒过错。

葛丝深深吸了几口气，然后朝着餐桌转过身来，凯特垂头丧气地看着盘子，洁白的盘中聚积点点泪珠。没人碰餐盘上的餐点，詹姆斯的椅子已经空荡荡。

凯特不自在地站在哥哥病房门口，一只手握着门把，以防哥哥忽然发狂，变成一头油腻金发的疯小孩，就像刚才她跟妈妈穿过走廊时看到的那个一脸阴沉地躲在轮床后面的疯小孩。其实她根本不想来探病，克里斯星期二就能回家了，更何况医生说他现在需要有一群关心他的人在身边，但凯特认为其中不包括她。过去一年来，她和哥哥的互动大多充满敌意，两人为了谁在浴室里待得比较久，谁先没敲门就进来，或是她刚好逮到他把手伸到艾米丽的毛衣里而争吵。

一想到克里斯被关在整间都覆盖着橡胶软垫的房间里，她就深感惊恐，唉，也许不是那种房间，但情况也好不到哪里去。他看起来不太一样，双眼都有黑眼圈，脸上带着失神的表情，好像大家都跟他过不去，绝对不是那个去年缔造蝶泳纪录的游泳明星。凯特心中一阵刺痛，暗自发誓从今以后一定让克里斯先用浴室。她前一阵子老跟他大喊“去死吧”，想不到他竟然真的差点进了鬼门关。

“嗨。”凯特说。她声音有点发抖，自己听了都不好意思。她往旁边一瞥，却很惊讶地发现妈妈不见踪影，“你感觉如何？”

克里斯耸耸肩说：“他妈的糟透了。”

凯特咬咬嘴唇，试图想起妈妈先前提醒她的话：*逗他开心，别提到艾米丽，聊些小事*。“我们……我们的足球队赢了。”

克里斯双眼无神地看看她，什么都没说，但也没必要明说。*艾米丽死了，凯特*，他轻蔑地哼气，*你认为我会在乎你那些愚蠢的足球赛吗？*

“我踢进了三分。”她结巴地说。也许她最好不要面向他……她转身面对窗户，从窗户看出去是个吐出浓烟的焚化炉。“上帝啊，”她吸了口气说，“我可不想让一个想自杀的人看到这番光景。”

克里斯发出声音，凯特赫然转身，用手遮住嘴巴。“噢，我不应该这么说……”她喃喃自语，然后发现克里斯在笑，她让他笑了。

“他们叫你跟我说什么？”克里斯问。

凯特坐在床沿。“什么能让你开心，就说什么。”她坦承。

“你告诉我什么时候举行葬礼，”他说，“我就开心。”

“星期一，”凯特说，她用手肘撑住身子，享受短暂的互信，“但我百分之百、确确实实不该告诉你。”

克里斯慢慢露出苦笑。“别担心，”他说，“我不会出卖你的。”

星期一早上，葛丝和詹姆斯走进病房时，克里斯已经坐在床边，身穿一件不合身的蓝色休闲裤和上星期五晚上穿的衬衫。虽然已经洗去血迹，但布料上的污点仍像鬼影一样挥之不去，在日光灯下变成了粉红色。眉毛上的小绷带取代了原本绕在头上的纱布，他的头发依然潮湿，梳理得很整齐。“好，”他边说边站起来，“我们走吧。”

葛丝停步：“走去哪里？”

“去参加葬礼，”克里斯说，“你们不是打算把我留在这里吧？”

葛丝和詹姆斯互看一眼，他们正有此意，青少年精神病房的心理医生衡量情况之后，建议最好不要让他去，虽然参加葬礼可以减轻悲伤，但却会让他想到艾米丽已经不在人世，他也许会因而丧失求生意志。葛丝清清喉咙：“艾米丽的葬礼不是今天。”

克里斯看着她一身黑衣以及爸爸的正式服装。“我猜你们不是要去跳舞吧。”他说完走向他们，行动迟缓而不协调，“凯特跟我说了，”他解释，“而且我要去。”

“甜心，”葛丝边说边伸手握住他的手臂，“医生们觉得你不去比较好。”

“去他的医生，妈，”他嘶哑地说，一把甩掉她的手，“我要看看她，我要在跟她相会之前看看她。”

“克里斯，”詹姆斯说，“艾米丽过世了，你最好不要多想，专心疗养。”

“就这样吗？”克里斯说，声音更加高亢，“这么说来，如果妈死了，葬礼那天，你被困在医院，医生跟你说你病得太重，不能出去，你就翻身继续睡？”

“这是两回事，”詹姆斯说，“你的情况可不像摔断了腿。”

克里斯对着他们大喊：“你们为什么不干脆明说？你们以为我看到艾米丽下葬之后会跳崖自杀？”

“你出院那一天，我们可以去墓园。”葛丝保证。

“你们不能限制我出去。”克里斯边说边蹒跚走到门口，詹姆斯跳起来捉住他的肩膀，他猛然挣脱爸爸的控制。“放开我！”他喘着气大喊。

“克里斯，”詹姆斯竭力控制住他，“别这样。”

“我可以自己签名出院。”

“他们不会让你出院，”葛丝说，“他们知道今天是葬礼。”

“你们不能这样对我！”克里斯边说边猛然推开詹姆斯，还伸出手臂在詹姆斯的下巴上敲了一记。詹姆斯摇摆退后，一只手遮住嘴，克里斯已经冲出门外。

葛丝跟着冲出去。“拦住他！”她对办公区的护士大喊。她听到身后一片混乱，但她无法将视线从克里斯身上移开。她看着他拼命用力，却依然拉不开紧锁的层层大门。她看着护士们把他的手臂扭到背后，朝他的肱二头肌上打了一针。她看着他颓然倒在地上，双眼传达出控诉，嘴中喃喃念着“艾米丽”。从头到尾，葛丝始终看着儿子。

葬礼之后为女儿守丧是迈克的主意。梅兰妮拒绝参与任何准备工作，所以迈克得自己订购硬面包圈、熏三文鱼、色拉、咖啡和饼干，等到大伙儿从墓园返回家中之时，有些邻居（但不包括葛丝）已经把食物摆放在饭厅餐桌上。

梅兰妮带瓶镇静剂直接上楼，迈克坐在客厅沙发上，接受牙医、兽医诊所同事、亲友以及艾米丽朋友们的吊唁。

艾米丽的朋友们成群结队走过来，队伍乱七八糟，看起来好像随时会解散，女儿也许会从队伍中冒出来。“戈德先生，”有个女孩说，迈克不确定她叫海瑟或是海蒂，女孩淡蓝的双眼充满悲伤，“我们不知道会发生这种事情。”

她碰碰他的手。她的手白皙柔软，跟艾米丽的手一般大小。

“我也没料到。”迈克回答，第一次发现这话的确属实。从表面上看来，艾米丽过得充实愉快，是个活泼美丽的少女。他对于眼中所见的她感到满意，所以从来没想过深入观察。他怕看得太深会发现性、药物等问题，也会看出一些他还不愿艾米丽做出的成人抉择。

他还握着海瑟的手，她的椭圆形指甲小巧细致，好像一枚枚收藏在口袋里的贝壳。迈克抓着女孩的手在自己的脸颊上搓揉。

女孩后退一步，猛然抽回手。她十指紧握，双颊泛红，然后转身离开，马上消失在她的朋友群中。

迈克清清喉咙，他想说几句话，但说些什么呢？*你让我想到她，我好希望你是我女儿？*说什么似乎都不对。他起身，穿过一群请他节哀、泪汪汪的亲戚，径自走到玄关。“对不起。”他说，语气坚定决然。等到每双眼睛都转向他，他才继续说：“梅兰妮和我谢谢大家的光临，我们……我们谢谢你们的关怀与支持，你们想待到什么时候都可以。”

然后，在五十位亲朋好友难以置信的注视下，迈克·戈德走出了自己的家。

警卫森严的精神病房有两次探病时间：一次是早上九点半，一次是下午三点。葛丝不但两次都来，而且还说动护士让她待到探病时间结束之后，因此，当克里斯跟心理医生会谈结束或是洗完澡之后，他通常发现妈妈依然在病房里等候。

但在艾米丽下葬那天，克里斯被强行打了一针，昏昏沉沉醒来之后，妈妈却不在身旁。他不知道这是因为还没到三点，还是医生鉴于先前的喧闹而禁止妈妈来访，也许妈妈觉得不该对他做出这种事，所以不敢来见他。他慢慢起身，伸手摸摸脸，他的嘴干得像砂纸，头晕目眩，好像脑子里有只苍蝇四处飞舞。

一位护士小心翼翼推开门。“噢，太好了，”她说，“你醒了。你有访客。”

如果是妈妈来跟他说关于葬礼的事，那么他不想见她。他想知道所有细节：棺木斜角的设计，颂赞艾米丽的祷词，她下葬之处的泥土摸起来感觉如何。妈妈不可能记得这些细节，与其听她编出一些话东拼西凑，还不如干脆别听。

护士让到一旁，艾米丽的爸爸走了进来。“克里斯。”他在离病床一英尺之处停下来，显得相当不自在。

克里斯觉得胃部一阵翻腾。

“或许我不该来。”迈克说完脱下外套，搁在双手上扭绞，“其实我知道我不该来。”他把外套放在椅子上，双手插到长裤口袋里，

“你知道的，艾米丽今天下葬。”

“我听说了，”克里斯说，暗自庆幸自己听起来平稳，“我想去。”

迈克点点头：“她也会希望你来。”

“他们不让我去。”克里斯说，声音变得嘶哑。他试着低下头，这样一来，迈克才看不到他的眼泪。他直觉以为艾米丽的爸爸跟自己的爸爸一样，认为弱者才会哭。

“我不确定参加葬礼有多重要，”迈克慢慢说，“你在最重要的时刻陪伴了艾米丽。”他盯着克里斯，一直盯到克里斯移开视线。“告诉我，”迈克轻声说，“告诉我星期五晚上发生了什么事。”

克里斯瞪着迈克，心中一惊，倒不是因为这个问题，而是因为他在迈克脸上看到了艾米丽的容颜，他们父女都有一对湛蓝的双眼，下巴流露出同样的坚毅，克里斯从迈克的嘴角看到了艾米丽的微笑，他不难想象提出问题的是艾米丽，而不是迈克。**告诉我**，她哀求，双唇依然因他的亲吻而湿润，鲜血从太阳穴流下。**告诉我发生了什么事**。

他缓缓移开目光：“我不知道。”

“你一定知道。”迈克说。他捏住克里斯的下巴，青少年散发出的热气如此炽热，令他几乎马上松手。他试了五分钟让克里斯再开口，他想让克里斯说出某些话语或是细节，他好将其摆在胸前口袋里，仿佛是人们藏下的情书或幸运符。但当迈克离开病房时，他唯一确定的是，克里斯不敢直视他的双眼。

安玛丽·玛洛关上办公室的门，踢掉鞋子坐下来，眼前是艾米丽·戈德的解剖报告。她在椅子上盘起双脚，闭上眼睛，刻意让脑中净空，这样她才可以客观阅读这份报告。她顺顺头发，瞪着报告，直到字句开始在纸上跳动。

伤者是十七岁的白人女性，头上挨了一枪之后被送进医院，已无意识。入院几分钟之后，伤者的血压降到50~70，十一点三十一分宣告不治。

初步检验显示右太阳穴伤口周围有灼伤痕迹。子弹没有直接穿越脑部，而是穿过颞叶和枕叶，擦伤小脑，然后从后脑壳中央穿出。枕叶部位有个四五口径手枪的子弹碎片，伤口显示子弹直接从头壳射入脑中。

整体而言，诚如克里斯·哈特所言，病人死于自杀。

安玛丽阅读第二页报告时，却兴起一股毛骨悚然的感觉。外伤检验显示病人右手手腕淤青，法医在艾米丽的指甲里发现皮肤碎屑。

这些都是挣扎的迹象。

她站起来，想到克里斯·哈特。她还没收到枪支检验报告，但这也没关系，他从家里拿了这把四五口径柯尔特手枪，枪上肯定布满他的指纹，至于艾米丽的指纹是否也在枪上，则有待进一步检验。

她觉得不太对劲，于是翻回报告的第一页。法医仅粗略检验子弹入口和出口的伤痕，但安玛丽已经看出问题。她举起右手，比出一把枪的手势，顶着自己的太阳穴，她弯弯大拇指，假装开枪，按照常理而言，子弹应该从左耳附近出来，但子弹却从艾米丽的后脑壳离右耳几英寸之处穿出。

安玛丽扭动手腕，好让假想中的枪射出类似的轨迹。她得抬高手肘，把手肘弯到一个奇怪的角度，枪才会几乎跟太阳穴平行，一个人若打算从头部开枪自杀，这种姿势未免太不自然。

但如果开枪的人站在你正前方，那么子弹的轨迹就说得通了。

但是为什么呢？

她翻到解剖报告最后一页，阅读胆囊、消化器官和生殖系统等整体检验，忽然间，她深深吸口气，套上鞋子，拿起听筒，打电话到检察官办公室。

“戈德太太，”安玛丽在电话中说，“我拿到了你女儿的解剖报告，你们什么时候方便，我想把报告拿给你们。”

梅兰妮在脑中反复咀嚼这些字句，安玛丽的请求听起来不太对劲，她左思右想，试图解析究竟哪里不对。她从不同的角度思索，仿佛大脑是个万花筒，也许探长的语调太客气，听起来跟前几次见面时大不相同；也许仅是因为“解剖”和“你女儿”出现在同一个句子里，听了就令人不高兴。

梅兰妮和迈克坐在沙发上，两人双眼大张，好像难民一样紧抓着对方的手。安玛丽坐在对面一把椅子上，艾米丽尸体传达出的事实摊放在咖啡桌上，这些是她所能给予的最后信息。

“我就直说吧，”探长说，“我相信你们女儿的死因不是自杀。”

梅兰妮觉得整个人像阳光下的奶油一样软化。这不就是她所希望听到的答案吗？眼前这位权威的执法人员正告诉她：*这不是你的错；你没看出你女儿想自杀，因为你女儿根本无意自杀。*

“检察官认为我们有足够的证据把此案提报给大陪审团，而且将嫌犯以谋杀罪起诉，”探长说，“两位是艾米丽的父母，不管你们决定要不要参与，我们依然会进行，但我希望两位能提供检察官所需的证据。”

“我不明白，”迈克说，“你的意思是……”

“你女儿遭人谋杀，”安玛丽坚定地说，“而且嫌犯极可能是克里斯多弗·哈特。”

迈克摇摇头：“但他说艾米丽射杀了自己，他们也计划一起自杀。”

“我知道他说了什么，”探长放缓口气，“但你女儿的解剖报告却呈现出不同说法。”她翻到报告第一页，上面布满陌生的图表和数字。“简而言之，法医证实艾米丽确实死于头部中枪，但是……”她指指同一页的下方，“证据显示艾米丽曾经挣扎。”

梅兰妮听不进去，她双手交握在膝上，假装克里斯·哈特是个藏身在她双手间的袖珍人型，她合起手掌，紧紧压平，压到他完全不能呼吸。

“等等，”迈克边摇头边说，“我不相信克里斯·哈特杀了艾米丽。他全身上下没有半个不良细胞，上帝啊，他们从小一起长大。”

“闭嘴，迈克。”梅兰妮咬紧牙根说。

他转身对她说：“你知道我说得没错。”

“闭嘴。”

迈克又瞪着探长。“我看过电视上的法律节目，我知道执法人员可能犯错，你们在解剖报告中提到的证据一定另有合理的解释，而跟谋杀无关。”他慢慢吸口气，“我了解克里斯，”他轻声说，“如果他说他和艾米丽打算一起自杀，虽然我不明白为什么，我也非常震惊，但我相信他们真的有此打算。他不可能说出令人这么伤心的谎言。”

“如果这关系到他自己的性命，”安玛丽说，“他或许会。”

“玛洛探长，”迈克回答，“我无意冒犯，但你三天前才跟这两个孩子碰面，我已经认识他们一辈子了。”

迈克强烈感觉到安玛丽·玛洛正在衡量他的为人，哪种父亲会跟可能谋杀自己女儿的男孩站在同一边？“你的意思是，你相当了解克里斯·哈特？”她说。

“跟了解自己的女儿一样。”

探长点点头。“这么说来，”她不紧不慢地说，同时翻到报告的最后一页，“如果我跟你说艾米丽怀孕了，你应该不会太吃惊吧？”

“十一个礼拜，”梅兰妮表情呆滞地说，“她知道自己怀孕已经两个月了，我应该知道的，她很久都没叫我买卫生巾。”她绞弄双手间的床单，“我甚至不知道他们已经发生关系。”

迈克也不知道。安玛丽离开之后，他满脑子只想着这件事。他想的倒不是艾米丽肚子里的小生命，而是她怎么会怀孕。层层剖析之后，他不得不承认女儿是个货真价实的小女人，他不想接受也没办法。

“他们也许就是为了这事吵架。”梅兰妮喃喃地说。

迈克翻身面对太太，她的脸贴着枕头翻来覆去，他几乎看不清。“谁在吵架？”他问。

“克里斯和艾米丽，”梅兰妮说，“他会叫她把孩子拿掉。”

迈克瞪着她：“你不会吗？再过一年她就要上大学了。”

梅兰妮轻蔑地哼了一声：“我会尊重她的决定。”

“你在说谎，”迈克说，“因为现在已经无所谓了，所以你才这么说。”他用手肘撑起身子，“你甚至不知道她有没有告诉克里斯。”

梅兰妮从床上坐起。“你到底怎么回事？”她哼了一声，“你女儿死了，警方相信克里斯杀了她，你却一直为他辩护。”

迈克望向他处。他们身下的床单皱巴巴，时间在夫妻床上所留下的皱折，正如岁月在脸上留下的痕迹。他试图抚平床单，却徒劳无功。“你在殡仪馆里说，最好的一切也不能让艾米丽死而复生，诋毁克里斯也不能。就我看来，艾米丽留下的只有克里斯，我不想看他也被毁了。”

梅兰妮瞪着他。“我无法理解你。”她说，然后拿起枕头，走出卧室。

星期二早上，太阳刚露脸，詹姆斯已经起床穿好衣服。他站在前廊，手里握着一叠黄色的告示，呼出的鼻息形成一个个小圆圈。猎鹿季节虽然已近尾声，但詹姆斯已下定决心。他终于找到一些多年前购买却一直搁在阁楼里的告示，他把铁锤勾在皮带的扣环上，朝着家附近走去，口袋里的铁钉叮当响。

他走到车道边的一棵树旁，松开铁锤，在树上钉下第一个告示。然后他前进到几英尺之外的另一棵树旁边，钉下第二个告示。**安全区域**，告示上写道。这种告示传达出比一般牌子更慎重的警告，猎人们看了就知道三百英尺之内有住家，流弹可能造成严重后果。

詹姆斯前进到第三、第四棵树。他上次钉下告示是克里斯小时候，那时他每隔二十英尺左右钉一个，这时他却在每棵树上钉下告示。成百张告示在微风中摇摆，黄色的告示映着漆黑的树干，耀目中带着一丝阴沉。

詹姆斯站到路旁看着自己的杰作，他盯着张张告示，想起人们随身携带的护身符、阻挡恶魔的红巾以及犹太人涂抹在门柱上的羔羊鲜血，他不禁猜想自己究竟打算阻挡什么。

过去

1989年

克里斯挤在艾米丽旁边，两人的手抓住话筒。“你是胆小鬼。”他喃喃地说，拨号声在他耳中隆隆作响。

“我不是。”艾米丽轻声地说。

有人接起电话。克里斯感觉艾米丽的手指捏着他的手腕。“哈喽？”

艾米丽压低声音：“我找隆伟格先生。”

“对不起，”接电话的女人说，“他现在不方便接电话，我可以记下留言吗？”

艾米丽清清喉咙：“他真的有吗？”

“有什么？”女人问。

“一个很雄伟的‘老二’？”①

艾米丽随后用力挂了电话，狂笑着滚到一堆电话簿的纸张中。

克里斯笑了一阵子才停下来。“想不到你真的做了。”他说。

“那是因为你是蠢蛋。”

克里斯对她邪邪一笑。“最起码我不姓‘隆伟格’。”他随手翻翻掉落在一旁的电话簿。“接下来打给谁？”他问，“噢，这里有个

---

① 原文是“Mr. Longwanger”，在美国俚语中，“wanger”隐射男人的生殖器，这里艾米丽和克里斯打电话恶作剧，捉弄“大老二”先生。

‘理查·莱瑟’，我们可以问他‘老二先生’在不在家。”[①]

艾米丽仰躺。“我知道了，”她说，“我们假装张伯伦先生，打电话给你妈妈说你在学校闯祸了。”

“她哪会相信我是校长。”

艾米丽嘲弄说：“胆小鬼，胆小鬼。”

“你打，”克里斯挑衅，“她听不出校长秘书的声音。”

“如果我打，你会给我什么？”艾米丽问。

克里斯翻翻口袋说：“我给你五块钱。”艾米丽伸出手，他握了握，然后把话筒递给她。

她拨号，捏住鼻子。“哈喽，”她装出鼻音，“我找哈特太太。我是校长办公室的菲丽丝，你儿子闯祸了。”艾米丽神气地看着克里斯，“闯了什么祸？嗯，请你赶快过来，带他回去就行了。”说完马上挂了电话。

“你干吗做这种事？”克里斯喃喃抱怨，“她会专程开车去学校，然后发现我一小时之前就离开了！我会被禁足一辈子。”他双手顺顺头发，侧身躺在艾米丽的床上。

她从背后抱住他，下巴顶在他肩膀上。“如果你被禁足，”她喃喃地说，“我会陪你。”

克里斯低头坐着，他爸妈像大树一样站在他面前，他心想，全天下夫妻是不是都像这样：其中一人大喊大叫，另一人跟着唠叨，看起来好像一个双头巨人。“你讲话啊，”他妈妈愤愤结束训话，“你有

① “Richard”简称“Dick”，在美国俚语中，“dick”亦有生殖器之意。

什么好说的？”

“对不起。”克里斯马上回答。

“抱歉也弥补不了愚行，”他爸爸说，“为了赶去学校接你，你妈妈取消会议，说对不起也没用。”

克里斯本来想说，只要妈妈运用逻辑思考，就会知道下午这个时候学校里不可能有学生，但他考虑了一会儿还是没说。他又低下头，凝视地毯的纹路，他真希望他和艾米丽打电话恶作剧时，能记得妈妈的生意刚刚开始起步，但他们一下子就玩疯了，他怎么记得？况且，站在队伍里帮一些不想浪费时间的人排队，这算哪门子生意？

“我对于你和艾米丽期望很高。”他妈妈说。

嗯，这话听了一点都不惊奇。每个人对他和艾米丽总是期望很高，好像大家都知道某个宏大的计划，只有他们两人浑然不知。有时克里斯真希望能够偷瞄生命之书的最后一页，看看结果究竟如何，这样他就不必浪费精神做样子。

“除了上学之外，你三天不准离开房间。”他爸爸说，“我们看看这样能不能让你好好反省，让你想想这个小玩笑造成多少人不便。”然后，爸妈像只双头怪兽似的走出房间。

克里斯跳回床上，伸出手臂遮住眼睛。天啊，他们真讨厌。就算妈妈去找张伯伦先生，而张伯伦先生不知道克里斯闯了什么祸，这又有什么大不了？一个月之后根本不会有人记得。

他拉开卧室窗户的窗帘，窗户面向静悄悄的东方，正好面对艾米丽的卧房。其实距离太远，两人看不到彼此，但最起码看得见窗户透出的光线。克里斯知道艾米丽也被大骂一顿，他只是不确定她爸妈是在卧室还是在厨房里训她。他在床边的台灯旁坐下，关掉台灯，房间顿时一片漆黑。然后他扭开开关，关灯，开灯，关灯，开灯。

四次一阵漆黑，然后三次比较短暂的漆黑。

他站起来在窗边等候。艾米丽的窗户在树枝中若隐若现，先是一片漆黑，然后灯又亮了。

他们去年在夏令营学会摩斯密码，艾米丽的房间继续忽明忽暗：H……I。

克里斯又用拇指按按台灯的开关。H……O……W……B……A……D。

艾米丽的房间暗了两次。

克里斯做了三次暗号。

他笑笑，靠在床头，看着艾米丽对他诉说的话语在夜空中闪烁。

门外走廊上，葛丝和詹姆斯跌坐在墙边，忍住不笑出声。“你相信吗？”葛丝笑着说，“他们打电话给一个叫作‘隆伟格’的家伙！”

詹姆斯戏谑一笑：“我也不知道自己能不能忍住不笑。”

“刚才吼他的时候，我觉得自己像个老古板。”葛丝说，“我才三十八岁，但感觉跟杰西·赫尔姆斯没什么两样。”

“我们一定得将他禁足，葛丝，不然他会乱打电话，问说亚伯王子在不在罐子里。”

“什么亚伯王子在不在罐子里？”①

詹姆斯呻吟一声，拉着她站起来。“你永远不会是老古板，因为那个头衔已经属于我喽。”

① “Prince Albert in a can”是个俚语，意思也是打电话恶作剧。

葛丝走进他们的卧室。“好，你可以是个糟老头，我则是那个闯进校长办公室、坚持自己儿子做错事的疯女人。”

詹姆斯大笑：“他们真的让你上当了，对不对？”

她把枕头丢向他。

詹姆斯抓住她的脚踝，弄得她一边尖叫一边从他身边滚开。“你不该对我丢枕头，”他说，“我或许不年轻，但我还没入土呢。”他把她压在身下，感觉到她渐渐放松，他轻抚她乳房的曲线以及喉头的细纹，双唇盖上她的嘴。

葛丝让自己纵情于回忆，她想起十多年前房子刚盖好时，屋里依然弥漫着油漆和木板地的味道，医院也少有空闲时刻；她回想起她和詹姆斯在餐桌上、储藏室里吃过早点后做爱，好像一当上驻院医生，他脑中那些清教徒观念全都消失无踪。

“你啊，”他吻着她的太阳穴说，“想太多了。”

葛丝埋在他颈间微笑，很少人对她发出这种指控。“好吧，也许我该凭着感觉走。”说完她就把手悄悄伸到詹姆斯的衬衫里，慢慢往上滑，他背部的肌肉如同潮水一般随之紧绷。过了一会儿，她推得他侧躺，拉下他裤子的拉链，握住他炽热的男性象征。

然后她抬头一看，双眼闪闪发亮。“我想你也是‘隆伟格’先生喽？”

詹姆斯邪邪一笑：“任你差遣。”

他移到她身上，缓缓进入她。她深深吸口气，然后什么也不想了。

亲爱的日记：

班上的天竺鼠“小布”要生小宝宝了。

梦娜·瑞普林今天在学校说，上体育课时，她在墙垫后面吻了肯尼·罗伦斯，这实在太疯狂了，因为大家都知道肯尼是全四年级最粗鲁的男孩。

克里斯当然除外，但克里斯不像其他男孩。

克里斯为了写读书报告，正在读拳王阿里的自传。他问我在做什么，我跟他讲了骑士兰斯洛特、格温娜维尔和亚瑟王的故事，但讲到一半就停了。他也许想知道关于骑士的故事，但我却跳过那些部分。

格温娜维尔和兰斯洛特相处的时光是全书最精彩的部分，他黑发黑眼，他把她从马上抱下来，还称她为“夫人”，我打赌他像善待水晶蛋一样照顾她，甚至不准任何人在那些宝贝的水晶蛋附近呼吸。亚瑟王是个老混蛋，格温娜维尔应该跟兰斯洛特私奔，因为她爱他，而且因为他们注定彼此相属。

我觉得这样非常浪漫。

如果克里斯知道我这么迷童话故事，我不如死了算了。

过了几天，在艾米丽的挑战下，克里斯从图书馆书架上偷了一本《性爱圣经》。

他把书藏在外套里，直奔两人家附近的秘密藏身地，这里有块形状像是直角三角形的大石头，你可以在石板上跳来跳去，也可以躲在石板下方，他们小时候曾在这里捉迷藏，也曾把这里当作海盗洞穴，或是印第安小屋。克里斯把地上的松树针叶踢到一旁，抽出外套里的书，坐到艾米丽旁边。

两人好一阵子都没说话，他们歪着头研究书上交缠的人体和紧紧交握的双手，艾米丽用手指轻抚一张钢笔绘制的侧面图，图片上的男人紧贴在女人背后。“我看不懂，”她轻声说，“这样哪会快乐？”

“真正做了肯定不一样。”克里斯回答。他翻到下一页，“哇，”他说，“这简直是体操动作。”

艾米丽翻回书的最开头，停在开头的某一页，书页上有个女人躺在男人上面，整个身子罩住他，两人的双手紧紧交握。

“这有什么了不起，”克里斯说，“你也像这样把我按在地上好多次。”

但艾米丽没听他说话，她看另一页看得出神，书页上依然是一男一女，但两人坐着，双腿像螃蟹一样伸展，双手交握稳住身子。两人的身体看起来像个大盘子，好像做爱是为了创造出某样东西，借此承接对彼此的感情。“你如果真的爱某个人，感觉一定非常不同。”艾米丽说。

克里斯耸耸肩。“肯定是吧。”他说。

葛丝帮克里斯换床单时，发现藏在床垫和弹簧架之间的《性爱圣经》。

她拾起书随意翻阅，看到许多她早已忘记的姿势。她把书紧搂在胸前，走出房间，前往戈德家。

梅兰妮出来开门，她一只手握着咖啡杯，另一只手接下葛丝一语不发递过来的书。“嗯，”她边说边端详书的封面，“这肯定超过敦亲睦邻的尺度。”

“他才九岁，”葛丝脱口而出，一把将外套扔到厨房地上，重重地坐到椅子上，“九岁的孩子应该想着棒球，而不是性。”

“说不定他们想到棒球，就会想到性。”梅兰妮推测，“你知道的，登上一垒、二垒，诸如此类的事。”

“谁让他从图书馆借出这本书的？”葛丝质问，然后转身面对她的好友，“哪种大人会让小孩做这种事？”

梅兰妮检视书的背面。“没有人会让孩子这么做。”她说，“这本书根本没被借出。”

葛丝把脸埋在双手中。“这下好了，他变态，而且偷东西。”

厨房的门又被推开，迈克走进来，手里抱着一大箱兽医用品。“女士们，”他边打招呼边把箱子重重地放到地上，“怎么了？”他瞄了梅兰妮一眼，不怀好意地笑笑，然后把书从她手中拿过来。“哇，”他边说边翻翻，“我记得这本书。”

“但你读这本书的时候是九岁吗？”葛丝问。

迈克笑笑：“我能保持沉默吗？”

梅兰妮转身面向他，一脸惊讶。“你那么小就注意到女孩子？”

他轻啄一下她的头顶。“我如果不早点起步，”他说，“怎么可能像现在一样充满性感的爆发力？”他在葛丝对面坐下，把书悄悄递给她，“让我猜猜，你在他床垫下发现了这本书，我自己就把《阁楼》杂志藏在那里。”

葛丝揉揉太阳穴。“我们如果再把他禁足，社工肯定要上门了。”她一脸愁容地抬头瞄一眼。“也许根本不该处罚他，”她说，“也许他只想多了解女孩子。”

迈克扬起眉毛："等他找到答案，你可不可以请他过来帮我指点迷津？"

梅兰妮同情地叹口气："换作是我，我也不知道该怎么办。"

"先别这么说，"葛丝提醒她，"你怎么知道艾米丽不是共犯？这两个孩子做什么都在一起。"她看看迈克，"说不定她是主谋。"

"艾米丽才九岁。"他说，这个想法令他反胃。

"没错。"葛丝说。

葛丝一直等到儿子把房间翻得东倒西歪，然后她敲敲门，一进去就看到乱七八糟的衣服、手套和曲棍球球棍，儿子也一脸焦虑。"嗨，"她和颜悦色地说，"什么东西不见了吗？"她看着克里斯脸上冒出不同深浅的红晕，然后她从背后伸出双手。"你在找这个吗？"她问。

"这跟你想的不一样。"克里斯马上说。葛丝大感惊讶，他什么时候学会如此轻易撒谎？

"你觉得我怎么想？"

"我读了一些不该读的东西。"

葛丝坐到他床上。"这是个事实，还是你觉得如此？"她放缓语调，手掌轻抚书封，"你为什么觉得不该读这些东西？"

克里斯耸耸肩："我不知道，那些裸体照片吧。"

"这就是你为什么想读？"

"我想是吧，"克里斯看起来好可怜，她几乎替他感到抱歉，"偷拿书的时候觉得这个点子还不错。"

她凝视儿子的头顶，忽然想起他出生时，产房一位护士拿面镜子摆在她大腿间，这样一来，她就看得到刚出生、柔软湿润的小宝宝。

“我们能不能忘了这回事？”克里斯哀求。

她想放他一马，他在她身旁坐立不安，好像是只被钉住的蝴蝶，她看了有点不忍心。但她无意中低头看到他的手紧抓着瘦巴巴的膝盖，那已不是一双像小宝宝般柔软的、如同感恩节游行队伍中的气球般圆滚滚的胖手，在某个葛丝忙到没注意的时刻，这双手已布满骨节和青筋，几乎比她自己的手还大，也已令她想起詹姆斯的双手。

葛丝清清喉咙，这个坐在她面前、她光是摸摸脸就能认得出来、还不会说话就叫得出她名字的男孩，已经变得让她不认识。现在他一听到“女人”这个字眼，想到的不再是葛丝的轮廓和妈妈的拥抱，而是一个有着丰胸和丰臀的无名女子。

什么时候变成这样的？

“你如果有问题，嗯……有关……有关这方面的问题，你可以问你爸爸或是我。”葛丝勉强挤出话，暗自祷告他会求教于詹姆斯。她不知道自己为什么想要当面质问克里斯，就目前情况看来，她实在不知道谁比较难为情。

“我的确有些问题。”克里斯看着大腿，扭搅双手，“书里的一些图片，嗯……有些……有些看起来……”他抬头看看，“好像行不通。”

葛丝伸手摸摸儿子的头。“如果行不通，”她只说，“我们就不会有你了。”

艾米丽和克里斯坐在床上用毯子搭成的帐篷里，一只手电筒好端端地摆在两人光溜溜的双脚间。克里斯的爸妈参加医院募款餐会，拜托戈德夫妇照顾克里斯和他妹妹。凯特洗澡之后就睡了，但克里斯和艾米丽打算熬到半夜，梅兰妮不到九点就送他们上床，叫他们关灯睡觉，但他们知道如果不出声，没有人会逮到他们。

“怎样？”克里斯逼问，“‘真心话’或‘大冒险’？”[①]

“我选‘真心话’。”艾米丽说，“假装是校长秘书打电话给你妈妈……这是我做过最糟的事。”

“错了！你忘了那次你把卸甲油倒到我妈的梳妆台上，然后说是凯特的错。”

“你叫我做的！”艾米丽小声抗议，“你说反正她搞不清楚。”她皱皱眉头，“如果你知道哪件是我做过最糟的事情，何必问我这个问题？”

“好吧，再来一次。”克里斯说，“你趁我在刷牙的时候，把写的日记念给我听。”

艾米丽抽口气：“我宁愿‘大冒险’。”

克里斯的牙齿在手电筒的灯光中闪闪发亮。“你得偷溜到你爸妈的浴室，”他说，“还得把他们的牙刷带回来，这样我才知道你真的去了。”

“没问题。”艾米丽边说边扔开毯子。她爸妈半小时前就睡了，当然不可能到现在还醒着。

她一走开，克里斯马上盯着那本毛织封面、艾米丽每晚写下心声的日记本，本子上了锁，但他撬得开。他摸摸日记本的背面，然后猛然抓起本子，手掌开始冒汗。他为什么这么胆小？因为他知道艾米丽不想让他读，还是因为他怕他将读到些什么？

---

① “Truth or Dare”是美国小孩喜欢的游戏，若选择讲“真心话”，就得老实回答对方提出的问题；若选择“大冒险”，就得接受对方挑战，做出一些平常不敢做的事情。

他摇摇日记本，慢慢开锁，日记里写满了他的名字，令他大为讶异，他猛然把日记放回她桌上，回到床上，几乎确定自己脸上充满了罪恶感。

“看吧，”艾米丽上气不接下气地爬回床上，同时递给他两支牙刷，“该你了，”她盘起双脚，“谁是五年级最漂亮的女孩？”

嗯，这还用问吗，艾米丽肯定等着他说莫莉·艾托斯雷，全五年级只有她需要胸罩。但如果他说是莫莉，艾米丽一定会生气，因为他是她最要好的朋友，当然应该说是她。

他瞄了日记一眼，艾米丽真的认为他是骑士吗？

“我选‘大冒险’。”他喃喃地说。

“好。”艾米丽趁自己还没想清楚之前，赶紧说克里斯得吻她。

他把两人的毯子丢到一旁。“我得怎样？”

“你听到我说的话了，”艾米丽皱眉说，“这可不像偷溜到我爸妈的浴室那么可怕。”

他的双手忽然冒汗，所以他在睡衣上抹抹手。“好。”他说。他倾身向前，把嘴贴上她的双唇，然后抽身坐直，脸颊跟艾米丽的一样通红。“哎呀，”他边说边用手背抹抹嘴唇，“好恶心。”

艾米丽轻轻把手贴上脸颊。“没错。”她轻声说。

班布里奇的麦当劳雇了一批青少年员工，他们来来去去，在油腻的铁格架和热腾腾的油锅前卖命，直到毕业离校为止。但过去几年来，有个男人却一直没走，他将近三十岁，有一头长长的黑发，一只眼睛歪斜，大人们客气地说他“有点问题”，孩子们叫他“怪胎”，大伙还谣传他在炸薯条的油锅里烤婴孩、用尖刀清理指甲等等。克里斯和艾米丽在麦当劳吃午餐的那天下午，“怪胎”在用餐区收拾善后。

克里斯的爸妈吃午餐时过来接他，他妈妈忽然低下头，像只老鹰似的亲吻他的额头。他妈妈跟艾米丽的妈妈闲聊了一会儿，讲些昨天晚上的餐会上谁穿了什么之类的闲话，然后提议带克里斯和艾米丽去麦当劳吃午餐，算是谢谢戈德夫妇昨晚帮忙看小孩。他们把餐盘端到用餐区，但每次艾米丽一转身就看到“怪胎”在她旁边、后面或是前面的桌旁，卖命地擦拭光滑的塑胶桌面，而且用他那只正常的眼睛盯着艾米丽。

克里斯跟她一起坐在长椅上。“我想，”他小声说，“他是你的神秘仰慕者哦。”

“你住嘴，”艾米丽发抖地说，“你别吓我。”

“说不定他会跟你要电话号码，”克里斯继续说，“说不定他会……”

“克里斯。”艾米丽边警告他，边在他手臂上捶一拳。

“怎么了？”葛丝问。

“没事。”两人异口同声地回答。

艾米丽看着“怪胎”工作，他捡起人们掉在地上的番茄酱包，用拖把擦拭泼在地上的可乐，他不时抬头看看她，好像察觉得到她的目光停留在他身上，她马上低头盯着汉堡。

克里斯忽然又靠过来小声说话，他的鼻息吹到她耳际，感觉热热的。“终极挑战。”他说。

终极挑战能够大幅提高你在另一个人心目中的地位，前提当然是如果完成的话。他们倒没有记下来谁冒险的次数较多，但如果有的话，这个终极挑战绝对能让艾米丽居于领先。她有点怀疑克里斯是不是借此报复昨晚那个亲吻。

上次提出终极挑战的是艾米丽：克里斯得在校车开过整条住宅区时，在车窗旁脱下裤子，朝街上露出屁股。

她点点头。

“你必须，”克里斯耳语说，“到男厕所小便。”

艾米丽笑笑，从各方面来说，这个挑战还不算太难，总比光着屁股露到窗外简单。如果有人刚好在厕所里，她只要说声对不起，赶紧出来就好，克里斯根本无从得知她是否真的进了男厕。她抬头看看“怪胎”在哪里，听来有点可笑，但她实在不想经过他身旁，他应该已经离开用餐区，说不定回到后面煎汉堡。她慢慢从椅子上站起来，詹姆斯和葛丝抬头看看。“我想上厕所。”她说。

葛丝用餐巾纸擦擦嘴。“我带你去。”她说。

“不！”艾米丽忽然大喊，“我是说，我自己去就行了。”

“梅兰妮让你自己去？”葛丝怀疑地问。

艾米丽直视她的双眼，点了点头。葛丝转向詹姆斯，詹姆斯耸耸肩。“这里是班布里奇，”他说，“还会出什么事？”

葛丝看着艾米丽穿过一张张桌椅，走向麦当劳最角落的洗手间，然后把注意力转移到凯特身上，凯特正蘸着番茄酱在桌上画图。

男厕在左边，女厕在右边，艾米丽回头瞄了克里斯一眼，确定他正看着她，然后走了进去。

不到五分钟，她悄悄坐回克里斯旁边。“做得好。”他边说边拍拍她手臂。

“没什么大不了的。”艾米丽喃喃地说。

“真的吗？”他轻声说，“那你为什么发抖？”

“没什么。”她耸耸肩说，但没有看他。她细细咀嚼已经食不知味的汉堡，慢慢说服自己这是真心话。

现在
1997年11月

苏·芭瑞·迪兰妮大半辈子都想淡忘自己居然是个名叫“苏”的律师。她已经好久没用这个名字签署任何文件，但不知怎的，话总是会传开，不是某些人事部的同事想开开玩笑，就是信用卡公司从她的出生证明查到这个资料，再不然就是有人碰巧看到她的高中纪念册。有时连着好几个月，她得拼命说服自己，她之所以选择当个检察官，而不是辩护律师，原因在于热爱司法正义，而不是缺乏自信。

她瞄了时钟一眼，发现自己迟到了，她赶快跑到自助餐厅，安玛丽已经端着两个塑胶杯坐在角落的桌前，她在探长的注视下悄悄坐下。“你的咖啡快冷了。”安玛丽说。

安玛丽很早以前就认识苏·芭瑞·迪兰妮，但从来没叫她“苏”，这是安玛丽最令人激赏的一点。她们是康克特一所女子天主教学校的同学，安玛丽后来决定从事警务，芭瑞则决定专攻法律。

“嗯，”芭瑞一边掀开咖啡杯盖一边翻开档案夹，档案夹里放着警方记录、艾米丽·戈德的解剖报告和安玛丽访问克里斯·哈特的记录，“所有东西都在这里？”

“这些是截至目前为止的所有文件。”安玛丽边说边喝口咖啡，“我想你有个案子了。”

“我们随时都有案子，”芭瑞喃喃地说，同时专心翻看档案，“问题在于这是不是个好案子。”她读了解剖报告的前几行，然后倾身向前，双手绞弄挂在脖子上的金十字架项链。“你知道了些什么？”她说。

“警察听到枪声来到现场，发现女孩奄奄一息，已无反应，男孩受到惊吓，头上的伤口大量流血。”

“枪在哪里？”

“在他们坐着的旋转木马场地上，现场还有一瓶加拿大威士忌，一发子弹已射出，还有一发在弹夹里，子弹弹道与枪支吻合，我们还没拿到指纹报告，”她用餐巾纸擦擦嘴，“我跟那个男孩谈的时候……”

“你跟他谈之前，”芭瑞插嘴，“应当先对他宣读权利……”

“嗯……”安玛丽有点不安地说，“我没有字字宣读。但是芭瑞，我非得跟他谈不可，他刚从急诊室出来，他父母根本不想见到我。”

“然后呢？”芭瑞催着说。她听安玛丽说完事情原委，然后沉默地坐了一会儿。她拿起档案夹里剩下的报告，随意浏览，偶尔喃喃自语。“好，”她说，“我跟你说我怎么想。”她抬头看看她朋友，“一级谋杀案若想成立，我们必须确定嫌犯的行动是蓄意、有意而且经过慎思。这个男孩的行为经过慎思吗？是的，不然他不会从家里拿枪过来，一般人不会像随身带着一副多余钥匙似的把枪带在身边。他计划杀害这个女孩，即使只是一时动念吗？显然是的，因为他好几个小时之前就从家里把枪带来。这是蓄意之举吗？假设他从头到尾就打算杀害她，那么没错，他完成了他的计划。”

安玛丽闭紧嘴唇。“他宣称他们约好一起自杀，但轮到他的时候，他却怯场。”她说。

“嗯，这表示他够聪明，想得够清楚，这种说辞不错，但他忘了证据会说话。”

“你觉得将他以强暴罪起诉如何？”

芭瑞翻翻探长的笔记。“我想行不通。第一，她怀孕了，这表示他们已经发生性关系。如果他们发生肉体关系已经有段时间，那么强暴的罪名很难成立。那些挣扎的证据倒是派得上用场。”她抬头瞄一眼，“我需要你再讯问他一次。”

“我敢说他八成已经请了律师。”

“尽力试试吧。”芭瑞鼓励她，“如果他不肯谈，试试看家人和邻居。我不想没有准备就上场，我们必须知道他是否发现女孩已经怀孕，也得多了解这两个孩子的关系，比方说，他们有没有争吵、暴力相向的历史？我们也得查出艾米丽·戈德有没有自杀倾向。”

一直低头草草而书的安玛丽抬起头来：“我东奔西跑忙得半死时，你有何打算呢？”

芭瑞露齿一笑：“把这个案子呈交给大陪审团。”

梅兰妮一打开门，葛丝马上伸手递进一罐去核的黑橄榄。“我再伸也伸不长。”她说。梅兰妮试图把门关上，葛丝坚持侧身挤进狭窄的门缝，然后整个人挤进来，她和梅兰妮就这么面对面站在厨房里。“拜托，”她轻声说，“我知道你很伤心，我也是，我们却不能一块伤心，这让我更难过。”

梅兰妮双臂抱得好紧，葛丝觉得她几乎快把自己挤成两半。“我跟你没什么好说的。”她僵硬地说。

“梅兰妮，我很抱歉，”葛丝说，眼中闪耀着泪光，“我很抱歉发生了这种事，我很抱歉你这么想，我很抱歉我不知道该说或是该做什么。”

“你该做的，”梅兰妮说，“就是离开。”

“梅兰妮。”葛丝边说边把手伸向她。

梅兰妮甚至哆嗦。“别碰我。”她说，声音颤抖。

葛丝大吃一惊，把手缩回来。“我……我很抱歉，我明天再来。”

“我不要你明天再来，你永远都不要再来。”梅兰妮深深吸口气。“你儿子，”她一个字一个字慢慢地说，“杀了我女儿。”

葛丝觉得肋骨间慢慢升起热潮，逐渐蔓延到全身：“克里斯告诉警察，他们计划一起自杀。好，就算我不知道他们……嗯，你知道的，但如果克里斯这么说，我就相信这是真的。”

“你当然相信。”梅兰妮说。

葛丝眯起眼睛。“克里斯并不是毫发无伤，他缝了七十针，而且在精神病房住了三天，他在震惊状态下跟警方坦承发生了什么事，他根本没理由说谎。”

梅兰妮尖酸地大笑：“葛丝，你听到你讲了什么吗？他根本没理由说谎？”

“你只是不愿相信艾米丽有自杀倾向而你却不知情，”葛丝回嘴，“特别是你说你们母女关系非常好。”

梅兰妮摇摇头：“你们母子关系就好？你可以接受你儿子想自杀，但你却不接受他是杀人犯。”

葛丝非常生气，她想回嘴，但话全都哽在喉咙。她觉得怒火会把自己活活烧死，所以她推开梅兰妮，夺门而出。她大口吸着冷风跑回家，试着忘却梅兰妮可能将她的奔逃视为投降。

“我觉得好蠢。”克里斯说。他坐在一把小轮椅上，膝盖都顶到下巴，但他一定得坐在轮椅上才能离开医院，于是他只好坐在这张愚蠢而无用的轮椅上，手边还有一张心理医生的名片，他每星期必须看两次心理医师。

“这是责任问题。”他妈妈解释，好像他真的在乎似的，然后跟着推轮椅的看护一起进电梯，“你再过五分钟就出院了。”

“五分钟都嫌长。”克里斯抱怨，他妈妈把手搁在他头上。

“我想啊，”她说，“你已经觉得好多了。”

他妈妈开始闲聊晚上要吃什么、谁打电话来询问他的状况、今年感恩节之前会不会下雪等等，他磨磨牙，只为了不想听她说话，他真想说：**别试着装出好像没事的样子，因为事情真的发生了，而且你没办法让事情变回以前的模样。**

但当她摸摸他的脸时，他只是抬头勉强一笑。

看护把他们留在大厅，她伸出手臂抱住他的腰。“谢谢。”她对看护说，然后跟克里斯一起走向玻璃拉门。

户外空气清新，空气溜进他的肺部，闻起来比医院里的空气更新鲜、更舒畅。“我去开车。”他妈妈说。他靠在医院的砖墙上，遥望公路的另一端，瞥见层层灰色山峦，他暂时闭上眼睛，想把山景留在脑海中。

忽然有人叫他，他眼睛眨了一下，玛洛探长出现在面前，挡住了美丽的风景。“克里斯，”她重复一次，“你愿不愿意跟我去一趟警察局？”

他并非遭到逮捕，但爸妈还是反对他去警局。“我只是告诉她实情。”克里斯跟他们保证，但妈妈还是快要昏倒，爸爸则赶快联络律师，请律师在警局跟他们碰面。玛洛探长曾说克里斯已满十七岁，有权自行决定是否需要律师，这点克里斯倒必须谢谢她。他跟她走过警局狭窄的走廊，来到一间桌上有个录音机的小会议室。

她对他宣读“米兰达警告”①，他在政治课堂上曾学到这个保护人权的证语。她按下录音机说：“克里斯，麻烦请跟我说说11月17日晚上发生了什么事，说得越仔细越好。”

克里斯双手交握，清清喉咙：“艾米丽和我在学校讨论了一下，最后决定我七点半去接她。”

“你自己有车？”

“没错，警察来到现场时……车子也在那里。那是一部绿色的吉普车。”

安玛丽点头：“请继续。”

“我们带了东西过来喝……”

“什么东西？”

“酒。”

“我们？”

“我带来的。”

“为什么？”

克里斯动了动，也许他不该回答这些问题，安玛丽似乎察觉到

---

① 美国法律规定警察在逮捕时必须告知嫌犯有缄默权和律师在场权，也就是所谓的“米兰达警告”。

自己逼得太紧，所以提出其他问题。“这么说，你知道艾米丽想自杀？”

“没错，”克里斯说，“她已经计划好了。”

“请跟我说说这个计划，”安玛丽逼问，“是不是类似罗密欧与朱丽叶？”

“不是，”克里斯说，“艾米丽只想自杀。”

“她想自杀？”

“没错。”克里斯回答。

“然后怎样？”

“然后，”他说，“我也一起自杀。”

“你什么时候去接她？”

“七点半，”克里斯回答，“我已经说过了。”

“没错。艾米丽有没有告诉其他人说她想自杀？”

克里斯耸耸肩：“我想没有。”

“你呢？”

“没有。”

探长跷起二郎腿：“为什么没有？”

克里斯凝视他的大腿：“艾米丽知道就好，我不在乎其他人知不知道。”

“她跟你说了什么？”

他开始用大拇指指甲在桌面上画图：“她一直说她想让事情保持原状，她但愿事情不要改变，等等，她一讲到未来就很紧张，有次她告诉我，她看得到现在的她，也看得到她未来想过的生活，比方说孩子、丈夫、郊区的房子等等，但她想不出怎样从A点走到B点。”

“你也有这种感觉吗？”

“有时候，”克里斯轻声说，“特别是当我想到她死了的时候。”他咬咬下唇。“某件事情伤害到艾米丽，”他说，“某件她甚至不能告诉我的事。有时候当我们……当我们……”他喉咙紧缩，望向他处，“我们可以暂停一会儿吗？”

探长漠然地关掉录音机。过了一会儿，克里斯红着双眼点点头，她才再度按下按键。“你试着劝阻她吗？”

“是的，”克里斯说，“好多次了。”

“那天晚上？”

“还有之前。”

“那天晚上你们去哪里？”

“旧商展旁边，现在是儿童公园的游乐场，我以前在那里工作。”

“你选了那个地方？”

“艾米丽选的。”

“你们什么时候到那里的？”

“大约八点。”克里斯说。

“一起吃了晚餐之后？”

“我们没有一起吃晚餐，”克里斯说，“我们各自在家吃过了。”

“然后呢？”

克里斯慢慢吸口气：“我下车，帮艾米丽开门，我们带着那瓶加拿大威士忌走到游乐场，然后在一张长椅上坐下。”

“那天晚上你跟艾米丽有发生关系吗？”

克里斯闭上眼睛：“我想你无权过问。”

“所有的一切，”安玛丽说，“我都有权过问。你们有吗？”

克里斯点点头，探长指指录音机。“有。”他轻声说。

“这是两厢情愿？”

“没错。”克里斯大声说，下颚紧绷。

“你确定？”

克里斯把手掌贴在桌面上。“当然。”他说。

“你在发生关系之前还是之后把枪拿给她看？”

“我不记得，大概之后吧。”

“但她知道你带来了枪？”

“那是她的点子。”克里斯说。

探长点点头：“你为什么把艾米丽带到游乐场，让她在那里自杀？有什么特别原因吗？”

克里斯皱眉说：“艾米丽要去那里。”

“那是艾米丽的选择？”

“没错，”克里斯回答，“我们反复讨论了好多次，最后才同意。”

“为什么是游乐场？”

“艾米丽始终很喜欢那里，”克里斯说，“我想我也是。”

“嗯，”安玛丽说，“你们坐在游乐场里喝酒，观赏日落，发生关系……”

克里斯犹豫了一会儿，伸手关掉录音机。“太阳已经下山了，那时是八点，”他轻声说，“我跟你说过了。”他直视探长的双眼，“你不相信我跟你说的吗？”

安玛丽猛然抽出录音带，双眼依然盯着克里斯。“我应该相信吗？”她问。

星期二下午，尽管每个人都反对，梅兰妮依然回去上班。那是“讲故事时间”，所以图书馆里挤满了忙着帮小孩穿上各式各样冬衣的年轻妈妈，但当梅兰妮走进来时，她们都悄悄退到一旁，让出一条路让她走向图书馆后方的职员办公室。她挂上外套时不禁猜想，难道艾米丽的死讯真的传得这么快？还是自己散发出某种气味，或是某种奇怪的电流，激起了其他妈妈们的母性直觉：*这就是那个没办法保护她小孩安全的妈妈？*

“梅兰妮，”有人惊呼一声，她转头看到同事萝丝站在她身后，“大家都以为你不会来上班。”

“我上班上了十七年，”梅兰妮小声说，“我在这里感觉最自在。”

“嗯，没错。”萝丝似乎不知道该说什么，“亲爱的，你还好吗？”

梅兰妮稍微退后。“我来上班了，”她说，“不是吗？”

她走到前方，在组长的座位上坐下，感到有点惶恐：万一这些也忽然间变得陌生呢？但是，一切都跟往常一样。椅子好端端地贴着她的臀部，一小块突出的金属顶着她的右边大腿，感觉有点烦人。她双手摊平在桌面上等候。

只要有一位读者过来问问题，她就会好起来，也会再度觉得自己有用。

她对两个看来像是学生的年轻人淡淡一笑，对方点点头，继续朝期刊室前进。她脱下高跟鞋，穿着丝袜的双脚摩擦旋转椅的冰冷椅脚，然后再穿上鞋子。她键入搜寻关键字，纯粹只是练习：*沙林女巫审判、孔雀石、伊丽莎白女王。*

“对不起。”

梅兰妮猛然抬头，看到一位跟她年纪相仿的女人站在服务台的另一边。“我能为您做什么吗？”她问。

“天啊，但愿如此。”女人轻轻出声，“我想找‘雅特兰大’的资料，”她犹豫了一会儿说，“那个希腊的长跑女将，而不是佐治亚州的‘亚特兰大市’。”

梅兰妮笑笑：“我知道。”她的手指在键盘上飞舞，一股类似吸进尼古丁的快感贯穿全身。“雅特兰大在希腊神话区，索书号是……”

梅兰妮马上知道索书号是292，但她还没开口，女人就松了一口气地说：“谢天谢地，我女儿正在写社会学报告，我们在牛津图书馆找不到资料，城市图鉴有三本，但雅特兰大……”

我女儿，梅兰妮看看出现在电脑荧幕上、不远之处就找得到的一列书名，她想开口告诉女人，但却听到自己说：“请查查非文学类，”这怎么可能是她自己的声音？“索书号是641.5。”

那里陈列着各类食谱。

女人千谢万谢，然后走向错误的分类区。

梅兰妮顿时感到一阵舒畅，积压在心头的郁闷逐渐奔散，慢慢改变了她的心性。她双臂环抱自己，试图保住这股刻薄与漠然。一个男人过来请她推荐一本最近出版的小说，他说他喜欢汤姆·克兰西、克莱夫·卡斯勒和迈克尔·克莱顿，但想试试其他侦探作家的作品。“当然，”梅兰妮告诉他，“你不妨读读罗伯特·沃勒的新作。”①

她把大学生送往童书区，指示历史学者到心理励志区，租借录影

① 汤姆·克兰西等人的作品都是惊悚侦探小说，罗伯特·沃勒则是《廊桥遗梦》的作者。

带的人则被指引到旅游书籍区。一位年轻人问她洗手间怎么去，她把他指引到存放过期书刊的书柜。她从头到尾面带微笑，心中暗想，宣泄挫折和愤怒远比传递资讯更令人满足。

葛瑞·莫尔豪斯推荐的辩护律师乔丹·麦卡斐坐在哈特家的餐桌前，右边是一脸阴沉的克里斯，葛丝站在后面。乔丹从健身房直接过来，身上还穿着短裤和皱皱的运动衫，两颊发红，汗珠从鬓角滴下。

詹姆斯认为第一印象非常重要，没错，现在是晚上八点……不过嘛，这家伙没穿西装，头发潮湿，而且满头大汗。乔丹也许只是觉得很热，但詹姆斯觉得他似乎神情紧张，詹姆斯很难想象此人解救得了谁，更别提把儿子的命运交付给他。

“嗯，”乔丹说，“克里斯已经告诉我他跟玛洛探长说了什么。他出于自愿，而且她也对他宣读了‘米兰达警告’，所以他说的都可能是不利于他的证据。但是，事情如果发展到那个地步，我会尽力争取撤销他们在医院的谈话。”他抬头看看詹姆斯，“我确定你有些问题。我们何不从你开始？”

*你赢过多少案子？*詹姆斯想问，*我怎么知道你救得了我儿子？*但他反而咽下怀疑，莫尔豪斯说乔丹是法界之星，不但曾担任哈佛大学法学评论的主编，而且密西西比州以东每家事务所都想网罗他，但他却决定加入新罕布什尔州检察官办公室。十年之后，他跳槽担任辩护律师，大家都知道他很迷人、聪慧、反应敏捷，脾气也同样暴躁。詹姆斯猜想乔丹有没有小孩。

“这个案子进入审判程序的几率多大？”

乔丹抓抓下巴。“克里斯还没有正式被视为嫌犯，但他已经被讯问了两次。这种性质的刑案自然会被视为谋杀案，克里斯的说辞虽然站得住脚，但检察官若觉得有足够的证据，他们还是会提起诉讼。”他直视詹姆斯的双眼说，“我认为几率相当大。”

葛丝喘了口气。“然后会怎样？他十七岁了。”

“妈……”

“他将被当作成人，在新罕布什尔州受审。”

“这是什么意思？”詹姆斯问。

“如果他被收押，法院将在二十小时之内传讯他，我们会提出申诉，如果有必要的话，提交保释金。然后法院会设定开庭日期。”

“你是说他会被关在牢里一夜？”

“很有可能。”乔丹说。

“但这太不公平！”葛丝大喊，“就因为检察官说这是谋杀，我们就得遵照着他的游戏规则吗？这不是谋杀，而是自杀，克里斯不会因为自杀去坐牢。”

“哈特太太，曾经有好多案例，”乔丹说，“检方主动投入，到后来才发现案件不成立。只有克里斯和艾米丽说得出真正发生了什么事，这个案子的关键在于，艾米丽没办法提出她的说辞，检察官却没理由相信你儿子，他们现在看到的是一个少女死了和一发射出的子弹。他们不知道这两个孩子的过去、两人的关系以及精神状况等等。老实说，这个案子必须由感情层面下手才有胜算。我现在就可以跟你说，检察官会提出解剖报告，而且从各方面仔细解读。我也可以跟你说，检方会强调枪上有克里斯的指纹，至于检方觉得还握有哪些证据……嗯，我必须跟克里斯好好谈谈。”

葛丝拉了一把椅子过来。

“单独谈谈，”乔丹强调，然后勉强笑笑说，“付钱的或许是你们，但他是我的客户。”

“恭喜，哈特医生。”星期三早晨，医院的接待小姐说。

詹姆斯盯着她看了好一会儿。他究竟有什么好恭喜的？今天早上离家时，克里斯依然坐在从昨晚就一直坐着的沙发上，目光呆滞地盯着同一个西班牙文电视频道。葛丝在厨房里做早餐，但詹姆斯大可告诉她克里斯不会吃。在他的生命中，目前真的没什么好庆祝的。

他走向办公室，有个同事拍拍他的背。“我始终知道这事会发生在我们其中一人身上。”他笑笑说，然后走开。

詹姆斯走进办公室，趁任何人说出某些更奇怪的话之前把门关上。他桌上摆了一叠从上星期五就没空拆封的信件，信件上有本摊开的《新英格兰医学期刊》，期刊上连着好几页列出每个专科的最佳医生，在眼外科下面，有人用红笔把詹姆斯的名字圈了出来。

“天啊。”他说。他心中一喜，快乐之情逐渐盈满心头。他打电话回家，想跟葛丝分享好消息，但没人接电话。他瞄了一眼他的哈佛文凭，心想，这个奖状加框之后不知道看起来如何。

詹姆斯心情大振，他把外套挂好，走过长廊探视他的第一个病人。职员们就算知道克里斯上个周末住院，也没有人提起此事，也许《新英格兰医学期刊》的荣誉取代了那个比较不光彩的谣言。他走到检验室抽出档案，翻阅伊达娜·尼丽太太的病历。

“尼丽太太，”他推门而入，“你好吗？”

“差不多，不然我干吗来看医生？”老太太说。

“我们看看能够怎样改进。”他说，“你记得我上星期提到过黄斑点退化吗？”

“医生先生，”她说，“我来这里是因为眼睛有问题，而不是老年痴呆。”

“当然，”詹姆斯好声好气地回答，“好，我们现在就做血管造影片。”他请尼丽太太到一个大照相机前坐下，然后拿出皮下荧光染色液，注射到尼丽太太的手臂里，“你的手臂也许会感到灼热，我们要看看染色剂，它会从血管流到心脏，经过全身，最后流到眼睛里。染色剂会停留在正常的血管里，同时显示出不正常的部分，也就是造成黄斑点退化的地方。我们先找出确切位置，然后加以治疗。”

詹姆斯知道染色剂从手臂流经心脏到眼睛需要十二秒。眼睛后方的灯光显示出荧光染色剂，尼丽太太视网膜健康的血管像河流支流一样扩散蔓延，不健康的血管则如同点点炫目的小火光，逐渐融入白色的染色中。

十分钟之后，所有染色剂消失，詹姆斯关掉照相机。“好，尼丽太太，”他边说边蹲到她旁边，“这下我们知道怎样进行镭射治疗了。”

“那对我有何帮助？”

“我们希望能够稳定住受损的视网膜。老年性黄斑部退化症是个严重的问题，虽然你的视力或许不会跟以前一样好，但我们有机会保存部分视力。”

“我不会变瞎？”

“不会，”他保证，“你不会变瞎。你也许会失去一部分看书或是开车的中央视觉，但你还是可以走动、洗澡、做菜。”

他等了一会儿，然后尼丽太太对他微微一笑。“哈特医生，我听到他们在候诊室提到你，他们说你是最好的医生之一。”她拍拍他的手，“你会照顾我的。”

詹姆斯直视她那放大、扭曲的瞳孔，他点点头，先前的喜悦忽然消失殆尽。病人的称许并非荣幸，而是个错误，因为詹姆斯知道，尼丽太太某一天晚上坐下来时，将发现大门跟几分钟前的形状不一样，报纸的字体不太清楚，世界也跟她记忆中的不同。《新英格兰医学期刊》的评审们若发现他那个有自杀倾向的儿子将因谋杀受审，一定会把奖撤回，你当然没办法表扬一个无法预见这种事情的眼科专家吧。

“你答应的，”克里斯愤愤地说，“你说我一出院就去，而我已经出院一天了。”

葛丝叹气：“我知道我说过，我只是不知道这是不是个好主意。”

克里斯从厨房椅子上跳起来。“你上次已经阻止我去看她。”他说，“妈，难不成你冰箱里有镇静剂吗？因为只有这样你才能再度阻止我。”他站得很近，字字句句几乎吐在她脸颊上。“我比你有力气，”他轻声说，“如果我想的话，你也阻止不了我，就算我得自己走过去，我也愿意。”

葛丝闭上眼睛说：“唉，好吧。”

“好吧？”

“我带你去。”

他们一路沉默开车到墓园。其实从学校走得到墓园，葛丝记得克里斯曾告诉她，有些孩子下课时间会到这里做功课、看书。克里斯下车，葛丝起先移开视线，假装看着塞在副驾座椅上的口香糖包装纸，但后来她还是忍不住，她看着克里斯跪到长方形的墓地旁，空气中弥漫着花香，她看着他用手指轻抚冰冷的玫瑰花瓣以及弯曲的兰花花颈。

他忽然很快站起来走回车旁，速度快得超乎她的想象。他走到车窗旁，敲敲窗户请她摇下车窗。“怎么没有墓碑？”他问。

葛丝看着新翻的泥土说：“时间来不及，而且我想犹太人的习俗不太一样，大概要等六个月左右。”

克里斯点头，把手插到外套口袋里。“哪边是头？”他问。

葛丝呆呆地看着他：“什么意思？”

“头部，”他解释，“艾米丽的头在哪一边？”

葛丝大感震慑，惊慌地环顾墓园，墓地的排列不太工整，有点乱七八糟，但大部分的墓碑都面朝某个方向。“我想，是朝着远远的那一边吧，”她说，“我不太确定。”

克里斯又走过去跪在墓地旁，葛丝心想，*唉，他当然想跟她说说话*。但出乎她意料之外，克里斯两腿张开站到墓地上，然后整个人躺下来，手臂紧贴着被他压扁的盆花，他从头到脚足足六英尺，脸庞贴上泥土地。过了一会儿，他站起来，一脸漠然地走回车旁。葛丝发动引擎，继续沿着墓园行驶，她强迫自己不要看儿子，整个人却不禁颤抖——儿子的唇际沾上了泥土，好像一抹令人永志难忘的唇印。

过去
1993年12月

克里斯坐在艾米丽爸妈的车里前往圆锥山，因为他想跟艾米丽一起打电玩，两人来个俄罗斯方块马拉松。他家跟艾米丽家一起租了公寓，利用圣诞假期去滑雪。磁带机隆隆传出“史密斯飞船”的歌曲，前座的喇叭音量已经调低。“拜托哦，”克里斯两只拇指不停地敲打袖珍键盘，“你作弊。”

艾米丽缩在后座另一边轻蔑地说：“你说谎。”

“我没有。”克里斯说。

“你有。”

“哪有？”

“随便你吧。”

迈克边开车边瞄了太太一眼。“这个啊，”他说，“就是为什么我们永远不想有另一个小孩。”

梅兰妮笑笑，透过挡风板看看哈特家车子的尾灯。“你觉得他们正边听德沃夏克，边享用奶酪起司吗？”

“不，”克里斯抬头说，“如果凯特得逞的话，他们大概在唱‘墙上的一百罐啤酒’。”他又低头看着小荧幕。“喂，”他说，“那不公平。”

“谁叫你回答我爸妈的问题？”艾米丽微笑说，“我赢了。”

克里斯满脸通红：“你如果打算耍花招，那我们干吗比赛？”

“比赛很公平！”

“公平个屁。”克里斯大叫。

“别说粗话。”梅兰妮和迈克同时警告。

“对不起。”克里斯板着脸说。艾米丽双臂交叉在胸前，浅浅一笑。克里斯一脸不高兴地转向车窗。艾米丽赢了又怎样？那不过是个愚蠢的游戏，只有书呆子才玩。这个周末他将绕着她滑雪打转，让她瞧瞧他多厉害。

想到这里他高兴多了，于是大发慈悲地拿出游戏机，“再玩一回吗？”

艾米丽鼻子翘得老高，她动了动，不想看克里斯。

“天啊，”克里斯说，“又怎么了？”

“你得跟我道歉。”艾米丽说。

“道什么歉？”

她转头狠狠盯着他：“你说我作弊，我没有作弊。”

“好，你没作弊，我们来玩吧。”

“才不呢，”艾米丽气愤地说，“你得真心诚意地跟我道歉。”

克里斯眯起眼睛，充满挑战地把游戏机扔到一旁。去他的电动玩具，去他的道歉，去他的艾米丽，他不知道自己为什么听她的话跟她坐同一部车，没错，跟她一起玩可能很有趣，但有时他真想杀了她。

克里斯的妈妈不高兴，因为他爸爸决定跟一个在缆车上认识的男人去打猎，全世界这么多地方，他偏偏在缆车上交朋友，于是她圣诞节前一天整个早上都不跟他说话，他则准备出发打猎。

“但他带了猎犬。”爸爸试着解释。在缆车上碰到一位带猎枪和猎犬到缅因州山区的同好，几率真的不大，后来克里斯问他能不能跟着去，难道这也是爸爸的错吗？

“我们在找什么？”克里斯边问边跳进副驾驶座，“麋鹿吗？”

“现在不是猎麋鹿的季节。”他爸爸说，“也许是雉鸡。”

但当两人在一条没有标示的人烟罕至的小径尽头跟汉克·迈尔碰面时，汉克说今天适合猎兔。

汉克很高兴见到克里斯，他递给克里斯一支十二铅径的猎枪，然后三人走入布满落叶的林中。汉克的猎犬露西嗅着一堆堆落叶，他们以猎人之姿前进，脚步轻缓，心怀警戒，好像木偶一样在沉默中依序前进。

克里斯紧盯着雪地，试着看看有没有奇怪的野兔五爪印，或是尾巴扫过的痕迹。白雪茫茫，耀眼得刺目，过了一小时之后，他的脚冻僵，不停地流鼻水，露在帽子外面的耳垂失去了感觉，即使跟艾米丽一起滑雪也不会这么无聊。

更何况，谁听说过平安夜吃炖野兔？

露西忽然猛扑过去，克里斯看到树丛下有只黑眼圈的白色野兔，野兔正没命地奔跑。

克里斯马上举起猎枪瞄准野兔，但兔子跑得好快，他不知道谁射得中这种该死的动物。露西依然追着气味跑，但已远远落后，克里斯忽然感觉有只手压下猎枪枪身，汉克·迈尔笑笑跟他说：“你不必急，野兔绕圈子跑，露西追不上，但没关系，它会把兔子追回原点。”

克里斯等候，猎犬的吠叫果然越来越轻，越来越远……然后又朝着他们冲过来。雪白的野兔忽然冲回他的视线范围之内，急忙想回到树丛里。

克里斯举起猎枪，瞄准飞奔的野兔，扣下扳机。

后坐力震得他后退，他感到爸爸的手稳住他的肩膀。“你打中了！”汉克大叫。露西跳过去嗅闻猎物，尾巴像小旗一样猛摇。

汉克重步走向猎物，咧嘴一笑。“射得好，”他说，“把它轰成两半了。”他抓住兔子的耳朵，把它递给克里斯，“没剩下多少肉，不过也看不太出头尾。”

克里斯射杀过鹿，他也想猎麋鹿、大角鹿，或是熊，但他一看到那只野兔就觉得反胃，他不知道这是因为白雪和鲜血形成的强烈对比，还是野兔绒毛玩具般的小小身躯。也许这是因为他头一次猎捕一个体型比他小、毫无抵御力的小动物，不管是什么原因，他转身到一旁开始呕吐。

克里斯听到爸爸轻声诅咒，吐完之后，他用外套抹抹嘴，抬头说：“对不起。”嘴里依然尝得到对自己的厌恶。

汉克在雪地上吐口痰，瞄瞄詹姆斯说：“我以为你说他经常跟你一起打猎。”

詹姆斯点头，紧抿着嘴：“他确实常跟我一起打猎。”

克里斯没看爸爸，他知道情况只要稍微跟爸爸预期的不同，就会看到爸爸难掩的气愤和尴尬。“我来清理。”他边说边伸手拿兔子，试图挽回面子。

汉克刚想把兔子递过去，忽然发现克里斯穿着滑雪夹克。“我们换外套吧？”他边说边脱下狩猎夹克，在冷风中吹吹气。克里斯很快套上汉克的夹克，拿起野兔，把它塞进夹克后面的塑胶囊里，他依然感觉得到野兔的余温。

他默默走在爸爸身旁，又怕开口，但也怕什么都不说。他一心想着那只在家附近绕圈子跑、以为这样就会平安无事的野兔。

葛丝把手伸到丈夫内裤腰下。“没什么动静嘛。”她轻声说，“连像只小老鼠的动静都没有。”她滚到他身上，一只手在他的大腿间游移。“总算有动静喽。”詹姆斯咧嘴一笑，打断了她的亲吻。他不知道哪来的好运，等到他和克里斯打猎回家时，葛丝已经不生气了。经过刚才那件蠢事之后，这真是再好也不过。他感觉葛丝捏挤他的睾丸。“现在，”她喃喃地说，“可不是嘲笑我的时候。”

“我没有笑你，我只是在想。”

葛丝扬起眉毛：“想什么？”

詹姆斯笑笑说：“圣诞老人来喽。”

葛丝笑着坐起，慢慢解开睡衣的纽扣，充满甜蜜地挑逗。“你想不想，”她说，“今晚先拆开一件礼物？”

“看情形。”詹姆斯说，“礼物大不大？”

“讨厌鬼，再说下去，你就没得选了。”葛丝边说边把睡衣丢到床下。

詹姆斯把她拉到身上，双手搓揉她的背和臀。“真想不到啊，”他喃喃地说，“尺寸刚刚好。”

“很好，”他的手指在她大腿间游移，葛丝抽了口气，“因为我不知道上哪里退货。”

詹姆斯感到她的双腿绕住他的臀部，身体为他展开。他们在床上翻滚，詹姆斯翻身到她上方，两人手掌紧紧交缠。他慢慢进入她，嘴唇紧贴着她的锁骨，生怕自己失去控制时会说出或喊出什么。

完事之后，葛丝在他身下瘫成一团，呼吸急促，肌肤湿润。詹姆斯轻轻把她拥入怀中，两人头靠着头。“我想，”他说，“我今天的表现一定非常好。”

他感到葛丝在他胸前轻轻印上一吻。“没错。”她喃喃地说。

“你绝对不会相信，”迈克说，“但我听到屋顶上传来蹄声。”

梅兰妮暂且不把眼镜放在床头柜上。“你在开玩笑吧？”她说。

“我没有，”迈克坚持，“我在你刚才洗澡时听到的。”

“蹄声？”

“就像驯鹿蹄。”

她大笑：“我猜圣诞老人躲在了衣柜里。”

迈克不高兴地说：“我是说真的，等等……你听，你觉得听起来像什么？”

梅兰妮稍微歪头，听到确实像是某个东西重重踏在地面的声音。她猛然抬头看看天花板，然后皱皱眉头，转身朝向顶着床头板的墙壁，把耳朵紧贴墙壁。“你听到的是葛丝和詹姆斯在……”她说。

“葛丝和……”

梅兰妮点头，对着墙壁猛敲床头板，好让迈克了解她的意思。“驯鹿，才怪呢。”

迈克邪邪一笑：“葛丝和詹姆斯？”

梅兰妮掀开毯子，爬到床上。“还有谁在那里？”

“我知道，但是詹姆斯？”

梅兰妮猛然关掉床旁的台灯，手臂交叠在胸前，紧张地等着墙壁另一头再传来撞击和呻吟声。“詹姆斯怎样？”

“哦，我不知道，我不难想象葛丝会这样。但是詹姆斯？我想不会吧。”

梅兰妮皱眉。“我通常不会想象他们做这种事，”她扬起眉毛，“你呢？”

迈克有点脸红：“嗯，我想过一两次。”

“你的思想还真崇高。”

“拜托，”迈克笑笑说，“我打赌他们也会想到我们。”他忽然翻身面向她，“我们可以制造一些声音让他们也听听。”他暗示。

梅兰妮大为惊慌：“绝对不行！”

他们各自躺回枕头上，薄墙的另一边传来低沉、甜蜜的喘息，迈克笑着翻过身，他睡着了许久之后，梅兰妮发现自己依然聆听着隔墙欢爱的声音，试图想象自己发出同样的呻吟。

克里斯还记得那些难以入睡的圣诞夜，一心只想着圣诞树下的赛车、小火车和新脚踏车，兴奋得睡不着的感觉很好，但他现在完全不是这种感觉。

每次一闭上眼睛，他就看到那只死掉的野兔。

克里斯想到爸爸曾说，如果医院里的状况糟到令人难以释怀，那就需要好好喝一杯。

他等到爸妈准备好礼物才悄悄溜到楼下厨房（连凯特都不相信有圣诞老人，爸妈居然还假装是圣诞老人，实在很愚蠢），他知道冰箱里有瓶甜酒，他的爸爸和艾米丽的爸爸前几天晚上边抽上等雪茄边喝了几杯，酒瓶依然四分之三满。

克里斯在橱柜里找到一个果汁杯，倒了满满一杯酒，他闻了闻，酒精味让他想到甘草，他啜饮一小口，热辣辣的火焰直下喉咙和腹部。**野兔，**他咧嘴一笑，**什么野兔？**

喝完半杯时，他的脚指头和手指头已经没有感觉，厨房东摇西晃，感觉好舒坦。酒瓶已不到半满，克里斯把酒瓶歪到一边，看着甜酒在瓶内闪闪晃动。**也许他们以为圣诞老人喝了酒，**他想，**去他的牛奶和饼干。**他忽然觉得这一切好荒谬，于是放声大笑，这时，他才注意到艾米丽站在厨房门口。

她穿着印着小企鹅图案的法兰绒睡袍，最起码他觉得看起来像企鹅。“你在做什么？”她问。

克里斯微笑：“我看起来像在做什么？”

艾米丽没有回答，只是靠过来闻闻甜酒酒瓶。“哎哟，”她皱起鼻头推开酒瓶，“好恶心。”

“这东西，”克里斯纠正她，“简直是天堂。”他心想，不知艾米丽有没有喝过酒，据他所知是没有。他想象自己扮演魔鬼的使者，倾身把杯子递给她。“尝尝看，味道跟你在电影院吃的糖果一样。”

“甘草薄荷糖？”

克里斯点点头：“没错。”

艾米丽稍微犹豫，但手已经伸向杯子。“我不知道。”她说。

“胆小鬼。”

克里斯知道这样说就够了。艾米丽的眼睛在月光中闪闪发亮，手指紧抓住果汁杯，她把杯子贴到唇边，克里斯还来不及叫她慢慢喝，她就一股脑灌了下去。

她马上猛烈咳嗽，胸部一鼓，满嘴的甜酒全吐在餐桌上。她眼睛大张，双手抓住喉咙。“天啊！”克里斯边说边猛拍她的背。

艾米丽终于喘过气来。“哦，天啊！”她虚弱地说，“这东西……”

“……不是让你们喝的。”克里斯和艾米丽猛然抬头，看到双方家长挤在厨房门口，惊讶的程度不一。詹姆斯眯起眼睛往前一步：“你介意跟我解释这是怎么回事吗？”

克里斯始终不明白艾米丽那天晚上为什么这么说。以前他们做错事被逮到时，他们总是为对方辩护，立场一致向来是他们友谊的基础。但此时在他爸爸愤怒的目光中，艾米丽却退缩了。“克里斯，”她用颤抖的手指指向他，“他逼我喝的。”

克里斯愣住了，坐回椅子上。“我逼你喝？”他大喊，“我逼你喝？我把杯子推到你嘴边，把酒灌下去了吗？”

艾米丽的嘴像条鱼似的默默开了又合。

“更重要的是，”他爸爸说，“你们为什么在这里喝酒？”

克里斯想解释，但一迎上爸爸的双眼，他又看到被轰开了的野兔，想说的话也被懊恼之情哽在喉头。他摇摇头，仿佛又回到林中，手里拿着冒烟的枪，瞪着雪地上的鲜血。

他遮住嘴直奔浴室，但在此之前，他瞥见艾米丽低下头，把头转开了。

那不是个快乐的圣诞节。

克里斯早上一个人待在公寓里，他听到大伙在楼下强颜欢笑地拆礼物，他却独自坐在床上，似乎只有凯特真的很开心，昨晚她睡得很熟，错过了整件事端。

他不知道他们如何处置他的礼物。退回店里，还是捐给慈善机构？他想他八成再也看不到这些礼物，想了实在令人生气，因为他知道他肯定会得到一副新雪橇，而今天刚好派上用场。克里斯把头埋在枕头里，试图说服自己旧雪橇一样好用。

他妈妈三点多来到他房里，她穿着滑雪装，滑雪眼镜挂在脖子上，克里斯看了不禁大为忌妒，昨天他为什么不去滑雪，而跟着爸爸去猎野兔呢？

葛丝把手搁在他手臂上。“嗨，”她说，“圣诞快乐。”

“随便。”克里斯转身背对她。

“你爸爸跟我都同意，如果你想的话，你可以利用今天剩下的时间去滑雪。”

所谓“今天剩下的时间”等于只有一小时，克里斯注意到妈妈没有提到礼物。“艾米丽来了，”她轻声说，“没有你，她不想去滑雪。”

我他妈的才不在乎呢，克里斯心想，但他只是哼了一声。他看着妈妈离开房间，然后注意到艾米丽躲在门边。“嗨，”她说，“你还好吗？”

“好极了。”克里斯低声嘟囔。

“你……你想跟我去吗？”

他不想；就算船沉了，他也不想跟她爬上同一艘救生艇。她昨天晚上是不是吓坏了，或是那一口酒会不会让她生病，这些都无所谓，克里斯一直没机会跟她解释他为什么喝酒，但这也没关系，重要的是艾米丽背叛了他，他没办法这么快就原谅她。

“我自己滑下黑蟒道。”她说。

克里斯听了马上抬头，黑蟒道是圆锥山难度最高的坡道之一，一路弯弯曲曲，而且不时冒出陡坡，他滑下去好几次，但速度总是很慢，因为他得等艾米丽。艾米丽总是紧紧张张，滑一小段就害怕半天，如果艾米丽真的一个人滑下去，那八成得花两小时。

克里斯忽然心生一计。他可以报复艾米丽昨晚的背叛，而且一点也不费事。她显然充满罪恶感，这表示他要她做什么，她绝对照做。他要带她到一个比黑蟒道更困难的坡道，等到她一路滑到底的时候，她一定吓得双脚发抖。

克里斯笑笑振作心情。“好，”他边说边站起来，“我们还等什么呢？”

艾米丽站在圆锥山最高的坡道上，有如风中的树叶一样颤抖。她紧握着滑雪杆，好像杆子成了她和眼前陡峭坡道之间的屏障。“艾米丽，”克里斯在风中不耐烦地大喊，“来吧。”

她紧咬下唇，纵身滑下。她试图减缓速度，但弯道的角度太大，她跟在克里斯身后，手脚和雪橇几乎缠在一起。“真讨厌。”她喘气说。

克里斯不怀好意地笑笑说：“这还是最简单的部分呢。”

她开始认真考虑脱下雪橇，从这里走下山，但她想重新赢得克里斯的好感，毕竟，克里斯整个早上被关在房里是她的错。如果克里斯宽宏大量到让她跟着他一起滑雪，就算他要她四脚朝天滑下去，她也会照办。

她看着克里斯飞速冲下山坡，臀部左右晃动，有如山猫一样优雅敏捷，帽尖的穗带在风中飘摇。他是个天生的运动员，看他滑雪似乎非常容易。艾米丽深深吸口气，滑雪杆一蹬往下滑，*最起码*，她心想，*他不会让我一路滚下去*。

她第一个弯道就速度太快，结果一下子冲过克里斯，先是跟他平行，然后超前他几英尺，一路直下，速度快得吓人。“慢下来！”她听到克里斯大喊，却很想大笑：他真的以为她控制得了吗？

雪橇接连撞上坡道边缘，她感觉到小树枝擦过脸颊，白雪从头顶上的树枝直直落下，她试图靠拢双膝、双脚伸直。她全身直冒冷汗，汗珠从手臂一直滴到背后，嘴里也不停祷告。克里斯大叫她的名字，她感到空气急速飞过，然后雪橇一飞卡到树丛间，等到重重摔到地上时，她只觉得解脱。

她很幸运没跌断脖子。

情况可能更糟。

那一定痛得要命。

他们没料到克里斯听得到他们说话，但他却听得一清二楚。把艾米丽送上救护车的急救人员不得不把克里斯一起带到医院，因为他像水蛭一样黏着担架不放，而且她爸妈也还没听到急救人员的呼叫。他在救护车里始终待在艾米丽身旁，即使到了急诊室也紧随在旁，过了一会儿，大家就认了，也不再试图叫他走开。

她像那样冲下坡道！天啊，他一想到就全身发抖。他不想离开她，但他必须找人帮忙。他朝着人们挥挥手，请他们联络巡逻队，然后他丢下雪橇，一路冲到艾米丽躺着的地方。她的帽子掉了，头发铺展在雪地上，他知道最好不要移动她，但他握起她的手，感到自己胃部一阵翻转。

这都是他的错。如果他没有把艾米丽带到这个坡道，故意让她受罪，她绝对不会滑出坡道。

救护车奔向医院时，艾米丽清醒过来。“好痛，”她说，吞咽显得困难，“我怎么了？”他没跟她说，她跌断了腿，脚踝也扭成一个极为奇怪的角度；他也没跟她说，她跌下山坡之前滚了多远，脸上被刮得不成形。“你摔倒了，”他只是说，“你会没事的。”

艾米丽眼中充满泪水。“我好怕，”她轻声说，他听了喉头一紧，“我妈在哪里？”

“快到了，”他说，“但我在这里。”他靠近一点，不禁抱住她。他慢慢闭上眼睛，在那一刻，他决定在艾米丽的余生中，他都要当她的守护天使。

艾米丽摔断了腿远比克里斯偷喝酒要紧。梅兰妮和葛丝坚持回班布里奇，迈克也倾向同意，但艾米丽最终还是说服大家好好度假。为了表示休戚与共，每个人都待在公寓里放弃滑雪，改玩拼字游戏和大富翁。到了第二天，艾米丽已经厌烦大家把她当个病人，于是她催促每个人出去滑雪。经过一番争辩之后，连梅兰妮都同意出去一两个小时，但克里斯拒绝离开艾米丽身旁。

“我不想去。”他说，大家也没逼他。

他跟艾米丽坐在壁炉前的沙发上，她的脚跷在咖啡桌上，两人看着炉火聊天。克里斯跟她说野兔的事情，艾米丽也坦承不该告密。他们开玩笑说，现在爸妈都不在，正好再把酒从冰箱里拿出来喝两杯。聊着聊着，他想起两人小时候。他心里想些什么，不说，艾米丽也总是知道。

直到炉火渐熄、木柴爆裂出声，他才知道自己睡着了。他低头一瞥，发现艾米丽也在打瞌睡。她依然沉睡，不知怎么的，她整个人缩在他的臂弯里。

她有点重，让他稍感不适。透过他的棉衬衫，他感觉到她脸颊湿润的热气，他看着她长长的睫毛，她的鼻息闻起来宛若草莓。

就这样，他的男性特征变得跟岩石一样坚硬。他满脸通红，试着不要吵醒艾米丽，他调整了一下牛仔裤拉链，但这只让他一不小心拂过艾米丽的乳房。

上帝啊，这是艾米丽——她接受了他坐不下的婴儿车，她用盐巴帮他除去黏在身上的鼻涕虫，她也是第一个跟他在家里后院露营的女孩。

这个他认识了一辈子的女孩，怎么忽然变得如此陌生?

她动了动，眨眨眼睛，当她发现自己倚在他胸前，她轻轻推开了他。

“对不起。”她说，距离依然近到话语似乎就落在他的唇边。即使克里斯耸耸肩表示不在乎，他也依然尝得到她的芳香。

克里斯以为永远找不到机会跟艾米丽独处。

过去三天来，他想尽办法让艾米丽靠向他，与他擦身而过，或是碰碰他。

他想吻她，而他的大好机会却正从眼前溜走。

他们的爸妈本来计划参加圆锥山主办的新年派对，但梅兰妮和迈克担心艾米丽需要他们时找不到人，所以有点不想去，四个大人身穿正式的黑色晚礼服站着，试图做出决定。

“我十三岁了，”艾米丽说，“我不需要保姆。”

“如果发生任何事情，”克里斯也说，“我会开车，我可以开另一部车到山下的巡逻小屋。”

葛丝和詹姆斯来回踱步。“这你就不必告诉我们了。”詹姆斯淡然地说，然后转向迈克，“开你的车吧。”

梅兰妮在艾米丽身边坐下，摸摸她的额头。“我摔断了腿，”艾米丽喃喃抱怨，“又不是感冒。”

葛丝碰碰梅兰妮的肩膀：“你觉得呢？”

梅兰妮耸耸肩：“你会怎么做？”

“我想我会去参加派对，反正你也不能让她好过一点。”

梅兰妮起身，把艾米丽的头发顺到额头一旁，艾米丽低声嘟囔，伸手把头发拨回来。“好吧，但我们也许午夜之前就回来。”梅兰妮对着葛丝笑笑说，“我知道你在撒谎，如果受伤的是凯特，你绝不会走开到三英尺之外。”

“你说得没错，”葛丝口气温婉，“但我听起来不是很有说服力吗？”她转身对克里斯说：“你会让凯特准时上床睡觉吧？”

凯特从楼上哀求，“妈……”她大喊，“我能等到午夜再上床睡觉吗？”

“当然。”葛丝大喊回答，然后瞄瞄克里斯，轻声对他说：“再过半小时，等她在沙发上睡着了，你就抱她上楼。”她亲亲儿子，跟艾米丽挥挥手。“乖乖在家哦。”她说，然后就跟着其他人出去了。

克里斯的双手在膝上绞握，等着摸艾米丽等得发痛。艾米丽坐在仅仅十英寸之外，他不安地握起拳头，暗自希望双手不要背叛自己——径自伸过去抚摸艾米丽的大腿或是擦拂她的臀部。

“克里斯，”艾米丽轻声说，“我想凯特睡着了。”她朝左边点点头，凯特已经熟睡得缩成一团，“也许你该抱她上楼。”

她的意思是不是她也想跟他独处？克里斯试图捕捉艾米丽的目光，看出她真正的意图，但她只是抓抓石膏周围发痒的皮肤。他把妹妹抱进卧室，帮她盖上被子，然后关上卧室房门。

下楼之后，他刻意坐到艾米丽旁边，小心翼翼地把手伸到沙发椅背上。“你需要什么吗？冷饮，或是爆米花？”

艾米丽摇摇头说：“不了，谢谢。”然后拿起遥控器换转频道。

克里斯用大拇指轻触艾米丽的衣袖，她没说什么，所以他再伸出另一只指头，然后又伸出一只，直到整只手搭在艾米丽的肩膀上。

他没办法看她，再怎样都没办法，但他感觉艾米丽挺得笔直，她的体温也逐渐升高。整晚头一遭，他终于松懈了下来。

大伙出门前热烈争辩是否应该把艾米丽留在家里，结果却忘了邀请函上注明“请自备酒”。詹姆斯自愿出去买瓶香槟，葛丝提醒他午夜之前得回来。

他跑了三家超市，但店门都已深锁，这时他低头看看手表：十一点二十六分。但他忘了稍早的时候手表电池已经没电了。他心想，*我干脆回公寓去拿瓶酒*。

但那时候其实已经十一点五十八分了。

克里斯记得有次一只蝴蝶停在掌心，他保持不动，深信即使只是胡思乱想，也会惊扰到这只美丽的蝴蝶，使它振翅高飞。现在他跟艾米丽在一起，心中也有同样感觉。她什么都没说，他也沉默不语，但过去的四十二分钟里，他的手臂始终环绕着她，仿佛这再自然不过了。

电视里时代广场上的人们欣喜若狂，有些男人把头发染成紫色，有些女人装扮成玛丽皇后，有些跟他同年纪的男孩轻摇早该睡觉的小宝宝。彩球在群众的倒数声中缓缓落下，克里斯察觉到艾米丽向他靠近了一点点。

1994年随之降临！艾米丽的拇指轻轻摩擦遥控器的静音按键，客厅里没有喊叫声，也没有群众的欢呼，克里斯确定听得见自己脉搏的跳动。“新年快乐！”他轻声说，然后低头俯向她。

她转向同一方向，两人的鼻子猛然相撞，然后她笑笑，一切变得好自然，因为她不是别人，而是艾米丽。他从未品尝过比她双唇更柔软的东西，他轻轻拉扯她的下巴，让她把嘴再张开一点，他的舌头沿着她整齐的贝齿游移。

她马上抽身，他也退后，他从眼角瞥见时代广场的百万群众边笑边跳。“你在想什么？”

艾米丽满脸通红。“我在想……哇！”她说。

克里斯在她颈边微笑。“我也是。”他说，然后再度搜寻她的双唇。

詹姆斯走进公寓时，电视机里传出热烈的庆祝声，然后忽然安静下来。他在厨房里拿起一瓶香槟，然后随手摆在餐桌上，继续走向客厅。

他最先看到电视机，荧幕上无声地显示出1994年已经降临，然后他看到克里斯和艾米丽坐在沙发上亲吻。

詹姆斯刚开始吓得无法动弹，无法言语。上帝啊，他们都还小！他还清楚地记得克里斯偷喝甜酒，他真不敢相信他儿子会如此愚蠢，在这么短的时间里，接连做出两件他不该做的事。

然后他忽然明白了，其实每个人都希望克里斯和艾米丽这么做。

他没有惊动他们，悄悄地转身离开，走回车上。他回到派对时，脸上依然带着微笑。葛丝看到他，双脸显然气得发红，头发上洒满了五彩色纸。“你来晚了。”她说。

詹姆斯咧嘴一笑，告诉她和戈德夫妇他无意中看到的景象。梅兰妮和葛丝开心一笑，迈克摇摇头说：“你确定他们只是接吻吗？”他们四人举杯互道新年快乐，没有人注意到詹姆斯把香槟遗忘在了公寓里的餐桌上。

现在
1997年11月中到11月底

艾米丽过世几天之后，梅兰妮发现自己专注于最平常的事物，比方说饭厅桌上的木头纹路、密封塑胶袋上的拉链、卫生棉纸盒上的中毒性休克症候群警示等等。她可以连着好几个小时盯着这些东西，好像以前从没看过、从不知道自己错失了什么似的，她知道如此注重细节过于偏执，但却有其必要。如果明天早上其中一样东西不见了呢？如果这些东西只存于她的记忆之中呢？她现在知道自己随时可能面临失去。

梅兰妮已经花了一早上撕下笔记夹的纸张，一页页丢到垃圾桶里。她看着白纸越叠越高，有如一摊白雪。垃圾袋半满时，她从垃圾桶中抽出袋子提到屋外，外面已经开始下雪。这是今年的第一场雪，她看得发呆，垃圾袋掉落在地，完全没有留意到自己没穿外套正冷得哆嗦。她伸出双手，雪花飘落在手掌心，她把雪花举到面前仔细观察，还没来得及细看，雪花就在眼前融化。

敞开的厨房门口传来阵阵尖锐的电话声，她不禁吓了一跳。她转身回到屋里，气喘吁吁地拿起听筒："哈喽？"

"哈喽，"对方的声音显得飘邈，"我想跟艾米丽·戈德说话。"

我也是，梅兰妮心想，然后悄悄挂上听筒。

克里斯不自然地站在艾曼纽·费因斯坦医生的办公室里，假装看着挂在墙上的照片，不时偷偷瞄秘书一眼，秘书打字打得飞快，十指几乎像一团蓝色的迷雾。对讲机忽然响起，秘书对克里斯笑笑说：“你可以进去了。”

克里斯点头，穿过相连的门，心想如果没有其他病人，他何必苦苦等候半小时？精神科医生站起来，绕过桌子向前一步说：“克里斯，请进，我是费因斯坦医生，很高兴见到你。”

他朝一把椅子点点头（克里斯注意到那是椅子，而非沙发）。克里斯稳稳坐定。先前听到艾曼纽·费因斯坦医生的名字，克里斯以为是个老先生，但对方却是结实健壮的中年人，仿佛能像伐木工人一样搬运木材，或是操作油井。费因斯坦医生有一头及肩的浓密金发，站起来比克里斯足足高半英尺，办公室装修得跟他爸爸的办公室差不多：暗色的原木地板、方格花纹的粗呢地毯，以及皮面的精装书。

“嗯，”精神科医生在克里斯对面的一把扶手椅上坐下，“你感觉如何？”

克里斯耸耸肩。医生倾身拿起两人之间咖啡桌上的录音机，他倒带，听听自己的问题，然后摇摇这个仪器。“这些东西啊，”费因斯坦医生说，“只录得到声音。克里斯，我只请你遵守一个规则，你必须出声回答问题。”

克里斯清清喉咙，他先前对这个医生的少许好印象再度消失无踪。“好。”他不情愿地说。

“好什么？”

“我感觉还好。”克里斯喃喃地说。

“你睡得好吗？胃口呢？”

克里斯点点头，然后盯着录音机。“不错，”他简要地说，“我胃口还好，但有时候睡不着。”

“你以前有这种问题吗？”

以前，克里斯听了一愣，他摇摇头，眼中随之充满泪水。他已经渐渐习惯这种感觉：一想到艾米丽，他就不禁热泪盈眶。

“家里如何？”

“有点奇怪，”克里斯坦承，“我爸装出好像什么事都没发生的样子，我妈跟我讲话的模样，好像我是个六岁的小孩。”

“你觉得你爸妈为什么这样对待你？”

“我想他们有点害怕吧，”克里斯回答，“换成是我，我也会害怕。”

前一刻钟，你的孩子像日出日落一样可靠，霎时之间，你却发现他跟你想象的完全不同，那是何种感觉？克里斯忽然对着精神科医生皱眉头：“你会把我跟你讲的告诉我爸妈吗？”

费因斯坦医生摇头。“我支持你，跟你站在同一边，你在这里说的话绝对不会泄漏出去。”

克里斯怀疑地看了医生一眼，难道他听了这番话就会好过一点吗？他根本不了解费因斯坦。

“你仍然想自杀吗？”精神科医生问。

克里斯翻弄牛仔裤上的一个破洞。“有时候。”他喃喃地说。

“你有什么计划吗？”

“没有。”

“星期五晚上发生的事会不会让你改变心意？”

克里斯忽然抬头。“我不明白你说什么。”他说。

“嗯，你何不跟我说说你对那件事的感觉？看着你的朋友开枪射杀自己，你的感受如何？”

“她不是我朋友，”克里斯更正他，“她是我心爱的女孩。”

“那肯定更难消受。”费因斯坦医生说。

“没错。”克里斯说。他似乎又看到当时的景象：艾米丽的头往左倾斜，好像被隐形的手重重打了一巴掌，鲜血从他指间汩汩流下。他瞄了精神科医生一眼，心想这人不知道等着他说什么。

两人沉默了好一会儿之后，医生再度尝试：“你一定非常气恼。”

“我几乎动不动就哭。”

“嗯，”医生说，“这很正常。”

“是吗？”克里斯轻蔑地说，“很正常吗？我星期五晚上缝了七十针，女朋友死了，在精神病房关了三天，现在我人在这里，还得把心事告诉一个我不认识的陌生人。是哦，我确实是个完全正常的十七岁小伙子。”

“你知道的，”费因斯坦医生平缓地说，“人类的心智非常神奇。虽然你没看到伤口，但这并不表示心中没有创伤。我们的心不断受创，但是总会愈合。”他倾身向前。“你不想来这里，”他说，“那么你想去哪里？”

“我想跟艾米丽在一起。”克里斯毫不犹豫地说。

“你想死？”

“不是，嗯，是。”克里斯回避医生的注视。他发现自己看着另一扇刚才没注意到的门，这扇门并不通往他先前等候的候诊室，而是通往出口，换言之，他从这扇门出去之后，没有人知道他曾经到过这里。

他看着费因斯坦医生，心想这人答应保障他的隐私权，想必不是个坏人。“我只想，”克里斯轻声说，“回到几个月之前。”

电梯门一开，葛丝马上跑过去抱住儿子，她伸出手臂环抱他的腰际，一边讲话，一边陪着他走出费因斯坦医生办公室所在的医学大楼。“嗯，”两人一上车，葛丝马上问，“进行得如何？”

克里斯把头转向另一边，没有回答。“这么说吧，”她问，“你喜欢他吗？”

“这又不是相亲。”克里斯喃喃地说。

葛丝把车开出停车场，默默为儿子的冷漠找借口：“他是个不错的精神科医生吗？”

克里斯凝视窗外。“不然会是什么？”他问。

“嗯……你觉得好点了吗？”

他慢慢转头面向她，目不转睛地盯着她。“不然，”他冷冷地说，“还能怎样？”

詹姆斯的父母是波士顿的中上人家，亦将新英格兰地区的矜持发挥到极致，詹姆斯从小在这种环境中长大，他在家里住了十八年，只看过他父母在公众场合亲吻一次，而那个吻是如此短暂，让他几乎以为那是出自想象。他父母向来不鼓励坦诚流露伤心、悲痛、快乐等情绪，詹姆斯青少年时只因为小狗过世而哭了一次，他父母却表现得好像他在玄关的大理石地砖上切腹自杀。碰到不愉快的事情或是心情起伏时，他们就忽视令人不悦的状况，装作什么都没发生似的继续过日子。

等到詹姆斯结识葛丝时，他已将那种技巧应用自如，但又马上决定将之放弃。然而，那天晚上独自一人待在地下室时，他却绝望地试图重新找回那种刻意而可喜的盲目。

他站在枪柜前，钥匙仍插在锁孔中。他误以为孩子们已经够大，也就不像多年前那么过分小心。他扭动钥匙，柜门摇摆而开，猎枪和手枪像一排排火柴一样呈现在面前，柜内明显少了那支柯尔特手枪，警方已将枪没收。

詹姆斯摸摸柜中一支二二口径的手枪，这是他送给克里斯的第一支手枪。

这是他的错吗？

如果詹姆斯不是猎人，或是枪支不易取得，这事会发生吗？如果这两个孩子嗑药，或是瓦斯中毒，结果会比较乐观吗？

他摇摇头甩开这种想法，再想下去也无济于事，他必须往前看，继续过日子。

詹姆斯重重踏上楼梯，仿佛忽然发现宇宙奥秘似的。他看到葛丝和克里斯坐在客厅，他一走到门口，他们就抬头看他。“我认为，”他断然宣布，“克里斯应该星期一就回学校上课。”

“什么？”葛丝边说边站起来，“你疯了吗？”

“我没疯，”詹姆斯说，“但克里斯也没疯。”

克里斯盯着他。“你认为，”他慢慢说，“回去学校，让每个人跟看疯子一样看着我，这样我会好过一点？”

“这太荒谬了，”葛丝说，“我打电话问问费因斯坦医生，我想这样太快了。”

“费因斯坦知道什么？他只见过克里斯一次，葛丝，他会比我们了解克里斯吗？”詹姆斯走过房间，站到儿子面前，“一回到朋友圈里，生活很快就会恢复正常，你知道这样没错。”

克里斯哼了一声，转过身去。

“他不能回学校上课。”葛丝坚持。

“你这样太自私。”

“我自私？”葛丝冷笑，双臂交叉在胸前，“詹姆斯，他晚上甚至没睡，而且……”

“好，我会回学校。”克里斯轻声插嘴。

詹姆斯高兴地拍拍儿子肩膀。“太好了，”他得意洋洋地说，“你会重回游泳队，也会高高兴兴准备上大学，一旦开始忙，感觉就好多了。”他转向太太，“他最好不要待在家里，葛丝，你太宠他，他没事做就会胡思乱想。”

詹姆斯往后一靠，确定家中的气氛已经因为这个小小的改变而轻松多了，葛丝怒气冲冲地走出去，他皱着眉头看着她的背影。“克里斯没事，”他大声强调，“他没问题。”

但不到几分钟，他就感觉到儿子愤怒而沉重的注视，克里斯的头歪到一边，好像不是生詹姆斯的气，而是极为困惑。“你真的认为如此吗？”他轻声说，然后转身离去，留下他爸爸独自站在原地。

梅兰妮在电话声中惊醒，她吓得从床上坐起来，不知自己置身何处。她先前躺下来打盹时，外面依然艳阳高照，现在她甚至看不清自己的手。

她沿着床头柜乱摸。“喂，”她说，“哈喽？”

“艾米丽在吗？”

“拜托你不要再打来了！”梅兰妮轻声说，她任凭听筒滑落，再度把自己埋在被单之下。

梅兰妮每个星期天早上八点半出去买菜，这个时候其他人大多还在床上喝咖啡或是看报纸。上个星期天她当然没去买菜，现在除了守丧所留下的食物之外，家里已经没东西吃。她套上外衣，费劲儿拉上拉链，迈克在一旁静静看着她。“你知道的，”他不自在地说，“我可以帮你忙。”

“帮什么忙？”梅兰妮边说边套上手套。

“买菜、处理杂事，什么都行。”看到梅兰妮愁容满面，迈克不禁怀疑自己处理的方式是不是错了。艾米丽之死让他内心一天天绝望枯竭，但他外表看起来却没变，不知怎么的，这样却让人觉得他不像他太太一样难过。他清清喉咙，强迫自己看着她。“如果你还不想出门，我可以去买菜。”

梅兰妮笑笑，笑声连她自己听起来都觉得奇怪，好像用酒吧钢琴弹奏出了竖笛吹奏的曲调。“我当然可以去，”她说，“不然我今天能做什么？”

“嗯，”迈克忽然福至心灵，“我们何不一起去呢？”

梅兰妮眉头轻轻一皱，然后耸耸肩。“随便你。”她说，却已准备出门。

迈克抓起大衣跑出去，梅兰妮已经坐在车里，车子引擎运转，废气在车旁形成一团白雾。“我们去哪里？”

“购物篮超市，”梅兰妮边说边倒车，“我们需要牛奶。”

“我们大老远跑一趟就为了买牛奶？我们可以去……”

“你是要好好陪我，”梅兰妮噘嘴说，“还是要乱出点子？”

迈克笑笑，一时之间，一切显得好自然。过去这一星期里，这样的时刻屈指可数。

梅兰妮驶离车道，开上伍德哈洛街，然后加速行驶。虽然不想偏离视线，但迈克还是不自主地瞄了哈特家一眼，他们家的车道旁有个人影，好像有人出去倒垃圾，车子一开近，迈克才看出那是克里斯。

他戴着帽子和手套，但没穿大衣，诚如迈克所料，他一听到车子开过来就抬头看看，一看到车里是戈德夫妇，他马上挥手打招呼，说不定连想都没想。

迈克感觉车子朝右行驶，好像克里斯不但吸引了他们的思绪，也将车子拉了过去。他在座位里动了动，等着梅兰妮重新调整方向。

但车子却一直向右开，甚至开下了柏油路。梅兰妮踩油门，迈克感到车子猛然往前冲，直朝克里斯而去。克里斯的嘴张成O型，双手紧握着垃圾桶盖，仿佛双脚生了根似的站在车道上，梅兰妮双手一动，把车开得更近，迈克从惊愕中清醒，正准备从她手中夺下方向盘，她就自个儿转弯，撞上了垃圾桶。克里斯退后几步，安全无事，垃圾桶却弹跳到街上，垃圾散落在伍德哈洛街上。

迈克的心跳得很快，直到车子行至伍德哈洛街尾，等着左转开往镇上，他才恢复镇定看看太太。他伸手握住梅兰妮的手肘，两人依然一语不发。

她转过头来，一派镇定，一脸无辜。“怎么了？”她说。

克里斯记得小时候跟艾米丽假装具有隐形超能力，他们戴上滑稽的棒球帽，或是平价商店买来的便宜戒指，“砰”的一声，大家就看不到他们溜到储藏室里拿巧克力饼干，或是把沐浴露全倒进马桶里。

这种想象的游戏做来不费事，而且显然长大了就忘记。但是此时此刻，他走在学校狭长的走廊上，无论怎样想象没有人看得到他，他却依然无法相信自己是个隐形人。

下课时间，学生们鱼贯而行，有些情侣靠着寄物柜亲热，几个粗鲁的学生找机会打架，他小心穿梭其间，眼睛始终直视前方。在课堂上，他可以跟往常一样低头坐着发呆，但在走廊上可没这么容易。学校里的每个人是不是都紧盯着他？他真的感觉如此。没有人跟他提到发生了什么事，大家反而背着他窃窃私语。一两个他认识的家伙说他回来上课很好之类的话，但他们跟他讲话时却离得老远，以免被传染到忧伤和悲痛。

发生了这些狗屎事情之后，你很快就知道谁是真正的朋友。对克里斯而言，显然只有艾米丽才是他真正的朋友。

第五节课是博特瑞太太的英文课，他喜欢这门课，课堂表现也很好，.博特瑞太太甚至鼓励他大学主修英文。下课铃响时，他起先没听到，依然垂头丧气地坐在座位上，后来博特瑞太太过来碰碰他的手臂。“克里斯，”她轻声说，“你还好吗？”

他抬头对她眨眨眼。“还好，”他清清喉咙，“嗯，还好。”说完就夸张地把书本收到背包里。

“我只想让你知道，如果你需要找人谈谈，可以来找我。”她在他前面的桌上坐下。“你或许想写下你的感受，”她建议，“有时候写作比大声说出来更能抒发感情。”

克里斯点点头，但他只想赶紧逃开。

“好吧，”她拍拍手说，“我很高兴你还好。”她站起来走回她的桌子旁边。“教职员正帮艾米丽筹办追思会。”她边说边等着克里斯的回应。

“这样很好。”克里斯喃喃地说，然后从如同油锅的教室跨入宛如火坑的走廊，外头还有上百双与他保持距离、充满好奇的双眼。

克里斯一走进费因斯坦医生办公室就感到轻松。想来有点荒谬，这里原本是他最不想来的地方，现在这个头衔却属于班布里奇高中。他坐着，手肘搁在膝上，双脚不安地轻敲地面。

费因斯坦医生推开通往候诊室的门。“克里斯，”他说，“很高兴再见到你。”克里斯刻意在书柜前闲晃，医生走过来站到克里斯旁边。“你今天似乎有点心神不宁。”费因斯坦医生说。

“我回学校了，”克里斯回答，“糟透了。”

“为什么？”

“因为我是个怪人。没人过来找我，上帝啊，他们哪敢跟我有所接触……”他愤愤地说，“好像我有艾滋病似的。不，让我更正，他们说不定比较能接受艾滋病人。”

“你觉得他们为什么跟你保持距离？”

“我不知道，我不知道他们听说了什么，我也没办法打听出大伙听到哪些谣言。”他揉揉太阳穴，“每个人都知道艾米丽死了，也都知道我在场，至于究竟发生了什么事，他们只能自行猜测。”他往扶手椅上一靠，用拇指抚摸离他最近的一排皮面精装书，“他们其中一半的人大概会以为我打算在学校餐厅割腕。”

“另外一半的人怎么想？”

克里斯慢慢转身，他很清楚另外一半的人怎么想：只要是刺激精彩的谣言，他们就照单全收。“我不知道，”他尽量装出不在乎的样子，“他们说不定以为我杀了她。”

“他们为什么这么想？”

“因为我在场，”他脱口而出，“因为我还活着。天啊，我哪知道！去问警察吧，他们从一开始就这么认为。”

克里斯一直试图装出不在乎的样子，此时话一出口，他才知道自己多么厌恶这种指控。

“那让你气恼吗？”

“他妈的，当然。”克里斯说，“换作是你，你难道不会吗？”

费因斯坦医生耸耸肩：“这很难说。如果我说的是真话，我认为大家迟早会接纳我的想法。”

克里斯轻蔑地说：“我敢打赌那些塞勒姆女巫被送上火架时，心里一定也这么想。”

“什么最让你气恼？”

克里斯沉默不语，他气的不是大伙不相信他的话，今天如果情况扭转，他说不定也会起疑；学校里每个人都把他视为一夜之间长出六个头的怪物，这倒也还好。最让他气恼的是，大家都见到过他和艾米丽在一起时的模样，他们怎么可能相信他会刻意伤害她？

“我爱她，”他说，声音变得沙哑，“我忘不了这一点，我不明白为什么其他人都忘了。”

费因斯坦医生再度朝着扶手椅动了动，克里斯整个人陷进椅子里，呆呆地看着录音机的小转轮缓缓转动。“跟我说说艾米丽吧。”精神科医生说。

克里斯闭上双眼。艾米丽始终带着一股雨的清香，每次一看到她甩甩头松开发辫，他的胃就纠成一团。她替他讲完他想说的话，然后拿起他们共用的马克杯，嘴唇贴上他刚刚喝水的地方。他怎能跟一个从未见过艾米丽的人解释这种感觉？他怎能解释不管是在更衣室、水面下或是缅因州的松林中，只要艾米丽在他身旁，他就有了回到家的感觉?

“她属于我。”克里斯简单地说。

费因斯坦医生扬起眉毛：“这话是什么意思？”

“你知道的，她有我欠缺的一切，我也有她欠缺的一切。她能绕着每个人画圆圈，我却连直线都画不好；她向来不喜欢运动，我却一直是运动迷。”克里斯伸出手掌心，弯起手指。“她的手，”他说，“跟我的手相配。”

“还有呢？”费因斯坦医生继续诱导。

“嗯，我们不是从小就约会，而是最近两年的事，但我认识她一辈子了。”他忽然笑笑，“她还是小宝宝的时候，最先叫的就是我的名字。她以前叫我‘克斯’（Kiss），后来她发现真有kiss这个词，而且是‘接吻’的意思，她有点搞不清楚，所以她看着我，噘起嘴唇。”他抬头看看，“其实我不记得这回事，我妈告诉我的。”

“你遇见艾米丽的时候多大？”

“六个月大吧，”克里斯说，“也就是她出生那天。”他倾身向前，若有所思，“我们以前每天下午都一起玩，她住在我家隔壁，我们的妈妈是好朋友，所以我想我们很自然就在一起了。”

“你们什么时候开始约会？”

克里斯皱眉。“我不知道确切日期，艾米丽知道。事情自然而然就发生了，大家早已料到，所以没有人感到讶异。有一天我不经意地看看她，我看到的不只是艾米丽，而是一个很漂亮的女孩，然后……嗯……你知道的。”

“你们有亲密关系吗？”

克里斯感到一股热潮涌上胸口，他不想讨论这方面的事。“如果我不想讲，我还是非得跟你说吗？”他问。

“你若不愿意，什么都不必讲。”费因斯坦医生说。

“嗯，”克里斯说，“我不想讲。”

“但你爱她。”

“是的。”克里斯回答。

“她是你第一个女朋友？”

“嗯，没错。”

“这么说来，你怎么知道？”费因斯坦医生说，“你怎么知道那是爱？”

医生的语调不刻薄，也不是刻意挑衅，而只是想知道。如果费因斯坦像那个凶巴巴的女探长，口气尖酸或是问得很冲，克里斯肯定马上不说话，但费因斯坦医生让他觉得这是个值得一问的好问题。“我们互相吸引，”他小心翼翼地说，“但不只如此。”他咬咬下唇，过了几秒之后说，“有次我们分手了一段时间，我跟一个我始终认为很正点的女孩约会，她叫唐娜，是拉拉队队长，我一直很迷唐娜，说不定连跟艾米丽在一起的时候也想着她。总而言之，我们开始约会，也有些亲密举动，但每次跟唐娜出去时，我总觉得不太了解她。在我心目中，我把她捧得很高，其实她根本不是那样。”克里斯深深吸口气，“艾米丽和我复合之后，我知道她始终就是我心目中的那个她，甚至比我记得的更好。我想那就是爱。”

他陷入沉默，精神科医生抬头看看。“克里斯，”他问，“你最早的记忆是什么？”

克里斯被这个问题吓了一跳，他大笑说：“记忆？我不知道，嗯，等等，我记得我有一部小火车，火车上有个按钮会发出汽笛声。我记得我把它抓在手里，艾米丽试着抢过去。”

“还有呢？”

克里斯竖起指尖回想往事。“圣诞节，”他说，“我们下楼，电动小火车绕着圣诞树跑。”

“我们？”

“没错，”克里斯说，“艾米丽是犹太人，所以她来我们家庆祝圣诞节。我们小时候，她每年平安夜都睡在我们家。”

费因斯坦医生慎重地点头。“请告诉我，”他说，“你的童年回忆中，有没有哪一件事不包括艾米丽？”

克里斯试图回想，把自己的一生像影片胶卷一样在脑中重新播放。他看到自己跟艾米丽站在澡缸前，他对着洗澡水尿尿，艾米丽咯咯笑，他妈妈高声大骂；他看到自己做“雪天使”[①]，用力挥动手臂，打到在他身旁做着同样动作的艾米丽；他隐约看到爸妈的脸，但艾米丽始终在身旁。

克里斯摇摇头。“说真的，”他说，“没有。”

那天晚上克里斯洗澡时，葛丝大胆溜进他的卧室清扫。她很惊讶地发现房间里不太乱，只有一堆脏碗盘，盘中的食物动都没动。她顺了顺克里斯的床单，然后跪下来看看床下有没有不成对等着清洗的袜子，或是不经意滚落到床下的食物。

床下有个鞋盒，她还没想到里面摆了什么，拇指已经悄悄掀开盒盖。她把手伸进去，摸到一叠纸和几副破烂的3D眼镜。克里斯和艾米丽以前用柠檬汁写下秘密，然后对着灯泡解读。天啊，他们那时多

① “雪天使”是在雪地上玩的游戏，整个人仰躺在厚厚的积雪中，然后用力摆动四肢，在雪地上划出一道道痕迹。

大？九岁？十岁？

葛丝拿起最上面的秘密信函，艾米丽细长的字迹写道："波兰斯基先生是个蠢蛋。"她用手指轻抚"is"（是）一字，字母"i"上面的小点圆圆滚滚，好像一个随时可能挣脱纸张飞去的气球。她在纸张间翻找，摸到一只没电的手电筒和一面镜子。她感伤地笑笑，坐在床边把玩镜子，看着镜子反射出的光影在外面黑暗的树林中一闪一闪。

艾米丽卧室的窗户中传出一方光影。

葛丝惊讶地走向窗沿，她从艾米丽的卧室窗户看到迈克的身影，迈克手中也握着一个小小的方镜。

"迈克。"她轻声说，同时挥挥手打招呼，但却看见艾米丽的爸爸径自拉下卧室的窗帘。

星期三，班布里奇高中为艾米丽举办追思会。

礼堂挂着她遗留的画作，她去年秋天拍的学生照被放大到几乎不像话，高高悬挂在舞台后方的布幕上。在舞台的灯光下，她的凝视带点诡异，似乎紧紧跟随着换座位或是起来上厕所的学生。校长、副校长、资深辅导老师和青少年忧郁症专家宾耐欧博士坐在照片前方的一排椅子上。

克里斯和一些老师坐在前排，倒不是有人特意帮他留了座位，而是大家都认定他应该坐在这里。其实这样也不错，他可以盯着艾米丽的照片，而不必看着其他学生在集会典礼时通常会做的举动，比方说悄悄话、做功课或是在黑暗中爱抚对方。校长介绍坐在他旁边的肯莉太太，肯莉太太教美术，也许是全校最了解艾米丽的师长。她站起来，说了一番艾米丽天生具有原创性等废话，但克里斯心想，这些废话还算中听，艾米丽听了会高兴的。

宾耐欧博士随之起身，讲了一些关于青少年自杀的胡言乱语，比方说种种前兆。自杀又不是感冒，观众席的学生们哪会感染什么前兆？这个家伙讲话时，克里斯低头戳弄自己的牛仔裤，但他知道这人一直盯着他。

克里斯还搞不清是怎么回事，礼堂的前三分之一排，也就是三百六十三位高年级的学生，已经全都站起来聚集到后方，后方的老师们排成长长一列，一直延伸到舞台的阶梯上。每个高年级学生走到艾米丽的照片前时，手中已拿着一朵老师们递过来的康乃馨，大伙鱼贯地把康乃馨摆在艾米丽的肖像下。

此举似乎是个好主意，但克里斯却感到荒谬。他站在队伍最后面，倒不是因为他跟艾米丽关系特殊，而是因为没有人知道他和老师们坐在最前排。鲜花被丢掷到一个儿童专用的塑胶泳池里，春季庆典时，泳池在钓鱼游戏中也派上用场，一片粉红花海中隐约可见一只只小黄鸭。**好俗气**，艾米丽会说。克里斯走到池子前时，舞台上只剩下他一个人，他把康乃馨丢到高耸的花海上，抬头看看艾米丽庞大的脸，那是她，但又不像她；照片经过特别处理，她的牙齿像超级名模一样雪白，鼻孔跟他整个头一样大。

他转身走下舞台，瞥见校长紧盯着他。“克里斯是她最亲近的朋友之一，”罗伦斯先生说，“也许有几句话想跟大家分享。”

他感到校长的手紧掐着他的肩膀，把他拉向讲台，讲台上有只麦克风，看起来像是一条伺机攻击的响尾蛇。他的双手开始颤抖。

克里斯盯着黑压压的人群，他清清喉咙，麦克风发出尖锐的声响。“啊，”他退后一步，“对不起，这个……嗯……谢谢大家帮艾米丽举办追思会，我确定她正在某个地方观看。”

他稍稍转身，在一片灯光中眨眨眼。“她会说……”克里斯看看成堆逐渐枯萎的康乃馨，盯着眼前大家为艾米丽而设的纪念龛，心里却想着他和艾米丽可能会并肩站在后排，一起嘲笑这个俗气的摆设，她也会低头看表，看看还剩多少时间才下课。

“她会说……”克里斯重复。

事后，他永远也想不通怎么回事。但忽然之间，那些自从听从爸爸指示回学校上课之后所压抑的情绪，全都从内心深处泉涌而出。花朵在灯光下枯萎的气味、那张庞大诡异的肖像、数百张等着他说话的脸孔，以及所有等着他回答问题的人，全都让他不知所措，于是他放声大笑。

他起先只是轻笑几声，后来高声狂笑，好像打嗝一样猛烈而无礼。他笑了又笑，笑声与台下的沉寂形成强烈对比。他笑得好猛，后来竟然哭了起来。

他鼻水直流，眼睛模糊到看不清面前的讲台。他推开麦克风，走向舞台边缘的阶梯。他冲过礼堂长长的走道，一把推开礼堂的双门，跑到外面空荡荡的回廊，一路直奔体育馆的更衣室。

更衣室空无一人，大家全都在礼堂里。他用前所未有的速度套上泳裤，把衣服丢在水泥地上，然后走向通往游泳池的门。平静澄蓝的池水宛如玻璃，纵身跃入池内时，他想象池水应声破裂，片片刺穿他的身躯。

他头壳上的伤疤一阵刺痛，毕竟昨天才拆线。但池水感觉跟爱人一样熟悉，在池水的拥抱中，克里斯只听到自己的心跳和断断续续的抽水声，他任凭自己在水面下漂浮，偶尔看看水波和日光灯影，然后他小心、刻意地从嘴巴和鼻子里吹出泡泡，慢慢抽空体内的氧气，感觉自己痛苦地一寸寸下沉。

“喂，”对方说，听起来口气更冲，“艾米丽到底是不是住在这里？”

梅兰妮把听筒抓得死紧，指关节都发白。“不，”她说，“她不住在这里。”

“这里是656-4309吗？”

“是。”

“你确定？”

梅兰妮把头靠在储藏间冰冷的门上。“别再打来了，”她说，“不要烦我。”

“喂，”对方说，“我有东西要给艾米丽，拜托你见到她的时候跟她说一声，好吗？”

梅兰妮抬头。“什么东西？”她问。

“你跟她说就是了。”对方说，然后挂了电话。

费因斯坦医生皱着眉头开门。“克里斯，”他斥责，“你知道你不能像这样跑进来，你若有问题，先打电话过来。今天我另一个病人刚好身体不舒服，不然我不会有空。”

克里斯连听都不听，直接绕过精神科医生走进办公室。“我也没打算这么做。”他喃喃地说。

“你说什么？”

克里斯抬起头，一脸悲痛：“我也没打算这么做。”

费因斯坦医生把门带上，在克里斯对面坐下。“你还在生气，”

他说，“冷静下来再说。”他耐心等待克里斯深呼吸几次，然后坐直身子。“好，”精神科医生终于说，“告诉我怎么回事。”

“他们今天在学校帮艾米丽办追思会，”克里斯用手背揉揉眼睛，他手上残留着游泳池的漂白水，心里又很难过，眼睛顿时一阵刺痛，“实在很没意思，那些康乃馨……唉。”

“你因为这事生气？”

“不，”克里斯说，“他们叫我上台……你知道的，叫我讲几句话。每个人都看着我，好像我应该知道怎样安慰大家，或是该说什么。因为我在场，因为我想跟艾米丽做同样的事，所以我就可以跟大家解释为什么我们想自杀。”他轻蔑地哼一声，“好像参加该死的匿名戒酒会：嗨，我叫克里斯，我曾经想要自杀。”

“也许他们想借此让你知道你对大家有多重要。”

“是哦，”克里斯不以为然地说，“大部分的学生整个典礼都在台下丢纸团。”

“还发生了什么事？”

克里斯低下头。“他们要我谈谈艾米丽，说个哀悼词什么的。我张开嘴……”他抬头看看，举起手掌，“我崩溃了。”

“崩溃？”

“我笑了，我他妈的笑了。”

“克里斯，你最近面临非常巨大的压力，”费因斯坦医生说，“我相信当人们……”

“你没听懂吗？”克里斯大喊，“我笑了。追思会等于葬礼，而我却笑了。”

费因斯坦医生倾身向前：“有时候强烈的情绪会互相影响，你最近相当……”

“沮丧、难过、伤心，”克里斯站起来，开始踱步，“随便你说吧。我因为艾米丽的死而难过吗？没错，每一该死的分钟，每呼一口该死的气，我都难过得不得了。但每个人都以为我疯了，随时会拿把刀割腕自杀，每个人都以为我正等待适当时机再试一次，整个学校都这么想，大家等着看我崩溃，说不定就在台上发疯，我妈这么想，连你也这么想，不是吗？”克里斯愤愤地瞪着医生，往前走一步，“我不会自杀，我不想自杀，我从来没想过要自杀。”

“即使那个晚上也不想？”

“没错，”克里斯轻声说，“即使是那个晚上也不想。”

费因斯坦医生慢慢点头：“但你在医院里为什么说想要自杀？”

克里斯脸色发白。“因为我昏倒了。等我醒来的时候，警察已经拿着枪站在我旁边。”他闭上眼睛，“我吓坏了，我得给他们一个听起来合理的解释。”

“如果你没打算自杀，那么你为什么有枪？”

克里斯颓然坐到地上，整个人垮了下来。“我拿枪给艾米丽，因为她真的想自杀。而我以为……”他低下头，话语又像连珠炮似的脱口而出，“我以为我能阻止她，我以为我们走到那个地步之前，我能劝她改变心意。”他抬头看看费因斯坦医生，双眼闪闪发亮。“我好累，我不想再假装了，”他轻声说，“我不是去那里自杀，我去那里是为了救她。”说着说着，他不禁热泪盈眶，眼泪流过脸颊，浸湿了衬衫。“但是，”克里斯啜泣地说，“我却办不到。”

格拉夫顿郡高等法院的大陪审团花了一天聆听助理检察官芭瑞陈述种种证据，证据显示克里斯多弗·哈特涉嫌谋杀艾米丽·戈德。他们听了法医讨论死者的死亡时间、原因以及子弹穿过脑部的轨迹，也听了班布里奇警局的值班警员描述犯罪现场。他们看了玛丽安·玛洛探长解说弹道证据，助理检察官请问探长，在谋杀案件中，百分之几的死者认识嫌犯？探长回答说百分之九十，大陪审团也都听了进去。

诚如大多数大陪审团的听证会，被告不但不在场，而且很幸运的，他不知道听证会乃是因他而召开。

三点四十六分，芭瑞接到一个密封的信封，信封内是一纸起诉书：克里斯多弗·哈特以一级谋杀罪遭到起诉。

“哈喽，我找艾米丽。”

梅兰妮全身僵硬：“你是哪位？”

对方稍微犹豫：“我是她朋友。”

“她不在，”梅兰妮紧抓着听筒，拼命吞咽口水，“她死了。”

“噢，”对方似乎愣了一下，“噢。”

“你是哪位？”梅兰妮重复。

“我叫丹娜，我在‘淘金热’珠宝店工作，我们的店在主街和卡特街口。”女人清清喉咙，“艾米丽在店里买了一样东西，我们帮她准备好了。”

梅兰妮抓起车钥匙。“我马上过去。”她说。

开车不到十分钟就到，梅兰妮把车停在店门正对面的停车位，走进店里，钻石在柜子里对她眨眼，金项链安放在蓝色的天鹅绒布上，一个女人背对着梅兰妮，站在收银机前面瞎忙。

她一脸笑容地转身，一看到梅兰妮披头散发，身上也没穿大衣，笑容随之消失。“我是艾米丽的妈妈。”梅兰妮说。

“噢，”丹娜足足瞪了梅兰妮五秒钟，然后才勉强有所反应，“我真抱歉。”她边说边从收银机下面取出一个狭长的盒子。“你女儿好一阵子以前订了这个，上面还刻了字。”她打开盒盖，里面是只男用手表。给克里斯，梅兰妮念道，长长久久。爱你的艾米丽。她把手表放回缎面的盒内，拿起收据，收据最下面清楚写出对店员的指示：“礼物必须保密，打电话过来时，请说找艾米丽，不要留下任何资讯。”难怪对方总是欲言又止，她想。但为什么要保密呢?

然后梅兰妮看到价钱。“五百美金！”她惊叹。

“这是14K金。”女人赶紧强调。

“她才十七岁！”梅兰妮说，“难怪她要保密。如果她爸爸或是我发现她花这么多钱，一定会强迫她把表退回去。”

丹娜不自在地动了动。“手表的钱一次就付清了，”她似乎带点忏悔地说，“说不定你依然想把它交给你女儿想送的人。”

梅兰妮这才想到：这是艾米丽送给克里斯的生日礼物，也是一份庆祝他十八岁的特别贺礼。在艾米丽心目中，就算花了整个暑假打工的工钱也值得。

梅兰妮拿起盒子，带回车里。她坐着凝视挡风板，脑中依然浮现出那极为讽刺的四个字：长长久久。

但她也猜想，如果诚如克里斯所言，他们已经打算在他生日之前一起自杀，艾米丽为什么还帮他订了一块手表当生日礼物?

梅兰妮的手一搭上门把，屋内就响起电话声。她赶紧推门进去，心中隐隐希望珠宝店的丹娜打电话来说她搞错了，克里斯和艾米丽另有其人……

“哈喽？”

“戈德太太，我是检察官办公室的芭瑞·迪兰妮，我上星期跟你通过电话。”

“是的，”梅兰妮边说边把表放在料理台上，“我记得。”

“我想你或许想知道，”芭瑞说，“大陪审团今天决定以一级谋杀罪起诉克里斯多弗·哈特。”

梅兰妮觉得膝盖发软，她滑坐到地上，双腿不自然地张开。“嗯，”她说，“他……会进行审讯吗？”

“会的，”芭瑞说，“明天在格拉夫顿郡法院大楼。”

梅兰妮在便条纸上匆匆写下地名，她听得见检察官说话，但却无法了解对方说些什么。她轻轻挂下听筒。

她盯着珠宝盒，然后小心翼翼地从缎面盒内中取出手表，用拇指摩擦宽阔的表面。她知道今晚是克里斯的生日，正如她知道艾米丽哪天出生。

她想象葛丝、詹姆斯甚至凯特坐在樱桃木餐桌旁，他们的谈话有如小拳头般重重落在她胸口；她想象克里斯站起来，对着蛋糕弯腰，五官在闪烁的烛光中显得柔和。换作不同的状况下，梅兰妮、迈克和艾米丽也会受到邀请。

梅兰妮紧握着手表，表沿掐进手掌心；她觉得心中升起一股无法控制的怒气，怒气从胸口蔓延，贯穿肌肤，仿佛多出一条腿似的向外伸展，迷蒙之中，她几乎感觉得到它的重量。

事事都得完美。

葛丝从餐桌退后一步，然后又靠向前调整餐巾。水晶杯排列整齐，火腿卷成一片片摆在餐盘上，收藏在橱柜中，只有感恩节和圣诞节才使用的精美瓷器气派地展现神采，酱汁器皿也上桌了。葛丝走出饭厅叫大家吃饭，同时暗自提醒自己，今晚庆生的主角不是一个想要自毁生命的年轻人。

“来吧，”她大喊，“吃晚饭喽。”

詹姆斯、克里斯和凯特从客厅进来，大伙刚才在那里看新闻，凯特比手画脚，兴奋地告诉大家学校的科学展把一个跟汽车一样大的氢气球送上天空，气球上还附上信函。“气球也许已经飞到中国，”她兴高采烈地宣称，“或是澳大利亚。”

“它连街角都飞不过去。”克里斯喃喃地说。

“它飞得过去！”凯特大喊，然后很快闭上嘴，低头看着大腿。克里斯瞄了妹妹和爸妈一眼，故意用力往椅子上一坐。

“唉，”葛丝说，“这不是很好吗？”

“你们看看蛋糕，”詹姆斯说，“椰子糖霜呢。”

葛丝点头：“还有草莓夹心。”

“真的吗？”克里斯问，不由自主起了兴趣，“你帮我烤的？”

葛丝点头说：“不是每一天都有人庆祝十八岁生日。”她瞄了一眼火腿、红萝卜和甜薯派。“说真的，”她加了一句，“为了纪念这个特殊的日子，我想我们应该先吃蛋糕。”

克里斯眼睛一亮。“妈，你说得没错。”他大表同意。

葛丝从蛋糕盘旁边拿起一盒火柴，点燃十九支蜡烛（多出的一支表示好运），她用三根火柴点燃所有蜡烛，火柴将燃尽时的火花烧灼她的指尖。“祝你生日快乐。”她开始唱，但没有人加入，于是她站起来，双手叉腰训斥说：“想吃蛋糕就得唱歌。”

此话一出，詹姆斯和凯特马上加入。克里斯拿起叉子，葛丝还没开始切蛋糕，他已准备大快朵颐。

“十八岁了，感觉有什么不一样吗？”凯特问哥哥。

“哎呀，”克里斯开玩笑说，“我开始风湿痛喽。”

“哈哈，很好笑。说真的，你有没有觉得……嗯……比较聪明或是成熟？”

克里斯耸耸肩。“我可以被征召入伍了，”他说，“只有这点不一样。”

葛丝张开嘴，正想说感谢上帝目前没有战事，但忽然想到其实这也不对，战争是自己挑起的，美国政府虽然没有派兵打仗，但并不表示克里斯无需奋战。

“嗯，”詹姆斯边说边伸手拿第二块蛋糕，“我想克里斯应该每天都庆祝十八岁生日。”

“我附议。”葛丝说。克里斯低头微笑。

门铃响了。“我去开门。”葛丝边说边把餐巾往桌上一丢。

她还没走到门口，门铃又响了。她开门，前廊的灯光下站了两位穿制服的警察。“晚安，”比较高的那一位说，“克里斯多弗·哈特在家吗？”

“嗯，他在，”葛丝说，“但我们刚刚坐下来……”

警察递出一张纸：“我们有权将他拘提。”

葛丝喘不过气，肺部的空气似乎全被抽空。“詹姆斯，”她勉强大叫。她丈夫应声而至，从警察手中接过拘票，看了一眼。“根据什么理由？”他简要问道。

“先生，他被控涉嫌一级谋杀罪。”警察走过葛丝身边，朝灯火通明的客厅而去。

“詹姆斯，”葛丝说，“想想办法。”

詹姆斯抓住她的肩膀。“打电话给乔丹。”他说，然后冲向客厅。“克里斯！”他大喊，“什么都别说，一个字都不要说。”

葛丝点头，但没有去打电话。她跟着詹姆斯走向骚动的客厅，凯特坐在餐桌旁啜泣，警察们把克里斯从椅子上拉起来，一位把他双手拉到背后，铐上手铐，另一位宣读他的权利。他眼睛大张，脸色惨白，下唇的一抹椰子糖霜微微颤动。

两位警察一人一边抓着克里斯的手肘走向大门口，他呆呆地在他们之间蹒跚而行，眉头深锁，满脸困惑，屋里熟悉的家具顿时显得陌生。一行人走到饭厅门口时，葛丝站在门边，警察们犹豫了一会儿，等着她让路。在那短暂的一刻，克里斯直挺挺地盯着她。“妈咪。”他轻声说，然后就被警察架走。

她试着摸摸他，但他们离开得太快，她伸到半空中的手握成拳头，紧贴着自己的嘴。她可以听见詹姆斯在家里跑来跑去，忙着打电话给乔丹，她可以听见凯特在隔壁房间啜泣，但她满脑子只听见克里斯的声音——十八岁的他，轻声用他十年来都没用过的昵称呼唤着她。

第二部
邻家女孩

毕竟，何为谎言？谎言不过是真相的掩饰。

——拜伦，《唐璜》

唯有自杀得以掩饰忏悔，而自杀即是忏悔。

——丹尼尔·韦伯斯特

现在
1997年11月底

克里斯坐在警车后座，全身发抖，车里暖气已经调到最高，他不得不侧身而坐，手铐才不会嵌进他的背，但无论他怎么调整坐姿，还是抖个不停。“你还好吗？”坐在前座的警察问。克里斯说还好，短短回复，声音却像被敲裂的瓜果一般嘶哑。

他不好，他一点都不好，他一辈子从没这么害怕过。

车里充满咖啡味，收音机传出克里斯听不懂的对话，在那片刻之间，克里斯觉得听不懂也没关系。毕竟，他所熟知的世界已经瓦解，难怪他再也听不懂大家的话。他在座位上动了动，试图让自己不要尿湿裤子。这是个错误，不管警察要把他带到哪里，爸爸和律师会跟他碰面，乔丹·麦卡斐会像电视上的大律师一样滔滔雄辩，警方也会知道搞错了。明天当他一觉醒来，这整件事情将是个笑话。

警车忽然左转，他看到车窗旁灯光一闪一闪，他完全不知道现在几点或是自己在哪里，但他想大概已经到了班布里奇警察局。“来，下车。”比较高的警察边说边打开车门。克里斯慢慢移到车门口，双手被铐在背后，他得试图保持平衡，他一脚踏出车门，一不注意却摔出车外，整个人跌得狗吃屎。

警察抓着手铐拉他起来，粗鲁地把他拖向警局。他从后门进去，警察把枪收进一个盒子里，对着对讲机说话，然后门“哔”的一声打开。克里斯发现自己来到收押处，有个睡眼惺忪的警官坐在一旁。他们问他姓名、年龄、地址等问题，他乖乖坐下，尽可能有礼貌地回答，说不定行为良好会给警察留下好印象。那位带他进来的警察叫他靠墙站着，还叫他像电视电影里一样高举一个牌子，牌子上写着号码和日期。他脸先朝右，再朝左，照相机闪了又闪。

克里斯听从指示掏空口袋，伸出双手按指纹，他分别按了21次指纹，一组给地方警局，一组给州警局，一组给联邦调查局。警察随后用湿纸巾擦擦他的双手，拿走他的鞋子、外套和皮带，对着对讲机要求打开三号牢房。“警长这就过来。”他告诉克里斯。

“警长？”克里斯问，忽然又全身发抖，“为什么？”

“你不能在这里过夜，”警察解释，“他会护送你到格拉夫顿郡监狱。”

“监狱？”克里斯轻声说。他要被关入监狱？

他停步，跟在旁边的警察只好也停下来。“我哪儿也不去，”他说，“我的律师会来这里。”

警察笑笑说：“是吗？”然后又拖着他向前走。

牢房在警察局地下室，面积大约六乘五英尺。其实克里斯来过这里，幼童军时，他曾到班布里奇警察局参观。牢房里有张床，不锈钢的水槽和马桶连在一起，牢房的门是实心钢管，里面架设着监视录影机。警察把床垫翻过来检查，然后松开克里斯的手铐，把他推进牢房。

“你饿不饿？”警察问，“渴不渴？”

警察居然关心是否舒适，令克里斯甚感讶异。他抬头对警察眨眨眼，他不饿，但其他所有一切都令他非常不舒服。他摇摇头，试图甩去牢房铿锵关上的声音。他等着警察走开，他想站起来小解，他想跟那个拘提他、把他带到这里的警察说，他没有谋杀艾米丽·戈德。但爸爸叫他保持沉默，警告犹言在耳，像把小刀一样划破层层围绕住他的恐惧。

他想到妈妈烤的生日蛋糕，蜡烛肯定已经滴到糖霜上，他盘中依然摆着没吃完的蛋糕，草莓夹心宛如鲜血般艳红。

他手指轻刮过坚实的墙面，耐心等候。

对乔丹·麦卡斐而言，再也没有比探索女人曲线更美好的事了。

他在床单下忙着，双唇和双手顺着曲线而下，仿佛打算标示出路线。“噢，”她低声呻吟，双手探入他浓密的黑发，“噢，天啊。”

她越来越大声，几乎令人不自在。他轻抚她的腹部。“嘘，”他贴着她的大腿轻声说，“小声一点，记得吗？”

“我……”她说，“怎么……可能……忘记？”

他往后一仰，伸手遮住她的嘴，她却一把捉住他的手贴在自己身上，她以为这是个游戏，甚至咬了他一口。

“他妈的。”他咒骂一声，从她身上滚下来。他摇头瞪了这个野艳疯狂的女人一眼，热情全部消退。他通常对这类事情颇具判断力，今天却不知道是怎么回事。他揉揉发痛的手掌，心想今后绝对不再跟助理的朋友约会，就算一起出去，他也绝对不会喝太多酒，邀请对方到自己家里。“喂，”他尽力做出和蔼的笑容，“我跟你说过……”

这个名叫桑德拉的女子翻身到他上方，献上热吻，然后她稍微抽身，伸出手指轻抚下唇。“我喜欢味道尝起来跟我一样的男人。”她说。

乔丹感觉自己又硬了起来，也许现在说再见还太早。

电话铃响，桑德拉一把推开床头柜上的电话，乔丹边诅咒边爬过去抓住听筒，她握住他的手腕。“别管它。”她轻声说。

“我不能不管。”乔丹边说边滚离她，在地上摸索，“我是麦卡斐。”他对着听筒说。他静静聆听，马上提高警戒，不经思索从床头柜的抽屉里拿出纸笔，写下对方说的话。“别担心，”他镇定地说，“我会处理，没错，我跟你在那里碰面。”

他挂掉电话，有如雄狮般优雅地一跃而起，不疾不徐地穿上扔在浴室门口的长裤。“对不起，”乔丹边拉上拉链边说，“但我得走了。”

桑德拉惊讶地嘴巴大张：“你得走了？”

乔丹耸耸肩说：“工作就是这样，总得有人出面处理。”

他瞄了一眼蜷曲在床上的女子：“你……你不必等我。”

“如果我愿意等呢？”她问。

乔丹转身背对她。“你可能得等好久，”他把手插到口袋里，最后再看她一眼，“我会打电话给你。”

“你不会。”桑德拉和颜悦色地说，说完就赤裸裸从床上跳起来，消失在浴室门后，把门锁上。

乔丹摇头，悄悄走进厨房，四处翻找白纸，忽然间，厨房灯光大作，他十三岁的儿子出现在眼前。“你起来做什么？”

托马斯耸耸肩。“听些我不该听到的事情。”他说。

乔丹不高兴地对他说：“你应该赶快去睡觉，明天还得上学。”

“现在才八点半。”托马斯抗议。乔丹更加不悦，真的才八点半吗？他晚餐喝了多少酒？“你出来透透气吗？”托马斯咧嘴笑笑说。

乔丹瞪了他一眼：“你小时候比较讨人喜欢。”

“我小时候一不小心就把尿喷到浴室墙上，我想我现在这个年纪讨喜多了。”

乔丹可不太确定。他从托马斯四岁开始就独立抚养这孩子，托马斯四岁时，他的亲生母亲黛柏拉觉得自己不适合当妈妈，也不喜欢当个律师太太，于是她抱着托马斯、离婚协议书和一张飞往尼泊尔的单程机票走进乔丹的办公室，两人的婚姻自此画上句点。乔丹最近听说她和一个年纪比她大两倍的画家住在巴黎左岸。

托马斯看着爸爸从咖啡壶里倒了一杯摆了一天的冷咖啡。“好恶心，”他说，“但总比带一个不三不四的女人回家……”

“你说够了吗？”乔丹说，“我是不应该，好吗？你没错，我这样做不对。”

托马斯笑得好开心：“真的吗？我们该录音记录这个历史性的一刻吗？”

乔丹把咖啡壶放回咖啡机，拉紧领带。“刚刚有个客户打电话来，我得出去。”他急忙穿上披在椅子上的夹克，转身看看儿子，“你需要我的话，别打传呼机，我会把它设定在振动模式，可能听不到。打电话到我办公室，我会随时查看有没有留言。”

“我不会需要你的。”托马斯说，然后指指爸爸的卧室，“也许我该进去打个招呼。”

“也许你该滚回自己的房间。”乔丹笑着对托马斯说，然后一阵风似的离开家里，依稀感觉到身后儿子仰慕的眼光。

葛丝弯进车子后座，帮凯特把外套扣好。“你够暖吗？”她问。

凯特点点头，警察架走了哥哥，她依然吓得无法言语。詹姆斯、葛丝和律师试图理出头绪时，她得坐在车里等候，这虽然不是最好的方案，但却没有其他选择。凯特才十二岁，不能一个人晚上待在家里，而葛丝能打电话找谁帮忙呢？她爸妈住在佛罗里达州，詹姆斯的爸妈若听到这桩丑闻，肯定心脏病发作，而她唯一的好友梅兰妮，也就是她唯一可以临时打电话拜托照顾小孩的挚友，却认为克里斯谋杀了自己的亲生女儿。

葛丝虽然希望凯特不要被卷入这一切，但心里也有个声音不断敦促她尽可能让凯特留在身边。*你只剩下一个孩子了*，那个声音说，*把她留在你看得到的地方吧*。

葛丝往前移一英尺靠向凯特，顺顺女儿的头发。“我们一会儿就回来，”她说，“我走了你就把门锁上。”

“我知道。”凯特说。

“乖乖听话。”

不要跟克里斯一样，她们母女不约而同这么想，两人顿时感到惭愧。趁着忍不住大声说出来，或是承认自己竟然这么想之前，两人赶紧说再见。

葛丝和詹姆斯在警察局外路灯的光影中徘徊，好像没有警方保护，两人就不敢多跨出一步似的。乔丹过马路时挥手打招呼，大家常说两个人住在一起久了，容貌会越来越像，他心想这话果然没错，哈特夫妇的轮廓虽然不是完全相同，但两人眼中都充满殷切的期盼，一看就觉得两人容貌非常神似。

“詹姆斯，”乔丹边说边握手致意，“葛丝，你好。”他朝警局大门瞄了一眼，“你们进去过了吗？”

“没有，”葛丝说，“我们在等你。”乔丹本来想一起进警局大厅，但想想还是留在原地比较好。他们最好先私下谈谈，更何况他以前是检察官，深知警局里人多嘴杂，有人可能听到他们的对话，造成无谓的困扰，于是他把外套拉紧一点，请哈特夫妇告知事情的原委。

葛丝复述克里斯晚餐时遭到逮捕的经过，她讲述时，詹姆斯站在一旁，好像他是来参观警局大楼，而不是来解救儿子的。乔丹听葛丝说话，但也仔细观察她丈夫。“事情就是这样，”葛丝边说边摩擦双手取暖，“你可以跟哪位有力人士谈一谈，把克里斯救出来，是吗？”

“不，我恐怕不行。在被提讯之前，克里斯得在监狱里过夜，明天早晨可能在格拉夫顿郡法院接受审讯。”

“他得在警局的牢房里过夜？”

“不，”乔丹说，“班布里奇警察局没有足够的设施将他收押，他会被移送到格拉夫顿郡的监狱。”

詹姆斯转过身。“我们能做什么吗？”葛丝轻声说。

“几乎什么也不能做，”乔丹坦承，“我现在进去跟克里斯谈谈，明天早上他接受审讯时，我一定第一个到场。”

“审讯时会怎样？”

“基本而言，检察官会对克里斯提出控告，我们则提出无罪的抗辩，我会试图让他保释出狱，但检察官提出的罪名相当重大，我想获得保释可能很困难。”

“你的意思是，”葛丝气得发抖，“我这个根本没做错事的儿子得在监狱里过夜，甚至可能待得更久，而你却束手无策？”

“你儿子或许没有做错事，”乔丹口气缓和，“但警方显然不相信他的说辞。”

詹姆斯清清喉咙，终于开口说话：“你相信吗？”

乔丹看看克里斯的父母。葛丝几乎快要瘫坐在人行道上，詹姆斯则极为难为情、不自在。他决定跟他们实话实说：“克里斯说他们相约自杀，这听起来……很凑巧。”

如他所料，詹姆斯听了把头转开，葛丝则勃然大怒。“哼，”她轻蔑地说，“如果你不相信他，那么我们只好另请高明。”

“我的职责不是相不相信你儿子，”乔丹说，“而是让他出狱。”他直视葛丝的眼睛。“这点我办得到。”他轻声说。

她瞪他瞪了好久，乔丹觉得她似乎看透了他的心思，辨识出他心中每个念头。“我要见克里斯。”葛丝说。

“现在不行，换班的时候才可以，但是还有好几个小时才换班。你想跟他说什么，我可以帮你传话。”乔丹帮她开门，她的怒气弥漫在空中，他正要跟着进去，詹姆斯却叫住他。“我能请问一件事吗？”乔丹点头。“你会帮我保密？”乔丹点头，但略显犹豫。

“其实，”詹姆斯小心翼翼地说，“那是我的枪。”他深深吸了口气，“我不是说我知道发生了什么事，我只是说警察知道那把手枪是从我的枪柜里拿的。”乔丹皱起眉头。“这么说来，”詹姆斯说，“我算是共犯吗？”

“谋杀共犯？”乔丹摇摇头说，“你没有故意提供枪支，也不知道克里斯会用它来杀人。”

詹姆斯慢慢吐口气。“我的意思不是说克里斯用它来杀人。”他澄清。

“是的，”乔丹说，“我知道。”然后跟着詹姆斯走进警察局。

一听到脚步声，克里斯马上站起来，把脸贴在牢房小小的塑胶窗上。“律师来了。”警察说，乔丹·麦卡斐忽然出现在铁栏杆的另一边。

他在警察拿过来的一把椅子上坐下，从手提包里拿出便签本。“你说了什么吗？”他突然问道。

“关于哪方面？”克里斯回答。

“你跟警察、收押室的警官等人讲了什么？”

克里斯摇摇头。“我只说你会来。”他说。

乔丹显然松了一口气。“好，很好。”他说。他顺着克里斯的目光瞄向牢房里的监视录影机。“他们不会录下我们见面的，”他说，“也不会监听。这是囚犯的基本人权。”

“囚犯，”克里斯轻声重复，他试图装出不在乎的样子，但声音却发抖，“我能回家了吗？”

“不行。最重要的是，你别跟任何人说半句话。再过一会儿，警长会把你移送到格拉夫顿郡的监狱，你会被收押。他们叫你做什么，你就乖乖照办，你只会在那里待几个小时。你明天早上起来，我就会在那里，然后我们一起去法庭，你将接受审讯。”

“我不要进监狱。”克里斯说，脸色逐渐发白。

“你别无选择，你得待在那里等候接受审讯，而且检察官会故意安排你在监狱过夜，”他直视克里斯，“她故意让你吓破胆，她要你明天在法庭看到她时吓得全身发抖。”

克里斯点头，用力咽了一口口水。“你被控一级谋杀罪。”乔丹继续说。

“我没杀人。”克里斯插嘴。

“我不想知道你有没有杀人，”乔丹轻声说，“你有没有杀人都无所谓，我还是会为你辩护。”

“我没杀人。”克里斯重复。

“好，”乔丹冷淡地说，“明天检察官会提出不准交保，一级谋杀罪很严重，所以她很可能会这么说。”

“你是说我会被关起来？”乔丹点头，“关多久？”

克里斯的口气忽然让乔丹心头一震，乔丹稍微侧过头，克里斯惊慌的表情赫然有了不同意义，他似乎看到小小的托马斯抬头问他什么时候才会再看到妈妈，男孩子一旦领悟到无法事事如愿，等待的时间也可能相当漫长，讲起话来语气都相同。“该关多久，就关多久。”他说。

詹姆斯半夜忽然惊醒。迷糊之中，他回想起多年以前，有时突然听到小婴儿凯特大声哭喊，或是克里斯做了噩梦，一双小脚扑扑地爬到爸妈的床上寻求安慰。但现在四下一片沉寂，他慢慢适应黑暗，这才发现床的另一边，葛丝平常睡的地方空空荡荡。

他甩掉睡意，走出卧室，凯特好梦方酣，克里斯……他的床铺得整整齐齐，詹姆斯忽然想起发生了什么事，胸口仿佛被人打了一拳，痛得几乎站不稳。他蹒跚下楼，依稀听到有些声响，洗衣间里漏出一丝灯光，他悄悄走过厨房，走到离洗衣间几英尺的地方才停步。

葛丝坐在冰凉的瓷砖地板上，背部紧贴烘干机，她故意启动烘干机，借此掩盖哭声。她的脸一片潮红，不停流鼻涕，肩膀垮了下来，看起来像个疲惫的老女人。

葛丝的哭相向来不佳，哭起来就像她平日行事一样激动而不知节制。她居然有办法忍到现在，这才是最让詹姆斯吃惊的一点。

他想推开半掩的门跪在太太面前，抱住她，带她上楼，他举起手轻抚门面，打算说几句话安慰她，但他自己都不知道如何面对一切，怎么可能提出劝告?

詹姆斯再度上楼，爬回床上用枕头盖住脸。几小时之后，葛丝悄悄上床时，他假装自己感觉不到她的哀伤。哀伤像个小孩一样躺在两人中间，很沉重，很真实，令他无法伸手过去抚摸她。

监狱四周围着高高的铁栏杆，还有一排排铁丝网，克里斯闭上眼睛，像个顽固的小孩一样想着，如果紧闭双眼，也许就能把这个噩梦排除在脑海之外，眼前的一切也不会发生。

警长扶他下车，带他走到监狱门口。一位狱警打开沉重的铁门让他们进去，克里斯看着大门再度锁上。“乔，你又带人过来了?”狱警问。

“没错，”警长说，“他们像跳蚤一样来个不停。”

他们似乎觉得这话很好笑，两人笑了一会儿。警长递过去一个塑料袋，克里斯认得里面的东西：他的皮夹、汽车钥匙以及一些零钱。另一位狱警接过塑料袋。“你要填写文件吗?你把他交给我们就行了。”

警长看都不看克里斯就走了，克里斯孤零零地跟两个素昧平生的人在一起，而这两人甚至比警长更陌生，他又开始发抖。“双手朝两侧伸开。”一位狱警说，然后站到克里斯面前，伸出双手从克里斯的脖子一直拍到腰部和大腿，另一位狱警记下克里斯有哪些私人物品。

“来。”狱警抓着他的手肘，把他带向收押室，狱警不耐烦地翻找名牌，递了一张给克里斯，叫他贴着墙站好。“微笑。”狱警嘟囔一声，拍照时闪光灯一闪。

狱警叫克里斯在桌旁坐下，再一次帮克里斯盖指印，然后递给克里斯一条毛巾，叫克里斯把手擦干净。过了一会儿，狱警从桌子对面推过来一张纸，克里斯低头瞄瞄这份问卷，狱警四处翻找铅笔。“把这个填好。”他说。

第一个问题就吓了克里斯一跳。“你有自杀倾向吗？”他的医生知道他没有，他的律师认为他有，他犹豫了一下，在“有”旁边画勾，然后又擦掉，勾选“没有”。

“你有艾滋病吗？”

“你患有任何疾病吗？”

“你在狱中需要看医生吗？”

克里斯咬咬铅笔末端。“是。”他勾选，然后在旁边写下“费因斯坦医生”。

填好问卷之后，他像检查SAT考卷一样从头到尾仔细把答案看过一遍。如果有人撒谎呢？如果他们真的有自杀倾向或是患了艾滋病，但却回答说没有呢？

谁会在乎甚至前来证实？

狱警带他上楼，两人来到摆满小监视器的控制中心，狱警跟值班警员交换了一些克里斯完全听不懂的消息，然后带他走向另一个小房间。大门在身后关上，克里斯不禁打了个寒战。“你冷吗？”狱警冷淡地说，“算你好运，这里有一些多出来的衣服。”他等克里斯站起来，然后递给他一件蓝色连身衣。“来，”他说，“把这个穿上。”

“在这里？”克里斯不好意思地问，“现在？”

“不，”狱警说，不耐烦地双臂交握，“等你到度假胜地再换。”

没什么大不了的，克里斯告诉自己。他在学校更衣室里当着一群男孩子的面换了几千次衣服，现在面前只有一位狱警，而且他身上还穿着短裤，根本不算什么。但等他把连身衣的拉链拉到喉头时，双手抖得厉害，他不得不把手藏到背后。

“好，”狱警说，“我们走吧。”

他护送克里斯穿过走廊，进入重度设防区。克里斯每吸一口气，肺部就得更使劲，这是他的想象，还是监狱里的空气比较稀薄？狱警打开一扇厚重的门，带着克里斯走上一条狭长的灰色走道，走道两旁有一间间牢房，牢房的铁门开着，走道尽头的牢房门外有部电视，电视里正播放晚间新闻。

忽然有人大声喊叫，声音贯穿铁栏杆和空旷的走道。“禁闭时间。”声声回荡在空中，然后克里斯听到犯人们慢慢走回牢房。

“到了。”狱警边说边把克里斯带到一间空牢房，“你睡下铺。”

克里斯这一区关了另外三个人，一个身材矮小、黑眼、留着山羊胡的男人走进克里斯隔壁的牢房，在床上坐下，走道尽头的电视荧屏一片漆黑。

狱警关紧克里斯的牢门，灯光变暗，但没有完全关掉。监狱慢慢静了下来，只听见犯人们的呼吸声。

克里斯爬到下铺，逐渐适应黯淡的光线之后，他辨识出牢门外狱警的身影，也看到狱警脸上闪过一丝奸笑。

他翻身到另一边，这样一来，他只看得见将他禁闭在此的砖墙。他把连身衣的一角塞进嘴里遮掩声音，然后放声哭泣。

隔天早上迈克下楼到厨房时，几乎不敢相信眼前的情景：梅兰妮站在炉子前，一只手握着锅铲，另一只手拿着布垫。他看着她把松饼翻面，随手将一簇发丝塞到耳后，心中不禁暗想：**唉，这就对了，这才是我娶的女人。**

他故意弄出声响，让她以为他刚刚才进厨房。梅兰妮转身，脸上露出灿烂的笑容。“啊，太好了，”她说，“我正想叫你起床。”

“你想叫我起来吃早饭吧？”

梅兰妮笑笑，笑声是如此陌生，她和迈克都愣了一下。梅兰妮随即轻快地转身，从锅子里盛起一叠松饼，她等迈克在餐桌旁的老位子坐定，然后把整叠松饼放在他面前，两人的目光始终交缠。“荞麦松饼。”她轻声说。

“嗨，”他笑笑说，“我叫迈克，你是哪位？”梅兰妮对他微微一笑，迈克想都不想就伸手将梅兰妮揽向他，头紧贴着她的腹部。他感觉她的手轻轻抚弄他的头发。“我好想你。”他喃喃说道。

“我知道。”梅兰妮说，她继续拨弄他的头发，过了一会儿才往后退。“你需要糖浆。”她说。

她从炉子上端来一个小锅子，热腾腾的糖浆咕咕响，她把糖浆均匀地倒在迈克的松饼上。“我们早上开车出去兜兜风吧。”

迈克咬了一口香甜松软的早餐，他得帮隔壁镇上的一只小狗打预防针，检查一下害疝气的马，还得照顾一只生病的骆马，但他已经好久没看到梅兰妮这么……这么有精神。“没问题，”他说，“让我打几个电话重新安排看诊时间。”

梅兰妮在他对面的椅子上坐下，迈克伸出一只手，她也悄悄把手伸过去。“太好了。”她说。

他吃完早餐，走到办公室里打电话。打完电话之后，他看见梅兰妮站在玄关的镜子前，在嘴唇上涂上一层淡淡的口红。她抿抿嘴，看着迈克在镜中的倒影。“准备好了吗？”她问。

“当然，”他说，“我们要去哪里？”

梅兰妮勾住他的手臂。“如果我跟你说，”她说，“那就不是惊喜了。”

迈克暗自猜想她要带他去哪里。不可能是艾米丽的坟墓，梅兰妮绝对不会高高兴兴地去上坟。当然也不可能去吃饭，不过他们确实驶过满是餐厅的市中心。现在还早，所以不可能上超市买东西，也不是去图书馆，因为他们正朝着与图书馆相反的方向前进。

过了不久，梅兰妮驶离市区，他们开过光秃秃的田野和农场，开了半天什么也没看见，最后终于看到一个小小的绿色招牌：伍德斯维尔离此十英里。

伍德斯维尔有什么好看的?

他去过那里一次，有户人家的马摔断腿，请他过去帮它安乐死。但就算他曾开车经过镇上最热闹的地区，他也记不得小镇的模样。

梅兰妮开过一栋砖瓦楼房，楼房四周是高耸的铁丝网。迈克这才想起格拉夫顿郡的监狱在伍德斯维尔，而监狱刚好离法院不远。

他太太把车停在法院的停车场。“这里有个案子，”她不疾不徐地说，“我想你得看看。”

清晨五点四十五分，牢门吱吱嘎嘎地打开，克里斯早就醒了，他觉得眼睛里好像进了沙子，不管他揉得再用力，感觉还是不对劲。连身衣的拉链嵌进肉里，而且他好饿。“早。”狱警边说边把盘子推进牢房里。

克里斯先看看盘中那团令人倒胃口的食物，然后看看走道，黑眼男子从另一个牢房里瞪了他好一会儿，然后慢慢走开，消失在浴帘后面。

克里斯进食，用昨晚在收押室取得的牙刷刷牙，拿起一只狱警放在他牢房里的轻便刮胡刀，他犹豫地踏出牢房，沿着走道走向淋浴间和水槽。

克里斯一边刮胡子，一边等另一个人洗完澡，他眯着眼睛端详镜中的倒影，镜面像锡箔纸一样光亮，看得清清楚楚。另一个人踏出淋浴间时，克里斯点头致意，然后走了进去。

他拉上浴帘，但透过缝隙，他看见黑眼男子站在水槽前往脸上涂抹肥皂，男子把毛巾垂挂在腰际，仔细绕着山羊胡刮脸。克里斯宽衣，把衣服披在浴帘挂钩杆上，扭开水龙头，往全身抹上肥皂。他闭上眼睛，试图说服自己刚参加四百米蝶泳比赛，成绩好得不得了，洗完澡就准备回家。

“你为什么被关？”

克里斯眯起眼睛，挤出洗澡水。“什么？”他说。

透过浴帘和淋浴间墙面的缝隙，克里斯看到黑眼男子靠着水槽。“你怎么在这里？”

克里斯湿淋淋的头发几乎垂到肩上，凭着这一点，克里斯才分辨得出服刑的囚犯和等着接受审讯的羁押犯：囚犯的头发剪得跟军人一样短，黑眼男子就是如此。“我不应该在这里，”克里斯说，“他们弄错了。”

男人笑笑。“每个人都这么说。这里是监狱，但是里面有好多人都说自己没有做错事。”

克里斯转身在胸前抹上肥皂。

“你看不看我都无所谓，反正我不会走开。”男人说。

克里斯甩掉头发上的水珠，关掉水龙头："你为什么被关？"

"我砍了我老婆的头。"男人无动于衷地说。

克里斯忽然感到膝盖一软，他觉得自己站不稳，赶紧靠在淋浴间的塑胶墙上。他拼命告诉自己，他身边站的不是郡监狱里的重刑犯，他也不会被控谋杀。他麻木地把毛巾围在腰际，一把扯下衣服，跌跌撞撞地走回牢房。他颓然地坐到床上，把头埋到两膝之间，这样才不会大吐特吐。

他想回家。

狱警走进牢房收回轻便刮胡刀。"你的律师来了，"狱警说，"他帮你带了衣服，赶快准备好，我们带你到楼上换衣服。"

克里斯点头，他以为狱警会跟昨晚一样站在一旁等他穿上衣服，但狱警走了出去，牢门开着，那个砍下他老婆头颅的男人在走道尽头看晨间新闻。

"我……我好了。"克里斯对另一位狱警说。在狱警的护送下，他踱步走出这一区。

"祝你好运。"黑眼男子大喊，两眼却仍盯着电视荧屏。

克里斯停下来，转头轻声说："谢谢。"

收押室有套衣服等着他，克里斯认得这件他跟妈妈在波士顿买的"布克兄弟"西装外套，他们母子为了大学入学考试，特地上街选购面试穿的衣服。

现在他却穿上这套衣服接受审讯。

他穿上白衬衫、灰绒裤、西装鞋，把领带套到衣领上，试着打领带，但却打不好，他习惯站在镜子前打领带，但收押室里没有镜子。

他只好让领带的后端比前端短一截。

他套上外套，走向在旁等候的狱警，填写了一些文件，然后两人沉默地走向一间克里斯没看到过的房间，狱警帮他开门。

乔丹·麦卡斐正在会客室里等候。“谢谢。”他边对狱警说，边示意克里斯在他对面坐下。等到狱警关上门，乔丹率先开口：“早。昨天晚上如何？”

乔丹很清楚昨天晚上如何，任何一个白痴都看得出克里斯的黑眼圈，也知道克里斯根本没睡。但乔丹等着听他客户怎么说，这将是一场漫长的硬仗，他得看看克里斯的耐力如何。

“还好。”克里斯说，眼睛眨都不眨。

乔丹勉强挤出笑容：“你记得我跟你说过今天的程序？”

克里斯点头：“我爸妈呢？”

“在法院等我们。”

“我妈带这些衣服给你？”

“没错，”乔丹说，“这套行头不错，很有学院风格，很高尚，能帮你在法官心目中树立起一个好形象。”

“我有形象吗？”克里斯问。

乔丹挥挥手说：“当然，你是中产阶级白人、学生运动选手，一个循规蹈矩的好男孩。”他紧盯着克里斯，“绝对不是一个没出息、低人一等的谋杀犯。”他敲敲面前的便签，在上面信手涂鸦了一些东西。审讯时，辩护律师必须保持冷静，得像一只准备接球的小猫，无论球怎么扔过来，都得冷静拾起。虽然已经知道客户被冠上什么罪名，但得等到审讯之后拿到所有档案，才知道检察官打什么主意。“你得照着我的话做。如果我要你做什么，我会写在便签上，但今天的程序不会太复杂。”

“好。”克里斯边说边站起来，他甩甩腿，好像准备参加赛跑，“我们走吧。”他说。

乔丹抬头一瞥，没料到克里斯有这番举动。“你不能跟我一起去法院，”他说，“警长会带你过去。”

“哦。”克里斯说，颓然坐回椅子上。

“我会在那里等你，”乔丹犹豫地加了一句，“你爸妈也会。”

“好。”克里斯说。

乔丹把便签放回手提包，他看看克里斯，显然对他客户的领带不满意。“过来一下。”他说。克里斯站起来，他调整了一下领结，让前后长度看起来刚好。

“我打不好，”克里斯说，“那里没有镜子。”

乔丹不置一词，只是拍拍克里斯的肩膀，点头赞许他的整体外表。乔丹随即走出会客室，留下克里斯盯着敞开的门、通往监狱的走廊以及站在门口的狱警。

今天是格拉夫顿郡法院的重刑犯日。

在像新罕布什尔州这样比较乡野的州里，重大刑犯相当罕见，每隔几星期才有重刑犯的审讯。这些案件比单纯的不法行为来得刺激有趣，所以吸引了不少喜欢到法庭看热闹的民众、地方媒体以及法律系学生。

哈特家坐在前排，辩护律师的后方，他们六点刚过就抵达法院，*以防万一*，葛丝想。葛丝紧握双手搁在膝上，几乎不知道怎样再松开，詹姆斯坐在她旁边盯着法官，法官是个和善的中年妇女，头发烫得不太好，葛丝心想，这么一个女人看了像克里斯这样的孩子之后，肯定马上制止这个错误，不会一错再错。

葛丝倾身靠向正在处理手边文件的乔丹·麦卡斐。“他什么时候会被带进来？”她问。

“随时。”乔丹说。

詹姆斯转向坐在她旁边的男人。“这是《纽约时报》吗？”男人递过看完了的报纸，詹姆斯微笑道谢。

葛丝惊讶地盯着丈夫。“在这种时候，”她说，“你还看得下报纸？”

詹姆斯仔细折好头版，用拇指一次又一次抚过折痕。“如果不看报，”他淡淡地说，“我会发疯。”说完便翻阅起头版新闻。

葛丝知道法庭里还有其他母亲，她们或许不像她一样穿着名家设计的套装，佩戴钻石耳环，但她们的儿子也会跟克里斯一样被带到法官面前，被控犯下可怕得令人难以想象的重罪，其中有些孩子也许真的犯了罪，就这点而言，她想自己还算幸运。

那些孩子故意放火烧房子，拿刀刺杀仇家，或是强暴年轻女孩，她实在无法想象他们的母亲作何感想。你怎么知道在你肚子里长大的孩子做得出这种事？你如果没有生下他，世上也许会少一个横行的恶魔。思及至此，你情何以堪？

一听到座椅间传来脚步声，葛丝马上转头，梅兰妮和迈克悄悄坐到葛丝对面的座位上。梅兰妮漠然地瞄了葛丝一眼，葛丝觉得胸口一紧，她了解梅兰妮的冷漠，她只是没想到对方的漠然会让自己这么难过。

法警打开法庭右后方的门，把克里斯带进来。他双手被铐在前面，手铐与一条铁链相连，他目光始终朝下。乔丹马上站起来，让克里斯在他旁边坐下。

助理检察官是位年轻女子，一头黑色短发，举止紧张，声音低沉沙哑，好像在研磨器上摩擦肉桂棒一样刺耳，葛丝听了就不高兴。霍金斯法官把眼镜推上鼻梁。“下一个案件？”她问。

法庭书记念道：“新罕布什尔州控告克里斯多弗·哈特。5327号大陪审团1997年11月17日提出一级谋杀案，克里斯多弗·哈特被控蓄意、刻意、审慎射杀艾米丽·戈德，故意造成她的死亡。”

克里斯全身发抖，手铐随之咯咯作响。听到这番话，听到自己的名字被牵连在内，他又兴起一股大笑的冲动，就像前几天在艾米丽的追思会上一样。他想起费因斯坦医生说的“某些强烈的情感相互影响”，他不禁怀疑这股冲动是否反映出内心的惊慌。

席间传来尖刻的苦笑，一时之间，克里斯以为自己真的控制不住，让笑声从紧闭的齿间溜了出来。但当他跟其他人一样四下观望时，他才发现艾米丽的妈妈依然冷笑不已。

法官盯着克里斯说：“哈特先生，你如何申辩？”

克里斯看看乔丹，乔丹对他点点头。“无罪。”他说，声音相当微弱。

坐在后方的梅兰妮轻蔑地说：“哪门子无罪？”

法官眯起眼睛看看梅兰妮。“这位太太，”她说，“我得请你保持安静。”

法官出言制止时，葛丝没看梅兰妮，书记宣读大陪审团的判决时，她的头越来越低。“一级谋杀案”只会出现在法律小说或是电视电影里，真实人生里没这回事，更不会发生在她身上。

“检方同意交保吗？”

助理检察官起身。“法官大人，”芭瑞说，“基于罪情重大，检方要求不准交保。”

她话还没说完，乔丹就提出申辩："法官大人，这不合情理，我的客户是个好学生、受人尊崇的运动选手，他家人在地方上也颇有声誉，他没什么资源，不可能潜逃。"

"他凭什么自由自在，我女儿却不行？"梅兰妮大喊。

法官敲敲法槌："法警，请护送这位女士出去。"

葛丝听着梅兰妮的高跟鞋"咔哒咔哒"一路走远。

"法官大人，"检方继续说，好像刚才根本没被打断，"被告被控一级谋杀罪，当然可能潜逃。"

"法官大人，"乔丹辩驳，"检方误以为罪名会成立。"

"好了，好了，"法官双手揉揉太阳穴，闭上眼睛，"你们等到开庭再吵。这是一级谋杀案，被告不准交保。"葛丝深深吸了口气，但似乎依然喘不过气，她感觉詹姆斯的手悄悄滑到她膝上，紧握住她的手。

一名法警走向克里斯，把他带出法庭。"等等，"克里斯边说边回头看妈妈和律师，"我现在要去哪里？"

克里斯再度全身发抖，手铐深深嵌进他的肌肤中，每走一步，腰际的铁链就铿锵作响。他发现自己被带回警长在法院的牢房，副警长锁上房门。"对不起，"克里斯对着已经掉头离开的副警长大喊，"我现在要去哪里？"

"你得回去。"副警长说。

"回去法庭？"

副警长摇头："回去监狱。"

在法院小小的餐厅里，葛丝怒斥乔丹。"你连一句话也没说，"

她愤愤地说，“你甚至没有替他争取保释。”

乔丹伸出双手，试图安抚她。“一级谋杀案的审讯过程通常就是这样，我无法多做什么，罪名一旦成立，他可能终身监禁，检方有足够的理由相信克里斯会自行潜逃，或是你们帮他逃跑。”他犹豫了一会儿之后又说，“法官的决定跟克里斯无关，她只是不准被控谋杀的犯人交保。”

葛丝脸色惨白，静默不语，詹姆斯稍微前倾，双手交握。“我们一定可以打电话给谁，”他说，“一定可以找人帮忙。这个决定不公平，他是无辜的，却得在监狱里待到开庭。”

“首先，”乔丹说，“法律就是这样规定的。除此之外，过几个月再开庭对克里斯比较有利。”

“几个月？”葛丝轻声说。

“没错，几个月。”乔丹回答，眼睛眨也不眨，“我不打算提出尽速开庭的申诉，他在监狱里待多久，我就有多少时间准备辩护。”

“我儿子，”葛丝说，“将跟犯人们一起关好几个月？”

“他的行为良好，我相信他很快就会被移送到中度设防区。他不会跟服刑的犯人在一起，而是跟其他等着开庭的羁押犯在一起。”

“噢，”葛丝忽然大喊，“你是说诸如强暴十二岁小女孩、抢劫射杀加油站老板之类的家伙，或是其他今天早上接受审讯的‘好市民’？”

“葛丝，”乔丹镇定地说，“他们任何人都可能遭到误控，就像你相信你儿子遭到不实指控一样。”

“住嘴！”葛丝猛然站起来，力道猛得撞倒了她自己的椅子，“你看看那些人，你瞧瞧他们跟克里斯相较之下的德行！”

乔丹已经帮不少富裕的客户辩护，他们个个外表温文，骨子里却是不折不扣的罪犯。他想到富少杀人犯约翰·杜邦和谋杀亲生父母的曼耐德兹兄弟，这些嫌犯家财万贯，看起来相当迷人。但他只是轻描淡写地说："时间会过得比你想象得快。"

"对你而言是如此，"葛丝说，"但对克里斯不是。这对他会有什么影响？如果他一个礼拜前想自杀……"

"我们可以要求让精神科医生到牢里探视。"乔丹说。

"他的课业怎么办？"

"我们可以做些安排。"

他瞄了詹姆斯一眼，詹姆斯站在一旁瞪着葛丝，埋身在他自己的恐惧之中。乔丹看过那种表情，詹姆斯并非无动于衷，而是焦虑戒慎，他深怕一流露出任何感情，冷静自持的面具将随之破裂，整个人也将崩溃。"对不起。"詹姆斯低声说，然后快步走出餐厅。

葛丝在椅子上缩成一团，抱住自己的双膝。"我得去看他，我一定要看看他。"

"你可以，"乔丹说，"监狱每星期有会客时间。"他坐下，叹了一口气。"葛丝，"他说，"我会想尽一切办法让克里斯获释，让他永远不必再回去坐牢，请你相信我。"

葛丝点头说："好。"

"好，"乔丹轻声说，"我送你出去吧？"

葛丝呆板地摇摇头。"我要在这里再待一会儿。"她说完，顶着椅脚前后晃动。

"好吧，"乔丹站起来，"我一有消息就打电话给你。"

葛丝瞪着桌子，心不在焉地点点头。她说了几句话，但声音是如此轻柔，乔丹听了以为是自己的错觉，但他还是转身。葛丝盯着他说："克里斯知道吗？"

乔丹知道她问克里斯知不知道自己得在牢里待几个月，但乔丹听到耳里，想到的却是最根本的关键：**克里斯知道吗**？他心想，说不定只有克里斯知道实情。

法警把梅兰妮带到离法庭大门几英尺之处，她在庭中出丑，被赶了出来，但她却不在意。她压根没打算大声喊叫，但充满报复意味的话语却脱口而出，就像“妥瑞氏症”[①]患者一样。刚开口时，她感到胸口一震，好像一支发条上得太紧的旧手表忽然松开，再次发言时，她觉得一股正义感贯穿全身，那种感觉好像刚生完小孩的几分钟，整个人疲倦不堪，却又觉得自己有力气搬动山岳。她看到克里斯坐在法庭里，心里甚至一点也不难过。她盯着他手腕上的手铐，手铐在他光裸的肌肤上留下一道道红印，**太好了**，她心中暗想。

她靠着砖墙等候审讯告一段落，结束之后，迈克会告诉她发生了什么事。她闭上双眼，头微微后仰，有人推开法庭的门，一个穿着鹿皮布夹克的年轻人走向她，在离她几步远的地方停了下来，年轻人从夹克口袋里掏出一包烟递给她。

梅兰妮从1973年之后就没抽烟了，此时，她伸手拿了一支。“谢谢。”她微笑说。

“你看起来好像需要打一针。”

打一针，没错，她确实需要，但她需要的不是毒品，而是一剂强心针。

“我在里面看到你，”年轻人边说边伸出手，“我叫路易·伯拉

---

① 妥瑞氏症是一种罕见的精神疾病，主要症状为不自主、无目的的肌肉痉挛和发声。

德。”

“梅兰妮·戈德。”

“戈德，”路易说，“你一定是死者的母亲。”

梅兰妮点点头：“所以我才在这里。”

“我是《格拉夫顿郡报》的特派员。”

梅兰妮有点吃惊，深深吸口气：“跑法院的？”

“没错，”他笑笑，“我想你一定读过我那些被挤到第十八版气象报告图旁边的报道。”

梅兰妮用高跟鞋踩息香烟：“法官作出判决了吗？”

“不准交保。”

梅兰妮松了一口气。“哇，”她轻声说，忽然升起腾云驾雾之感，“我想我还要一支烟。”她说。

路易又在口袋里翻找。“来个交易吧？我给你一包烟，”他把整包烟递给她，“你给我头版新闻。”

克里斯在监狱的收押室换回连身衣，狱警把他带回昨晚睡觉的那一区，电视依然开着，而且多了两个新面孔，一个看起来醉得厉害，另一个对着克里斯牢房的水槽猛吐。

克里斯浑然不顾各种声响和气味，径自爬上昨晚睡的床铺上。他弯起身子，躺了几分钟。“我想回家。”他说，醉汉茫然地瞪着克里斯，“我想回家。”

他站起来，走出牢房，走向一位站在铁门后面的狱警，铁门他妈的紧紧上了锁，这下他真的像只被关起来的动物。克里斯抓住铁栏杆猛力摇晃。

狱警瞪着他，其他囚犯不管他，几个犯人哼了一声。克里斯一次又一次猛摇，直到抓着栏杆的手发痛，他颓然跪倒在地，在原地跪了好久。

然后，克里斯站起来，双眼干涩。他走过自己的牢房，朝走道尽头的电视机前进。他在留着山羊胡的黑眼男子后面坐下，没有人跟他说话，大家甚至一副不知道他刚才发飙过的模样。电视上正播放莎莉·拉斐尔的脱口秀，克里斯双眼大张，猛盯着荧屏，一直瞪到眼前一片空白。

过去
1996年4月

“选手们，各就各位！”

艾米丽坐在学校的长板凳上，身子向前倾，她看着克里斯猛拉两下泳镜的橡皮圈，抖动一下手脚的肌肉，踏上跳台的边缘。克里斯弯腰，头微微一倾，又快又准地在人群中找到艾米丽，他向她眨眨眼。

铃声一响，克里斯纵身跃入水中。他飞速前进，游到泳池中央才露出水面，他的肩膀像只大鲸鱼一样起伏，手臂强而有力地划出蝶式泳姿，不一会儿就比其他选手率先游过五十米线。

然后他一翻游向终点，脚底板拍出一道道银白水光。

体育馆里扬起群众的叫喊，艾米丽不禁露出微笑，克里斯在尖叫声中游抵终点。在众人的喝彩声中，宣布比赛结果的学生颤抖地说出成绩：“这是克里斯最佳个人成绩，”他欢呼说，“也重写了学校的一百米蝶泳纪录！”

克里斯喘着气攀出泳池，笑得龇牙咧嘴。艾米丽站起来，挤过坐在同一排的其他人走下走道，好不容易挤到最前方，下一场比赛已经准备开始。

克里斯抱住她，把脸埋在她的颈间，艾米丽感受到他的心肺搏动。她想象大家看着他们拥抱，每个人都知道像他这样一个男孩看上了她这样一个女孩，她好喜欢这种感觉。

不幸的是，他们的关系也有让她厌恶的地方。

卡洛斯·格莱顿的蛙泳跟克里斯的蝶泳一样杰出，他的更衣箱刚好在克里斯旁边。“游得真好。”克里斯的头从毛巾里冒出来时卡洛斯对他说，他的头发像细针似的根根竖立。

“谢谢，你也是。”

卡洛斯耸耸肩：“如果也有个小辣妹在终点等我，我肯定游得更快。”

克里斯不自在地笑笑。大伙都知道他和艾米丽是一对，他们在一起已经将近三年，但某些假设却不见得正确，比方说大家都认为艾米丽主动献身，要不然克里斯为什么跟她在一起这么久？

但如果他纠正卡洛斯，他肯定看起来像个大笨蛋。

“我敢打赌你今晚一定快活喽。”卡洛斯说。

克里斯套上运动衫。“谁知道呢？”他说，口气不在乎得恰到好处，让人不觉得他在夸耀。

“等她厌倦你了，你可以把我的电话号码给她。”卡洛斯说。

克里斯拉上长裤拉链，把背包甩到肩头。“别指望了。”他说。

艾米丽知道她和克里斯的关系跟她在学校里看到的大部分青少年情侣非常不一样。首先，他们的感情不是短暂而无常的，她和克里斯已经认识了一辈子；其次，他们真的深爱对方，而不仅是迷恋，克里斯几乎是她家的一分子。

正因如此，所以艾米丽不明白自己哪里出了问题。

她和克里斯约会已经整整两年，一路走来真的十分精彩。从好朋友变成情人，这条路确实不好走，但慢慢的，事情有了改变，克里斯的双手开始不规矩，艾米丽加以推拒。刚开始出于害怕，后来好奇取代了害怕，问题是，现在某种不知名的情绪却取代了好奇。

艾米丽不知道性爱的感觉如何，但她猜想性爱不该让你的胃部不适，肌肤接触就想逃开，脑子里传出一声声“这样做不对”。每当身体背叛她，她都感到难为情。克里斯显然很爱她，当然想跟她做爱，这么做也绝对没错，拜托，她还不会讲话的时候就听到大人们把他们的名字连在一起。除了克里斯之外，她无法想象在另一个人面前宽衣解带。不幸的是，她也无法想象自己在克里斯面前这么做。

她抽身时，他对她大喊大叫，有次甚至说她是光会挑逗人却拒绝更进一步的贱货。但她不介意，因为她不想让克里斯问她究竟怎么回事。当他问她怎么了，她一语不发，不愿也不能说出实话伤害他。

她对着镜子狠狠地梳头发，然后转过身去。晚餐相当安静，她爸爸出去看诊，她妈妈专心看晚间新闻。她把梳子放在床上，拿起数学课本。

“明天还得上学，你要去哪里？”艾米丽一穿着外套走进厨房，妈妈马上发问。

“去克里斯家，”她说，“我们要一起做功课。”

“哦，好，”梅兰妮按了几个洗碗机的按钮，机器随之嗡嗡作响，“回家之前打个电话给我，外面黑漆漆的，我不想让你一个人走过树林。”

艾米丽点点头，拉上夹克拉链，虽然已经四月，却依然稍有凉意，她感觉到妈妈的手搭在肩上：“你还好吗？”

“还好。”她抬头直视妈妈，她好想请妈妈把她想不透的事情拼凑出一个完整的图形，“如果我去别人家，而不是克里斯家，你会让我出去吗？”

梅兰妮顺顺女儿的头发。“也许不会，”她微笑说，“但你怎么说些不可能发生的事情呢？”

片刻之间，他们站在克里斯房间门口，两人都不敢进去。

克里斯咽了一口口水，他以前怎么从没注意到房间里的家具那么小呢？衣柜、小书桌和那张床。“我们何不坐在地上？”他提议。

艾米丽松了口气，摊开笔记本。“我想麦卡锡会考证明题，所以我们可以先复习一下……”克里斯靠过来吻她，她只好停住了，“我们应该一起念书。”她轻声说。

“我知道，但我非亲你不可。”

艾米丽嘴角抽动：“非亲不可？”

“你绝对无法想象。”克里斯说。他坐到她身后，把她整个人抱到怀里，一只大手充满保护意味地滑过她的肋骨。

她喜欢这样。跟克里斯靠得很紧，被他抱在怀中，嗯……这样就好。其他举动才令她不悦。

她盯着本子上被精确印刷出来的图表，身子因为克里斯的举动而不停扭动。她感觉他轻咬她的颈背，心里却想着家庭作业里的正弦曲线，一半不断靠近，另一半却不停抽离。

坐在地上有点像是修行，似乎是个好主意。但艾米丽一侧坐，身体的曲线却更加明显。在克里斯眼中，艾米丽一下子跟自己的妹妹一样熟悉，一下子却显得异常神秘，他每次想到都颇感惊奇。

他一直想着卡洛斯先前说的话。全世界每个人可能都认为他和艾米丽已经上床，他们两人迟早会结婚。这是不争的事实，上床又有什么大不了？他不是为了性才跟艾米丽在一起，她当然知道这一点吧。

她让他吻她，有时候她让他把手伸到她衬衫里，他从未企图探索腰部以下，她也没有。

克里斯贴紧一点，又开始吻她的颈背，她在他怀中扭动："我们不做功课了，对不对？"

他摇摇头。"我昨天做过了。"他坦承。

"这下可好，"艾米丽边抱怨边转身面向他，"那我该怎么办？"

他本来想说："你可以明天再做。"但话一出口却不是这么一回事。还未察觉之前，他已经拉着艾米丽的手贴向他大腿之间："你可以摸摸我。"

片刻之间，她的手指缠绕着他的手，克里斯闭上双眼，思绪不定。然后她的手忽然颤抖地抽开，猛然恢复坐姿。"我……我……我不行。"她轻声说，脸颊转向一旁。

她哭了吗？克里斯惊讶地跪在地上。"艾米丽，"他好声好气地说，"对不起。"他不敢碰她，犹豫地伸出双臂，她抬头看他，圆滚滚的双眼湿润着，过了好一会儿，她才投入他怀中。

"我最喜欢每年的这个时候。"葛丝宣称。她坐在梅兰妮家的前廊上喝柠檬汁，气候异常温暖，冬天最后一场雪逐渐化尽，"没有苍蝇，没有蚊虫，也没有雪。”

“泥巴，”梅兰妮说，眼睛盯着树梢上的某样东西，“好多泥巴。”

“我向来比较喜欢泥巴。”葛丝说，“你记得我们以前让艾米丽和克里斯跟小猪一样在泥巴里打滚吗？”

梅兰妮笑笑说：“我记得花了好久才刷掉浴缸里的泥巴。”

两人同时盯着车道。“那段时间真快乐。”梅兰妮叹气说。

“嗯，我可不知道。他们现在还是滚来滚去……只是动机不一样喽。”

葛丝啜饮一口柠檬汁：“前几天我逮到他们在克里斯房里……”

“他们在做什么？”

“其实什么都没做。”

“你怎么知道？”

“我就是知道。”葛丝眉头一皱，“你该不会以为……”

“我可不像你那么确定。”梅兰妮说。

“就算他们做了什么又如何？他们未来总会发生亲密关系。”

“没错，”梅兰妮缓缓说，“但不一定非得在十五岁的时候。”

“十六岁。”

“你错了，克里斯十六岁，艾米丽十五岁。”

“成熟的十五岁。”

“十五岁的小女生。”

葛丝放下柠檬汁：“这有什么关系？”

“关系可大了，”梅兰妮摇摇头，“等到凯特十五岁，你就知道了。”

“到了那时，我会相信凯特够聪明、够理智，也能做出正确的决定，就像我现在信任克里斯一样。”

“不，你不会。你会想把小女儿留在身边，留得越久越好。”

葛丝笑笑说：“艾米丽永远会是你的小女儿。”

梅兰妮在椅子里动了动。“想想你的第一次吧，”她敦促，“艾米丽现在属于我，但有了第一次之后，唉，她就属于克里斯了。”

葛丝沉默了一会儿。“你错了，”她轻声说，“即使是现在，艾米丽也属于克里斯。”

克里斯去年夏天开始在“荒野亩园”工作。荒野亩园是个小型游乐场，既不荒芜，占地也不到一英亩。园中有章鱼般的塑胶攀爬设施、沙坑和花二十五美分就可以搭乘的旋转木马。

克里斯负责旋转木马，这个工作不花大脑，他只要收铜板，把小孩抱到木马上，检查安全带，按下启动马达的按钮，等风琴音乐播放完毕，关掉马达，让旋转木马慢慢停止。他喜欢小孩子身上的甜香，他喜欢在旋转木马慢慢停止时靠着安全杆，帮孩子们解开安全带，让他们滑下木马，他喜欢下班之后拿条湿布擦拭木马马鬃，凝视木马圆滚滚的双眼。

今年，游乐场的老板给了他一副钥匙。

今晚是星期五，就四月而言算是温暖。克里斯和艾米丽看了场电影，但时间还早，克里斯不想回家，他们开车漫无目的地闲逛，最后开到游乐场。“嗨，”艾米丽一脸愉悦地说，“我们去荡秋千。”

她下车冲过泥地，克里斯好不容易走到秋千架旁，她已经在空中飘荡，脸颊迎向夜空。他朝另一个方向前进，艾米丽大声叫他，他拿出钥匙打开旋转木马的控制面板。

木马在月光下缓缓转动。

艾米丽跳下秋千，高兴地跑过来。“他们什么时候给你钥匙的？”她问。

克里斯耸耸肩说：“上星期。”

“太好了。我能骑木马吗？”

他拦腰抱住她，把她送上她最喜欢的白马。“请便。”他说。

艾米丽在木马上坐稳。旋转木马转了整整一圈之后，她朝克里斯伸出手。“你也来吧。”她敦促。

他选了她旁边的那匹马，一坐定才发现自己选错了。艾米丽上升，他却下降，反之亦然；等到两人的木马齐高时，他凑过去吻她的脸颊，艾米丽笑笑，也凑过来吻他。

他跳下木马，为艾米丽张开双臂，不一会儿，他们躺在木马间厚实的木地板上，木马蹄在他们的手脚间上上下下。艾米丽往后仰，闭上双眼，脑中充满乐声，克里斯的双手悄悄滑进她的衬衫。

她那扣环在前的胸罩被解开。天啊，感觉真好。她的双峰滑润而结实，闻起来像是蜜桃。克里斯凑向她的颈部，轻轻舔她，她尝起来当然也像蜜桃。他听到艾米丽发出轻微的噪音，以为她跟他同样享受这一刻。

他的手伸向她的牛仔裤，悄悄滑进她的内裤里，手指轻轻擦过柔软的阴毛。他屏住气息，手指小心翼翼地再往下滑。

“停，”她啜泣，“克里斯，停停。”

他没停，她便握紧拳头，朝他耳朵打了一拳。

他往后靠，整个头轰轰响。还没来得及开口大骂，他就看到艾米丽脸色惨白，一直摇头。她猛然站起来，跳下移动中的旋转木马，站稳之前摔了一跤，留下克里斯一个人转了又转。

电影中若发生类似的事情，女主角通常回得了家。但在真实人生中，你推开男朋友之后，却还得靠他载你回家。艾米丽心想，这真是奇耻大辱。

她感觉克里斯悄悄坐到她旁边的座椅上，她把脸转开，直到吉普车里头顶上的小灯逐渐熄灭。但就算她没看他，她也知道他下巴紧绷，嘴巴紧闭成一条线。

片刻之间，她想紧紧贴向他，希望能让他软化；她想起自己还是小宝宝时，尖叫着逼妈妈放她下来，但却把妈妈抓得更紧。“也许，”她轻声说，“我们最好分开一阵子。”

克里斯发动引擎，点了点头。

所有关于唐娜·迪菲莱丝的事情都具有传奇色彩：一头棉花糖般的秀发，葡萄柚大小的双峰，还有一身拉拉队长的绝技，她可以呈直线劈开双腿，臀部着地，速度快到让其他高中拉拉队员瞠目结舌。过去两年来，她一直向克里斯暗示，如果他想的话，她愿意跟他出去。艾米丽惹恼了他之后，他终于决定回报她的好意。

吉普车里什么也看不见，车窗蒙上一层雾气，他的肩头也汗气淋淋，后座的唐娜在他身下扭动。

克里斯甚至没带她出去吃晚饭。开车到餐厅途中，她把手搁在他大腿上，问他真正想要什么。

而后她全身赤裸地躺在车里，着实令人讶异。她伸手搂住他，他觉得她甚至不知道他没有经验。

在仪表盘微弱的灯光中，唐娜的胸部泛着绿光，但依然美得惊人。她微微闭上双眼，轻呼他的名字，唯一不对劲的是她不是艾米丽。

“噢，天啊，”唐娜呻吟，“快上吧。”她把他拉到自己身上。

一冲刺，他想，*我就不是处男了*。但出乎意料的，他没有预期中那么兴奋。他觉得他好像躲在车子的角落里观看，看着唐娜像只不知名的动物一样在他身下扭动。

完事之后，她推开他，穿上内裤。她缩到他怀里，感觉却非常不对劲。“刚才好棒，”她喘气说，“不是吗？”

“没错。”克里斯同意。他望着挡风板，心想自己怎么如此愚蠢；他以为自己只想着性爱，其实他想要的只是艾米丽。

艾米丽整天在学校躲躲藏藏，她不时跑到洗手间里躲起来，大家才看不出她在哭。但她走到哪里都听到大家说，克里斯·哈特一天到晚搂着唐娜·迪菲莱丝走来走去。第六节课下课时，她走到数学课教室，看见克里斯和唐娜在教室门口的一排储物柜前亲热，她终于崩溃了。她轻而易举地就让麦卡锡太太相信她身体不舒服，并说服了老师让她去医护室。她不是喉咙痛，也没有发烧，但心痛的感觉却一样苦楚。

妈妈来接她时，艾米丽整个人陷在副驾驶座里，把头转开。到家之后，她直接走到房里，爬到毯子下，在床上待到天黑。

克里斯的吉普车六点十五分离开，艾米丽看着车灯消失在伍德哈洛街尽头，直到再也看不见任何灯光。她想象克里斯星期五晚上会带唐娜去哪里，她不想也知道他们会做什么。

她怎么可以这样想？她坐在黑暗中，试图把心思集中在一篇星期一之前必须交的英文报告上，她取下草稿上的回形针，却再也无法专心。她低头瞪着草稿上的字句，读不下任何一句，手中的回形针折了又折，细细的回形针终于断成两截。

十一点了，克里斯依然还没回家。梅兰妮敲敲房门，径自进来。“甜心，感觉如何？”她边问边在艾米丽旁边坐下。

艾米丽转身面对墙壁。“不太好。”她嘶哑地说。

“我们明天早上可以去看医生。”梅兰妮建议。

“不……我没生病，我还好。我只是……我只是想在房里多待一会儿。”

“这跟克里斯有关系吗？”

艾米丽吃惊地转向妈妈：“谁跟你说的？”

梅兰妮笑笑说：“就算没有硕士学位，我也知道你们整个礼拜都没通电话。”

艾米丽顺顺头发，“我们吵了一架。”她坦承。

“然后呢？”

什么然后？她当然不打算告诉妈妈他们为了何事争吵。“我想我把他气走了。”她深深吸了口气。“妈，”她说，“我怎么做才能让他回心转意？”

梅兰妮似乎甚为讶异：“你什么也不必做，他会回到你身边的。”

“你怎么知道？”

“因为你们两个在一起，彼此才完整。”梅兰妮说，然后亲亲女儿的额头，走出房间。

艾米丽感到手中一阵刺痛，她低头一看，发现自己仍然捏着扭曲断裂的回形针。她好奇地用它刮过肌肤，皮肤上马上出现一道道红印。她再刮一两次，红印更加明显，她刮得越来越深，直到渗出鲜血，在皮肤上留下了一道道克里斯姓名缩写的伤疤。

克里斯的吉普车刚过一点才到家。艾米丽从卧房窗户看着他，他从厨房上楼，边走边开了一盏又一盏灯，等到他走进卧室，准备上床，艾米丽已经在睡袍外披上毛衣，光脚穿上球鞋。

地面因为最近柔软的天气而潮湿温润，雪地的松针在她脚下吱嘎作响。克里斯的窗户在厨房的正上方。她拾起一根小树枝朝着窗户扔过去，树枝砰地打上窗户，朝她弹了回来，她拾起落在脚间的树枝再扔一次。她好多年没有这么做了。

窗内透出桌灯的灯光，克里斯出现在窗前。一看到艾米丽，他马上开窗探头出来。“你在干吗？”他小声说，“待在原地别动。”

几秒钟之后，他轻轻打开厨房的门。“什么事？”他质问。

她想象了好多次两人再度说话的光景，但愤怒却不是其中一景，也许有点懊恼、喜悦和包容，但她绝对没想到克里斯会露出这种表情。“我来问你，”她说，声音有点颤抖，“你约会开心吗？”

克里斯低声咒骂，伸手揉揉脸。“你太过分了，我真的受不了。”说完就转身走回屋里。

“等等！”艾米丽几乎是边哭边说，但她抬高下巴，手臂紧紧交叉在胸前，以免自己发抖。“我……我有个问题，我跟我男朋友分手了，我很生气，所以我想跟我最要好的朋友谈谈。”她咽了一口口水，低头望着漆黑的地面，“问题是，这两个人都是你。”

“艾米丽。”克里斯边说边把她拉近了一点。

她试着不去注意他身上陌生的气味，那是一种混杂着香水和欲望的味道；她只是专心享受紧靠着克里斯的感觉。*你们两个在一起，彼*

此才完整。

他吻她的额头和眼睑，她把脸埋在他衬衫里。“我受不了。”她说，但却不确定自己该说些什么。

克里斯忽然抓起她的手腕。“天啊，”他说，“你在流血。”

“我知道，我刮伤了自己。”

“怎么回事？”

艾米丽摇摇头。“没关系。”她说。但她乖乖地跟着克里斯走进厨房，克里斯忙着找创可贴，她坐在一旁。就算注意到自己的姓名缩写出现在她的手臂上，他也没说什么。他专注、轻柔地触摸她，她闭上眼睛，创伤已开始愈合。

现在
1997年12月

克里斯独享三十五平方英尺的空间。

他的牢房漆成怪异的灰色，吸走了所有光线。下铺有个枕头、一张塑胶床垫和一条狱方发放的毯子，床铺旁边有个马桶和水槽，牢房被挤在两间牢房之间，好像一排紧密相连的牙齿。除了用餐时间之外，上了铁条的牢门白天通常开着，牢门开着时，克里斯可以站在贯穿这一区的狭窄走道上，走道尽头有淋浴间和电话，他可以打对方付费电话回家，另一头有部电视，巧妙地架设在牢区铁条之外。

入狱第一天，克里斯问都没问就学了不少。他发现从入狱那一刻起，过往一切就一扫而空。你待在哪种牢房，或是睡什么样的床位，不是取决于狱警或入狱之前的行为举止，而是你入狱之后的表现。"级别委员会"每星期二开会，你可以申请更换楼层，但不幸的是，今天才星期四。

克里斯决定整个礼拜都不跟任何人说话，到了下星期二，他绝对可以搬出重度设防区，迁入中度设防区。

他听说楼上的墙是黄色的。

午餐摆在塑胶盘里被送进上了锁的牢房，他刚吃完午餐，两名囚犯就来到牢门边。"喂，"其中一人说，克里斯昨天跟他说过话，

“你叫什么名字？”

“克里斯，”他说，“你呢？”

“海克特，他叫达蒙。”面孔陌生、一头油腻长发的男人跟克里斯点点头。“你还没跟我说你为什么坐牢。”海克特说。

“他们认为我谋杀了我女朋友。”克里斯喃喃地说。

海克特和达蒙看了对方一眼。“真的？”达蒙说，“我以为你贩毒被抓。”

海克特顶着铁条搓搓背，他身穿短裤、T恤、橡胶拖鞋。“你用什么武器？”克里斯茫然地瞪着他，“刀还是枪？”

克里斯试图挤过两人：“我不想谈。”他用肩膀推挤达蒙，身形高大的对方却一手按在他肩上。他往下一瞥，发现海克特手持刮胡刀刀片顶着他的肋骨。“如果我想谈呢？”海克特说。

克里斯咽了口口水，退后一步，海克特把刀片藏回衬衫里。“两位，”克里斯小心地说，“我们能不能理性一点？”

“理性，”达蒙说，“你还真是咬文嚼字。”

海克特轻蔑地哼一声。“你听起来像个眼睛长在头顶上的大学生。”他说，“你上大学了吗？”

“我还在读高中。”克里斯说。

海克特听了幸灾乐祸地说：“高材生啊，而这会儿你却在坐牢。”他伸手摸摸铁条。“嗨，”他大喊，“我们这里有个天才。”他一脚跨到下铺，“高材生，你告诉我，如果你真的这么聪明，怎么会被逮到？”

一位狱警刚好过来巡视，所以克里斯不必回答。“有人要去运动室吗？”

他站起来，海克特和达蒙也看着牢房门口，达蒙转头小声说：

“小子，我们以后再说。”

他们排成一列，走过架满监视器的走廊，几个囚犯对着彼此大叫。一天之中，囚犯们只有这个时候跟其他人接触。在走廊上行进时，克里斯注意到达蒙悄悄走到大家后面，走到某个角落时，达蒙伸出手肘又狠又准地敲撞另一个犯人的背，克里斯这下知道，此处在两部监视器之间，狱警们监测不到。

快到运动室之前有两间隔离牢房，要是有人刻意捣乱，狱警们就会把他们关到这里，要不就是有人坚称其他犯人加害于他，主动要求被关进去。其中一间关了人，犯人们开始大声喊叫，猛踏地板，有个犯人甚至对着牢房吐口水。

运动室不大，设备简陋，但谁能使用哪种设备已有不成文的规定，就像狱中所有事情一样。两个高大的黑人走向运动脚踏车，海克特和达蒙拿起乒乓球拍，一个脸上有道刺青的男人开始做仰卧推举。没有人争先恐后，也没有人在旁等候，克里斯知道这里有一套他不了解的秩序，但话又说回来，他怎么可能了解呢？他又不属于这里。

他皱着眉头走到外面的运动中庭，中庭只是一小块四周围着尖锐铁丝网的泥土地，犯人们自成一个个小团体，比手画脚讲话，有些人面无表情地走动。克里斯发现有个人靠在铁丝网旁，凝视远方的山丘。“那个在隔离牢房的家伙，”他开门见山地说，“他做了什么？”

男人耸耸肩：“他把他的小宝宝摇死了，该死的畜生。”

克里斯看着铁丝网外，心想罪犯们也有廉耻心。

他打对方付费电话回家。

“克里斯？”

“妈。”他头靠着蓝色公共电话，反复叫妈妈。

“哦……甜心，我试着过去看你，他们有没有跟你说？”

克里斯闭上眼睛。“没有。”他嘶哑地说。

“我真的去了，但他们说星期六才是访客时间，我星期六一早就过去。”她深深吸口气，“你知道的，这是一个重大错误，乔丹已经拿到检察官的档案，他会想办法尽快让你出来。”

“他什么时候会来看我？”

“我会打电话问他。”妈妈说，“你吃得好吗？我能帮你带什么东西过去？”

他想了想，但不确定狱方准许带哪些东西。“钱。”他说。

“等等，克里斯，你爸爸要跟你说话。”

“我……不，我得挂电话了，有人要用电话。”他撒谎。

“哦……好吧，你随时都可以打电话回家，知道吧？我们不在乎钱。”

“好，妈。”

电话中忽然传来一个小小的录音声音：“这通电话是从郡监狱打来的。”克里斯和妈妈沉默了一会儿。“甜心，我爱你。”葛丝说。

克里斯咽了口口水，挂上听筒。他靠着公共电话在原地待了一会儿，直到后面有人推他。

达蒙搓揉他的脊椎，对着克里斯的脖子呼气。“教授大人，你想念妈妈啊？”他靠得更近，胯下贴上克里斯的臀部。

他不就等着发生这种事吗？这不就是他所害怕的吗？克里斯忽然转身，身材高大的达蒙吓了一跳。“你给我滚开！”他目露凶光地说，然后走回牢房。

即使用被单盖住头，他依然听得到达蒙大笑。

感谢上帝，他没有同牢房的牢友。他害怕达蒙会忽然冲进来，虽然狱警们白天监控甚严，但谁知道他们晚上会不会花精神聆听动静？他假装专心地看午间肥皂剧，星期三晚上还参加了戒酒会，只为了不要待在这一区。

他填了订购单，单子让他想起去年夏天全家到加拿大度假时，他在旅馆里填写的早餐单。一罐八盎司的咖啡：五美元二十五美分；一根巧克力夹心棒：六十美分；拖鞋：两美元。当天下午，狱警把东西送到他的牢房，费用从他在牢里的账户中扣除。

他常睡觉，即使不累也装睡，这样大家才不会过来烦他。其他人聚集在运动中庭时，克里斯总是单独站在一旁。

乔丹很久以前就不相信所谓的真相。

世间没有所谓的真相，最起码在他这一行没有。真相有各种不同的版本，更何况审判也不是依据真相，而是根据警方找到什么证据，以及你如何回应。一位优秀的辩护律师不会想到真相，而是专注于陪审团将听到什么。

乔丹多年之前就不问客户什么是真相了，他只是面无表情、直截了当地问：“怎么回事？”

他站在重度设防区的控制室里，等着值班的狱警把访客登记簿送过来，他好签名入内。审讯之后，这是他第一次造访克里斯，他带了塞琳娜・达马克斯同行。塞琳娜是个身高六英尺一英寸的黑人女侦探，她似乎更适合T台走秀，而不是帮乔丹搜证。但她已经帮乔丹工作了好几年，而且表现极为杰出。

“他们把他关在哪里？”塞琳娜问。

“重度设防区，”乔丹回答，“他在那里才待了两天。”

楼上一扇重重的铁门关上，一位穿了制服的狱警走了下来。“嗨，比尔，”控制室的狱警说，“跟哈特说他的律师来了。”

另一扇铁门应声而开，不管听过多少次，乔丹依然听不惯这个很像枪击的声音。他走进去，左转，朝着专为访谈而设的会客室前进，他只隐约看到狱中的囚犯。

塞琳娜像个影子般跟在他后面，走进会客室之后，她在他旁边的椅子上坐下，她把椅子稍微往后一靠，瞪着天花板。“监狱真是丑陋得该死，”她说，“每次来这里，我都有这种感觉。”

“嗯，”乔丹同意，“这里绝对不是因为装潢风格才人满为患。”

门被推开，克里斯走进来，目光从乔丹移到塞琳娜。“克里斯，”乔丹站起来，“这位是私家侦探塞琳娜·达马克斯，她会帮忙调查你的案子。”

“听好，”克里斯开门见山地说，“我得离开这个鬼地方。”

乔丹从手提包里拿出一沓文件。“最理想的情况就是如此，克里斯。”

“不、你不了解，我**现在**就得离开。”

克里斯的语气令乔丹抬头一看，那个先前在班布里奇警察局一脸惊恐、几乎垂泪的男孩不见了，取而代之的是一个比较强悍、能够隐藏恐惧的男子汉。

“到底有什么问题？”

克里斯听了马上勃然大怒。“什么问题？什么问题？我在牢里坐冷板凳，这就是问题！我今年应该毕业、上大学，但现在反而跟一群……一群犯人一起关在牢里！”

乔丹眨都不眨眼。“我很遗憾法官不准你交保，你说得没错，你得被关在牢里，直到开庭为止，而大概得再过六到九个月才会开庭。但时间不会白白浪费，你在牢房里多待一分钟，我就想得出更好的策略让你重获自由。”

他倾身向前，口气更加严肃。“我们把话说清楚，”他说，“我不是你的敌人，你不是因为我才被关起来的。我是律师，你是客户，如此而已。你被控一级谋杀罪，结果可能被判无期徒刑，这表示说，克里斯，你的命运操纵在我手里。你会在牢里待一辈子，或是进哈佛上大学，完全看我能不能让你无罪开释。”他站起来，走到塞琳娜后面，“还有你我配合的程度。”

乔丹继续说：“你跟我和塞琳娜说的事情，其他人绝对无从得知。你说了什么、对谁说了什么，都在我的控制之中。我需要什么，你就得告诉我什么，明白吗？”

“明白。”克里斯瞪着他说。

“好，我先解释我们的状况。跟你商讨之后，我会针对这个案子做出许多决定，但有三件事情，只有你能做主。第一，你希望接受审判，还是认罪协议？第二，案子若进入审判，你希望在陪审团还是在法官面前进行？第三，如果进入审判，你要不要出庭作证？我会尽量给你足够的资讯，让你做出合理的决定，但在整个过程中，你必须做好选择的准备，听得懂吗？”

克里斯点头。

“好。接下来，我很快就会收到检察官办公室的文件，收到之后，我会再来一趟，我们一起讨论细节。”

“什么时候？”

“大概两个星期之内，”乔丹说，“然后再过五个星期，会有一场预审听证会。”他扬起眉毛，“目前为止有任何问题吗？”

“有。我可以见见费因斯坦医生吗？”

乔丹稍微眯起眼睛：“我觉得这样不太好。”

克里斯相当惊讶：“他是精神科医生。”

“他也可能被传讯。医生和病人之间的保密协定并不是永远有效，特别在谋杀案件中。你跟任何人谈到跟案件有关的事，最后都可能对我们不利。这倒提醒了我，你在牢里别跟任何人谈论案件。”

克里斯轻蔑地哼一声：“我在牢里会交到很多朋友吗？”

乔丹假装没听到他说话：“牢里有些家伙因为贩毒入狱，刑期可能高达七年，但他们如果能从你口中套出消息，用这些消息来缩短刑期，他们绝对不会犹豫。警方为了搜集证据，甚至可能在牢里布设一个毒犯。”

“如果我和费因斯坦医生不谈……不谈那件事呢？”

“那你们要谈些什么？”

“杂事。”克里斯轻声说。

乔丹走到桌边，靠向克里斯。“你如果想找人分享心事，”他说，“那个人就得是我。”他转身走回自己的座位旁，“还有其他问题吗？”

“有，”克里斯说，“你有小孩吗？”

乔丹愣了一下：“我有什么？”

“你听到我说的了。”

“我不觉得这跟你的案子有什么关系。”

“确实没有，”克里斯承认，“我只是觉得你如果想在案子结束之前彻底了解我，我也应该知道一些关于你的事情。”

乔丹听到塞琳娜窃笑。“我有一个儿子，”他说，“他十三岁。好，如果自我介绍告一段落，我就要讲正经事了。我们今天来访的目的是搜集资讯，请你签这份同意书，我们才可以调阅你的医疗记录。你住过院吗？有什么是我们该知道的？你有没有生理或是心理的障碍，让你没办法扣下扳机？”

“那天晚上是我唯一一次住院，因为我昏倒的时候撞到头，头上有个伤口，”克里斯咬咬嘴唇，“我从八岁就开始打猎。”

“那天晚上你从哪里拿到的枪？”塞琳娜问。

“那是我爸爸的枪。它跟其他猎枪、手枪一起放在枪柜里。”

“你对枪支很熟喽？”

“当然。”克里斯说。

“谁帮手枪上的子弹？”

“我。”

“离开家里之前吗？”

“不。”克里斯瞪着自己的手。

乔丹伸手顺顺头发：“你能告诉我几个名字，让我跟他们谈谈你跟艾米丽的关系吗？”

“我爸妈，”克里斯说，“她爸妈，我想还有学校的每个人吧。”

塞琳娜笔记记到一半抬头一望：“这些人会告诉我什么？”

克里斯耸耸肩：“艾米丽跟我……你知道的，我们是一对。”

“这些人也可能注意到艾米丽想自杀吗？”塞琳娜问。

“我不知道，”克里斯说，“她把这事藏在心里。”

“我们也得让陪审团知道那晚你计划自杀。你跟辅导老师谈过吗？心理咨询师呢？”

“我就想跟你说这一点，”克里斯舔舔干燥的嘴唇说，“不会有人跟你说我想自杀。”

“也许你在日记里提过？”塞琳娜探问，“或是你写给艾米丽的纸条？”

克里斯摇头。“其实，”他清清喉咙，“我……嗯……我不想自杀。”

乔丹显然不想听克里斯的告白。“我们以后再谈这点。”他说，心中暗暗叫苦。就乔丹而言，客户犯下的罪，他没必要知道得太多，这样一来，他才可以安心进行辩护，而不必顾虑伦理问题。但一旦客户跟他讲了，他若出庭，就非得照着讲不可。

克里斯颇感困惑，他先看看乔丹，再看看塞琳娜。“等等，”他说，“你不要听听发生了什么事吗？”

乔丹猛然把便签翻到新的一页。“说真的，”他说，“我不要。”

那天下午，克里斯多了个牢友。

快吃晚餐之前，他蜷曲在床铺上，悄悄想心事。狱警忽然带了一个男人进来，他跟其他人一样穿着连身衣和球鞋，但感觉有点不同，带着一丝冷漠和不在乎。他对克里斯点点头，爬到上铺。

海克特来到牢房门口：“小子，看自己的脸看烦了吗？”

“滚开，海克特。”男人叹着气说，头也没转过来。

“别叫我滚开，你……”

“喂。”一位狱警大喊。

监禁时间到了，海克特走回自己的牢房，男人在上铺坐直身子，跳下来拿餐盘。克里斯发现男人没地方坐，他如果爬回上铺，就得躺着吃东西。“你……嗯……你可以坐在这里。”他指指下铺的另一边说。

“谢谢，”男人掀开餐盘，盘子中间摆了一团无法引起食欲的三种颜色的东西。“我叫史蒂夫·费南。”

“克里斯·哈特。”

史蒂夫点点头，开始吃饭，克里斯注意到史蒂夫没比他大多少，而且似乎跟他一样不想跟其他人牵扯。

“喂，哈特，”海克特从牢房里大喊，“你今晚最好睁着眼睛睡，小孩子在他身旁可不安全。”

克里斯看看史蒂夫，对方依然慢慢吃饭。他就是那个杀了小婴孩的家伙！

克里斯强迫自己盯着餐盘，拼命提醒自己：直到被证明有罪之前，任何人都是清白的。他自己就是最佳例证。

尽管如此，他依然记得大伙经过隔离牢房时海克特说的话：**这小子半夜把小孩抱起来，发了失心疯，拼命摇小宝宝，叫小孩不要哭，结果把小孩脖子摇断了。**谁知道什么事会惹这种人生气？

克里斯顿时全身发软，他放下餐盘，朝着牢房门口移动，走廊尽头有个洗手间，他想去那里上厕所，但监禁时间最起码还有半小时才结束，而且从他入狱以来，他头一次不是单独待在牢房里。他盯着离史蒂夫只有几英寸的抽水马桶，一张脸不好意思的通红。他脱下裤子，坐在马桶上，尽量不想自己在做什么。他双臂交叉在腹部，眼睛瞪着地板。

小解之后，他站起来，发现史蒂夫又回到上铺，吃剩一半的餐盘搁在下铺。史蒂夫的脸背对马桶，面向光秃秃的墙壁，尽可能地给克里斯一点尊严。

迈克正准备出门应诊，就有人打电话来。“哈喽？”他不耐烦地说，身上那件厚重的夹克已经让他开始出汗。

“啊，迈基，”来电的是他在加州的表妹菲比，全世界只有她叫他“迈基”，“我只是打电话来跟你说，我真的真的很抱歉。”

他向来不喜欢菲比。她是他阿姨的小孩，八成是他妈妈告诉她的，因为葬礼之后，迈克没有打电话给任何亲戚告知艾米丽的死讯。菲比扎着一条嬉皮式的长辫子，专门捏制一些故意歪向一边的陶器，迈克只在少数家族聚会的场合里见过她，每次见到她，他就想起他们四岁时，有次他尿裤子，她却在一旁窃笑。

“菲比，”他说，“谢谢你打电话来。”

“你妈妈告诉我了。”她说。迈克听了觉得可笑，他妈妈怎么可以把他还不能接受的事情告诉别人？“我想你也许需要跟人谈谈。”

跟你吗？迈克几乎问道。稍后回过神来，他才想起菲比的丈夫两年前上吊自杀。“我知道那种感觉，”菲比继续说，“忽然间，你发现了老早就应该注意到的事情。你知道的，他们已经到了一个比较快乐的地方，这也是如他们所愿。但你和我却被抛弃在后，而且还得面对一些他们没办法回答的问题。”

迈克保持沉默，这么说来，虽然事隔两年，她依然悼念她丈夫？菲比是不是暗示她和他毕竟有些共同点？他闭上眼睛，虽然穿着厚重的夹克，他依然起了寒战。这不是真的，绝对不是；他不认识菲比的丈夫，但菲比对丈夫的了解，绝对比不上他对艾米丽的了解。

我真的非常了解她，迈克心想，所以她的自杀才显得这么突然吗？

他胸口一痛，罪恶感顿时从四方涌来。他怎么没看出女儿不快乐？即使是现在，他依然只想着自己是不是好父亲，而不是艾米丽出了什么问题。他怎能如此自私？

“我能怎么办？”他喃喃自语。听到菲比的回答，他才知道自己真的说出了口。

“你会活下去，”她说，“你会做到他们办不到的事。”菲比在电话另一端叹气，“你知道的，迈克，以前我整天思索，拼命想解释他为什么自杀，好像我如果想得够久，我就能找出答案，但我怎么想都想不通。后来我猜想……大卫生前是不是也有这种感觉？”她清清喉咙，“我还是不知道他为什么自杀，我也痛恨他这么做，但最起码我多少了解了他想些什么。”

迈克想象艾米丽的胃部跟他的一样纠结，思绪也跟他一样紊乱，他真希望自己看得出来，让她不要那么痛苦，过去几天里，他已经想了上百万次。

他喃喃跟菲比道谢，挂掉电话，然后穿着外套冲到空荡荡的楼上。他走进艾米丽的房间，四肢大张躺在她床上，依序瞪着镜子、教科书和她脱下的衣服，试图透过女儿的眼睛看看周遭。

法兰西斯·卡塞维特被判刑六个月，但他只在周末到监狱报到。那些有工作、对社会有贡献的民众通常受到这种惩戒，法官勒令他们星期五入狱、星期天出狱，让他们在平时照常工作。这些周末服刑的犯人在狱中有如皇亲贵族，他们经常接受其他犯人的贿赂，偷偷带进来香烟、针头、止痛药等物品，只要出得起钱，他们什么都能走私。

法兰西斯走进重度设防区，双手托住海克特的脸颊。“我是不是你朋友啊？”说完一手推开海克特，走向洗手间。

过了一会儿，法兰西斯手里握着某样东西走回来：“你欠我双倍，海克特，他妈的这些东西让我流血。”

克里斯看着海克特的手擦过法兰西斯的手，一管小小的、白色的东西随之易手。他转身走回牢房。

史蒂夫在正在阅读的杂志上折了个角：“法兰西斯又帮他带烟？”

“我猜是吧。”克里斯说。

史蒂夫摇摇头。“海克特应该叫法兰西斯带尼古丁戒烟贴片，”他喃喃地说，“说不定比较容易走私进来。”

“他怎样把这些东西带进来？”克里斯好奇地问。

“我听说他以前把东西藏在嘴里，被逮了几次，现在他利用其他‘洞口’。”克里斯依然不解地瞪着他，史蒂夫摇摇头，“你身上有哪些洞口？”他明说。

克里斯满脸通红，史蒂夫翻身继续阅读杂志。“该死的克里斯，”他喃喃地说，“你怎么会沦落到这里？”

会客室摆着布满刻痕的长桌，挤满了一群群囚犯和他们的亲人，克里斯一走进去就看到妈妈。他一走到她身边，她就一把抱住他。“克里斯，”她叹口气，顺顺他的头发，好像他还是小男孩似的，“你还好吗？”

狱警轻拍葛丝的肩膀。“太太，”他说，“请放手。”葛丝讶异地放开儿子，坐了下来。克里斯在她对面坐下，他们之间没有塑胶玻璃窗，但这并不表示两人之间没有隔阂。

他大可告诉妈妈，跟字典一样厚的狱长规则手册规定，探访之初和结束时，犯人和亲属可以短暂拥抱或是亲吻，但是不能嘴对嘴。手册中亦规定狱中不准抽烟、不准骂脏话、不准推挤另一个犯人，这些在外面世界的小过失，在监狱中皆是重大过错，结果可能增加刑期。

葛丝伸手握住克里斯的手，克里斯这时才注意到爸爸也来了。詹姆斯把椅子稍微往后推，仿佛不敢碰到桌子，结果几乎碰到一个左颊有个蜘蛛网刺青的犯人。

“真高兴看到你。”妈妈说。

克里斯点头，然后低下头。他好想说他要回家、他这辈子从未觉得妈妈这么漂亮等等，但如果说出口，他肯定热泪盈眶，他承担不了哭泣的后果，天知道谁在偷听、偷看，或是将来利用这点跟他作对？

“我们带了一些钱给你。”葛丝边说边拿出一个塞满钞票的信封，“你如果需要更多，打电话给我们。”她把信封交给克里斯，克里斯马上知会狱警把钱存进他的监狱户头。

“怎么样？”妈妈说。

“什么怎么样？”

她低头看着大腿，他几乎感到怜悯。真的没什么好说的，他在郡监狱的重度设防区被关了整整一星期，而爸妈却认为此事不值得一谈。

“你下星期可能转到中度设防区，是吗？”

詹姆斯的声音吓了他一跳。“是的，”克里斯说，“我必须对级别委员会提出申请。”

大家陷入沉默。“游泳队昨天赢了。”葛丝说。

“哦，”克里斯试图装出在乎的样子，“谁代替我上场？”

“我不太确定，罗伯·理……理什么的。”

“理查德逊，”克里斯的球鞋擦过地板，“也许老大不情愿的。”

他聆听妈妈告诉他凯特有哪些历史作业，还得打扮成殖民地时代的女人等等；他聆听妈妈谈起戏院上映哪些电影，她到“美国汽车协会”查出从班布里奇开车到格拉夫顿的最短路线等等。他知道未来九个月里，他们就得用类似话题打发会客时间，他们不会讨论他不想让爸妈知道的恐惧，他只能聆听妈妈描述他所远离的外面世界。

妈妈清清喉咙，让他回过神来。“你交了什么朋友吗？”她说。

克里斯轻蔑地说：“这又不是圣诞节聚会。”话一出口马上发现自己错了，因为妈妈满脸通红地低下头。他忽然发现自己是多么孤单。因为他的过去，所以他没办法跟其他犯人打成一片；因为他的现况，所以他也无法融入爸妈的生活。

詹姆斯瞄了儿子一眼。“跟你妈道歉，”他愤愤地说，“这事让你妈很不好过。”

“如果我不想道歉呢？”克里斯回嘴，“你打算拿我怎么办，把我关到牢里吗？”

“克里斯多弗！”詹姆斯警告，但葛丝握住他手臂打断他的话。“没关系，”她打圆场，“他生气了。”说完便伸手握握克里斯的手。

就这样，他想起摇摇学步的童年。她跟他说他们在停车场或是繁忙的大街上，说完便伸手握住他的小手。他记得柏油路的味道，以及汽车开过的隆隆声，但只要妈妈握着他的手，他就觉得很安全。“妈，”克里斯声音嘶哑，“别这样。”他趁自己哭出声之前站起来，挥手招来狱警。

“等等，”葛丝惊呼，“我们还有二十分钟！”

“做什么呢？”克里斯轻声说，“坐在这里，却希望我们不在这里？”他倾身靠过桌面，不自在地抱抱她。

“克里斯，打电话给我们，”葛丝小声说，“我下星期二晚上再来看你。”

那是重度设防区的访客时间。“星期二，”克里斯重复一次，然后转身面对爸爸，“但是……我不要你来。”

那天下午，气温降到零度。运动中庭空无一人，寒冷的天气令大家却步。克里斯走到外面，呼出的气息在眼前画出一条小径，他在中庭走了一圈，看到史蒂夫靠在砖墙上。

“去年两个家伙翻过那里，”史蒂夫朝着一个高耸的角落点点头，“狱警过去关上运动室的门，‘砰’的一声，他们就不见了。”

“他们逃成了吗？”

史蒂夫摇头说：“两小时之后在十号公路被逮到。”

克里斯笑笑，这两个人笨到越狱之后还在主干道附近逗留，被逮到了也算活该。“你想过吗？”克里斯问，“跳过铁丝网？”

史蒂夫呼气，呼出一朵白云：“没有。”

“从来没有？”

“外面没什么等着我。”他说。

克里斯四下观望。“你怎么被关到隔离牢房的？”

“我不想跟其他家伙在一起。”

“你真的是因为把你孩子摇死而入狱的吗？”

史蒂夫微微眯起眼睛，但仍直直盯着克里斯。“你真的因为杀了你女朋友被关起来的吗？”他平静地说。

克里斯马上想到乔丹的警告：监狱里充满告密者。他看向他处，猛踩地面，对着双手吐气暖手。“好冷。”他说。

“你要进去吗？”史蒂夫摇摇头，克里斯也靠着砖墙，感觉到身旁这个男人的热气。“我也不想进去。”他说。

晚餐之后有个大搜索。

在狱长的命令下，每个月都会进行一次大搜索。狱警们彻底搜查牢房，床垫和枕头四散纷飞，狱警们还仔细检查多余的衣物和弃置的鞋子，看看里面有没有藏着犯罪物品。克里斯和史蒂夫站在牢房门口，看着小小的私人空间遭到侵犯。

一个肥胖的狱警忽然站起来，手里抓着某样东西。狱警们进来的时候，克里斯正光着脚睡觉，狱警指指地上的运动鞋说：“这是谁的？”

“我的，”克里斯说，“怎么了？”

狱警逐一摊开他肥胖的手指，手掌中赫然出现一支白白的香烟。

“那不是我的。”克里斯说，显然非常惊讶。

狱警的目光从克里斯移到史蒂夫。“省省吧，你去跟级别委员会说明。”他说。

狱警们离开之后，克里斯扶正床垫，爬回下铺。“喂，”史蒂夫说，“我没有栽赃。”

“滚开。”

“我只是跟你说明。”

克里斯把头埋在枕头里，但在那之前，他瞥见海克特邪邪一笑走过牢房。

在牢房里被搜出香烟和召开惩戒会议之间的十八个小时中，克里斯拼凑出事情的大概。海克特此举可说是“一石二鸟”，所以他愿意放弃得来不易的违禁品。他不但可以借此考验菜鸟克里斯的忠诚度，而且给婴儿杀手史蒂夫一点颜色瞧瞧。如果克里斯供出香烟是海克特的，接下来的日子肯定不好过，但如果克里斯说香烟是史蒂夫的，他等于自承和海克特一伙。不但如此，史蒂夫是克里斯的牢友，最有机会把香烟塞到克里斯的球鞋里，若说香烟是史蒂夫的，大家必然采信。

一名狱警把克里斯带到副狱长的小办公室，那个搜查克里斯牢房的狱警和副狱长都在里面。副狱长身材粗壮，看起来比较像是足球队教练，而不像在监狱里处理文件的行政官员。副狱长对着克里斯宣读罪状以及他的权利，克里斯站得笔直，动也不动。“哈特先生，”副狱长说，“你要说什么为自己辩护吗？”

“是的。让我抽一下香烟。”

副狱长扬起眉毛：“这下岂不是正合你意？”

“我不会抽烟，”克里斯说，“我能证明给你看。”

“不，你能证明你会假装咳嗽，”副狱长说，“我可不相信你。好了，你还有什么要说的？”

克里斯想到海克特和那把小刀，也想到暂时与他休战的史蒂夫。他想起其他人曾提到违反监狱规则的下场：他如果被判刑，这支香烟可能为他再加上三到七年刑期。

但话又说回来，那不过是“如果”。“没有。”克里斯小声说。

“没有？”

他直视副狱长的双眼，重复一次：“没有。”

狱警们互看一眼，耸了耸肩。“你知道吧？”副狱长说，“如果你觉得我们不知道实情，你可以建议我们跟另一个犯人谈谈。”

“我知道，”克里斯说，“但没有必要。”

副狱长嘴唇紧闭。“好吧，哈特先生，根据这件证物，你违反狱中不得吸烟的规定。未来五天中，你每天只准外出一小时去洗澡，其余二十三个小时都得待在隔离牢房。”

副狱长对狱警们点点头，狱警们随后把克里斯带出办公室。他安静地走过重度设防区，收拾东西，没跟半个人说话。直到被带到隔离牢房，他才想起他得在这里待到星期四，而妈妈将在星期二来访，级别委员会也将在星期二把他移送到中度设防区，这下全都太迟了。

那段时间，克里斯大多在睡觉。他常做梦，他梦见艾米丽，他在梦中碰她、吻她，他把舌头深深伸进她嘴里，她把某样东西推到他口中，东西小小的，硬硬的，像颗薄荷糖。但当他把它吐到手中时，他发现那不是薄荷糖，而是真相。

他做了好多下仰卧起坐，牢房狭小，这是他唯一能做的运动。洗澡的时候，他拼命擦洗身子，把皮肤搓得发红，这样他才可以在外面待满一小时。他不断回想游泳比赛、讲课内容以及跟艾米丽在一起的夜晚，想着想着，牢房里充满令人伤心的回忆，这时他才明白犯人们为什么根本不想他们抛下了什么。

他当然没办法打电话给妈妈，他心想，妈妈大老远来探监，结果却发现儿子被关进隔离牢房，不知作何感想？他也猜想谁会被移送到中度设防区，史蒂夫已打算向级别委员会提出申请。

星期四早上，他一吃完早餐就用力敲铁栏杆，告诉狱警他要回自己的牢房。“你会的，”狱警说，“我们一有空就让你出来。”

狱警们直到下午四点才有空。一位狱警推开牢门，把他带到先前待了一星期的重度设防区。

“欢迎回家，哈特。”他说。

克里斯把少数私人物品扔到下铺，有个人从上铺现身，把他吓了一跳。“嗨。”史蒂夫说。

“你在这里干什么？”

史蒂夫笑笑说：“我本来打算出去喝一杯，但找不到车钥匙。”

“我的意思是，我以为你已经搬到楼上了。”

他们同时看看天花板，好像能够看到黄色砖墙、备有休闲室以及宽阔淋浴室的中度设防区。史蒂夫耸耸肩，没有说出克里斯早已明白的事实：被搜出香烟之后，虽然克里斯选择保持缄默，但狱中每个人依然把矛头指向史蒂夫。“我改变主意了，”他说，“楼上空间比较大，但牢房里也多了三个家伙。”

“三个人？”

史蒂夫点点头：“我想等我认识的人上楼了，我再跟着去。”

克里斯躺回床上，闭上双眼。经过五天之后，他真喜欢听到另一个人的声音、另一个人的想法。“下星期二很快就到了。”他说。

他听到史蒂夫叹口气。“没错，”史蒂夫回答，“也许我们一起去。”

可笑的是，克里斯成了英雄。他大可供出香烟是海克特的，但他没有，地位因而大幅提升。他成了愿意为别人顶罪、值得尊敬的囚犯，不管那人值不值得顶罪都无所谓。

海克特现在叫他“我的小老弟”。下午四到五点，克里斯可以选择他要看哪一个频道，他在运动室也可以使用举重设备。

有一天他从运动室走出来，海克特在楼梯转角处把他拦下，录影监视器看不到这个角落。“洗澡，”海克特小声说，“十点十五分。”

这到底是什么意思？克里斯想了一天。他不知道自己会不会被揍得鼻青脸肿，或是海克特另有花招。他等到十点，抓起毛巾走向小淋浴间。

那里没人。克里斯有点莫名其妙，他脱衣服，扭开热水，他刚开始抹肥皂，海克特就探头进来：“你他妈的在干什么？”

克里斯眨眼挤出眼睛里的水。“你叫我来这里的。”他说。

“我没叫你洗澡。”海克特说。

其实他说了，但克里斯没说。克里斯把水关掉，海克特却伸手进来扭开水龙头。“别管它，”他说，“这样才看不到烟雾。”他从连身衣里抽出一支烧成烟斗状的圆珠笔，打开一个折成四方形的小纸块，把某样珍贵物品抖进烟斗里，他很快掏出另一样违禁物品——打火机。“来，吸一口。”他说，随即深深吸了一口。

克里斯没有笨到婉拒海克特好意的地步。他低下头，避开直泄而下的热水，深深吸了一口，马上猛烈咳嗽。没错，这的确不是香烟，但也不像大麻。“这是什么？”他问。

“香蕉皮。”海克特说，“达蒙和我把香蕉皮烧成灰。”他拿回烟斗轻敲几下，“你给我一罐咖啡，我就帮你做一袋。”

克里斯感觉水已变凉，滑下他的颈背。“再说吧。”他边说边接过海克特递过来的烟斗。

“你知道吗？高材生，”海克特说，“我看错你了。”

克里斯没回答，双唇紧贴上烟斗，深深吸一口，这次自然而然就吸了进去，他倒也没有太讶异。

星期六早上，克里斯是第一批被带到会客室的囚犯之一。妈妈跟上次不一样，她站得非常直，浑身散发出有如电流般的怒意和紧张，克里斯老远就感受得到。她伸出双臂抱住克里斯，在那短暂的一刻，他觉得自己又成了比妈妈弱小的小宝宝。

“怎么回事？”她紧张地说，“我星期二过来，却发现你被关禁闭。我问他们怎么回事，他们只跟我说你被关在某个……某个牢房，一天二十四小时都不准出来。”

“二十三小时，”克里斯说，“我有一小时洗澡时间。”

葛丝靠向他，嘴唇发白。“你做了什么？”她耳语。

“有人陷害我，”克里斯喃喃地说，“有个犯人想让我惹上麻烦。”

“他……他想怎样？”葛丝大为惊慌，颓然坐回椅子上，“你……你就随他摆布？”

克里斯顿时满脸通红。“他把一支香烟摆在我球鞋里，狱警们搜查牢房时找到香烟。没错，我就随他摆布，因为单独被关五天，总比被这个家伙拿刮胡刀刀片刺一刀来得好。”

葛丝握紧拳头紧贴着嘴。克里斯心想，她不知道想说什么。“我可以找谁谈谈？”她终于说，“今天离开这里以前，我会找狱长谈谈。监狱哪是这种管理方式，而且……”

“你哪知道？”克里斯摇摇头，“别帮我吵架。”他担心地说。

“你不像其他囚犯，”葛丝说，“你只是个孩子。”

克里斯猛然抬头。“不、妈，我不是孩子，我已经大到可以跟成人一样受审，也可以在成人监狱服刑。”他凝视她的身后，“别把我当成另外一个不是我的人。”他的话语有如摊开的纸牌，散落在两人之间的桌上。

星期六晚上下了一场可怕的暴风雨，连监狱厚实的砖墙似乎都快被吹垮了。周末的监闭时间比较晚，清晨两点才关闭牢门，大部分犯人也比平时喧哗。克里斯还没有修炼到其他犯人骚动吵闹时依然可以倒头大睡的地步，他躺在床上拿枕头蒙住头，心想是否真能听到雨水渗过砖墙敲打屋顶的声音。

稍早时候，有些犯人为了收看哪个节目打了一架，结果狱警关闭两间牢房，犯人们隔着铁栏杆高声互骂。史蒂夫看了一会儿电视，然后走回牢房爬到上铺，克里斯装睡，但他听到史蒂夫撕开前几天买来的巧克力棒。

他也帮克里斯买了一些东西：M&M巧克力糖、咖啡、一块奶油馅的小蛋糕。因为克里斯被关禁闭，所以错过了填写订购单的时间，他想史蒂夫八成借着替他买东西，谢谢他没有出卖牢友。

过了一会儿，上铺没有再传出沙沙声，克里斯知道史蒂夫睡了。他静候狱警们宣布禁闭时间，听着橡胶拖鞋拍打地面，某处依稀传来犯人对着马桶撒尿的声音，然后四下逐渐趋于平静。

关灯了。

其实灯光从未完全熄灭，只是调得很暗，但话又说回来，重度设防的监狱是如此阴暗，白天花不了多少时间适应光线，晚上也花不了太多时间就会习惯置身阴影中。克里斯聆听风声，想象置身在一片辽阔到看不见边际的田野中，雨水流过全身，他仰头迎接雨水，放眼望去只见一片天空。

有人偷偷啜泣。

克里斯伸手顶顶上铺，以前史蒂夫打呼时，克里斯曾试过一两次，但这次史蒂夫没有翻过身继续睡，反而偷偷猛哭。

他下床站起来，史蒂夫在上铺翻滚，哭得胸部痉挛，克里斯看了吓得不敢动，呆站了一会儿。史蒂夫眼睛闭着，呼吸急促，他显然非常生气，但也显然还没醒过来。

哭声再起时，克里斯伸手按住史蒂夫的肩膀，他稍微用力摇了摇，在监狱昏暗的灯光中，他看到史蒂夫慢慢睁开双眼。史蒂夫甩开克里斯的手，克里斯不禁满脸通红。监狱中最基本的规矩是，除非获得对方的准许，否则你不能碰触另一个人，这时他却打破了禁忌。

“对不起，”他喃喃地说，“你在做噩梦。”

史蒂夫听了眨眨眼说：“真的吗？”

“你哭了，”克里斯犹豫地说，“我不想你吵醒大家。”

史蒂夫跳下床绕过克里斯，坐到抽水马桶上，把脸埋在双手中。“他妈的。”他说。

克里斯坐回床上，依然听得见远处的风声：“你回去睡吧。”

史蒂夫抬头说：“你知道你有时候半夜也会大叫吗？”

“我哪会。”克里斯马上辩驳。

“你会，”史蒂夫说，“我听到了。”

克里斯耸耸肩：“随便你讲。”他低头剥剥指甲。

“你看到她了吗？艾米丽？”

“你怎么知道艾米丽？”克里斯问。

“你半夜叫的就是这个名字，”史蒂夫边说边站起来，背顶着牢房的铁栏杆，“我只是猜想你是不是看见她，就像我看见……看见他。”

克里斯想到乔丹曾警告，为了套出供词，警察会安排告密者跟你同一个牢房，况且他若问问题，史蒂夫会问得更多。他不确定要不要跟对方分享心事，但他却不由自主地说：“怎么回事？”

“我一个人跟他在家里，”史蒂夫小声说，“丽莎和我大吵了一架，她气冲冲地跑去她上班的美容院，出门的时候甚至没跟我说一声，只叫我照顾宝宝。我非常生气，冰箱里剩下什么，我就拿起来喝，后来他醒了，哭得很大声，我头好痛。”史蒂夫转身，额头紧贴在铁栏杆上，“我试着喂他，帮他换尿布，但他一直尖叫，所以我抱起他，他却依然在我耳边哭喊。我的头都快裂开了，我边摇他边叫他不要哭，我根本不知道自己在做什么。”他深深吸了口气，“然后我又一直摇他，希望他再哭两声。”

史蒂夫忽然转过身来，双眼阴沉而发亮。“你知道那种感觉吗？怀里……怀里抱着这个小小人……之后……之后你抱着他，心里却很清楚你应该保护他。”

克里斯喉头一紧：“他叫什么名字？”

“班杰明，”史蒂夫说，“班杰明·泰勒·费南。”

“艾米丽，”克里斯轻声回答，“她叫艾米丽·戈德。”

过去
1996年5月

他靠得很近，我几乎尝得到他的味道。他双手伸向我的腰，一直往上摸索，紧紧压住我。我想告诉他这样很痛，但却说不出口，我想告诉他，我实在不喜欢这样。

他把我往后推，一只手探到我下面那里，我放声尖叫。

闹钟的声音让艾米丽一股脑从床上坐起来，床单缠绕着她的脚，整件睡袍都被汗水浸湿。她跳下床伸伸懒腰，走到浴室里扭开水龙头，直到蒸气冒上头部才站到水龙头下。走过镜子时，她把头转开，她不想看到自己的裸体，看了会觉得不太对劲。

她头往后仰，让热水按抚头皮，然后拿起肥皂猛擦身子，直到擦得破皮流血为止。尽管如此，她仍然没办法让自己感觉洁净。

破天荒的第一次，历史课总算不无聊。虽然有点吓人，但绝对有趣。沃特斯通先生不再陈述枯燥乏味的课税制度，改而详细描述殖民地时代美国人民的生活。他们上星期学到一匹白棉布、一担棉花和一个健康的奴隶起价多少钱，今天研究印第安人。

啊，说错了，应该是“美国原住民”。殖民地时代的美国人不但遭受英国皇室干预，而且很少接触印第安原住民，为了让学生了解这一点，所以沃特斯通先生决定讲述课本之外的教材。

艾米丽紧盯着教室前方的银幕，据她所知，这时连班上最捣蛋的几个小家伙都停止传纸条。每个人看着银幕上的莫霍克战士一刀划破法籍加拿大传教士的胸膛，而且当着传教士的面吃下心脏，大家看得出神。

教室后面传来“砰”的一声，艾米丽回头一瞥，刚好看到拉拉队员阿德里安娜·瓦丽昏倒在地上。“他妈的。”沃特斯通先生低声说，音量虽小，但还是诅咒。他将电影暂停，打开电灯，派了个学生去医护室，自己蹲到阿德里安娜身旁搓揉她的手。艾米丽心想阿德里安娜是不是故意昏倒，年轻挺拔的沃特斯通先生有着一头及肩的长发和亮绿的双眼，向来是全校最吸引人的男老师。

护士刚跑进教室，下课铃声就响了。护士带来一瓶氨水，阿德里安娜却已清醒，不再需要它。艾米丽收拾书本，走向教室门口，克里斯已在门口等候。她的手悄悄滑进他手中，两人一前一后离开。“沃特斯通先生的课好玩吗？”他问，克里斯的历史课是第七节。

大伙从他们身旁经过，艾米丽挤到克里斯旁边。“哦，”她说，“你会喜欢的。”

她喜欢亲吻。

事实上，如果能回到那段只是亲吻的日子，她绝对毫无异议。她喜欢贴着克里斯的双唇，让他的舌头填满她的嘴，仿佛他正悄悄送给她一个秘密；她喜欢听到他低沉呻吟，声声沉厚温暖，传入她的嘴中；她更喜欢他的大手轻抚她的头，仿佛即使她胡思乱想，他依然能够稳住她的思绪。

但近来他们似乎越来越不常亲吻，而把时间花在争辩克里斯的手应该停放在哪里。

此时，他们在吉普车的后座（艾米丽不知道已经想了多少次，是否因为吉普车的后座可以摊平，所以克里斯才选购吉普车），车窗全都雾气蒙蒙，艾米丽在其中一扇车窗上画了一颗心，写上两人姓名的缩写，现在她却看着克里斯的背顶着车窗，抹去了她的杰作。

“我好想要你，艾米丽。”克里斯在她耳边轻声说。她点点头，她也要克里斯，只是并非这种方式。

从抽象层面而言，跟克里斯做爱想来相当有趣。他是她全世界最心爱的人，为什么不跟他做爱？问题出在肉体层面，他一爱抚她的身体，她就觉得不舒服，她担心等自己终于鼓起勇气跟他做爱，她会吐得一塌糊涂。一看到克里斯搁在她胸前的手，她就想到多年之前，同一只小手曾经趁着大人们还没看到之前偷拿半打刚烤好的饼干；她也想到以前两家人一起度假时，她和克里斯并肩排排坐，他用那修长的手指跟她玩剪刀石头布。

有时，她觉得自己在吉普车后座跟这个非常英俊性感的男孩调情；有时，她却觉得在跟自己的哥哥玩摔跤游戏。不管怎样努力，她依然没办法区别两者。

她轻轻推开克里斯，试着让他坐起来。当他不悦地抬起头，她对他微微一笑。他双唇依然湿润闪亮，她感到乳头周围逐渐阴凉。她紧握他的手说：“你觉得……跟我很亲吗？”

克里斯目光炯炯地说：“上帝啊，当然。”

艾米丽有点口齿不清。“我不是……我不是这个意思。”她改口说，“我想……嗯……你比我自己的哥哥更了解我。”

“你没有哥哥。”

“我知道，”艾米丽说，“但如果有的话，你肯定就是。”

克里斯坏坏地一笑说：“感谢上天，我不是你哥哥。”说完又低下头。

她拉拉他的头发。“你也有这种感觉吗？”她犹豫地问，“觉得我像你妹妹？”

“现在没有，”他嘶哑地说，嘴唇贴上她的嘴，“我可以跟你保证，我从来……”

他吻她，“绝对……”他再吻她，“不会跟凯特这么做。”他靠着意志力移开身子，牛仔裤下的坚挺渐渐软化。“天啊，”他打个抖，“你看你害我神经紧张。”

艾米丽把手放在他胸前，她喜欢他薄薄的胸毛和结实的肌肉。“对不起，我不是故意的。”她移到克里斯的怀中，感觉他的臂膀环绕着她，“我们不要说话。”她建议，然后把脸埋在他温热的怀中。

他对着我的嘴呼吸，我嘴里只有他的气息。他双手从我的脚踝往上游移，滑过小腿，把小腿像虎头钳般扳开，他的手指伸进我体内，我知道接下来会发生什么。

他不让我合上双腿，也不让我扭开身子。他手上有些血迹，他把我往后推，在我胸前中央画上一道红线。红线分裂，我感觉他深深埋入我体内，又紧绷又难过。某样东西像水母似的滑出，我张开眼睛，看见克里斯的牙齿深深咬入我的心。

“不。”

艾米丽拉着克里斯的衣领。“不。”她重复一次。当他抱得更紧时，她捏了一下他的脖子。“不。”她大叫，一把将他用力推开。“我说‘不’。”她喘气说。

克里斯感到吞咽困难，勃起的男性特征从没拉拉链的牛仔裤裤头冒出来。“你不是认真的吧。”他说。

“上帝啊，克里斯。”她说。她摸摸手臂，遮掩住鸡皮疙瘩。她转过身去，问题是吉普车内空间有限，她逃不了太远。

她等着他靠过来轻抚她的肩膀，就像他们以前走到这个地步时一样。这就像个游戏，每天晚上都是同样的结局，谢幕之后，明天再重来一次。但这次克里斯没有靠过来，她听到他拉上拉链，穿好衣服，他在她身边动来动去，吉普车随之摇摆晃动。“过去一点。”他不悦地命令。她移动身子，他则猛然把后座的座椅扳回原位。

直到头顶上的小灯熄灭，克里斯打开车门在驾驶座上坐定，艾米丽才知道他打算离开。他猛然驶离空荡的停车场，艾米丽慌张地系上安全带，差点撞上仪表盘。

他开得又猛又快，完全不像平日谨慎的作风。当他急速转弯，车子几乎两轮着地时，艾米丽把手搁在他手臂上。“你怎么了？”

他瞪着她，一张脸在路灯中绷得好紧，艾米丽几乎认不得他。“我怎么了？”他学她说，“我怎么了？”

毫无预警的，他把车子开进右边的一条死巷，猛然停车。“你想知道我怎么了？”他捉住她的手贴向胯下，“这就是怎么了。”他松开她的手腕，马上把手藏到大腿下，“我满脑子只想这件事，但你每天晚上都说不。我应该放手，自己想办法应付，但我真的办不到，我再也办不到了。”艾米丽满脸通红，低头凝视大腿。过了一会儿，她听到克里斯叹口气，他伸手顺顺头发，发梢微微翘起。“你知道，”他说，声音变得柔和，“我多想要你吗？”

她咬紧下唇。“‘要’跟‘爱’不一样。”

他讶异地笑笑。“你在开玩笑吗？我已经……上帝哦……我已经爱了你一辈子，‘要你’才是新奇的感觉。”他用大拇指轻抚艾米丽的太阳穴，“‘要’并不等于‘爱’，”他同意，“但它们也可能是同一回事，最起码对我而言是如此。”

“为什么？”艾米丽好不容易开口。

克里斯对她笑笑，她最顽强的抵御随之瓦解。“因为要你，”他说，“只会让我更爱你。”

一切都变得更明显。她闻得到他浓浊的鼻息，感觉得到他手背上粗硬的毛发，看得见她回瞪着自己。她腰间的松紧带一弹，打到她的臀部。他的指尖轻刮过她的身体，他的掌心贴着她的乳头打转，她双腿间一阵灼热，这些感觉都好熟悉。

但这次更强烈。阵阵嗡嗡声……什么东西……蜜蜂吗？消毒水的味道好刺鼻。还有从厨房传来的某种油炸食物的味道。

艾米丽惊醒，她记不得什么事情让自己紧张、警戒到无法再度入睡的地步。也许她梦见明天晚上即将发生的事。明天晚上，她和克里斯已经约好初尝禁果。

做爱，她提醒自己，仿佛讲得好听一点就比较容易接受似的。

她在黑暗中眯起眼睛，试着找到球鞋。她从书桌后面拉出球鞋，套上鞋子，没系鞋带，然后她把克里斯的大衬衫罩在睡袍外，蹑手蹑脚地下楼，走出屋外。

这是个温暖的五月天，明月高挂在天际，月光像银色小溪一样流泻在哈特和戈德两家之间的小径上。艾米丽匆匆前行，手臂像两旁的桦树树枝一样闪闪发亮。

快到克里斯家时，她很惊讶地看到他卧室的灯还亮着。星期四清晨三点？他为什么还没睡？她拾起一块小石头丢向窗户，他马上出现在窗前。灯光暗了下来，克里斯忽然站在她面前，他穿着T恤和短裤，一只手随意地搁在门框上。

“我睡不着。”艾米丽说。

“我也睡不着，”克里斯笑着承认，“我一直想着明天，越想越兴奋。”

艾米丽没说什么，就让他以为她也是因为这样才睡不着吧。

他光脚走下前廊，慢慢走向艾米丽，碎石和小树枝刺进他的脚底板，他不禁皱起眉头。“来，”他说，“我们干脆一起失眠。”

他拉着她沿着哈特家的草地边缘前进，一直走到树林里。林中的土地比较柔软，冬天残留的松叶依然潮湿，地上处处青苔。克里斯越走越带劲，一路走向一块庞大的大理石板。

他们好久没来这里了。克里斯爬上高耸平坦的石板，然后帮艾米丽爬上去，他伸手揽住她的肩膀，回头看看他家。“你记得你以前把我推下去，害我缝了好几针吗？”

艾米丽摸索克里斯下巴上的小疤痕。“你都十七岁了，”她淡淡地说，“却还不肯原谅我。”

“噢，我原谅你了，”克里斯向她保证，“我只是没忘记。”

“好吧，”艾米丽边说边伸开双臂，“你把我推下去，我们这就扯平。”

克里斯往前把艾米丽推得仰躺，她大笑，脚后跟顶着他的小腿。他们逗得彼此发痒，放声尖叫，艾米丽记得两人小时候就是这样，好像两只追着对方尾巴跑的小狗。克里斯的手忽然停在她的胸前，嘴巴和她的嘴离得好近。“叫叔叔。”他边说边轻捏她的乳房。

“叔……”艾米丽一张嘴，他的舌头就伸到她嘴里，双手猛然滑向她的臀部，玩起另一个截然不同的游戏。她闭上眼睛，聆听克里斯的呼吸以及猫头鹰的低鸣。

克里斯忽然移开身子，正如先前忽然贴向她。他拉着艾米丽坐起来，规矩地搂住她。“我想，”他说，“这样就够了。”

艾米丽转头看他，惊讶地合不拢嘴：“这下你忽然能等了？”

黑暗之中，他的牙齿格外洁白。“现在我看得到隧道尽头的灯光，所以我能等。”他说。

他把手滑到她的腰际，艾米丽顿时起了寒战，她试着说服自己，她只是冷了。

他们躺在旋转木马场的木地板上，看着群星在马尾和马蹄间闪烁。他们的肩膀、手肘和臀部紧紧相连，肢体接触之处似乎灼热焚烧。克里斯伸手盖住她的手，她吓得几乎跳起来。

他用手肘撑起身子：“怎么了？”

她摇摇头，喉咙紧得难过。“我不能坐在这里等着事情发生，”她说，“我要赶快了结。”

克里斯讶异地说："这又不是处决。"

"你哪知道。"艾米丽喃喃地说。

克里斯笑着坐起来。"好吧，"他说，"我们说说话，看看接下来如何，好不好？"

"说说话？"艾米丽觉得不可思议，他以为闲聊几句之后就可以直接上床吗？"我们应该说些什么？"

"我不知道，讲讲那次我们看到公狗扑在母狗身上？"

艾米丽咯咯一笑。"我都忘了，"她说，"莫顿太太的贵宾狗和那只史宾格猎犬？"她感觉到克里斯的手滑进她的指间，说起话来似乎容易一点，"我以为贵宾狗没办法扑在猎犬身上。"

克里斯微笑："看起来很好笑，对不对？"说完忽然大笑。

"怎么了？"

"我在想，为了公平起见，我们应该找到那两只狗，"他说，"让它们也看看我们。"

她想到贵宾狗的生殖器从体型较大的猎犬体内滑出来，细长的生殖器在颤抖的腿间晃动。不管她和克里斯接下来要做什么，不可能更加怪异吧？克里斯的手环住她的肩头："好点了吗？"

"嗯。"她承认，然后转身把脸埋在他的腋下，他身上混杂着体香剂、汗味和兴奋的气息。

"我只是亲亲你，好不好？"他托起她的脸。

"只是亲亲。"她说。

"暂时这样，别想太多。"

艾米丽在他嘴边笑笑："好吧。"

克里斯的嘴贴上她的双唇。"迁就我吧。"他伸出舌头轻舔她的唇线，然后沿着她的颈间细吻。他的双手在她衬衫里慢慢上移，她感觉他双手发抖，这下她才知道原来他也紧张，心里顿时好过多了。

青春期时，有时感觉时间过得太快，有时却又好像不够快。艾米丽此时就有这种感觉。忽然之间，她的衣衫被褪尽，皮肤上起了小小的鸡皮疙瘩，她看着克里斯撕开并套上安全套，也很讶异自己觉得他的男性特征好美，一点都不奇怪或丑陋。她让克里斯俯卧到自己身上，他灼热的胸部紧贴着她的乳房，膝盖轻轻顶开她的大腿。“你觉得，”她慌张地小声问，“会不会痛？”

这话让他停了下来。“我不知道，”他说，“我想会吧，大概一点点。”他翻滚到艾米丽身旁，轻抚她的臀部，似乎若有所思。“怎么了？”艾米丽问。

“没什么，”他直视她的双眼，“我只是忘了这一点。”

“我确定不会那么糟，”艾米丽说，“没有人因为这样而死掉吧？”**我在干吗？**她惶恐地想道，**我为什么鼓励他？**

克里斯笑笑，拨去她额头上的发丝。“如果我能不弄痛你，我绝对不会让你受苦，”他说，“我真希望会痛的是我。”

艾米丽摸摸他的臂膀说：“这话真贴心。”

“不是贴心，”克里斯说，“而是自私。我知道我能承受痛苦，但我舍不得你痛。”

艾米丽把手伸到他双腿间，握住他的男性特征，把他吓得透不过气。他翻滚到她身上，用手肘撑住身子。“如果痛的话，”他说，“你就掐我，要痛就一起痛。”

她感受到他的爱抚，腿间不禁一片湿润，他轻轻分开她的双腿，却又停了下来。她忽然想到他们小时候玩的千片拼图，克里斯总是把拼图塞在根本塞不进去的地方。

“艾米丽，”他说，汗水从眉头滴下来，“你确定要做吗？”

她知道如果她摇头，他会停手，但她也很清楚，她想要的和克里斯想要的始终密不可分，而她知道克里斯最想要的是她。

她轻轻点头，克里斯随即慢慢进入她。

刚开始有点痛，她的指甲深掐入他的背，然后不那么痛了。她体内胀得满满的，但不痛苦，感觉很奇怪。克里斯开始呻吟，冲刺得越来越快，她感到自己的臀部随着晃动，也被推得退后好几英寸。

他达到高潮时，她双眼大张瞪着木马光秃秃的下腹，第一次发现木马不是全身都上了漆。

克里斯从她身上滚下来，胸部猛烈起伏。“上帝啊，”他说，整个人瘫在地上，“我想我不行了。”过了一会儿，他把她拉近身旁，“我爱你，”他边说边轻抚她的太阳穴，“但我让你哭了。”

她摇摇头，这才发现自己依然泪流满面。“你让我……”她的声音逐渐减弱，而她也随便它去。

那天她告诉自己，这不过是个游戏。她推开麦当劳男厕的门，惊讶地发现里面跟女厕一模一样，只是墙边多了两个落地式小便器，而且比较臭。有人在其中一间厕所里，她看得到他的脚，如果他从她的鞋子看出她是个九岁的小女孩呢？她尴尬得动弹不得，双脚生根似的呆呆站在水槽前。厕所里传来冲水声，有人推门而出，“怪胎”赫然站在那里，衣服上都是油烟和消毒水的味道。

“嗯，”他说，“瞧瞧谁在这里？”

艾米丽双脚发抖。“我……我一定是走错地方了。”她结巴地说。她转身走向门口，但他一把抓住她的腰。

“是吗？”他说，他的声音像烟雾一样逐渐靠近，她越陷越深，

“你怎么知道走错了？”

他把她推向门口，她的背紧贴着门，其他人都进不来。他一只手把她的双手压在头顶上，一只手溜到她衬衫里。“没乳头啊，”他说，“也许是个男孩。”然后他把手滑进她短裤的松紧带里，手指轻抚她紧闭的大腿之间，“但是我也没摸到小鸡鸡。”他说。他往前靠，距离近得她闻得到他的鼻息。“我得确定一下。”他说，然后把手指塞进她体内。

阵阵恐慌席卷而来，她全身僵硬，嘴巴发麻，即使心里拼命尖叫，但却发不出任何声音。“怪胎”忽然松手，正如他先前突然捉住她。他离开时，艾米丽跌坐在褐色的瓷砖地上，感觉他手指上的消毒水在她体内燃烧。她坐在地上，感到阵阵恶心，过了一会儿，她站起来漱漱口，拉好衣服，走回桌子旁，克里斯正等着她。

“嘘，”克里斯把她搂在怀里，“你在尖叫。”

她依然全身赤裸，克里斯也是，他的生殖器仍然顶着她的臀部。她轻轻推开他，整个人缩成一团。“我睡着了。”她颤抖地说。

“哦，”克里斯笑笑，“抱歉让你觉得这么无聊。”

“不是这样。”艾米丽试图解释。

“我知道，来，过来坐在我旁边。”他伸出手，一脸爱意。艾米丽爬到他大腿上，虽然两人都一丝不挂，但她试着说服自己这样很好。

她感到克里斯双手贴在她身上，再度把她推向冰凉的木板地，她想滚到一边，但他拉住她，她喃喃抱怨了一声。“我知道你酸痛，”他说，“我只想看看你，我刚才有点赶。”

他先用眼睛，然后伸手爱抚她的乳房。他在乳头周围画圈圈，轻咬她的锁骨，双手直下腹部、臀部，然后分开她的大腿，伸出一只手指爱抚她的阴蒂。她全身发抖，试图踢开他，但他握住她的脚踝。“别动，”他说，“让我看看你。”

她感觉他在她肚脐眼周围印下唇印，然后悄悄往下移动。“你好美。”他惊叹。她却倒吸一口气，心里很清楚这不是真的。“别动。”他说，字句回荡在她两腿间，这时她已痛哭失声。

他马上坐起来，一脸警戒：“怎么了？我弄痛你了吗？”

她摇摇头，泪水随之四散纷飞。“我不要不动，我不要不动。”她紧紧抱住克里斯，虽然无意撩拨，但她感觉他又进入她，紧绷却又契合。

“我爱你。”克里斯以嘴型示意，早已口齿不清。

艾米丽把脸转开。“不要。”她回答。

现在
1997年12月

葛丝不知道克里斯是否想念做决定的感觉。

她凝视超市里各式蔬果，鲜艳的水果一个个并肩而坐，仿佛五颜六色的士兵，虽然没有经过特别设计，但却格外美丽。她不禁拿超市和红灰相间的格拉夫顿郡监狱相比较，超市能买的东西多得令人吃惊，她该买橙黄的柑橘、青绿的苹果，还是红润的番茄？每个转角都有不同选择，这跟被人命令吃什么、在哪里走动、何时去洗澡，实有天壤之别。

她伸手拿了几个蜜橙，克里斯最喜欢蜜橙，下星期二去看他时，她想带一些过去……但可以带蜜橙吗？她想象那些穿着蓝色制服的粗壮狱警把橘子剥开，检查里面是否藏了刀片，就像克里斯小时候，她剥开他在万圣节讨来的糖果检查里面有没有别针一样，不同的是，她出自关爱，狱警们则是基于职责。

她打开塑胶袋，把蜜橙倒回架上。

你相信吗？

在那种家庭里？

葛丝转身推着购物车走向一排生菜，但只看到几个买菜的中年妇人。

嗯，我相信，我看过那个男孩子一次，他……

你知道他爸爸拿了某个医学奖吗？

葛丝双手紧抓购物车的车柄，她强自镇定，朝着两个忙着嗅闻瓜果的女人走去。“对不起，”葛丝勉强挤出笑容，“你们有什么话想当面跟我说吗？”

“哦，没有。”其中一个女人摇摇头说。

“我有，”她的同伴大声说，“我觉得年纪这么轻的孩子犯下这种可怕的罪，他的父母难辞其咎，毕竟，他总得有样学样。”

“除非他天生就是坏坯子。”刚才摇头的女人喃喃地说。

葛丝狠狠地瞪着两人。“你们介不介意告诉我，”她小声说，“这跟你们有什么关系？”

“这事发生在我们镇上，也就成了我们的问题。来，安妮。”大声说话的女人跟同伴招招手，两人一前一后走到隔壁一排。

葛丝满脸通红，扔下半满的购物车走向门口。收银台旁边有个妈妈带着双胞胎，她非得挤过去不可，因为这样，她才能看到架上的《格拉夫顿郡报》。报纸被折成一半，粗黑的头版头条写道：“**小镇谋杀案系列报道之二**”。字体小很多的副标题是：“**高中运动明星谋杀女友的罪证日增**”。

葛丝专心看着标题：“**系列报道之二**”，“系列报道之一”在哪里呢？

哈特家跟附近其他人家一样订阅《格拉夫顿郡报》，报纸的头条新闻通常是谷仓着火，或者学校预算案通过，内容虽然无聊，但却专门报道班布里奇当地的新闻。许多人家也订阅《波士顿环球报》，但只是用来比较两地的犯罪率和政治情况，基本上只让大伙更珍惜新罕布什尔州的安宁与恬静。有些晚上，居民们累得不想翻阅《波士顿环球报》，顶多只有三十二版的郡报就成了另一个选择。

葛丝记得审讯前后几天，她都没看郡报，那几天她心情坏到几乎过不下去，哪有心情关心周遭发生了什么事？

葛丝深呼吸几次，开始读报，然后她翻到发行人一栏，找到了她需要的资讯。就算证据显示克里斯曾在游乐场又如何？大家自始至终都知道他在案发现场。她走到车旁才发现，自己没付钱就拿了报纸走出来，片刻之间，她考虑是否应该回去付三十五美分，想了想决定不要。*他妈的*，她心想，*就让大家认为哈特一家都是罪犯吧*。

《格拉夫顿郡报》的办公室几乎跟监狱一样阴暗，葛丝稍感欣悦，顿时勇气大作，一股脑走到头发染成两种颜色的接待小姐面前，求见总编辑西蒙·法瑞。“对不起，”不出所料，接待小姐说，“法瑞先生有……”

“有麻烦喽。”葛丝接上她的话，然后径自推开通往编辑室的双层门。

电脑荧屏闪闪发光，哔哔作响，背后传来打印机的声音。“对不起，”葛丝跟坐在其中一张桌子前拿着放大镜弯腰检视底片的女人说，“请问法瑞先生在哪里？”

“那边。”女人指指最里面的一间办公室。葛丝点点头走过去，她敲敲门，然后直接推门而入，办公室里有个身材矮小、正在讲电话的男人。“我不管，”他说，“我已经告诉你了，好吗？再见。”

他抬头看看葛丝，眯起眼睛：“我能为您做什么吗？”

“我想不行，”葛丝尖刻地说。她把她那份郡报甩到桌上，让他好好看看那个伤人的标题，“我想知道贵报什么时候开始刊载起小说来了？”

法瑞不自在地咳了咳，把报纸转过来仔细瞧瞧：“请问您是……？”

“葛丝·哈特，”她说，“那个所谓涉嫌‘谋杀案’的男孩是我儿子。”

法瑞指指几个字。“我们这里也说‘涉嫌’，”他说，“我不知道……”

“不，你不可能知道，”葛丝插嘴，“你不可能的，因为你没有一个无辜却必须在牢里待上九个月、直到有机会证明自己无罪的儿子。你只会为了哗众取宠，让记者采用警方提供的消息，我儿子从头到尾都承认艾米丽·戈德过世时他在她身旁，你凭什么把这点说成好像是整个案子的转折点？”

“哈特太太，”法瑞说，“因为这是不错的报道角度。况且在我们这一带，很少发生类似的案件。”

“你利用我们，”她说，“我可以告你。”

“您的确可以，”总编辑说，“但我想，您现在必须支付的律师费用已经够多了。”他瞪着她，直到她移开视线，“我们当然乐意听听您的说法。您或许已经知道，那个女孩的母亲给了我们记者独家消息，他也愿意访问您。”

“免谈，”葛丝说，“克里斯没做错事，我为什么要多做解释？”

法瑞眨眨眼说：“您何不跟读者们说明呢？”

“你听好，”葛丝说，“我儿子是无辜的，他爱那个女孩，我也是，这就是事实。”她一掌拍上报纸，“我要你刊登更正声明。”

法瑞笑笑说：“更正声明？”

“没错，我要你写一则更正那篇垃圾新闻的报道，明确指出，除非被法院判刑，否则克里斯多弗·哈特是清白的。”

“好。”法瑞同意。他倒是很快就屈服。

“好？”

“好，”法瑞重复，“但登不登都无所谓。”

葛丝双臂交叉在胸前：“为什么？”

“因为读者已经知道此事，”总编辑说，“甚至美联社都转载了这则新闻。”他把报纸捏成一团扔到字纸篓里，“哈特太太，我可以报道您儿子长了一对天使的翅膀飞向天堂，这也许是真的，但如果读者已经采信先前的报道，他们绝对不会轻易改变想法。”

塞琳娜走进乔丹家，脱下大衣，坐在沙发上伸懒腰。托马斯听到开门声，从卧房冲出来。“啊，嗨，”他说，“你好吗？”

“瞧瞧你，”塞琳娜打了个哈欠，“越来越英俊了。”

“你要跟我约会了吗？”

塞琳娜笑笑。“我已经跟你说了，除非是你的高中毕业舞会，不然就等你长到六英尺二。”她拿起一瓶半空的百事可乐，闻了闻，啜饮一口，顺便瞄了一眼客厅地上一大堆乱七八糟的文件，“你爸爸呢？”

“在这里，”乔丹边说边从卧室出来，身上穿着宽松的运动裤和耐克运动衫，“谁把我家钥匙给你的？”

“我自己，”塞琳娜不为所动地说，“我几个月前打了一副。”

“你还真主动，”乔丹说，“连问都不问一声。”

“放轻松一点，”塞琳娜转身面对托马斯，“什么事情惹到他了？”

“他今天拿到了检察官办公室的文件，”托马斯无奈地摇摇头，“他需要靠着温柔的肩膀哭一哭。”

“我的肩膀可不温柔，我也不习惯和雇主有任何牵扯。”塞琳娜说。

“我不是你的雇主。”托马斯提醒她。

“再见，托马斯。”塞琳娜和乔丹开怀一笑，托马斯笑着走回房间，关上房门。

乔丹埋首于扔了一地的文件，塞琳娜端坐在沙发上说：“那么糟吗？”

乔丹摸摸嘴唇：“倒不是那么糟，但看来也不乐观。许多证据可能对我们有利，也可能不利，全看你怎么想。”

“你不打算让他作证。”

塞琳娜很清楚乔丹正有此意，所以这话不是个问题。

“没错，”乔丹瞄了塞琳娜一眼，塞琳娜拿着百事可乐靠在椅垫上，“我想这样对案子比较有利。”克里斯已经主动提起他没打算自杀，这是他的说辞，如此而已。但如果他坐上证人席，乔丹基于律师伦理，不得不提到这一点。从另一方面而言，如果乔丹不让克里斯作证，为了让客户无罪开释，乔丹大可爱说什么就说什么。只要克里斯不作伪证，乔丹可以任选辩护策略。

“假设你是陪审员，”乔丹说，“你会相信以下哪一种说辞：那天晚上克里斯真的试图阻止艾米丽自杀，但比她重五十磅的他却没办法抢过她手里的枪。或是，他们为了宣示深爱彼此，决定相约自杀……问题是，艾米丽把头轰了个大洞之后，克里斯身上都是鲜血，忽然间，自杀似乎不是个好主意，他在动手之前就昏了过去。”

“我明白你的意思，”塞琳娜说，她指指地上的一沓沓文件，

“我从哪里开始？”

乔丹用手抹抹脸。“我不知道，我得花好多天才看得完。我想先从他爸妈开始吧，我们需要一两位百分之百可靠的品德证人。”

塞琳娜拿起一张纸，把它翻过来，着手列名单，乔丹埋首阅读解剖报告时，塞琳娜拿起离她最近的档案，这是警方在艾米丽过世之后访问戈德夫妇的记录，艾米丽的母亲相当歇斯底里，极度悲伤，完全不相信爱女想自杀，这些都是意料中的反应。

“哦，这个啊，”乔丹凑过来说，“我今天下午稍微看了一下，你从这个女人身上套不出任何话，她给了郡报独家专访，”他挖苦地说，“还有什么比客观的报道更能伸张正义呢？”

塞琳娜没回答。她已经翻到下一页，专注于第二个访谈记录。“梅兰妮·戈德没什么用，”她同意，然后对乔丹笑笑，“但迈克·戈德说不定是你的救星。”

不管孩子表现出什么德行，身为母亲，你眼中的他都是相同的模样。正因如此，所以当你看着他把陶瓷台灯摔成碎片，心里依然记得他是个小天使；或是当他声嘶力竭，号啕大哭，你抱着他，心里依然想起他微笑的模样；或是当他像个大人似的走向你，你看到的依然是个全身皱巴巴的小婴儿。

葛丝轻咳一声，尽管会客室访客众多，他们之间又有段距离，他不可能听得到她咳嗽。她双臂交叉，试图假装不在意看到自己的儿子身穿囚衣，他头上单调的日光灯灯光也没什么不寻常。他走近时，她挤出笑容，心中却紧张得发痛。

“嗨，”她笑着打招呼，狱警一退下，她马上拥抱克里斯，“你还好吗？”

克里斯耸耸肩。“还好。”他冷冷地说，然后低头挑拣衬衫上的线头。葛丝注意到他不再穿着连身衣，而是一件洗得泛白的衬衫，衬衫和松紧裤是一套，看起来很像医生开刀时穿的消毒衣。葛丝还注意到，虽然已经十二月，衬衫却是短袖的。“你不冷吗？”

“还好，他们把温度设定在25摄氏度左右，”克里斯跟她说，“我大部分的时间都太热。”

“你应该请狱警把温度调低一点。”葛丝说。

克里斯哼了一声。“嗯，”他说，“我怎么没想到呢？”

两人顿时陷入紧张的沉默。“我见到乔丹了，”克里斯终于说，“还有一位帮他办案的女士。”

“塞琳娜，”葛丝说，“我也见过她，很漂亮，不是吗？”

克里斯点头。“我们没有讲太多，”他低头看看大腿，“他叫我不要跟任何人提起发生了什么事。”

“你是说你的案子，”葛丝轻声说，“我倒不讶异。”

“嗯，”克里斯同意，“但我不知道你是否包括在内。”

啊，又来了。微笑、拥抱、若无其事的谈话，这些葛丝花了好大工夫营造出来的正常气氛，终究不敌一个简单而残酷的事实：不管她怎样努力假装，当其中一方被关在牢里时，母子之间的关系不可能没有变化。“我不知道，”她尽量保持气氛缓和，“这得看看你打算跟我说什么。”她倾身向前，小声地说：“梅教授在图书室里拿着扳手？”①

克里斯先是感到讶异，然后笑了笑。自从这个噩梦开始以来，葛

① 出自一款名叫“妙探寻凶（CLUE）”的纸牌推理游戏，游戏包含六位人物、六种凶器、九个地点，可能性无穷。

丝此刻最为释怀。“我不是那么容易让人看穿，”他说，眼中依然带着笑意，“但我想你听了还是会难过。”

她试着忽视爬上肌肤的寒意。“没关系，我天性坚强。”

“你一定是，”克里斯说，“要不然我从哪里得到这个遗传呢？”话一出口，母子两人不约而同地想到詹姆斯和他的清教徒亲戚，心情顿时沉重。“我跟乔丹提到一件我已经告诉费因斯坦医生的事，这事我没跟你提过。”克里斯终于说。

葛丝往后一靠，试着不去假设最坏的情况，只是带点鼓励地对他微笑。

“我没想过要自杀，”克里斯轻声说，“那天晚上没有，现在也没有。”

葛丝以为儿子会说“我有罪”，一听到克里斯坦诚的告白，葛丝不禁像个白痴一样傻笑。“嗯，太好了。”她说，却还没机会想清楚。

克里斯耐着性子看着她，她想了想，过了一会儿才双眼大张，手掌遮住嘴巴。他点点头。“我害怕，”他承认，“所以才说我想自杀。但是艾米丽……嗯……她*真的*打算自杀。我想顺着她的意思，然后设法阻止她。”

这个告白所代表的意义让葛丝头晕目眩。这表示她儿子不是濒临自杀边缘，当然值得高兴；这也表示她和詹姆斯之所以没看出儿子有自杀倾向，原因不在于他们的疏忽，而是因为儿子根本不打算自杀。

这更表示从一开始就遭到错怪的克里斯，其实是个未尽全功的英雄。如果他请其他人一起协助艾米丽，也许可以避免这个可怕的后果。

葛丝忽然想到周围还有很多人，很快轻轻摇头。“也许你该把这些写下来，”她建议，“把信寄给我。”她瞄了克里斯旁边的犯人一眼。

克里斯微微转身，脸色一红。“你说的没错。”他说。

“我很高兴你跟我说了，”葛丝犹豫地补了一句，“我甚至了解你为什么跟……跟警方说了那番话。但你不必跟我们说谎。”

克里斯沉默了一会儿。“我不觉得自己说谎，”他终于说，“我只是没有说出真相。”

“好吧，”葛丝说，她揉揉眼睛，却觉得这样很蠢，“你爸知道了会很高兴，他始终想不通为什么一个前程似锦的年轻人想自杀。”

克里斯直直盯着她，缓缓开口：“这是可能的。”

“也许你想自己跟你爸爸说。”葛丝轻声说，“他在车里，他想进来……”

“不了，”克里斯打断她的话，“我不想见他，如果你想的话，你可以跟他讲。我不在乎你说不说。”

“你在乎。”葛丝坚持，“他是你爸爸。”克里斯耸耸肩，葛丝觉得自己替詹姆斯生气。“他跟我一样都是你的一部分。”她提醒克里斯，“你让我来看你，但为什么不想见他？”

克里斯摸摸桌上的刻痕。“因为，”他轻声说，“你从来不期望我没有缺点。”

星期三下午，一位狱警来到克里斯和史蒂夫的牢房门口。“把东西收一收，”他说，“你们要搬到观景房喽。”

在上铺看杂志的史蒂夫探头下来看看克里斯，随后跳下床，收拾好私人物品。“搬到楼上之后，我们还会待在一起吗？”史蒂夫问。

“据我所知，”狱警说，“上级正是这个打算。”

大伙依然记得海克特裁赃，克里斯和史蒂夫也知道获准的机会相当渺小，但他们依然向级别委员会申请移送中度设防区，想不到居然获准了，两人当然不敢多问。克里斯从床上跳起来，赶紧收拾牙刷、多出来的一套连身衣、短裤和积存的一些食物，他瞄了一眼床铺上的枕头和毯子，转身问狱警："我需要带这些过去吗？"

狱警摇摇头，然后带着他们走过重度设防区的其他牢房，有些囚犯大骂他们，有些大声问问题。等他们走到控制室旁边的楼梯时，四下才恢复安静。

"你们两个睡上铺。"走到楼上时，狱警对他们说。克里斯一点也不讶异，你的资历越浅，被分配到的地方越不好，而上铺就比下铺差。这也表示除了他和史蒂夫之外，牢房里已经住了其他两人，大伙是否处得来则有待观察。

楼上依然是砖墙，但漆成耀眼的黄色。走道宽两倍，牢房也宽敞多了。每个牢房有四个床位，但每两区中间有个公共休闲室，休闲室里摆了桌椅，面积相当宽阔。克里斯顿时感到自由舒坦，但随即发现这么想只是自欺欺人。

"你看，"史蒂夫边说边把东西丢到左边的上铺，"很不错吧。"

克里斯点点头，其他两位牢友不在，但他们的东西整齐地摆在下铺的几个盒子里，显然想跟两个新来的人划清界线。

休闲室里大约有十五个人，有些盯着高高架在墙上的电视，有些聚在一起玩拼图，拼图存放在置物柜最上头。

克里斯整个人陷进塑胶椅。这里空间真宽敞，跟重度设防区不一样。史蒂夫在他对面坐下，双脚跨在桌上："你觉得如何？"

克里斯笑笑说："如果能不被送回重度设防区，就算要我把我祖母卖了也愿意。"

史蒂夫也笑笑。“没错。”他从置物柜上层拿下两套纸牌游戏，“这里只有这些游戏，”他抱怨，“上个月有人放火烧了大富翁。”

克里斯大笑。狱中关了一屋子犯人，却只能玩“抱歉”（Sorry！）和“冒险”（Risk！）两种游戏，岂非有点讽刺？

“什么事这么好笑？”史蒂夫问。

克里斯接过史蒂夫左手的“抱歉”游戏。“没什么，”克里斯说，“真的没什么。”

詹姆斯站起来，在同事们如雷的掌声中走向讲台。他站到餐厅酒红色的墙前，高举奖牌，葛丝心想，他看起来好英俊。“这个，”他挥挥手中的奖牌，“是个极大的荣誉。”

班布里奇纪念医院和附近的医学院，每年都一起举办餐会，向其中一位医生致敬，餐会的目的显然是为新进同仁们引介值得学习的好榜样。今年受到褒扬的是詹姆斯·哈特医生。提名委员会赞扬他多年来对医院的贡献，但在场的每个人都知道这是因为他登上了“最佳医生”的精英榜。不幸的是，筹备餐会之时，委员会没想到哈特医生的儿子会出事。

“获奖的好处之一在于，”詹姆斯说，“我得以花点时间想想该对大家说什么。有人跟我说：*你得讲些激励人心的话*。所以开始致词之前，也许我该向大家道歉：当初我应该选择当牧师，而不是外科医生。”

他等着台下礼貌的笑声逐渐消失。“年轻的时候，我相信只要认真读书，通过一连串考试，就能成为医生。但‘执业’医生和‘老练’医生不一样。我以前认为眼科医生就是治病，我直视病人们的眼睛，但却不一定看得见他们。事后想想，我遗漏了好多细微之处。所以，我想提醒在座刚开始执业的年轻人，你们医治的不只是疾病，而是患者。”

他指指外科主任：“如果少了杰出同仁们的鼓励，以及班布里奇纪念医院一流的医疗设备，我当然不可能获奖。我也得感谢我的父母，谢谢他们在我两岁时送给我一套医生玩具；我的良师亚里·葛雷亘医生，谢谢他传授我所知的一切；当然还有葛丝和凯特，谢谢她们让我知道，在医院和在家里都必须有耐心。”他再度举起奖牌，台下响起如雷的掌声。

葛丝木然地鼓掌，脸上带着僵硬的笑容。他忘了提到克里斯。

他故意忘的吗？

她头昏眼花，詹姆斯还没走回座位，她就站起来，茫然推过人群朝着女化妆室走去。进去之后，她靠着水槽，让冷水流过手腕，詹姆斯的话依然在她脑中回荡：**我直视病人的眼睛，但却不一定看得见他们。**

她整了整礼服，拿起皮包，打算走到大厅请人帮她叫出租车。詹姆斯知道怎么回事，也许等到他回家时，她的气已经消了大半，也能好好跟他谈谈。

她猛然推开洗手间的木门，几乎撞上迎面而来的詹姆斯。“怎么回事？”他问，“你不舒服吗？”

葛丝甩甩头。“没错，”她愤愤地说，“我的确不舒服。你知道你致词的时候没有提到克里斯吗？”

幸好詹姆斯还会脸红。“我走下讲台时看到你离开会场，就知道了。我常说幸好我不是演员，因为我如果得了奥斯卡金像奖，致词时肯定会忘了哪个重要的人。”

“这一点都不好笑。”葛丝一脸严肃，“你站在台上对着一群医学院学生大谈接纳、宽容等等，但却无法以身作则。你故意不提克里斯，你不想让大家认为你这个大医生和那件小丑闻有任何关联。”

“葛丝，我不是故意的，”詹姆斯说，“或许出于潜意识？我哪知道！你若要我讲实话，没错，我不想让任何事情毁了这个重要的夜晚，我更希望观众指着我说‘哦，那位是东北部最佳眼外科医生’，而不是‘他儿子将因谋杀案受审’。”

葛丝觉得脸越来越红。“你滚开，”她说，试图推开他，“难怪你在这里很自在，这些人都跟你一样，没有人跟我提到克里斯，也没有人问我们他好不好，知不知道何时开庭，大家连问都没问。”

“那不是我的错。”詹姆斯说，“葛丝，你看不出来吗？我跟这些人太熟了，如果这种事可能发生在我身上，谁知道哪天他们不会碰上同样的事情？”

葛丝轻蔑地哼了一声。“事情已经发生了，詹姆斯，而且正在进展，不管你说了还是没说，都不能指望它会消失。”

她走到走廊中央才听到她丈夫的声音，他的话语好轻缓，她几乎可以想象伤痛从中流泻而出。“我确实不能，”他说，“但你不能阻止我试一试。”

塞琳娜在十年的私家侦探生涯中学到一件事：意外事件不单是偶发，有时，人们为了自身利益，详细策划、安排甚至执行了所谓的“意外”，不消说，这些事件都以“偶发”作为掩饰。

她常说当个私家侦探没什么秘诀，你只要有点常识，懂得怎样让人开口说话就行了。为了达到目的，她发展出一套问话技巧，让她能在最短的时间内得到最多的资讯。她也不介意运用自己的美貌和才智进入一扇紧闭的大门之内，一旦潜入之后，除非得到有用的资讯，不然她绝不离开。

打算拜访迈克·戈德那天，塞琳娜清晨四点就起床。她穿上牛仔裤和白T恤。五点刚过，迈克开着卡车出门时，她已经把车停在伍德哈洛街转角，坐在车里等待。她当然知道迈克开了一家专门医治大型动物的兽医诊所，开的是日产丰田卡车，她也知道他早上出门应诊途中在哪里停下来喝咖啡，他喝咖啡只加牛奶不放糖。

塞琳娜悄悄跟踪迈克的卡车，清晨这个时候路上车辆稀少，跟踪他更是不容易。他驶进“七英亩农场”的车道时，她连瞄都不瞄一眼就直接开过去。她把车停在半英里外，追随着稻草的甜香快步往回走，马匹成群徜徉在远方的田野。

塞琳娜已经观察迈克好几天，她知道他先到谷仓看看所有动物，不管哪只动物等待医治，他通常先观察整体情况。那天早晨，铁蹄匠也在农场工作，这样很好，因为这个打铁蹄的男人会以为她是兽医助理，而兽医会以为她是铁蹄匠的助手。虽然还早，但农场上已经相当忙碌，她走过去对每个人微笑，看到迈克蹲在一只栗色的母马前。

一听到她走过来，他把母马的脚按回稻草堆上。“亨利，我没看到化脓的迹象，”他边说边转头看看身后是谁，“啊，”他站起来拍去手上的草屑，靠着马站好，“对不起，我以为你是亨利。”

塞琳娜摇摇头：“没关系，我能帮忙吗？”

“我来就好，你看到亨利了吗？”

“没有，”她老实回答，“如果看到了，我会请他过来找你。”他还没来得及问问题，她就消失在了谷仓的另一头。

其后的一小时，她刻意避开迈克，直到他跟一位高大的男人握手后走出谷仓，朝着车道前进，她才再度现身。她选了最靠近他卡车的篱笆柱，站在柱子旁，他动手把工具收到卡车上，她对他微笑致意。

“你是戈德医生吗？”塞琳娜问。

“是，”迈克说，“但我的患者们叫我迈克。”

“我以为你的患者不会说话。”塞琳娜跟他开玩笑。

迈克笑笑说：“好吧，它们的主人叫我迈克。”

“你有没有时间跟我谈谈？”塞琳娜说。

“当然。是不是有关农场里的马？”

“老实说，”塞琳娜说，“我想谈谈克里斯多弗·哈特。”

她看着他顿时大吃一惊，随即装出漠然的神情。“你是记者吗？”他终于问道。

“我是私家侦探，”塞琳娜坦承，“我替辩方工作。”

迈克笑笑说：“你真的以为我愿意跟你谈？”他径自走到卡车旁，打开车门，跳上车内。

“我想你八成不愿意，”塞琳娜大喊，“但你或许需要跟我谈谈。”

他摇下已经关上的车窗：“你这话是什么意思？”

塞琳娜耸耸肩。“我看到你工作的样子，我无法想象一位尽心尽力救治动物的医生会故意毁了一个年轻人。”她暂时住口，观看他的表情变化，“你知道他会被毁的。”她轻声补了一句。

迈克看看她，喉头颤动。她把手搁在他手臂上：“发生在你女儿身上的事情确实可怕，也很不幸，我们辩方绝不否认。”

“我想你不应该找我谈。”迈克说。

“你错了，”塞琳娜辩驳，“我最应该找你谈。你是艾米丽的爸爸，我想请问你：她想看到克里斯被卷入这场闹剧吗？她相信他可能杀了她吗？”

迈克用大拇指轻抚方向盘："这位小姐，我……"

"我叫塞琳娜·达马克斯。"

迈克常去的小餐馆是卡车司机的休息之处，里面都是穿着红色法兰绒衬衫、头戴棒球帽的粗壮男人，大伙的货柜车成列停在停车场，远远望去好像木琴琴键。"这附近没什么好餐厅。"他带点歉意说，然后走到餐馆后方的包厢坐下。等服务员端着两杯热腾腾的咖啡过来之前，他把玩着桌上的盐和胡椒罐，塞琳娜觉得他有点紧张。

"小心，"塞琳娜把咖啡端到嘴边时迈克警告说，"可能很烫。"

塞琳娜先尝了一小口。"而且跟电瓶水一样具有腐蚀性。"她补了一句，随后放下咖啡杯，双手摊放在笔记本和圆珠笔两边，"开始吧。"她神态自若。

迈克吸了口气。"我得知道，"他说，"我们的谈话不会被列入正式记录。"

"戈德医生，我已经跟你说了，我不是记者，也没有所谓的正式记录。"

他似乎略感讶异："那你为什么需要跟我谈谈？"

"因为将来有场审判，"塞琳娜温和地说，"我们得知道你可能说些什么。"

"哦，"迈克说，很显然地，他还没想过他会被拖上证人席，在陪审团面前再度展现悲伤，"有人知道我们谈过吗？"

塞琳娜点点头。"辩方律师，"她说，"克里斯也会知道。"

"嗯，好的，"迈克说，"我只是……该怎么跟你解释呢？我只是不想让人以为我投入了另一方的阵营。”

“我想不太可能，”塞琳娜说，“我只想请问几个关于你女儿的问题以及她跟克里斯的关系，你如果觉得不妥，可以不回答。”

“好，”迈克过了一会儿说，“问吧。”

“你知道你女儿想自杀吗？”

迈克叹口气：“你一开始就来硬的，不是吗？”他摇摇头，“这个问题让我左右为难，如果我跟你说她想自杀，不就等于承认一个不想承认的事实？你也知道自杀这事非同小可，我不知道我是因为自杀这回事，还是因为我不想接受她自杀的事实，所以才不想面对这个问题。”他咬咬下唇，“但如果我跟你说艾米丽没有自杀倾向，那我要怎么解释她已经死了呢？”

塞琳娜耐心等待，她很清楚他尚未回答问题，但他也没有责怪克里斯。迈克慢慢吸口气。“我不知道她有自杀倾向，”他终于说，“但我不确定这是因为我不知该从何观察，还是因为她根本不想自杀。”

“她会跟你分享所有问题吗？”

“应该会。”迈克说。塞琳娜却觉得并非如此。

“除了你之外，”塞琳娜追问，“艾米丽还能求助于谁？”

“梅兰妮，我想她们比较亲，”他无可奈何地笑笑，“母女连心吧。有时候她气起来就把自己关在房里，花三四个小时画画消气。”他犹豫一会儿，然后摇摇头。

“怎么了？”塞琳娜继续追问。

“我正想说她当然也找克里斯谈，但想想觉得不该讲。”

“大家都知道你女儿跟克里斯是一对。”塞琳娜说。

“一对？”迈克细细咀嚼这个字眼，“可以这么说吧。”

“什么意思？”

他笑笑说：“他们简直是一个铜板的两面。这两个孩子在成长过程中，有时候我几乎忘了克里斯不是我的小孩。”

“听起来他们常常在一起。”

“可以说，他们难分难解。”

“就高中生恋情而言，他们的感情蛮强烈的。”塞琳娜说。

“那不是高中生恋情，”迈克说，“最起码没有人认为如此。大家都认定他们大学毕业之后会结婚。”

“你认为这是艾米丽想要的吗？”

“是的，克里斯也是。去他的，双方父母都是。”

塞琳娜写道：*因为爱情而在一起？或者只是服膺父母们的期望？*“我希望你准许我到艾米丽的房里看看，这对辩方将很有帮助。”虽然机会渺茫，但她非问不可，她知道房里可能有许多辩方用得上的证据，比方说藏在镜子后面的照片、收在珠宝盒里的情书、留有克里斯姓名的笔记本等等。

“我不能，”迈克说，“就算我说可以，我太太也不会谅解。”他抚摸着咖啡杯杯缘，“梅兰妮……她非常重视这个案子。有时我看着她，真希望事情就是这么单纯。唉，我真希望能忘掉六个月之前，我们还开玩笑说要在哪里举办婚礼。为了艾米丽，我试了又试，但我似乎没办法忘掉过去。”

塞琳娜按下说话的冲动，让对方继续说话，这是讯问时非常重要的技巧。“你知道吗？我在医院指认了艾米丽的尸体，但前一天早上，我吃早餐的时候还看到艾米丽，克里斯在车里按喇叭，准备载她上学。她急忙跑出去，上车的时候，我看到他亲了她一下，我实在没办法把这两件事情联系在一起。”

塞琳娜端详他："你认为克里斯·哈特杀了你女儿吗？"

"我不能回答这个问题，"迈克瞪着桌子说，"如果回答了，岂不表示我没把女儿摆在心头？没有人比我更爱艾米丽，"迈克抬起头，"或许除了克里斯之外。"

塞琳娜稍微低头。"戈德医生，我们以后还能谈谈吗？"

迈克笑笑，感觉如释重负。"我很乐意。"他说。

梅兰妮在女儿卧房门口站了一会儿，盯着门上的油漆发呆，油漆虽然厚厚一层，但仍然依稀可见"请勿入内"的刻痕。

大概是九岁的时候吧，艾米丽拿小刀在门上刻下这句警示，结果因为毁损房门以及擅自从爸爸书桌抽屉拿取危险物品而被禁足。如果梅兰妮没记错，她叫艾米丽重新上漆，警示虽被油漆盖住，但所传达的信息却依然存在。从那天之后，迈克和梅兰妮进去之前一定先敲门。

虽然感到有点愚蠢，但梅兰妮依然先轻扣房门，然后再转动门把。据她所知，迈克也还没进来过，最后一批进去的是警察，天知道他们搜寻到了什么。梅兰妮觉得他们没有带走任何东西，克里斯的照片依然贴在梳妆台的镜子边缘，床上的枕头外依然裹着他游泳队的长袖运动衫，艾米丽曾说运动衫上有他的味道。艾米丽在英文课堂上读的书依然摊开，书面朝下搁在床头柜上，梅兰妮洗好叫女儿收起来的衣服依然放在抽屉旁边。

梅兰妮叹口气，动手把衣服收到抽屉里，站在房间中央，环顾四周，试着决定接下来该做什么。

仅仅数星期前，艾米丽还住在这里，睡在这里，她还没办法把这些证明女儿曾经存在的东西收起来，但房里有些东西，她也没办法再多看一眼。

梅兰妮先扯下镜缘上的克里斯照片，边扯边默念：他爱我，他不爱我。她把照片叠放在床上，松开绕在枕头上的运动衫，把运动衫卷成一团，衣柜门上贴了一幅艾米丽和克里斯的漫画像，她小心翼翼地撕下来，把漫画像跟其他东西摆在床上。然后她再度环顾四周，看看还有什么东西可以收起来。

若非伸手捡拾衣柜后面的空鞋盒，梅兰妮绝不会发现墙上有个洞。她跪在地上摸索，忽然感觉自己一只手伸到了墙里。

她心想墙里会不会有老鼠、小虫和蝙蝠，但只摸到一个硬硬的东西，顿时松了口气。她找到一本用衣服包着的本子，翻开一看是熟悉的艾米丽的字迹。

“我不知道她还写日记。”梅兰妮喃喃地说。艾米丽小时候记日记，但梅兰妮已经好多年没见她在日记本里写东西。她翻到最后一页，然后翻回第一页，这才发现这本是最近的日记，日期从一年半前开始，直到艾米丽去世前一天为止。

梅兰妮感到极不自在，犹豫了一下才开始读。日记里大多是琐事，但有些部分却引起她的注意。

有时我觉得好像在亲自己的哥哥，但我怎么跟他说呢？

我看着克里斯的脸，想想自己究竟应该有何感受；剩下的整晚，我却一直想着自己为什么想不出来。

我又做了那个梦：那个梦让我觉得自己好脏。

什么梦？梅兰妮跳过几页，然后往前翻几页。还没找到关于那个梦的记载，她就读到女儿失去童贞的那一页。

艾米丽第一次做爱的地方，正是她被谋杀的地方。

梅兰妮从头读到尾，浑然忘了时间；她双手一松，日记摊开到最后一页，艾米丽写道：

我如果告诉他，他会娶我，就是那么简单。

她说的是小宝宝。虽然没有确切提起，但意思非常明显。日记上的日期是11月7日，截至那时为止，艾米丽显然还没有告诉克里斯她怀孕了，也没跟父母说。

因为这个宝宝，芭瑞才对克里斯提出控告。检方认为他为了摆脱宝宝，所以杀害艾米丽，但如果克里斯根本不知道这回事，怎么可能想要摆脱？

梅兰妮合上日记，心中极为不适。她一心只想报复，只想求个公道，甚至没有注意到艾米丽并没有在日记里道别。

她拿起从镜缘取下的克里斯照片，把它们卷到运动衫里。然后她走下楼，一手拿着卷成一团的运动衫，日记夹在手臂下，走到久未使用的客厅里，那里有着家里唯一一个壁炉。

买了这栋房子之后，他们只用过四次壁炉。厨房里有个炭炉，壁炉似乎派不上用场，尤其是客厅里摆满了某个亲戚遗赠的古董家具。梅兰妮把照片散放在壁炉里，然后把运动衫摆在上面，她从厨房里拿来一盒火柴，点燃炉火，看着火焰吞噬克里斯的照片，运动衫随之陷入火光，爆发出熊熊蓝光，最后她把日记丢到壁炉里，手臂紧紧交叉，看着书脊卷曲，纸张化为灰烬。

“梅兰妮？”

迈克回到家里，踏遍家中各处，终于走进无人使用的小客厅，他盯着还在冒烟的壁炉，然后看看太太。“你在做什么？”

梅兰妮耸耸肩说：“我冷。”

过去
1997年9月

库尔教练右手握着一只香蕉，左手拿着一个安全套。

“各位女士、先生，”他面无表情地说，“请准备。”

教室随即一阵骚动，学生们两人一组，各自扯开手上的安全套。艾米丽用牙齿咬开包装纸，隔壁桌的男孩看着她撕咬锡箔封套，“噢，会痛耶。”他畏缩地说。

艾米丽的朋友海瑟·柏恩斯听了咯咯笑，她是艾米丽的同组伙伴，两人一起上这堂荒谬的性健康教育课。“他说得没错，”她轻声说，“你确实不该用牙齿咬。”

艾米丽满脸通红，心中千谢万谢她的伙伴是海瑟，而不是克里斯。做这种练习已经很糟了，但若得跟他一起做，肯定更加难堪。

虽然大部分学生升上高年级之前，早就有了使用安全套的实际经验，但高年级还是一定要修性健康教育。更可笑的是，性健康教育通常由体育老师兼授，库尔教练即是学校的游泳队教练，学校里所有体育老师都是年近五十的中年胖男人，他们能对青少年提供的性教育知识实在有限。事实上，这堂课唯一有趣的是看着库尔教练讲到“自慰”就张口结舌的模样。

教练举起哨子吹了一声，大伙手忙脚乱，三十双手忙着把安全套套上三十只香蕉。艾米丽竭尽全力不去想克里斯，她伸手轻摸黄色的香蕉皮，仔细抚平安全套。

“哎哟，我的香蕉爆破了。”一个男孩大喊。

有人窃笑说：“迈克莫瑞，你不是常碰到这种事吗？”

艾米丽猛然把安全套滑到香蕉最下面。“大功告成。”她叹口气说。

海瑟跳起来高声欢呼：“我们赢了！”

其他人看着她们，库尔教练慢慢走到她们桌前。“嗯，让我瞧瞧，上面留了足够空间，就像我们先前说的，安全套也没有歪到一边……而且刚好套在最下面。女士们，”他说，“恭喜两位。”

“嗯，”迈克莫瑞边吃香蕉边说，“这下我们知道海瑟为什么‘火辣辣’了。”①

全班听了窃笑。“乔伊，继续做你的白日梦吧。”海瑟甩甩头发说。库尔教练给艾米丽和海瑟一根巧克力棒当作奖品，艾米丽不知道这是否也是玩笑。

“在现实生活中，”库尔教练说，“套上安全套不是比赛。”他笑笑加了一句，“虽然也许感觉很像。”他从地上捡起香蕉皮，像投篮一样扔到废纸篓里，“如果使用正确的话，除了禁欲之外，安全套是防止性病和艾滋病的最有效方式。但75%的成功率依然不是避孕的最佳选择，最起码对25%怀孕的女性而言不是。所以如果你们选择使用安全套避孕，最好考虑其他替代方案。”

库尔教练说话时，海瑟撕开巧克力棒包装纸，咬了一口。艾米丽看看朋友，微微一笑。“噢，会痛耶。”她以嘴型示意。

---

① 原文是：“Now we know why Heather Burns”。海瑟的姓是“Burns”，也就是“燃烧、起火”的意思，这里迈克莫瑞拿海瑟的姓氏开玩笑。

艾米丽一颗心怦怦跳，锁上浴室的门，从衣服里掏出一个小纸盒。纸盒尖锐的四角在她胃部留下印记，她摸摸印子，把纸盒摆在洗手台上，仔细端详。

从盒中取出测试棒，使用之前请务必阅读所有说明。

艾米丽双手颤抖地拿出铝箔纸包，测试棒是只细长的塑胶棒，一端有个方头的棉花块，棒柄有两个小方格。

小便时，把棉花块一端置于排出的尿液中，为时十秒。

谁能小便十秒钟?

把测试棒放入托槽，等候三分钟。如果看到第一个小方格中出现蓝色细纹，这表示测试正在进行中。如果看到第二个小方格中出现蓝色细纹，无论纹线多么不明显，都表示你怀孕了；如果没有出现细纹，就表示没有怀孕。

艾米丽脱下牛仔裤，坐到马桶上，把测试棒摆在两腿间。她闭上眼睛，尽量放慢速度，但数到四秒钟膀胱就空了。然后她拿起一端仍滴着尿液的测试棒，把它放入随盒附送的塑胶托槽中。

三分钟好长。

她看着第一个小方格中出现蓝线，心想：我们始终很小心。

然后她耳边响起库尔教练的声音：但75%的成功率依然不是避孕的最佳选择，最起码对25%怀孕的女性而言不是。

第二条线慢慢浮现，线条有如头发分叉一样细微，却也同样让人气恼。艾米丽缩起身子，一只手无意识地摸着腹部，眼睛盯着这个她唯一不想通过的测试。

克里斯背部肌肉伸展，汗水淋漓，他抚身靠向艾米丽，两肩遮住艾米丽的视线，让她看不到月亮。她抬高臀部，心中不怀好意地想道，也许她能把这个不受欢迎的东西逼出她体外，但克里斯误以为她热情相迎，开始缓慢、深深地进入她。她头偏到一侧，感到他像公羊一样勇猛。不一会儿，她感觉他一只手滑到两人之间（她若没有达到高潮，他也不会开心），她把两腿夹紧，然后才记得要放松。“嘘。”他轻声抚慰。他插得很深，她感到有股无法承受的压力，好像自己体内有个人正想把克里斯推出去。

克里斯忽然全身抽动，她缩起双臂，夹紧双腿，紧抱住他，他达到高潮时，她总是这么做。他重重瘫在她身上，她胸口好像被石头压住，挤出了肺部的空气，也几乎挤出心中的秘密。

生育计划中心刚好在公车经过之处，这条线路的公车连接班布里奇和西面南面那几个比较不富裕的城镇。候诊室里坐着各色人种，有些是单身女子，有些男友陪着同行，有些挺着大肚子，有些埋头痛哭，但没有人看起来像艾米丽——像她这样一个来自中产阶级地区的女孩，根本不应该碰到这种事情。

“艾米丽。”一位叫作史蒂芬妮·纽威尔的执业护士暨辅导人员从里面叫她。艾米丽拿起大衣，跟着护士走到一个舒适的小房间。“你怀孕了，”史蒂芬妮在艾米丽对面坐下，“看起来大概六个礼拜。”她仔细端详艾米丽的表情，“我猜这不是个好消息。”

“没错。”艾米丽轻声说。

直到此时，感觉才是真的。家用验孕剂总有可能出错，这整件事也可能只是一场噩梦。但这时有个陌生人告诉她这是真的，她再也无法否认。

“你告诉孩子的爸爸了吗？”

艾米丽隐隐约约、有点无动于衷地注意到，没有人提到“宝宝”这个字眼。没错，她确实“怀孕”了；没错，孩子当然有个“爸爸”；但既然她不想保住这个生命，也许干脆不要提到“宝宝”。“没有。”她坚决地说。

“这是你的选择，”史蒂芬妮温和地说，“但不管你决定如何，有个人在身旁总是比较好。”

“我不会告诉他。”艾米丽说，口气相当坚定，话一出口，她才知道自己真的这么想，“他不需要知道。”

“他不需要，”史蒂芬妮追问，“还是你不想让他知道？”

艾米丽转身面向护士。“我不能留下这个宝宝，”她直截了当地说，“我明年要上大学。”

史蒂芬妮点点头。“我们可以安排堕胎。”她说，“费用是三百二十五美金，你得先付款。”

艾米丽抽口气，她知道必须花钱，但这是一笔大数目，她得跟爸妈……或是克里斯……拿钱，但这绝对不可能。

她绞弄裙子的一角，不知所措。她这辈子始终照着大家的期望而活，完美的女儿，前程似锦的艺术家，挚友，初恋恋人。事实上，她一直忙着达到大家的期望，最后才领悟这一切都是无谓的闹剧。她不完美，一点都不完美，人们眼中的她跟真正的她有着一大段距离，她骨子里是肮脏的，像她这种女孩才会碰到这种事。

“三百二十五美金，”她重复，“没问题。”

最后其实蛮容易的。她本来想请克里斯帮忙，但他会问她为什么需要这么多钱，即使她不想谈，他迟早想得出来。毕竟，一个十七岁的女孩很少有急需大量现金的情况。

因此，艾米丽把闹钟调到半夜。她蹑手蹑脚下楼，在妈妈的皮包里翻找支票簿，她撕下标号“688”的支票，在上面填上确切金额，然后轻易假造妈妈的签名，注明领取现金。妈妈只开支票付账单，而且一个月只用一次，等到妈妈绞尽脑汁想查出“688”号支票的用途为何，手术也许早就完成了。

隔天放学之后，艾米丽请克里斯开车载她去银行，她说她得帮妈妈领些现金，银行行员认识她，在班布里奇，大家都彼此认识。就这样，艾米丽的钱包里多了三百二十五美金。

准备堕胎的前一晚，艾米丽和克里斯来到湖边的沙滩。虽已九月，天气依然炎热，可说是秋老虎的气候。夜色横扫天际，四下一片漆黑，却无凉意。艾米丽坐立不安，也没办法专心，她深信自己体内有个小生命在滋长，整个人好像快涨开。她拼命不去想，整个人扑到克里斯身上，热情地吻他，她吻得非常狂野，克里斯甚至抽身略为戏谑地看着她。“怎么了？”她问，但他只是摇摇头。“没什么，”他喃喃地说，“你似乎跟平常不太一样。”

“那我像谁？”她问。

克里斯笑笑说：“像我最狂野的梦想。”说完就把双手埋在她的发间。然后他忽然把她拉到他身上，她的大腿跨在他臀部两侧。“坐上来。”克里斯催促，她依然照办，感到他悄悄进入她的体内。

太快了。艾米丽马上把手撑在克里斯肩上，身子往后仰，试图抽离。“噢，好舒服。”克里斯喃喃说，头部歪到一侧。艾米丽愣了一下，克里斯的手掌随即贴在她臀部上，示意她跟着动。“你看起来好像半人马。”他说。她听了一惊，居然笑了。

她一动，克里斯更加深入，情况也变得更糟。他们确实在说笑，恰如两人小时候一样。他们可能在玩摔跤，从小情同手足的他们，小时候也确实玩过摔跤，但这时他们不是在玩摔跤，既然他们不是亲兄妹，发生性关系也无妨，不是吗？

艾米丽紧闭双眼，思绪一团混乱。“那你就是一匹马。”她说。

克里斯调整一下臀部的姿势。“骑马喽！”他边说边在她身下抖动。月光在她肩头晃动，斜斜流泻在她的乳房上。

完事之后，她侧躺，头倚着克里斯的手臂，克里斯一只手搁在她臀上，两人亲密爱抚。她等的就是这一刻，就算忍受整个过程也值得。她这辈子已经缱绻在克里斯怀里千万次，每次完事之后，她都觉得两人之间始终就是如此，没有任何难以启齿的事。

“我们，”克里斯忽然小声说，“太低估沙子了。”

她微微一笑：“嗯？”

“我屁股被磨得好痛。”他坦承。

艾米丽不怀好意地笑笑说：“你活该。”

“我活该？我发挥骑士精神，让你躺在我上面，你还说我活该？”他手掌摊平，贴上她的肚子。

艾米丽忽然坐起来，抓起离她最近的一件衣服（而那刚好是克里斯的衬衫），她把衣服裹在身上，动身到湖边走走。

克里斯有权知道吗？如果她什么都不说，算是说谎吗？

如果她真的告诉他，他们肯定会结婚。问题是，她不确定那是她想要的。

她告诉自己，克里斯始终以为他娶的是一个没有被其他男人碰过的纯洁女孩，他们若结婚，对克里斯是不公平的。

但她脑海中也响着一个小小的声音：他们若真的结婚，对她也不公平。有时她和克里斯做爱之后，回到家里却吐了好几个钟头；有时她无法忍受克里斯的双手在她胸罩和内裤里游移，因为她总觉得像是乱伦，而非兴奋。如果她有这些感觉，怎能与克里斯一辈子长相厮守？

艾米丽把小石子丢到湖里，划破宁静的湖面。她明知自己的一生将与克里斯的一生紧密相连，老天为证，她打一出生就知道如此，但她依然暗自期盼得以解脱，这实在是种奇怪而矛盾的感觉。大家都期望他们永远在一起，但“永远”感觉上却似乎太长。

她把手贴着肚子，如今，永恒却有了时限。

艾米丽曾想过，没错，她可以嫁给克里斯。就算她不嫁他，她也会像妹妹、像朋友一样关心他，但她若这么说，他听了肯定脸色发白，整颗心在她手中崩溃。

她没有爱他爱到想嫁给他的地步，但她却爱他爱到不愿告诉他这一点。

艾米丽对着湖面眨眨眼，波光粼粼，蟋蟀的叫声四起。她想象自己一直往前走，漆黑的湖水盖过头顶，她的肺部随之重重下沉，她也像颗石头似的沉入水中，这是多么容易啊。

她感觉克里斯走到身后，轻柔地搂住她：“你在想什么？”

“溺水，”她轻声说，“一直走到湖水淹过我的地方，感觉好安详。”

“上帝啊，”克里斯显然大惑不解，“我完全看不出哪里安详。我想你会在水中拼命挣扎，试着游回岸边……”

“你会，”艾米丽说，“因为你是游泳选手。”

“你呢？”

她投入他怀里，把头贴在他胸前。“我会放手随它去。”她说。

原本应该一切顺利，但帮艾米丽动手术的却是个男医生，她躺在手术台上，双脚屈膝抬高，私处尽露，史蒂芬妮在她旁边。她看着医生走进来，转身到水槽前洗手，肥皂在他雪白肥大的十指间滑动，使他整个人显得更壮硕。他转过身对艾米丽微笑说：“嗯，瞧瞧谁在这里？”

嗯，瞧瞧谁在这里？

这句可怕的话出口之后，他跟当年那个男人一样，一只手伸到她袍子下，手指滑进她体内。艾米丽开始狂踢，脚踝推倒手术仪器，医生小心后退时还被踢了一下。

“别碰我。”她边大喊边试着坐起来，坐定之后，她双手紧紧抱住膝盖，把袍子的下端压在大腿下，她感觉史蒂芬妮把手搁在她肩上，轻轻把她拉到怀里。“别让他碰我。”即使医生已经离开，她仍轻声说。

史蒂芬妮等到艾米丽停止哭泣，然后坐到医生的凳子上。“也许，”她建议，“现在是告诉孩子爸爸的时候了。”

她不会告诉克里斯，尤其不是现在。因为她若告诉他，她一定得跟他说这次可怕的堕胎经验、那位男医生，以及她为什么无法忍受男人的碰触。她也得跟他说她为什么受不了他碰她，以及自己为什么不是他想象中的女孩，一旦告诉他这些事情，她就得承担后果，而他一定坚持奉陪到底。

最终她也必须告诉她爸妈。他们会惊愕地瞪着她：他们的小女儿怎么会这样？这当然都是她的错，因为她在不该发生性关系的时候跟男孩子上了床，更因为她小小年纪就引起了那个恶心男子的兴趣。

不管怎样，大家迟早会发现事实。她无路可逃，只剩下一条路可走，而这条路是如此黑暗、隐秘，大部分的人甚至从没考虑踏出这一步。

艾米丽聆听史蒂芬妮讲了一小时，史蒂芬妮提出各种替代方案，艾米丽听了只觉得讶异，因为此事真的没有其他解决之道。

“请把奶油递过来，好吗？”梅兰妮问，迈克把奶油递给她。

“真好吃，”迈克指着晚餐说，“艾米丽，甜心，试试看鸡肉。”

艾米丽揉揉太阳穴说：“我不太饿。”

梅兰妮和迈克互看一眼。“你整天都没吃东西。”梅兰妮说。

“你怎么知道？”艾米丽回嘴，“我说不定在学校里吃了一大堆东西，你又不在那里。”她低下头喃喃地说，“我需要止痛药。”

“你看到索邦大学的申请表了吗？”梅兰妮说，“今天寄到了。”

艾米丽用叉子敲敲盘子：“我不会去读索邦。”

“申请看看又怎样呢？”梅兰妮说，她隔着餐桌跟艾米丽微笑，显然误解了女儿的犹豫，“你毕业以后，克里斯还是在这里等你。”她逗逗女儿。

艾米丽摇摇头，头发随之甩动。“你以为我没有他就活不下去吗？”**她能吗**？她强压下这个问题，把餐巾扔到盘子上，猛然站起来。“别管我！”她边哭边冲出饭厅。

梅兰妮和迈克瞪着对方，然后迈克切了一块鸡肉放进嘴里品尝。“怎么回事？”他说。

“这个年纪就是这样。”梅兰妮边说边伸手拿刀子。

哈特和戈德家后面有块空地，大家把旧炉子、旧冰箱、成袋的玻璃瓶和生锈的铁罐堆积在这里，班布里奇的居民不知道该把这里叫作什么，所以姑且称它为“垃圾堆”。这些年来，很多居民到这里对着空罐子练习射击。克里斯把车开到这里，他让艾米丽坐在车盖上，自己把玻璃瓶和空罐排列在三十码之外，然后给转轮手枪上膛，挥手驱逐吉普车轮胎旁高耸草堆里的成群苍蝇。艾米丽弯腰拔起一根青草，放在嘴里嚼。他把弹筒推回原处，接着从口袋里拿出卫生纸卷成小球塞到耳里。“耳塞。”他指着小球对艾米丽说，示意她照着做。

刚举起手枪，他就听到艾米丽大喊。“等等！你还不能射击，”她说，“你得跟我说你想打什么。”

克里斯笑了笑：“哦，对啊，这样我如果没打中，你才可以看笑话。”他眯起眼睛，再度举起手枪，“蓝色标签，我想那是一个苹果汁的空瓶。”

第一声枪响震耳欲聋，虽然耳中塞了卫生纸，艾米丽依然用手遮住耳朵。她没看清楚子弹飞向何处，但目标后面的树木飒飒作响。第二发子弹正中蓝色标签玻璃瓶，瓶子应声破裂，击中粗糙的树皮。

艾米丽从车盖上跳下来。“我要试试看。”她说。

克里斯从耳中掏出卫生纸。“什么？”

“我要试试看。”

“你要怎样？”他摇摇头，“你讨厌枪，你一直叫我不要去打猎。”

“打猎用猎枪，而且枪支体积太大。”艾米丽边说边小心打量转轮手枪，眼睛稍微眯起，“但手枪看起来不一样。”她凑过去握住克里斯的手，“我可以试试看吗？”

克里斯点点头，教她用双手握住手枪。她很惊讶，手枪虽小，但却相当沉重，她的手掌贴着冰冷的枪身，感觉怪怪的。“像这样。”克里斯在她身后说，然后示范如何瞄准目标。

她不想让他知道自己全身冒汗，克里斯双手盖上她握着枪的双手，她的手滑了一下，两人双手一起举到她可以射击的高度。

“等等，”她挣脱克里斯的怀抱，手里拿着枪面向他，“我怎样……”

他顿时脸色发白，然后慢慢把枪推开。“你绝对不可以像这样拿枪指着人，”他嘶哑地说，“枪可能走火。”

艾米丽满脸通红：“但我又没有扣扳机。”

“我哪知道？”他坐到地上，把头埋在双膝之间，“上帝啊。”他仍不住喘气。

艾米丽小心地再度举起手枪，双腿站稳，扣下扳机。

一个铁罐应声弹跳到空中，在半空中盘旋了一会儿才滚到地面。

后坐力让艾米丽倒退了几步，如果不是克里斯赶忙站起来抱住她，她肯定跌到地上。

“哇，”他真心佩服地说，“我爱上了一个神枪手。”

“新手比较好运。”她淡淡地说，但她面带微笑，高兴得脸颊通红。她低头看看手中的枪，枪身暖暖的，感觉像个老朋友一样温暖而熟悉。

吉普车里感觉湿热，暖气让车窗蒙上雾气，散发出有如热带般的湿气。“如果事情不如你的预期，”艾米丽跟克里斯背靠背坐着，轻声地说，“你会怎么办？”

她感觉得到他眉头一皱：“你是说如果我没进一所好大学？”

“或是你根本不能上大学。比方说你爸妈忽然车祸身亡，你得照顾凯特。”

他缓缓吸口气，揉乱她的头发。“我不知道，我想我会尽量应付吧，说不定过几年再上大学。你为什么问这个？”

“如果你没遵照你爸妈的期望，你想他们会失望吗？”

克里斯笑笑。“我爸妈已经因为车祸过世，”他开玩笑，“所以他们不会太伤心。”他移动一下身子，让自己面向她，“再说我也不在乎其他人怎么想，当然除了你之外。你会失望吗？”

她深深吸口气：“如果我不遵照大家的期望呢？如果我不想……不想跟你在一起了呢？”

“嗯，那么，”他淡然地说，“我说不定会自杀。”他亲亲她的额头，抚平一道细纹，“我们为什么讲这些？”他往前推开吉普车的后门，车门随之大张，满天繁星尽在眼前。

秋老虎的闷热已过，空气清冽干爽，充满了野苹果的香气以及早霜的气息。艾米丽深深吸口气并屏住气息，她的鼻孔涨得发痒，最后才吐出一朵小小的白云。“好冷。”她边说边靠得更近。

“好美，”克里斯轻声说，“跟你一样。”他轻抚她的脸，深深吻她，仿佛打算吸尽她的哀伤。过了一会儿，两人的嘴唇才缓缓分开。

“我不美。”艾米丽说。

“我觉得你很美。”克里斯把她拉得更近，她的背顶在他的胸前，整个人倚在他怀中。夜空繁复而沉重，艾米丽忽然好想记下周遭千百种事情：克里斯的头发搔在她颈背上，感觉痒痒的；他中指上平滑的老茧，摸起来相当熟悉；吉普车的车灯在草地上投射出亮红的光影。

克里斯轻抚她的肩头：“你念了自然课本那一章吗？”

“你真浪漫。”艾米丽笑笑。

克里斯扮个鬼脸：“课本上说，星星几十亿年前就爆炸了，我们却直到现在才看到星光。”

艾米丽眯起眼睛看着天空，仔细思考：“我还打算对着星光许愿呢。”

克里斯笑笑：“我想你也可以这么做。”

“你先。”艾米丽说。

克里斯把她抱得更紧，他的肌肤紧贴着她，宛如一层热气腾腾的保护膜，甚至像是自己的第二层肌肤，感觉十分熟悉。“我希望一切……永远像现在一样。”他轻声说。

艾米丽在他怀里动了动，她害怕许愿，但更怕错失这个机会。她把头歪成某个角度，让自己不必直视克里斯的双眼，但依然可以在他唇边低语。“也许，”她说，“真的会。”

现在
1997年圣诞节

“哈特到控制室。”

克里斯看书看到一半，他抬起头跳下床，刻意不看嘴里正嚼着冰块的牢友伯纳德。狱警们每天放些冰块到休闲室的冰桶里，冰块应该到晚上都不会融化，不幸的是，其他囚犯知道在冰块送达之前，伯纳德已经吃掉了大部分。

克里斯走到中度设防区尽头一道上了锁的门前面，等候在控制室里走来走去的狱警注意到他。“你有访客。”狱警说，然后开门等着克里斯迈步向前。

妈妈上次已经含泪告诉他，这个星期六凯特有舞蹈表演，所以她没办法过来。克里斯当然跟她说他了解，但其实他很忌妒凯特，凯特一个礼拜七天每天看得到妈妈，难道不能放弃短短的一小时吗？

一位狱警在会客室门口等候。“那边。”他指指最里面的一张桌子说。

片刻之间，克里斯吃惊得动也不动。来访的不是妈妈，也不是爸爸，虽然如果爸爸来访，他也会大为惊讶。

来访的是迈克·戈德。

克里斯木然地跨出一步，机械性地走向艾米丽的父亲。他心想，那些预防他逃跑的狱警们，这时刚好可以保护他，想到这里才稍微放心。“克里斯。”迈克说，朝着一把椅子点点头。

克里斯知道他有权拒见访客，但他还没来得及说话，迈克就叹口气说：“我不怪你，换作是我，我也会马上飞奔出去。”

克里斯慢慢坐下。“回去坐牢，还是跟你说话？我想我只能两害相权取其轻。”他说。

迈克的脸上蒙上一层阴影：“这里真的很糟吗？”

“这里是他妈的派对，”克里斯尖酸地说，“你认为呢？”

迈克满脸通红。“我的意思是……跟另一种情况比较之下。”他低头瞪着大腿，过了一会儿才抬起头，“如果事情照着计划进行，你不会在这里，你已经死了。”

克里斯的双手本来在敲打桌面，这下赫然而止。他够聪明，看得出谁信得过他。除非他听错了，否则迈克·戈德刚刚话里的意思是，虽然检察官挖出一大堆垃圾证据，但他依然相信克里斯的说辞。

即使那不是实情。

“你为什么来这里？”克里斯问。

迈克动了动肩膀。“我也问自己同样的问题。开车来这里的路上，我一直在想。”他直视克里斯的双眼，“我真的不知道，”他说，“你觉得我为什么来这里？”

“我觉得你是来帮检察官打听消息。”克里斯说。他不相信这种说法，只是想看看迈克的反应。

“天啊，不是，”迈克惊讶地说，“这里有密探吗？”

克里斯用球鞋摩擦地面。“我不敢说有没有，”他说，“毕竟他们想把我关起来，不是吗？这样我才不会再谋杀另一个女孩，像我谋杀艾米丽一样？”

迈克摇摇头说："我不相信。"

"不相信什么？"克里斯问，声音越来越大声，"你不相信检察官没打算把我关起来，还是我没杀她？"

"你没有，"迈克眼中充满泪水，"你没杀她。"

克里斯喉头一紧，难以言语，他拖着椅子刮过地板，心想自己先前为什么坐了下来，他能跟艾米丽的爸爸谈些什么？

迈克瞪着桌子，拇指划过磨损的桌边。"我……我来这里，"他开口，"是因为有件事想问你。我们……梅兰妮和我都没看出来，我们不知道艾米丽不快乐，但你知道，你一定知道。我想问的是……"他停顿一会儿，抬头一望，"我为什么没看出来？"他轻声说，"她说了什么，我却没听见？"

克里斯轻轻诅咒一声，起身打算离开，但迈克抓住他的手臂，克里斯猛然向前，目光灼灼。"什么？"他粗鲁地说，"你要我跟你说什么？"

迈克咽口口水。"我要你说你爱她，"他沙哑地说，"你想她。"他伸手按住眼角，拼命想控制自己，"梅兰妮，她……我不能跟她谈起艾米丽。但是我想……我想……"他望向他处，"我不知道我想什么。"

克里斯的手肘架在桌上，把脸埋在双手里，他无法承诺迈克·戈德任何事情，但话又说回来，如果眼前这个男人想谈谈艾米丽，还有谁比行动不自由的克里斯更适合当听众呢？"有人会发现你来过，"他警告说，"你知道的，你不该来这里。"

迈克犹豫了一下。"没错，"他终于说，"但你也不该在这里。"

葛丝心不在焉地推着购物车走过超市一排排货架，虽然他们一家再也称不上是寻常家庭，但依然逃脱不了生活琐事，还是需要洗发精、牙膏和卫生纸，她想了不免讶异。虽然非得出来买东西不可，但她在偌大的超市里漫无目的地走动，有时想事情想得出神，经过一排排卫生纸却没有伸手拿，她甚至在猫粮前面呆站了好一会儿，完全忘了家里从没养过猫。

最后她逛到运动用品区，茫然走过一排排闪亮的脚踏车和直排轮鞋，走到狩猎及钓鱼器材区时，她忽然停步，两旁尽是迷彩花色的雨衣和鲜艳的橘黄背心，她检视吊在挂板上的物品：枪支清洁液、铅径清洁棉布、漂白粉、狐狸尿、催情喷剂，她实在不敢相信这些东西是大众商品，但她丈夫在圣诞节或者复活节收到这些礼品时，总是露出快乐的笑容。

她瞪着一张猎人瞄准猎物的照片，心想她绝对不要詹姆斯再拿起枪支。

如果他没买那支柯尔特转轮手枪，这事还会发生吗?

葛丝倚着金属货架，颓然坐到地上，她深深吸口气，把头埋在两膝之间，耳边隆隆作响。直到购物车的轮子碰到她的鞋，她才听到有人走过来。

“哦，”她边说边猛然抬头，对方也刚好同时说，“抱歉。”

那是梅兰妮的声音。

葛丝瞪着梅兰妮脸上的皱纹和毫无光泽的肌肤，怒气冲冲的她，感觉上比实际高度多出好几英寸。梅兰妮推车走过货架。“你知道吗？”她轻声说，“其实我一点都不抱歉。”说完就推着车子离去。葛丝不管自己的购物车，急忙追了过去，她碰碰梅兰妮的手臂，却只看到对方狠狠地、无情地瞪着她。“滚开。”她愤愤地说。

葛丝想起第一次碰见梅兰妮的情景，她记得她们坐在一起，双手搁在大肚子上，深知对方了解小宝宝在体内拳打脚踢的感受；她也记得到了怀孕末期，两人的指尖、颈背和乳头都不时哆嗦。

她想跟梅兰妮说：*不是只有你伤心难过，不是只有你失去心爱的人。*事实上，请仔细想想，梅兰妮只为一个人伤心，葛丝却为两个人难过。她不但失去艾米丽，也失去了最要好的朋友。

“拜托，”葛丝终于勉强出声，“跟我讲讲话吧。”

梅兰妮抛下购物车，径自走出店外。

狭小的访谈室里，乔丹忽然从拥挤的小桌前站起来，用力推开窗框，窗外当然是一排排铁栏杆，但依然有股凉爽的微风飘进室内。克里斯迎着风笑笑说：“你想帮我越狱吗？”

“不，”乔丹说，“我不想让我们闷死。”他用衣袖抹抹额头，“我真想看看这个地方的暖气账单。”

克里斯揉揉肚子说：“你会习惯的。”

乔丹抬头一看。“我想你非得习惯不可。”他说。然后检视桌上的一沓文件。

他们已经花了三小时翻阅检察官送过来的文件，自从入狱以来，克里斯还没有离开牢房这么久过。金属推车上摆了一排新罕布什尔州法令全书，以供来访的律师们参考，他一边心不在焉地默念书脊上的名字，一边等着乔丹再问他问题。

乔丹早上一见面就告诉他，辩方的策略是两人相约自杀，其中一人却没有贯彻到底。乔丹也告诉他，他最好不要坐上证人席。他坚称，唯有如此才有胜算。“但是，”克里斯问，“为什么电视上被告总是出庭作证？”

“上帝啊，”乔丹喃喃地说，“我还得再说一次吗？因为电视电影里的陪审团照着剧本念台词，现实生活中变数可多了。”

克里斯闭紧嘴唇。“我跟你说过我不想自杀。”他说。

“没错，就是因为这样，所以你最好不要出庭作证。开庭之后，为了让你无罪开释，我可以爱说什么就说什么，但你不可以，如果我让你坐上证人席，你得告诉陪审团你从来没打算自杀，这对我们的策略不利。”

“但那是实情。”克里斯指出。

乔丹揉揉鼻梁。“那不是实情，克里斯，世上没有所谓的‘实情’，而只有你意识到发生了什么事。如果我不让你出庭作证，我大可依据我的认知告诉大家发生了什么事。我不想知道你的说辞。”

“故意疏漏也是撒谎。”克里斯说。

乔丹轻蔑地问道：“你什么时候变得这么讲求原则？”他靠回椅背上。“我不要一直在这个问题上打转。”他说，“你坚持出庭作证吗？没问题。但检察官一定手执警察的访谈记录，让陪审团知道你已经改变了一次证词，接下来她会问，如果你打算救艾米丽，那么你为什么带了一把装了子弹而不是空膛的手枪到现场？结果陪审团会做出有罪的判决，我也将率先祝你在州监狱里事事顺心。”

克里斯嘟囔两句站起来，面向访谈室后方的砖墙。“根据弹道报告，”乔丹不理他，“手枪膛室留有那颗已射出子弹的弹壳以及第二颗子弹，两者都有你的指纹，这点对我们相当有利。你想想，除非你也打算自杀，不然为什么装上两发子弹？除此之外，枪上有你们两人的指纹，这点也对我们有利。”

“但他们只在枪身上发现她的指纹。”克里斯站在乔丹后面阅读报告。

“这无所谓，我们只需提出合理的怀疑。那把手枪上有艾米丽的指纹，这表示她也曾经握住枪。”他说。

“你听起来颇有信心。”克里斯说。

“你宁愿我没有吗？”

克里斯颓然坐回椅子上：“这里有好多必须辩驳的证据。”

“没错，”乔丹同意，“这些证据显示你在案发现场，而你也从未否认这一点。但证据却无法显示你在那里做什么。”他对克里斯笑笑，“别紧张，我赢过比这个更棘手的案子。”

乔丹翻开详细记载艾米丽解剖结果的法医报告，克里斯接过来档案，恍惚地看着报告中她身上的印记、她肺部的指数、她脑部的颜色。他不读也知道艾米丽的心有多重——他已经把它捧在手中好多年了。

“你用左手还是右手？”乔丹问。

“我是左撇子，”克里斯说，“怎么了？”

乔丹摇摇头。“子弹轨迹，”他说，“艾米丽呢？”

“右手。”

乔丹叹口气说：“这跟证据吻合。”他继续翻阅检察官办公室送过来的记录，“她自杀之前，你们发生过性关系？”他问。

克里斯满脸通红。“嗯，是的。”他说。

“一次？”

他感到脸颊发烫：“是的。”

“直接做？还是她帮你口交？”

克里斯把头埋在手中：“你真的得知道吗？”

“是，”乔丹就事论事地说，“我得知道。”

克里斯挑起桌面的一根木屑。“直接做。”他喃喃地说，随后看着他的律师翻阅解剖报告，“报告里还说了什么？”

“没有太多派得上用场的资讯。”他瞪着克里斯，“你知不知道艾米丽有什么生理状况让她心情沮丧？”

“例如什么？”

“某种荷尔蒙失调，或是癌症？”克里斯摇了两次头。

“怀孕呢？”

室内空气忽然变得凝重。“什么？”克里斯说。

他知道乔丹正仔细看着他的脸。“怀孕，”乔丹边说边把解剖报告递给他，“十一个礼拜了。”

克里斯的嘴巴张了又合。“她……天啊，我不知道。”他想到他最后一次见到艾米丽的情景：她侧躺，鲜血从发间汩汩流出，一只手盖住腹部。室内忽然一片漆黑，他感觉自己仿佛正坠落到她身旁。

到监狱的医护室求诊通常得花三美元，但如果你跟律师会谈到一半时昏倒，显然有权优先求诊，也不必花钱。克里斯醒来时，感觉有双冰凉的双手贴在眉际。“你还好吗？”有人说，听起来闷闷的，好像从隧道中传来的声音。他试着坐起来，但那双手却出奇有力。他深呼吸，试图集中注意力，眼前忽然出现了天使的脸庞。

狱方从隔壁的养老院借调护士，三位护士通常轮值。克里斯知道，有些犯人申请就医，支付费用，其实只为了见到大家公认最性感的凯莉塞尔护士。“你昏过去了，”凯莉塞尔护士说，“把脚抬高，对了，就像这样，过几分钟就会舒服一点。”

他把脚抬高，稍微转动贴着枕头的头部，好让自己看得见凯莉塞尔护士在医护室里轻盈的身影。她端了一杯水来到床边，杯中加了……感谢上帝……加了珍贵的冰块。“慢慢喝。”她说。他依言照办，但等她一转身，他就赶紧把冰块含到嘴里。

“你以前昏倒过吗？”护士问，她背对着他。他几乎回答说没有，后来才想到艾米丽去世的那一晚。

“一次。”他说。

“嗯，我去过那些小小的访谈室，”护士坦承，“里面很热，我很惊讶大家怎么受得了。”

“没错，”克里斯说，“一定是这样。”但她一提到访谈室，他马上想起刚才的一切：他跟乔丹一起翻阅的文件，艾米丽解剖报告中的细小黑体字迹，还有小宝宝。

他感觉自己再度坠落，护士几乎马上跑过来。“你又不舒服了吗？”她边问边再次把他的脚抬高，还帮他盖上毛毯。

“你有小孩吗？”克里斯沙哑地问。

“没有，”护士笑笑说，“怎么了？我的举止像妈妈吗？”她把毛毯塞到他身下，“你呢？”

“没有，”克里斯回答，“不，我没有。”他双手紧抓住毛毯。

“你爱待多久，就待多久。”护士说，“别担心狱警，我会告诉他们发生了什么事。”

发生了什么事？克里斯自己都不清楚。艾米丽……怀孕？他肯定宝宝一定是他的，他非常确定，正如他确定每天太阳会下山，隔天清晨天空会再度绽放光芒。事情向来如此，再过多久也不会改变。他紧紧闭上眼睛，试着回想她肚子有没有稍微隆起，五官有没有不同，真相是不是始终呈现在他面前，但满脑子只想到，每次他一碰她，她就从他身边退开。

或许乔丹说得没错：怀孕令她心情沮丧。但为什么？他们可以结婚，生下宝宝，他们也可以一起去堕胎，她当然知道他们会一起想办法解决吧？

除非她害怕的正是这一点。

忽然间，一股强烈的愤怒席卷克里斯，她怎能一下子倚赖他，一下子又不信任他？

克里斯猛然转身面对着墙，狠狠地、精准地一拳打穿石膏板墙。

塞琳娜坐在高脚椅上，等着美术老师金·肯莉洗净双手。她随意浏览教室，观看宽长的黑桌和墙上成排的架子，架上摆满了七彩美工纸、画架和各色鲜艳的油彩。金·肯莉在牛仔布围裙上擦擦手，面带微笑地转向塞琳娜。“好，”她轻快地把一把高脚椅拉过来，“我能帮你什么忙？”

塞琳娜摊开笔记本。“我想请你谈谈艾米丽·戈德，”她说，“我知道她是你的学生。”

金·肯莉欣然笑笑说：“没错，而且是我最欣赏的一位。”

“我听说她很有艺术天赋。”塞琳娜说。

“是的，她为话剧社设计舞台背景，去年还赢得全州高中生美术大奖。她成绩相当优秀，我们已经讨论她该申请哪家大学的艺术系，甚至巴黎的索邦大学。”

这就有趣了。压力可能来自各方，而不只是父母，这些压力都会让孩子受不了。“你有没有察觉艾米丽担心无法达到大家的期望？”

金·肯莉皱皱眉说：“我没见过比艾米丽更自我敦促的学生，大部分具有艺术性格的人都是完美主义者。”

塞琳娜往后一靠，等着金·肯莉再做解释。

“让我举个例子吧。”她说完，站起来走到教室后方翻找，过了一会儿拿了一幅中型油画回来，画中的克里斯宛如真人。

艾米丽·戈德真的非常优秀，她确实是个杰出的画家。“嗯，”金·肯莉说，“没错，你认识克里斯吧？”

“你呢？”

她耸耸肩。“不太熟。学校里每个九年级学生都上过我的课，有兴趣的人继续选修艺术课程，其他的则迫不及待地离开。”她笑笑，“如果不是为了艾米丽，克里斯肯定最先冲出教室。”

“这么说来，他也修了美术课？”

“哦，上帝啊，他没有。但他没课的时候经常过来当艾米丽的模特儿。”她指指那幅油画，“这就是其中一件作品。”

“你常跟他们在一起吗？”

“大部分时候。他们的关系相当成熟，令我印象深刻。我是高中老师，看了不少年轻学生在走廊上咯咯傻笑、耳鬓厮磨，但很少看到像他们这么心性相通的一对。”

“你能解释一下吗？”

她伸出手指点点嘴唇。“我想克里斯就是最佳例证。他是运动选手，静不下来，但他二话不说就静静坐上好几小时，只因为艾米丽要求他这么做。”她拿起油画，准备收起来，然后才又想到刚才为什么把画拿过来。“哦，完美主义。你看看这里。”她凑近油画，塞琳娜也凑过去，但只看出几层油彩。“过去几个月当中，艾米丽最起码重画了这双手六七次。她说她没办法完全画出双手的模样，我记得克里斯已经坐得很不耐烦了，他抱怨说这又不是照片。但你知道吗？对艾米丽而言，如果她不能以画笔呈现出眼中的影像，结果就是不尽人意。”金·肯莉把油画跟其他几幅画摆在一起，“这就是为什么油画在我这里，”她说，“艾米丽不肯把它带回家。事实上，我看过她毁掉好几幅她觉得不理想或者不符合期望的作品，她撕裂整张画布，或是干脆在上面画另一幅画。我不能让她毁了这一幅，所以我跟她说管理员把画弄丢了而自己藏了起来。”

塞琳娜在笔记本里记上一笔，然后抬头看看金·肯莉。“艾米丽有自杀倾向吗？”她问，“过去几个月，你是否觉得她心情不佳，或者行为有何变化？”

“她没跟我提过任何事情，”金·肯莉坦承，“她真的什么都没说。她一进教室就开始画画，但她的画风有些改变。”她说，“我以为那只是她的实验。”

“你能让我看看吗？”

艾米丽最近一幅作品搁在美术教室一扇大窗户旁边的画架上。“你看过她画克里斯。”金·肯莉拿那幅画来解释，近作的背景是红黑的油彩，一个骷髅飘浮在画布上，白骨森森；透过空洞的眼睛，隐约可见白云朵朵的诡谲蓝天，鲜红的舌头栩栩如生地垂挂在焦黄的牙齿间。

画作最下方，艾米丽签上自己的姓名以及标题：**自画像**。

乔丹的清洁工跟先前六位一样，终于厌烦在成叠标示着“绝对不可移动”的文件间吸尘清扫，递上了辞呈。其实她一个月前就离职了，但当时他刚接下克里斯的案子，完全忘了这回事。直到那天晚上靠在床上翻阅自己的笔记时，他才发现那股挥之不去的臭味竟然发自床单。

乔丹叹口气，跳下床，小心翼翼地把笔记放在床头柜上，然后抽下床单卷成一团，走向洗衣机。经过正在电视机前面写功课的托马斯时，他才想到，也许也该顺便洗洗儿子的床单。

总而言之，如果玛丽亚没有辞职的话，乔丹也许永远不会发现《阁楼》杂志。但这会儿杂志掉到皱成一团的床单上，他只能惊愕地盯着它看。

最后他终于甩甩头拾起杂志，杂志封面上的女人有一对违抗地心引力的豪乳，一对低挂着的望远镜遮住她的私处。乔丹揉揉下巴，叹了口气，他完全不知道怎么跟儿子谈这方面的事，他自己带了一个又一个胸大无脑的女人回家，要怎么告诫儿子丢掉色情杂志？

如果你真的要跟托马斯谈。他告诉自己，*你最好确定他听得进去*。他把杂志夹在手臂下，走进客厅。

“嗨。”他在沙发上坐下，托马斯靠在咖啡桌旁，课本摊放在面前，“你在做什么功课？”

“社会学。”托马斯说。乔丹不禁心想：*你未免太社会化了吧*。

他看着儿子在讲义夹里奋笔疾书，左手握着笔小心书写，以免铅笔印抹黑纸张。左撇子，这点是黛柏拉的遗传；但儿子逐渐成长的宽肩以及修长的脊背则是自己的翻版。

很显然地，儿子也遗传了他旺盛的性欲。

他叹了口气，把杂志扔到讲义夹上。“你要跟我说这是怎么回事吗？”他问。

托马斯瞄了一眼封面。“不怎么想。”他说。

“这是你的吗？”

托马斯晃了晃身子。“家里只有你和我，既然你知道这不是你的，我想答案很明显了。”

乔丹笑笑说："你跟律师们混太久了。"然后他板起脸，直直瞪着汤姆斯，"为什么？"他直接问。

托马斯耸耸肩："我想看看，如此而已。我想看看她们是什么样子。"

乔丹看看杂志封面的望远镜尤物。"嗯，我可以跟你说，她们完全不像这样。"他咬咬下唇，"其实你如果问我，我什么都可以跟你说。"

托马斯一张脸红得跟牡丹花似的。"好吧，"他说，"你为什么没有女朋友？"

乔丹抽口气："没有什么？"

"你知道的，爸，固定的女朋友，一个跟你上床而且隔天还会回来的女人。"

"我们讨论的不是我。"乔丹严肃地说。为什么他在法庭上，在一个陌生人面前，反而比较容易控制自己呢？"我们谈的是你为什么有一本《阁楼》。"

"也许你想谈，"托马斯不在乎地说，"但我不想。你说我可以问你任何事情，但你却不回答我。"

"所谓的'任何事情'并不包括我的私生活。"

"为什么不包括？"托马斯大声说，"你不就过问我的私生活了吗？"

"我下班后做什么是我的事，"乔丹说，"如果你不喜欢我带女人回家，你可以说出来，我们可以讨论，不然的话，我希望你尊重我的隐私。"

"好，我下课之后做什么也是我的事。"托马斯回了一句，然后把《阁楼》塞到一叠课本下面。

“托马斯，”乔丹耐着性子说，声音隐含威胁，“把杂志给我。”

托马斯站起来。“你有本事就来硬的。”他说。

两人僵持不下，空气中弥漫紧张的气氛，两人的歧见在电视机里观众的掌声中逐渐升高。忽然间，托马斯从课本下面抓出杂志冲向他的卧室。

“回来！”乔丹大喊，他紧随托马斯之后，却只听到房门“砰”地关上，门锁“咔哒”锁上。他站在门外，正考虑是否应该破门而入时，门铃响了。

一定是塞琳娜，她说她会过来谈谈哈特的案子。就目前的情况而言，有她在场对大家都好。

乔丹走向大门，一开门就惊讶地发现，门外站着一个身穿制服的陌生男子。“电报。”他说。

乔丹拿着电报走回屋里。**十二月二十五日结婚。希望托马斯能参加。到巴黎的机票已寄到你办公室。谢谢你，乔丹。黛柏拉。**

他朝托马斯紧闭的房门瞄了一眼，一个已在脑海中盘旋了上千次的想法再度浮上心头：时机就是一切。

“让我猜猜，”几分钟之后，塞琳娜走进屋里，看到乔丹一脸沮丧地坐在沙发上，“艾米丽复活了，并指称你的客户杀了她。”

“什么？”乔丹撑起身子，缩起双脚，好让塞琳娜坐下，“不，不是，”他把电报递给塞琳娜，等她读完。

“我甚至不知道你太太还活着，更别提她跟人约会了。”

“前妻。我知道她还活着，或者说我的会计师知道，他总得把赡养费寄到某处。”他边叹气边站起来，“糟糕的是，托马斯刚刚跟我吵了一架。”

“你们从来不吵架。”

“唉，凡事都有第一次。”乔丹不悦地说，“现在他又有机会去找他妈妈了。”

“而且在巴黎。”塞琳娜加了一句，随意浏览四周，“我得跟你说啊，乔丹，你这里跟塞纳河左岸没得比。”

“谢啦。”他低声嘟囔。

塞琳娜拍拍他的膝盖说：“你们没问题的。”

“你怎么能确定？”

她讶异地瞄了他一眼。“因为你就是这么行。”她把一叠笔记本放到咖啡桌上托马斯的讲义夹旁边，“你打算整个晚上唉声叹气，还是讨论案子？我怎样都可以。”她匆匆补了一句。

“不，我们讨论案子，”乔丹说，“这样我才不会老想着托马斯。”他走进饭厅，拿了一大沓文件回来，“你圣诞节有什么计划？”

“去我姐姐家，”塞琳娜抬起头说，“抱歉，不能陪你。”她等乔丹在身旁坐下。“好，”她说，“你让我看看你有什么，我就让你看看我有什么。”

乔丹笑笑说：“你从迈克·戈德那里打听到了什么？”

塞琳娜翻翻笔记本。“他有点不情愿，但我想他帮得上忙。你可以经由他看出，艾米丽跟爸妈相处的时间不多，也可以质疑他到底多了解女儿……”

乔丹不禁想到手执《阁楼》的托马斯。乔丹老是不在家，也没时间管儿子，这本杂志已经藏了多久了？

塞琳娜仍然讲到迈克·戈德："……虽然他不会跟陪审团说克里斯没有动手，但我想你可以让他承认，克里斯确实很爱艾米丽。"

"嗯，"乔丹边看她的笔记边说，"我们可以提及迈克曾到牢里探视克里斯。"

"真的吗？"

乔丹笑笑说："你一定说动了他。"

"除了迈克之外，我只跟艾米丽的美术老师谈了。她没提到艾米丽想自杀，但给我看了一幅相当有说服力的油画。"她接着跟乔丹描述艾米丽的自画像。

"我得想想这一点。我们能找谁来诠释画风？艾米丽毕竟不是一位真正的艺术家。"

"这你就错了。"塞琳娜说完，踢掉鞋子，"你有什么收获？"

"嗯，"乔丹说，"艾米丽怀有十一个礼拜的身孕。"

"什么？"

"克里斯昏过去之前，"乔丹喃喃地说，"也是这么说的。"他看看塞琳娜，"你知道的，这些年来我看过太多撒谎的人，去他的，我就是靠这些人出头的。但要么就是这孩子撒谎的技术已经炉火纯青，不然就是他真的不知道小宝宝的事。"

塞琳娜思绪奔腾。"那就是检方所谓的'动机'，"她大声说，"克里斯知道，也想除掉这个问题。"

"再加上他打算上大学。你也可以当检察官喽。"乔丹嘲弄。

"嗯，这下就简单了。我们可以从两方面进行辩护：我们有证据显示艾米丽具有自杀倾向，也有证据显示克里斯不知道她怀孕。"

"说比做容易。"乔丹提醒她，"他没跟人提起，但并不表示他不知情。"

“我会再找迈克·戈德谈谈，”塞琳娜说，“美术老师还说艾米丽有意出国读书，或者申请艺术系，也许是她不想要小宝宝。”

“用自杀来堕胎似乎太极端。”乔丹说。

“不，你看不出吗？问题是压力。艾米丽是个完美主义者，但忽然间计划全被打翻，她无法达成每个人对她的期望，所以她选择自杀，一了百了。”

“好极了，只可惜你不是陪审团团长。”

“谁说不可能？”塞琳娜说，“她的家庭医生知道这事吗？”

“显然不知道，”乔丹说，“检察官交给我们的医疗记录里没有提到。”

塞琳娜低头读她的笔记。“我们可以试试‘康复咨询中心’或者‘生育计划中心’，”她说，“说不定发张传票命令他们交出记录，但我会先找找看有没有人愿意跟我谈。还有一点，我们说不定可以从‘谁带枪’的角度下手，说不定让詹姆斯·哈特出庭作证，问问他艾米丽可不可能从枪柜中取枪，或者她知不知道钥匙在哪里，借此提供陪审团另一个思考方向。哦，我会跟克里斯的英文老师谈谈，学校里大家都说她非常欣赏克里斯。”

她停下来喘口气，一抬头，发现乔丹的嘴角微微露出笑容，正悄悄凝视她。“怎么了？”她质问。

“没怎么。”乔丹说，随即将目光移开。他伸手摸摸衣领，好像这样就能阻止慢慢爬升到脖子上的红潮，“什么事都没有。”

除非收到法院传令，否则医护人员通常不愿跟辩方的调查人员谈话。但提供免费产前检查的诊所比较不同，虽然医疗记录必须保密，但诊所里隔墙有耳，人们在诊所里交谈、痛哭，其他人难免听在耳里。

塞琳娜先造访“康复咨询中心”，但拉长脸的接待人员却理都不理她。在邻近的咖啡厅养精蓄锐之后，她抱着乐观的心态前往“生育计划中心”，中心离班布里奇有段距离，搭公车到得了，艾米丽虽不开车，但来这里应该不成问题。

小小的办公室漆成柠檬黄，位于一栋改装过的殖民样式楼房里，接待人员的头发跟墙壁的颜色一样，眉毛也上了色。“我能为你服务吗？”

“是的，”塞琳娜递过去一张名片，“我能跟主任谈谈吗？”

“对不起，她现在不在。请问你找她有什么事？”

“我在调查一桩涉嫌谋杀艾米丽·戈德的案子，我是辩方的调查人员。艾米丽最近可能曾到贵诊所求诊，我想跟帮她检查的人谈谈。”

接待人员看看名片。“我会把这个交给主任，”她说，“但我不妨节省你一点时间。假设我们这里有记录，她也会说你必须有法院的传票才能调阅。”

“好极了，”她勉强挤出一句，“谢谢你。”

她看着接待人员转身接电话，然后走回候诊室。她披上外套时，有个手里拿着记录表的辅导员看着她，她走出门外，辅导员则把一位大腹便便的女人带进一个小房间。

塞琳娜上车，启动引擎。“该死！”她大骂，一只手猛拍方向盘，拍得喇叭声大作。她非常不愿意动用传票，因为这表示州政府必须出面，天知道中心的辅导员们会怎么讲？说不定他们会说艾米丽·戈德到这里哭诉说小宝宝是另一个男人的、克里斯威胁说要杀她等等。

有人忽然猛敲车窗，把塞琳娜吓了一跳。她摇下车窗，发现一位中心的辅导员站在面前。“嗨，”辅导员说，“我在里面听到你讲话。”塞琳娜点点头。“我……我能进车里吗？外面好冷。”

塞琳娜注意到这位女士仍然穿着皱皱的短袖护士服。“请便。”她边说边凑过去打开车门。

“我叫史蒂芬妮·纽威尔，”辅导员说，“艾米丽·戈德来访的那天，刚好是我轮值。”她深深吸口气，塞琳娜暗自拼命祷告。“我最近在报上读到好多关于她的报道，所以我才记得她是谁。她来了好几次，刚开始谈到堕胎，后来她害怕，一直拖延，我们中心有辅导员，来这里的女孩子都得跟辅导员谈，你了解吧？”塞琳娜点点头。“我是艾米丽的辅导员，当我问起宝宝的父亲，她说他不知道。”

“不知道？她确实这么说吗？”

史蒂芬妮点点头。“我试着请她多说一点，但她不肯。每次我问他是不是住在外州、他知不知道有这个宝宝，她只说还没跟他讲。身为辅导人员，我们知道怎样帮助这些女孩子做出选择，但我们不能强迫她们改变心意。艾米丽常哭，我大部分时间只是听她说话。”她动了动身子，“后来我在报上读到有个男孩因为小宝宝而杀了艾米丽，这似乎不太对劲，因为他根本不知道她怀孕。”

“艾米丽可不可能听从你的劝告，说不定她跟你谈了之后改变了心意？”

“有可能，”史蒂芬妮说，“但每次我见到艾米丽，她都重复同样的话：她还没告诉他、她不想告诉他等等。我最后一次见到她的时候，也就是她过世的那一天。”

上了铁架的门重重关上，费因斯坦医生闻声发抖，乔丹一看便知道不必花太多工夫就能说服这位医生不要再来。“这边走。”乔丹边说边将医生带往通向狱中访谈室的狭窄阶梯。开门的狱警冷冷一笑，双手插在皮带上，告诉他们克里斯快到了。

“有趣的家伙。”乔丹在狭小且不通风的会客室里选了把椅子坐下。

“你是说克里斯？”

“不，那个狱警。去年监狱暴动时，他成了人质。”

“哦，”费因斯坦医生瞄了门外一眼，“我记得在电视上看到过这个消息。”

“没错，真是乱七八糟。一个等着开庭的杀人犯带头闹事，大伙把那个狱警的脸划得惨不忍睹，然后把他关到牢房里。”他往后一靠，双手交握在肚子上，享受费因斯坦医生脸色发白的模样，“你记得面谈的先决条件吧？”

费因斯坦医生费劲地把头转过来：“先决条件？噢，我记得。但我得再度强调，我的首要任务是治疗克里斯的精神状态，我也跟你提过，了解他在何种情况下受到创伤，可能有助于疗程。”

“嗯，你得采用其他方式来‘治疗’。”乔丹直截了当地说，“你们不能讨论案子。”

费因斯坦医生试图再度争辩。“克里斯说了什么都是病患隐私，”他说，“你真的不必在场。”

“第一，”乔丹说，“在重大情况下，病患隐私曾被推翻，而一级谋杀案肯定可以说是重大情况；第二，我和客户的关系最重要，你和他之间的互动是其次。如果他必须相信任何人，那人就得是我。费因斯坦医生，你或许能够医治他的精神状态，但只有我能救他一命。”

费因斯坦医生还没来得及回答，克里斯就来到门口，他一看到费因斯坦就露出微笑。“嗨，”他说，“我……我改了地址。”

“我看得出来。”费因斯坦医生轻笑，神态自若地往后一靠，乔丹看了真不敢相信这人几分钟前还吓得发抖，“你的律师好意安排你跟我私下会谈，但前提是他必须在场。”

克里斯瞄了乔丹一眼，耸了耸肩。乔丹将之视为默许，他在仅存的一把空椅子上坐下，手掌摊平在桌上。

“先说说你感觉如何。”费因斯坦医生率先开口。

克里斯转向乔丹。“嗯……有他在场，我觉得很奇怪。”他说。

“就当我不在，”乔丹建议，然后闭上眼睛，“假装我在打瞌睡。”

克里斯拖着椅子刮过地面，把椅子稍微转向一边，这样他才看不到乔丹。“刚开始我很害怕，”他告诉费因斯坦医生，“但后来我知道，只要不跟其他人有牵扯，我就没事，所以我试着不理大部分的人。”他低头搓揉拇指上的茧。

“你一定有很多话想说。”

克里斯耸耸肩。“或许吧。我偶尔跟我的牢友史蒂夫聊聊，他还不错，但有些事我没跟任何人说。”

这就对了，乔丹暗想。

“你想谈谈这些事吗？”

“不、不想，”克里斯说，“但我觉得必须谈谈。”他抬头看看费因斯坦医生，“有时候我觉得我的头快要爆了。”费因斯坦医生点头。“我发现艾米丽……我们有个小宝宝。”

他稍作停顿，好像等着乔丹祭起法律大旗，告诉他这件事跟案子关系密切，警告他不要多谈。一片沉默中，克里斯双手交握，紧掐自己的指关节，指关节被掐得发痛，他也就定下心来。“你什么时候发现的？”费因斯坦医生问，同时也小心保持神色自若。

“两天以前，”克里斯轻声说，“但已经太迟了。”他抬头，“你想听听我梦见什么吗？精神科医生不是很喜欢梦吗？”

费因斯坦医生笑笑说：“弗洛伊德学派才喜欢，我不做精神解析。请说吧。”

“嗯，我在这个地方不常做梦，这里的铁门整晚开开关关，还有一些傲慢的狱警每隔几分钟就拿手电筒照你的脸，我居然熟睡到会做梦的地步，实在令人讶异。言归正传吧，我梦见她坐在我旁边……嗯，我是说艾米丽……她在哭，我把她抱在怀里，但我感觉她在慢慢缩小，缩到几乎只剩下皮包骨，我把她抱紧一点，但她却哭得更厉害，靠得更近，忽然她变得很轻，我低头一看，看到自己怀里抱着小宝宝。”

乔丹不自在地动了动，他坚持自己必须在场，目的仅是基于律师的立场保护克里斯。现在他慢慢知道，精神科医生与患者的互动，跟律师和客户的关系相当不同。律师只需诱引出事实，精神科医生却有义务引发感情。

乔丹不想听克里斯的感情告白，也不想听克里斯的梦，那会造成私人牵扯，对执业律师绝对不是好事。

他似乎看到克里斯被自己和费因斯坦的话榨空了，好像豆壳一样被风吹走。

“你想你为什么会做这个梦？”费因斯坦医生问。

“我还没讲完，梦还没结束。”克里斯深深吸口气，“我抱着宝宝，宝宝尖叫，好像饿了，但我不知道该喂他吃什么。他越踢越猛，我跟他讲话，但一点用都没有。所以我亲亲他的额头，然后站起来，狠狠把他摔到地上。”

乔丹把脸埋在双手间，上帝啊，他默默祷告，千万别让检方传讯费因斯坦医生。

“精神解析学者会说你想回到所谓的‘感情原始状态’，”费因斯坦医生笑笑，“但我认为这说不定是你上床睡觉时心情沮丧。”

“我在学校修过心理学，”克里斯继续说，仿佛费因斯坦没说半句话似的，“我想我知道梦里艾米丽为什么变成小宝宝，不知怎么的，我把他们联想在一起。我甚至了解我为什么企图杀害宝宝，我的牢友史蒂夫就是因为把他小孩摇死，所以才被关起来，说不定我睡觉的时候，脑子里在想这回事。”

费因斯坦医生清清喉咙：“醒来之后的感觉如何？”

“这就是问题所在，”克里斯说，“我不难过，而是非常生气。”

“你认为你为什么生气？”

克里斯耸耸肩：“你曾说情绪会互相影响。”

费因斯坦笑笑说：“你听进去了，”他说，“你在梦里伤了宝宝，说不定表示你因为艾米丽怀孕而生气？”

“等等。”乔丹察觉克里斯可能吐露某些重要信息，赶紧出言阻止。

但克里斯没听进去。“我怎么可能生气？”他说，“等我发现这件事时，生再大的气也没用。”

“为什么？”

“因为……”克里斯脸色阴沉。

“你没有回答我的问题。”费因斯坦医生说。

“因为她死了！”克里斯情绪赫然爆发，他重重跌坐在椅子上，一只手抚过发梢。“天啊，”他轻声说，“我气的是她。”

乔丹倾身向前，双手紧握在双膝之间。他想起黛柏拉离开他的那天，他照常到检察官办公室上班，还到托儿所接托马斯下课，表现出一切如常的模样。但一星期之后，托马斯打翻了一杯牛奶，从来没对小孩大声说话的乔丹却大骂了托马斯一顿，骂完之后，他才赫然领悟自己生气的对象是谁。

“克里斯，你为什么气她？”费因斯坦医生轻声问。

“因为她没跟我说，”克里斯气愤地说，“她说她爱我，你如果爱某人，就应该让他照顾你。”

费因斯坦医生沉默了一会儿，静静地看着克里斯恢复镇定。“她如果跟你提到小宝宝，你打算怎么照顾她？”

“我会娶她，”他马上说，“早两年结婚也没关系。”

“嗯，你认为艾米丽知道你会娶她吗？”

“知道。”克里斯坚决地说。

“那你为什么这么害怕？”

片刻之间，克里斯无法言语，双眼直直盯着费因斯坦医生，仿佛猜想费因斯坦是不是先知。然后他移开目光，用手背抹抹鼻子。“她是我生命的全部，”他说，声音越来越细微，“但如果我不是她生命的全部呢？”克里斯低下头，与此同时，乔丹站起来走出访谈室，他打破了自己先前立下的条件，这么一来，他才不必再听下去。

哈特家大部分的摆设显示出英格兰清教徒家庭的俭朴之风，比方说齐本德尔式的英国古典家具，毛绒已磨光露出线头的古董地毯，还有几幅容貌严肃却非家族亲属的人物肖像。乔丹目前所在的厨房却截然不同，厨房的摆设仿佛数个民族的文化庆典竞相争艳：水槽挡水板上砌着蓝色瓷砖，大理石桌面的小圆桌旁边摆了几张椅背成梯状的椅子，日式屏风遮挡着饭厅门口，德国餐厅的陶制啤酒壶四周摆满印第安人图样的七彩餐垫，壶里摆着各种各样不成套的刀叉及塑胶餐具。乔丹看着葛丝帮他倒水，心想这种自成一格的摆设把葛丝衬托得漂亮极了。至于詹姆斯嘛，乔丹将注意力转移到男主人身上，詹姆斯双手插在口袋里瞪着窗外的喂鸟器发呆，嗯，詹姆斯八成不常待在厨房。

“开始吧。”葛丝边说边拉把椅子到小圆桌旁，她皱着眉头看看桌面。“我们需要移到其他地方吗？”她问，“这里空间不大。”

他们是该移到其他地方，乔丹带了一大箱文件过来，但他不想待在外面那些呆板、保守的房间里，那些房间毫无吸引力，更何况讨论案子时偶尔得伸展筋骨，那些房间却没有伸展的余地。“这里很好。”他边说边揉揉指尖，然后转头看看詹姆斯，“我今天想谈谈你的证词。”

“证词？”

提问题的是葛丝，乔丹盯着她的脸。“没错，”他说，“我们得为克里斯安排一位品德证人。谁会比他母亲更了解他呢？”

葛丝点点头，脸色发白：“我得说些什么？”

乔丹同情地笑笑，大家通常害怕出庭作证，毕竟，法庭里每对眼睛都盯着你看。“葛丝，你只要说一些你已经知道的事情。”他跟她保证，“出庭作证之前，我会跟你讨论我将提出的问题，基本上，我们会谈到克里斯的品格、兴趣、跟艾米丽的关系等等，也就是说，根据你宝贵的意见，你儿子绝对不可能犯下谋杀罪。”

“但检察官……她也会问问题吧？”

“她会，”乔丹缓和地说，“但我们或许想得出来她会问些什么。”

“如果她问克里斯有没有自杀倾向呢？”葛丝脱口而出，“我得说谎，对不对？”

“如果她问，我会抗议，理由是你并非青少年自杀的专家。芭瑞随后会重新措辞，问克里斯可曾提过想自杀，针对这一点，你简单回答说没有就行了。”

乔丹在椅子里稍微侧身跟詹姆斯说话，詹姆斯依然遥望着窗外：“至于你嘛，我们不打算请你当品德证人，我只想请你说艾米丽可能自己从枪柜取枪。艾米丽知不知道你们家把枪摆在哪里？”

“知道。”詹姆斯轻声说。

“她曾看见你从枪柜里取枪吗？克里斯呢？”

“我确定她看见过。”詹姆斯说。

“这么说来，虽然你没有亲眼看见，但从枪柜里取出柯尔特转轮手枪的可能是艾米丽，而不是克里斯喽？”

“有可能。”詹姆斯说，乔丹顿时露出笑容。

“这就对了，”他说，“你只要这么说就行了。”

詹姆斯伸出手指轻推天使图案的彩绘玻璃遮阳片，遮阳片随之在窗边晃动。“遗憾的是，”他说，“我不打算出庭作证。”

“什么？”乔丹大吃一惊。直到此刻为止，他始终相信哈特夫妇为了让儿子重获自由，容许他采取任何手段，甚至包括贿赂，“你不打算出庭作证？”

詹姆斯摇摇头：“我不能。”

“我知道了，”乔丹说是说，但心里却不了解，“你能告诉我为什么吗？”

墙上的咕咕钟忽然展现生机，小小的布谷鸟好像吐舌头似的从巢中连续跃出七次。“对不起，我不能。”詹姆斯说。

乔丹最先恢复冷静。“为了让克里斯无罪开释，辩方只需提出‘合理的怀疑’，你了解这一点吧？身为枪支的原主，你若出庭作证，光是你的证词，几乎就足以构成合理的怀疑。”

“我了解，”詹姆斯说，“但我拒绝。”

“你这个混账，”葛丝双臂交叉，站在日式屏风前，“你这个自私、没良心的混账。”她走到丈夫面前，距离近到她的怒气似乎震动了他的发丝，“你说你为什么不愿作证。”詹姆斯转过身子。“告诉他！”她绕过去面向詹姆斯，“这跟临阵怯场没有关系，”她愤愤地说，“而是因为他若出庭作证，他就没办法假装这一切只是一场噩梦；如果他出庭作证，他就必须主动参与帮他儿子辩护……这也表示果真出了问题。”她轻蔑地哼一声，詹姆斯一把推开她，走出厨房。

片刻之间，葛丝和乔丹都默不做声。过了一会儿，她又在他对面的椅子上坐下，不住把玩啤酒壶里的刀叉，刀叉打在壶口当当响。“我可以把他列入证人名单，”乔丹说，“搞不好他会改变主意。”

“他不会，”葛丝说，“但你可以问我那些你打算问他的问题。”

乔丹惊讶地扬起眉毛。“克里斯从枪柜里取枪时，你看到艾米丽跟他在一起吗？”

“没有，”葛丝说，“事实上，我根本不知道詹姆斯把钥匙摆在哪里。”她用拇指轻抚啤酒壶上的印花，“但为了克里斯，我会说任何你要我说的话。”

“没错，”乔丹喃喃地说，“我想你会。”

杀害宝宝的凶手们得不到安宁，这是狱中不成文的规定。他们洗澡时，你大可把东西扔到淋浴间里；他们上厕所时，你大可推门而入；他们睡觉时，你大可把他们吵醒。

中度设防区的囚犯人数逐渐减少（通常在圣诞节之后才再度大量增加），克里斯和史蒂夫的两位牢友也已迁出，其中一位因为对狱警吐痰而被移送到重度设防区，另一位服刑期满出狱。少了这两位牢友之后，海克特又开始酝酿惩治史蒂夫。

不幸的是，克里斯依然跟史蒂夫同一个牢房。

某个礼拜一，克里斯还在睡觉时，海克特猛力敲打牢门的铁栏杆。监狱里没有个人隐私可言，特别是在非监禁时间，但即使牢门开着，你通常不会不请自入，如果牢房里有人正在睡觉，你也不会打扰他们。

海克特用塑胶椅的椅角拖过牢房的铁栏杆，弄出阵阵噪音，史蒂夫和克里斯听了从床上坐起来。“哦，”他一看到他们就不怀好意地笑笑，“你们在睡觉啊？”

“上帝啊，”克里斯从床上跳下来，“你哪里不对劲？”

“不，教授大人，”海克特说，“你哪里不对劲？”他凑近门边，嘴里仍留有隔夜的口臭，“这下就说得通了，你们交换心得吗？”

克里斯揉揉眼睛：“你在说些什么啊？”

海克特凑得更近：“那个女孩怀了你的孩子，所以你杀了她，你以为我不知道吗？”

“你这个狗娘养的！”克里斯双手不自主地掐住海克特的脖子，他感觉史蒂夫从后面拉着他的肩膀，但他轻易甩开史蒂夫，使尽全力、全神贯注猛掐眼前这个满嘴谎言的混账。

他根本不想知道大伙为什么知道这件事。也许乔丹跟护士提起时，有位囚犯刚好在医护室外面拖地；也许哪位狱警偷听到此事；也许有人把这件事泄漏给媒体，结果在休闲室看电视的囚犯们全都知道了。

“克里斯，”史蒂夫的声音依稀从他身后传来，“放手！”忽然间，他无法忍受这个鬼地方里每个人都把他和史蒂夫凑成一伙，他和史蒂夫来往是因为他愿意，而不是因为交不到其他朋友，这两者的区别相当大。

海克特的双眼暴突，脸颊涨成青紫色，克里斯却觉得没见过这么美好的景象。忽然间，他的双手被扭到背后铐上手铐，有人在他脖子上猛敲一记，敲得他双膝跪地。海克特被另一个狱警拉住，慢慢恢复血色。“你这个混蛋，”克里斯被拖出牢房时，海克特大叫，“我会找你算账的！”

直到接近控制室，克里斯才勉强问要去哪里，但依然得不到答案。“你表现得像只野兽，”狱警说，“就得受到野兽般的待遇。”

狱警把克里斯带到隔离牢房。解开克里斯的手铐之前，狱警还先检查床垫下面，床上没有枕头。

然后狱警一语不发地松开克里斯的双手，把他一个人留在了牢房里。

“喂，”克里斯冲向牢房门口。除了一个送食物进来的小洞之外，牢门全是厚重的铁板。“你们不能这样对我，你们得召开纪律复核会。”

隔着牢门，他听到走道外依稀传来笑声。

他颓然坐到地上，阴郁地环顾四周，说不定他受到惩治之后，狱方才会召开纪律复核会，天知道他得在这个该死的隔离牢房待多久。

小小的牢房肮脏不堪，显然自从上个犯人离开之后就没清扫过，角落有摊呕吐的秽物，墙上还沾了一些粪便。

克里斯一跃而起，伸手摸摸莲蓬头上方的小平台，看看有没有人留下什么东西。他还搜索床垫下方和床底下，但皆毫无所获。瞎忙一阵之后，他坐回原来姿势，背靠着门，双膝顶在胸前，每次呼吸都一阵反胃。

十二点十五分，午餐从洞口送进来。

两点三十分，重度设防区的囚犯经过隔离牢房，走向运动室。其中一人朝着洞口吐了一口痰，溅上克里斯的背部。

三点四十五分，中度设防区的囚犯走向运动室。克里斯脱下衬衫，把衬衫一角卷成一卷从门下塞出去。如雷的脚步声经过之时，他静候某样东西落下，然后小心拉回衬衫，有人丢给他一支笔，他猜大概是史蒂夫。

他试着在墙上画图，但墨水在砖墙上起不了作用，铁床和淋浴架上面也无法书写，所以他只有一个选择：在接下来吃晚饭前的三小时中，克里斯在监狱发放的裤子和衬衫上涂鸦，潦草的图案令他想起艾米丽的即兴创作。

晚饭之后，他仰躺在床上，默想以前游泳教练在更衣室黑板上写的每一条练习准则。他手臂交叉在胸前，想象自己的鲜血从心脏流经动脉和血管。

听到外面响起塑胶鞋的吱吱声时，他起先以为是自己的错觉。“喂！”他大喊，“喂！谁在那里？”

他试着透过洞口瞧瞧，但再怎么试也看不到外面。凭着直觉，他听出轮子转动和拖地的声音，原来是清洁工。“喂！”他再度大喊，“帮帮我！”

那人肯定中断了拖地，他又把头贴在洞口旁边，有样东西忽然打到他的太阳穴，他赶紧后退几步。

他蹲下来摸索，希望那是食物，却只摸到厚厚的一本《圣经》。

克里斯叹口气，爬回床上，开始阅读。

圣诞假期从星期四开始，因此，当博特瑞太太答应星期三下午跟她谈谈时，塞琳娜甚为感激。她不自在地坐在小小的木椅上，心想究竟是谁认为这种桌椅有助于学习。塞琳娜身高六英尺，克里斯几乎跟她一样高，他怎么可能把双脚塞进这种桌子下面？难怪现在的青少年等不及放学……

"我真高兴你打电话来。"博瑞特太太说。

"是吗？"塞琳娜有点讶异，打从她担任私家侦探以来，人们一听到她为辩护律师工作就露出奇怪的表情，只有不到五个人听了不觉得奇怪。

"没错，我是说……我当然读了报纸，像克里斯这样的男孩子……怎么可能做出这种事？这种说法实在荒谬。"博瑞特太太咧嘴笑笑，好像光是这么说就能让克里斯无罪获释，"好了，我能帮你什么忙？"

塞琳娜从外套口袋里拿出纸笔。"博瑞特太太。"她开口。

"请叫我琼安。"

"好吧，琼安，我们正在收集资料，好让陪审团认为这个谋杀罪名……嗯，就像你所说的，相当荒谬。你认识克里斯多久了？"

"我想有四年了吧。他九年级的时候上我的英文课，虽然后来他没有修我的课，但我多少知道他的状况，你知道的，他是那种老师们经常谈论的学生，当然都是讲他好话。今年他又在我班上。”

“你教高级英文？”

“大学预修课程，”她说，“学生们五月份考试。”

“这么说来，克里斯是个好学生了？”

“好学生？”琼安·博瑞特摇摇头，“克里斯非常杰出，他具有化繁为简、抽丝剥茧的天赋，他上大学之后如果主修文学或是法律，我一点也不讶异。”她加了一句，“一想到这么聪明的孩子居然在牢里浪费了好几个月……”她摇摇头，无法再说下去。

“很多人都有同感。”塞琳娜喃喃地说。她皱着眉头看看按照字母顺序排列的档案柜。

“学生们的档案，”琼安说，“课堂上写的文章。”她一跃而起，“我给你看看克里斯的作品。”

“艾米丽·戈德也是你的学生吗？”

“是的，”琼安说，“她也是成绩全A的学生，但比克里斯内敛。他们两人总是在一起，我想甚至校长也会跟你这么说。但我对她不像我了解克里斯那么深。”

“她在课堂上看起来沮丧吗？”

“不，她跟往常一样非常专注于课业。”

塞琳娜抬头说：“我能不能也看看她的档案？”

博瑞特太太取来两个档案夹。“艾米丽和克里斯的档案。”她指指说。

塞琳娜先翻开艾米丽的档案，里面有几首诗和一篇类似柯南·道尔爵士风格的小说，但作品中都没有提到死亡，对辩方毫无用处。她合上档案，再度抬起头说：“克里斯显得沮丧吗？”

虽然明知答案为何，但她还是得问。旁观者不太可能看得出自杀倾向，更别说克里斯根本不想自杀。“噢，上帝啊，没有。”

“克里斯可曾求助于你？”

“课业方面没有，他自己绝对应付得来；他问过我关于大学的事情，他已经开始申请，我也帮他写了一封推荐信。”

“我是说私人问题。”

琼安皱皱眉头。“艾米丽……艾米丽过世之后，我鼓励他跟我谈谈。我知道他需要跟人说说话，但他却没有机会。”她婉转地说，“我们帮艾米丽办了一个追思会，克里斯被请到台上致词时却放声大笑，每个人都吓了一跳。”

这让塞琳娜重新考虑是否该请博瑞特太太出庭作证了。

“根据我对克里斯的了解，我当然将之归咎于压力。”博瑞特太太说，回想起当时的情况显然让她相当不自在，她伸手拿起克里斯的档案在塞琳娜面前翻开，“我叫那些讲闲话的老师们读读这一篇，”她按住一篇议论文，“这么有潜力的年轻人不可能卷入谋杀。”

塞琳娜见过不少天资聪颖的罪犯，所以不太赞同博瑞特太太的说法，但她依然客气地低头看看文章。“我请学生们辩论某个敏感议题，”琼安解释，“他们必须提出证据支持一方，然后反驳另一方的观点。你知道的，甚至连大部分的大学生都做不到这一点，但克里斯表现得非常好。”

克里斯的作品用电脑打字，段落工整。“总而言之，”塞琳娜念道，“‘选择优先’是个错误用语。其实，根本没有所谓的‘选择’。缩减某人的性命是违法行为，事实就是如此。辩称胎儿不是生命无异是强词夺理，因为等到大部分堕胎手术进行时，所有的人体器官已经成形；辩称堕胎是女人的权利也不成立，因为那不仅是她的身体，也攸关另一个人的生命。很奇怪的是，在一个处处为孩童着想的社会……”

塞琳娜抬头微笑说：“谢谢你，博瑞特太太。”

在狱中，毒品受欢迎的程度远超过《圣经》，送人一本《圣经》作为慰藉似乎有点不恰当，但克里斯却感到欣喜。他从来没有好好读过《圣经》，他上过主日学课程，但那只是因为爸爸认为全家既然隶属圣公会教会，他就应该上主日学校。但后来他们全家也只有节日庆典或左邻右舍都上教堂的时候才去做礼拜。

句句熟悉的经文跃然眼前，克里斯顿时感到小小的牢房里好像挤满了老朋友。“‘你们祈求就给你们。寻找就寻见。叩门就给你们开门’。”他瞪着厚重的牢门，看起来不可能有人来开门。

熄灯之后（狱中没有事先宣告，而是突然间一片漆黑），克里斯翻滚下床，双膝跪地，薄薄棉裤下的地面感觉冰冷。在昏暗中，墙上的粪便味似乎更加强烈，但他依然合起双掌，低头念诵：“‘我以灵魂祈求上帝’。”他皱着眉头试图想出其余的经文，但却想不出来。

“我好久没祷告了，”克里斯说，感觉有点愚蠢，“我希望您听得见我说话。我不怪您把我关到这里，我也许不值得您的恩宠。”他慢慢减低音量，想想自己最热切的渴求。如果他只要求一件事情，也许天主比较可能应允。“我要为海克特祈祷，”他轻声说，“我祈求他赶快离开这里。”

克里斯心想，天主是否已经见到艾米丽。他闭上双眼，想象那头缠绕在他手上有如缰绳般的金发，还有她的下巴和喉头的凹处，他时常把嘴贴在这个小小的凹处，感觉她的脉搏跳动。他记得先前曾读道：“‘我也要赐给你们一个新心，将新灵放在你们里面’。”他希望如今艾米丽已得到了这些。

克里斯像个忏悔者一样跪在地上，蒙蒙入睡之际，他听到天主说话。他踏着脚步声、钥匙开门声以及零碎的口哨声而来，嘴里喃喃说道：“‘原谅别人，你就会受到宽恕’。”克里斯颈背上的细毛顿时根根竖立。

有样东西重重地落在葛丝胸前，她吓得醒过来，挣扎起身，结果却只是凯特按住她的四肢。“妈，起床了。”她说，她双眼闪烁着光芒，笑得非常开心。葛丝受到笑容感染，顿时忘了起来之后又得熬过另一天。

“怎么了？”她迷迷糊糊问，“你没赶上巴士吗？”

“哪有巴士？”凯特边说边坐起来，“来，到楼下看看。”她在床单下摸索，惹得她爸爸低声嘟囔。“你也是。”她说，然后跑出房间。

十分钟之后，葛丝和詹姆斯披着睡袍，睡眼惺忪地走进厨房。“你泡咖啡，”葛丝问，“还是我来？”

“你们先别泡咖啡。”凯特边说边跳到他们跟前，她各捉着爸妈的一只手，拉着他们走向分隔厨房和客厅的日式屏风。“你们瞧瞧！”她高兴地说，说完便站到一旁让爸妈看看一棵瘦巴巴、憔悴不堪的盆栽尤加利树，树上草草装点着一些玻璃球和圣诞饰品。“圣诞快乐！”她欢欣鼓舞地伸手抱住妈妈的腰。

葛丝低头看看凯特，然后瞄了詹姆斯一眼。“甜心，”她说，“你自己布置的吗？”

凯特害羞地点点头。“我知道这只是从玄关搬过来的盆栽，装饰得也有点土气，但我想如果我从外面砍棵树回来，你们肯定大发脾气。”

葛丝脑中隐隐浮现凯特被压倒在松树下的模样。“这很漂亮，”她说，“真的很不错。”小小的圣诞灯饰定时发出一闪一闪的光芒，忽明忽灭的灯光让葛丝想起先前到医院探望克里斯时停在医院外面的救护车。

凯特走进客厅，高兴地在小树旁边坐下。“最近出了这些事情，我想你们大概没空在家布置圣诞树。”她递给葛丝一个包裹，詹姆斯也有一个。“来，”她说，“拆开看看。”

葛丝等了一会儿，詹姆斯先拆开包裹，里面是个假鳄鱼皮的记事本，然后她撕开手中的包裹，里面是一对玉耳环。葛丝看着一脸高兴的凯特，心想女儿不知道什么时候去了购物中心，她也不知道女儿什么时候决定不计任何代价，好好过个正常的圣诞节。

“谢谢你，甜心，”葛丝边说边紧紧抱住凯特。她在女儿耳边轻声说：“谢谢你做的一切。”

凯特又坐下，满脸期盼。葛丝在睡袍口袋里握紧拳头，瞄了詹姆斯一眼。要怎么告诉你十四岁的女儿你完全忘了圣诞节？“你的礼物，”她毫无准备地说，“还没准备好。”

笑容从凯特的脸上褪尽。

“还……还在改尺寸。”葛丝说。

母女之间顿时多了一道墙，虽然无影无形，但却令人无法忽视。“是什么？”凯特问。

葛丝再也撒不了谎了，她转身看看丈夫，他却只是耸耸肩。“凯特……”葛丝低声下气，但女儿已经满脸怒容地站起来。

“你没帮我买礼物，对不对？”她愤愤地说，“你骗我。”她伸手指指尤加利树，“如果我没有装饰这棵可笑的圣诞树，你们肯定像往常一样板着脸过一天。”

“今年情况特殊，凯特，你知道克里斯……”

“我当然知道，因为克里斯出事之后，你们根本忘了我的存在！”她从葛丝手中抢下装了耳环的盒子，一把扔往墙上。“我要怎么做才能让你们注意到我？”她哭着说，“杀人吗？”

葛丝掴了凯特一巴掌。

客厅里顿时一片凝重，只听到小灯泡忽明忽暗的嘶嘶声。凯特一手紧贴着发烫的脸颊，转身冲出客厅，葛丝握住不停发抖的手，好像它不属于自己似的。她转身面向詹姆斯。“拜托你做点什么吧！”她哀求。

他瞪了她一会儿，然后点点头走出屋外。

很罕见的是，今年的圣诞节和光明节刚好同一天，全世界都在庆祝，这表示迈克今天不必工作，而他很清楚自己要做什么。

他已经在沙发上睡了好几个月，所以他不知道梅兰妮醒了没有。他在楼下的浴室洗个澡，帮自己烤了一个英式松饼带上卡车，然后开往墓园探视艾米丽。

他喜欢一个人静静地走一走，所以把车停在一段距离之外。白雪在他靴下咯吱作响，寒风咬啮耳尖。走到墓园门口时，他停下来抬头凝视无边无际的宽广蓝天。

艾米丽的坟墓在一个小山丘上，隐藏在峰顶之间。迈克漫步前进，想着他要跟女儿说什么。他不介意对着坟墓说话，毕竟他成天都对着马、牛、猫、狗等听不懂他说什么的动物讲话。他奋力走上山丘，来到一处刚好看得见艾米丽坟墓的地方，迈克上次在坟上摆了鲜花，现在花朵已经干枯，坟上却有些缎带垂落在地，小纸片在雪中飘扬。梅兰妮坐在冰冻的地上，正在拆礼物。

“哦，你看这个，”她说，他已经走到听得见她说话的地方。“你一定会喜欢。”她把一条蓝宝石项链挂在已经干枯的花梗上。

迈克瞥见闪亮宝石旁边还有其他礼物，礼物像供品一样整齐地排列在墓石两侧，其中包括一个单杯煮咖啡器、一本小说、几管油彩和艾米丽喜欢的昂贵画笔。

“梅兰妮，”迈克警觉地问，“你在做什么？”

梅兰妮一脸迷蒙地转身。“哦，”她说，“嗨。”

迈克觉得下巴一紧：“这些东西是你带过来的吗？”

“当然，”梅兰妮说，好像是他失去理智似的，“不然是谁？”

“这些……这些是给谁的？”

她讶异地瞪着他。“当然是艾米丽。”她说。

迈克跪到她身旁。“梅兰妮，”他轻声说，“艾米丽死了。”

他太太眼中顿时充满泪水。“我知道，”她沙哑地说，“但是你知道的……”

“我不知道。”

“这是她第一次不在家过光明节，”梅兰妮说，“我要……我要……”

迈克把她拉入怀中，这样他才不必看着热泪滚下她的脸颊。“我知道你要什么，”他说，“我也是。”他把脸埋在她发中，闭上双眼，“你跟我走吧。”他感觉她靠着他轻轻点头，衣领间充满了她温暖的鼻息。他们走下山丘，但油彩、画笔、煮咖啡器和蓝宝石项链都留在原地，以防女儿真的回来。

圣诞节当天，美国曼彻斯特机场人潮汹涌，到处都是提着水果蛋糕盒和一袋袋礼物的人群，候机室里，托马斯在乔丹旁边的座位上动来动去，乔丹看着儿子又把机票甩到地上，不禁皱起眉头。“你确定你记得怎样转机吗？”

“记得，”托马斯说，“如果空姐没带我去，我就请其他在登机口的人帮忙。”

“你不要自己乱跑。”乔丹重申。

“在纽约市绝对不行。”父子两人同时说。

托马斯双脚不耐烦地抖动，猛踢座椅椅脚。“不要这样，”乔丹说，“这排的每一个人都知道你在踢椅子。”

“爸，”托马斯问，“你觉得巴黎有雪吗？”

“没有，”乔丹说，“所以你最好回来，那些滑雪板才派得上用场。”他特意买了一对滑雪板给托马斯当作圣诞礼物，而且在儿子到巴黎找妈妈之前给他，此举简直就是贿赂。

他和黛柏拉打了几通越洋电话，两人在电话里激辩托马斯是否大到可以一个人旅行，最后双方做了妥协。事实上，刚开始的几天，乔丹一口拒绝黛柏拉的请求。但有个周末他半夜醒来，走到托马斯的房间里看看，儿子睡得很熟，他忽然想到费因斯坦医生问克里斯·哈特的问题：*那你为什么这么害怕？*片刻之间，他知道自己的答案跟克里斯一样：直到目前为止，托马斯的生命中只有乔丹，如果未来另有选择，托马斯的生命中不再只有他了呢？

隔天早晨，他打电话恭喜黛柏拉，也应允了她的请求。

“飞往纽约拉瓜迪亚机场的第1246班机，请在第三号登机口登机。”

托马斯飞快地站起来，几乎被自己的手提行李绊倒。“哇，慢一点。”乔丹伸手扶住他。他正想帮儿子提起背包，手伸到一半却停下来看着儿子，乔丹赫然明白了，终其一生，他会永远记得托马斯这一刻的模样：脸颊上一层细柔的胡茬，手臂像集中营的犯人一样细瘦，一个写着“青少年”的橘色牌子在他牛仔裤腰际晃来晃去。乔丹清清喉咙，一把抬起手提行李。“天啊，好重，”他说，“你里面装了什么？”

托马斯不怀好意地笑笑，眼中散放出淘气的光芒：“没什么，只是十几本《阁楼》杂志。”

他们始终没有再提起这个敏感话题，但两人在冰箱旁边，或者进出浴室擦身而过时，有时不免感到一丝紧张。这时乔丹总算松了一口气，过去一星期的紧张顿时一扫而空。“别闹了。”他边说边抱抱儿子。

托马斯也用力抱抱爸爸。“帮我亲亲你妈妈。”乔丹说。

托马斯稍微后退。“亲脸，还是亲嘴？”

“亲脸。”乔丹说，然后轻轻把儿子推向登机口。他深深吸了口气，走向与机腹齐高的落地窗旁，他打算再等一会儿，以防托马斯最后一刻改变主意。他双手放在口袋里在旁守候，看着飞机滑向跑道，飞向天际，直到消失在视线之外为止。

“圣诞快乐。”狱警边说边推开隔离牢房的铁门。

克里斯坐起来，在地上伸展筋骨。《圣经》已掉落在床下，他赶快把它藏到裤袋里。“嗯。”他喃喃回了一句，身子靠着脚后跟前后摇动。

狱警斥喝道："你要等到过年吗？"

克里斯眨眨眼："你是说我可以出去了？"

"狱长今天大发慈悲。"狱警说，他拉着门让克里斯出去，克里斯很快经过走道，在控制室之前停步。"我们去哪里？"

"直接进监牢。"狱警笑笑说，显然觉得自己说得很有趣。

"我的意思是，到哪一区？"

"通常你得回到重度设防区，"狱警说，"但你的牢友说对方挑衅你，你被关到隔离牢房前也没有召开纪律复核会，所以我们决定让你回中度设防区。"他帮克里斯开门。"对了，"他补了一句，"你的朋友海克特回到楼下了。"

"重度设防区？"狱警点点头，克里斯暂时闭上眼睛。

克里斯进入牢房时，史蒂夫正在看书。他爬到床上，把头埋在枕头下，枕头闻起来都是清洁剂的味道，但最起码他有个枕头。即使人在下铺，他依然感觉得到史蒂夫的注视，他不知道该不该说话。

反正迟早都得面对，于是克里斯终于移开枕头。"嗨，"史蒂夫说，"圣诞快乐。"

"圣诞快乐。"克里斯回答。

"你还好吗？"

克里斯耸耸肩："谢谢你跟他们说是海克特先惹我的。"这话出自真心，海克特绝对不会原谅出卖他的人。

"没什么。"他说。

"我还是得谢谢你。"

史蒂夫望向他处，手里挑拣磨损袖口的线头。"我有样东西给你，"他说，"就算是圣诞礼物。"

克里斯大吃一惊，顿感惊慌。上帝啊，谁会想到在监狱里还要交换礼物？“我没东西给你。”他说。

“其实啊，”史蒂夫边说边伸手在床垫下摸索，“你有。”他摸出一件看来可怕的工具，那是一支改装过的圆珠笔，笔尖有个细长、似乎会致命的针头。“刺青。”他小声说。

克里斯想问史蒂夫从哪里拿到针头，他实在无法想象哪个人有办法把针头藏在屁眼里走私进来。但他知道，自己若想要刺青，时间极为有限。刺青和刺青所需的工具在狱中皆属违法，但你若展现出刺青，在监中的地位顿时大为提升，因为你胆敢当着狱警的面，挑明了知法犯法。

史蒂夫给克里斯的圣诞礼物，其实是帮他保全颜面。

他伸出手臂，虽然不确定想不想刺青，但他也很清楚，自己若不想感染艾滋病，最好先挨针。史蒂夫很快瞄了巡逻的狱警一眼，然后拿出打火机（这又是一样违禁品），点火烧烧针头。

克里斯把手肘撑在膝上，感觉皮肤上一阵灼热，很奇怪的，闻起来竟似烤肉的香甜，不久痛苦却直蹿鼠谷。史蒂夫手执针头加热，划出纹路，克里斯握紧拳头，看着鲜血流下肱二头肌，然后他感觉史蒂夫把圆珠笔的墨汁倒进伤口，揉进赤裸的肌肤，自己的手臂上就此留下永远的印记。“洗干净之后就看得到，”史蒂夫说，“我帮你刺了一个八号球。”他抬头看看克里斯，目光清澈尖锐，“因为我们好像都被困在里面了。”

克里斯把袖子拉到最高，舔舔手指，抹去手臂上残留的墨水和血渍。一位狱警经过牢房，史蒂夫把打火机塞到克里斯手里。“帮我也刺一个，”他说，“拜托。”

克里斯为针头消毒，双手颤抖地把针头按上史蒂夫的上臂。史蒂夫抽动了一下，然后拉紧肌肉。克里斯画了个圆圈和数字8，然后把墨水抹进伤口，很快把针头交回史蒂夫手中。

他们的手指稍微接触。“那个小宝宝，”史蒂夫问道，头抬也没抬，“真有这回事吗？”

克里斯想到乔丹屡次告诫不要跟任何人提起此事，他也想到自己和史蒂夫手臂上同样的刺青，两人似乎成了同类，最后他又想到昨晚在肮脏的隔离牢房里阅读的经文：“你们当听从我的话，我就作你们的神，你们也作我的子民。”

克里斯盯着他的朋友、他的心腹、他的子民。“是的。”他说。

今天的探视还不错。迈克习惯性地站起来，看着克里斯离开会客室。他今天本来不打算来的，但梅兰妮在墓园的模样令他心神不宁，他想跟人聊聊。最后他还是没告诉克里斯，毕竟跟克里斯谈论此事似乎不太恰当。但圣诞节来探监让他稍微安心，虽然他已经没机会跟艾米丽讲话，最起码他可以和克里斯聊聊。

他跟狱警说声圣诞快乐，慢慢走向通往控制室的楼梯，这是离开监狱的唯一通道，换言之，探视犯人时，你也跟犯人一样被关在牢里。

他站在一位身穿驼毛大衣的女士后面耐心等候，一顶毛帽遮掩了她的头发。“是的，”她对狱警说，“我来探视克里斯·哈特。”

“他蛮受欢迎的，”狱警说，然后对着扩音器大喊，“哈特到监控室。”

迈克觉得一颗心在肋骨间纠成一团。“葛丝。”他说，嘴巴顿感干涩。

她急忙转身，毛帽掉了下来，一头亮丽的秀发流泻到大衣领口。

“迈克！”她倒吸一口气，“你在这里做什么？”

“很显然，”他紧张地笑笑说，“我们都是来探监的。”

她想说话，却发不出声音。“你……你来看克里斯？”

迈克点点头。“我最近来了几次。”他坦承。

他们互瞪了一会儿。“你好吗？”葛丝问。迈克也几乎同时说：“最近还好吧？”然后两人握握手，对彼此笑笑。葛丝的脸上浮现一抹红晕，她朝着楼梯看看。“我该进去了。”她说。

“圣诞快乐。”迈克说。

“你也是，噢……”

“没关系。”

“光明节快乐。”

“好吧。”迈克笑笑说。葛丝一手扶着楼梯的扶手，但却没有移动。“你……你等一下要不要一起喝杯咖啡？”

她笑笑，整张脸绽放出光彩。“好，”她说，“但是我……克里斯……”

“我知道，我可以等你。”迈克说。他靠着墙，把大衣叠放在手臂上，“我有的是时间。”

第三部
真　相

爱到别离，方知情深。

——纪伯伦，《先知》

若说谎言代表一半真相，无异是最严重的谎言；若说谎言就是谎言，说不定还可据理力争；但谎言若是真相的一部分，则较难辩驳。

——英国诗人丁尼生男爵，《祖母》

现在

1998年2月

总的来说，莱斯利·帕科特法官堪称一位不错的主审法官。

过去这些年来，乔丹曾以检察官或是辩护律师的身份，参与帕科特主审的案件。大伙谣传帕科特觉得“莱斯利”这个名字不够男性化，有损他的权威，所以执法特别严厉，批评起庭上的律师们也毫不留情，但他对检察官和辩护律师一视同仁。撇去这点不谈，碰到帕科特法官审理的案件时，唯一必须小心的是他特别喜欢杏仁，他在法庭和办公室里都摆了一罐杏仁，而且嚼得很大声。

“预审听证会”通常在公开法庭进行，但由于克里斯的罪名重大，而且吸引了大批媒体注意，所以与此案有关的每个人都同意最好在法官办公室里举行听证会。帕科特法官身着一袭黑袍，大摇大摆地走进办公室，袍子在脚踝边飘摇，乔丹和芭瑞紧随其后，三人分别坐下之后，帕科特从玻璃罐里掏出一颗杏仁丢到嘴里。

在可笑的咀嚼声中，乔丹看了芭瑞一眼。

虽然律师们在法庭上非常客套，但在法庭之外，即使是最咄咄逼人的检察官和辩护律师也会放松一点。乔丹以前是检察官，跟大部分的助理检察官都维持着不错的关系，但芭瑞是个特例。她雄心万丈地加入检察官阵营时，他已经离开检察官办公室，所以他不曾与她共事，除此之外，她似乎认为乔丹转行担任辩护律师形同背叛，等于跟她过不去。事实上，她似乎认为每件事都跟她过不去。

这时她双手交叠，黑裙端庄地垂落在大腿旁，像个女子学院的学生一样坐着，即使法官把杏仁壳吐到手掌中，她依然面带微笑。

帕科特法官翻阅桌上的文件，乔丹轻咳两声引起检察官的注意。“迪兰妮，警方蛮花工夫哦，”他轻声说，“还知道对我的客户稍加胁迫，这招实在没得比。”

“胁迫？”她低声斥喝乔丹，“那时他在医院里，甚至还不是嫌犯。你很清楚那次访谈绝对光明正大。”

“如果绝对光明正大，你怎么知道我讲的是哪次访谈？”

“麦卡斐、迪兰妮，”帕科特法官说，“你们两位讲完了吗？”

两位律师转向法官。“是的，法官大人。”两人同时说。

“很好，”他尖酸地说，“我们谈谈备审项目吧。”

“法官大人，”芭瑞率先发言，“我们有位辨识血迹溅洒形态的专家，他需要多一点时间。除此之外，实验室也需要时间完成DNA测试。”她低头翻翻日程表，“五月的第一个礼拜，我们应该可以准备就绪。”

“你打算呈交任何文件吗？”

“是的，法官大人。检方请求移除几位辩护律师所谓的‘专家证人’，以及一些可疑的证据。”

帕科特法官从玻璃罐里掏出另一颗杏仁放进嘴里，杏仁在舌尖滚动。他转身对乔丹说：“你呢？”

“辩方要求禁用在医院进行的访谈，那次访谈显然违反了我客户的合法权利。”

“胡说！”芭瑞大喊，“他任何时候都可以走开。”

乔丹勉强挤出微笑。“那次访谈完全不合法。”他说，“我客户头盖骨受伤，刚缝了七十针，而且吃了各种止痛药，精神恍惚，他怎么可能走开？你的警探清楚得很。”

“再吵下去，”帕科特法官说，“我就不必阅读你们提出的动议了。”

乔丹再度转向法官说：“庭上，我一星期之内可以呈交给你……”

“我绝对乐意回应。”芭瑞加了一句。

“芭瑞，你简直是浪费时间，”乔丹喃喃地说，“更别提浪费我客户的时间。”

“你……”

“你们两位！”

乔丹清清喉咙：“对不起，庭上，迪兰妮女士惹我发火。”

“我看得出来，”帕科特法官说，“两位在下个周末之前，把这些动议呈交给我。”

“没问题。”乔丹说。

“好。”芭瑞点头。

“很好，”帕科特法官双手摊放在日历上，好像想预卜个日期，“我们五月七日挑选陪审团。”

乔丹拿起手提包，看着芭瑞收拾文件。他记得自己以前担任检察官时，手边总有看不完的文件，没有时间细读每个案件，为了克里斯好，他希望现在还是如此。

出于旧习，他帮迪兰妮女士开门，但他觉得她比较像只凶猛的牛头犬，而不是柔弱的女性。他们沿着法院的走廊前进，两人都满心怒气，默不做声，也都以为自己胜算在握。走着走着，芭瑞转身面向乔丹，挡住他的路。“如果你们愿意认罪，”她面无表情地说，“检方同意过失杀人。”乔丹双臂交叉。“三十年到无期徒刑。”芭瑞补了一句。

乔丹眨都不眨眼，芭瑞看了轻轻摇头。“乔丹，”她说，“不管怎样，你的客户肯定没希望，你我都知道这个案子我赢定了，你看了指纹、子弹、子弹穿过头部的轨迹等证据，我们都知道她不可能像那样射杀自己，陪审团一看到这一点，你说什么都没办法转移他们的注意力。你们如果接受三十年的刑期，最起码他不到五十岁就能出狱。”

乔丹等了一会儿，然后放下手臂：“你说完了吗？”

“说完了。”

“好。”他继续往前走。

芭瑞跑着追过去：“你说呢？”

乔丹停下来。“我说嘛，基于义务，我会跟客户提起你刚才讲的那些废话。”他瞪着芭瑞，脸上隐约露出笑容，“我在这一行的时间比你久，”他说，“事实上，我以前跟你一样为检方工作，也耍过跟你一样的把戏。这表示我知道你完全不像你所说的那么有把握。”他稍微低头。“我会跟我客户说，”他说，“但我们还是法庭上见。”

乔丹说完之后，克里斯用手指轻敲桌面。“三十年，”虽然极力自制，但声音中依然带着恐惧，他抬头看看他的律师，“你几岁？”

“三十八岁。”乔丹说，心里很明白克里斯接下来要说什么。

“三十年几乎是你的一辈子，”克里斯说，“也是我的两辈子。”

“但是，”乔丹指出，“三十年只是无期徒刑的一半，况且还有机会假释。”

克里斯站起来走到窗边。“我该怎么做？”他轻声说。

“我不能回答这个问题。”乔丹说，“我提过，你必须自己决定三件事。要不要接受审讯就是其中之一。”

克里斯慢慢转身：“如果你十八岁，如果你是我……你会怎么做？”

乔丹露出一抹戏谑的笑容：“我也有一位高超的律师吗？”

“当然。”克里斯笑笑。

乔丹也站起来，双手插到口袋里。“我不能跟你说我们稳赢，因为这是不可能的。但我也不会跟你说我们准输。我只能跟你说，如果你接受三十年的认罪协议，未来的三十年里，你会一直猜想我们可不可能打败他们。”

克里斯点点头，但仍不置一词，只是盯着窗外的白雪。“你不必马上做决定，”乔丹说，“考虑一下再说。”

克里斯把手贴近冰冷的窗户，窗面上顿时出现一抹黑影：“什么时候开庭？”

“已经排定五月七日挑选陪审团。”乔丹说。

克里斯不住颤抖，乔丹朝他走过去，生怕克里斯一想到得在牢里再待三个月会发狂。“你迷信吗？”克里斯抹抹眼睛。

“怎么说？”

“五月七日是艾米丽的生日。”

“你在开玩笑吧。”乔丹大吃一惊。他试图想象芭瑞知道此事之后会要出什么花招，说不定在开庭辩护时，为陪审团送上一个该死的冰淇淋蛋糕。他慌张地想找个理由更改日期，也试着衡量法官可不可能一时心软。

“就这么办吧。”克里斯轻声说，音量小到乔丹几乎没听见。

“什么？”

“去他的认罪协议，”克里斯双唇一紧，“你叫他们通通下地狱。”

没有人说葛丝和迈克不能私下见面，他们也不一定得像在葬礼上忍住笑意一样隐瞒两人每周一起吃午饭的事实，但他们依然像逃犯一样偷偷摸摸走进小餐馆，仿佛越界向敌方投诚。其实目前的情况很像战争，他们也可能是间谍，虽然彼此提供慰藉，但只要一不注意，对方绝对有理由背叛你。尽管如此，从某个层面而言，他们也是彼此唯一的希望。

“嗨。”葛丝上气不接下气地坐进包厢。她对迈克笑笑，迈克正用拇指轻刮亮面的菜单。“他今天怎样？”

“还好，”迈克说，“我想他很期盼见到你。”

“身体还是不舒服吗？”葛丝说，“他上礼拜咳得很厉害。”

“好多了，”迈克跟她保证，“他买了一些咳嗽糖浆。”

葛丝把餐巾安置在膝上，一看到他，她心中就一阵欣喜，好像暗藏情意的女学生。她认识迈克二十年了，但最近才开始真正了解他，目前的情况不但改变了她对周遭的观感，甚至连对周遭众人的感觉也变了。她以前怎么从未注意到迈克的声音如此讨人喜欢呢？他的双手很强壮，眼神也非常温柔，他听她说话时，脸上的神情仿佛整个屋子只有她一人，她以前怎么从未察觉？

葛丝知道她跟迈克所谈之事，其实应该是她跟她丈夫的对话，对此，她也深感愧疚。詹姆斯依然拒绝谈起儿子，对詹姆斯而言，“克里斯”这三个字以及“谋杀”这项指控，好像庞大的蝙蝠，一旦脱口，蝙蝠就挥舞翅膀，放声尖叫，拒绝回到原来的地方。她变得非常期待这些每周探监前后的午餐聚会，因为她有了一个可以谈心的人。

这人居然是迈克，想来有点奇怪。他太太一直是葛丝的好友，他和葛丝知道许多关于彼此的事，但这些都是间接得知。葛丝对迈克的了解来自梅兰妮，迈克所知的葛丝也来自梅兰妮，这种感觉有点亲密，也有点怪异，好像两人都知道了一些不该知道的事情。

“你今天气色不错。”迈克说。

“我？”葛丝笑笑，“谢谢。你也是。”她是说真的，迈克基于工作所需穿了法兰绒衬衫和褪色的牛仔裤，这身打扮让葛丝想到舒适、稳当、温暖等字眼。

“你探监都会特地打扮，对不对？”

“我想是吧，”葛丝说，她低头看看自己的印花裙子笑笑说，“不知道我想给谁留下好印象。”

“克里斯，”迈克替她回答，“你要他记得你的模样。”

“你怎么知道？”葛丝逗他。

“因为我给艾米丽上坟时也一样，”他说，“一身西装，还打了领带，以防她正看着我。你能想象我那副德行吗？”

葛丝心头一痛，抬头看着迈克说：“唉，对不起，有时我忘了你比我更伤心。”

“这我就不知道了。”迈克说，“最起码对我而言，一切已经结束，对你而言却才刚开始。”

葛丝摸摸咖啡碟的碟缘：“为什么我还记得他们玩捉迷藏的模样，好像还是昨天的事？”

“因为，”迈克轻声回答，“那确实不算太久之前。”他环顾小小的餐馆。“到底是怎么会走到今天这种地步的呢？”他说，“那段日子依然历历在目，我几乎闻得到割草的香味，也看得见松脂滴在艾米丽的腿上。忽然间，一切都变了，我竟然给女儿上坟，到牢里探视克里斯。”

葛丝闭上双眼：“那时一切都很单纯，我从没想过会发生目前这种事情。”

“那是因为这种事不应该发生在我们这种人身上。”

“但确实发生了。为什么？”

他摇摇头：“我不知道。我不断回想，拼命问我自己为什么，这就好像地上冒出树根，我最初没看到，现在却无法不被绊倒。”他瞪着葛丝，“艾米丽和克里斯之类的孩子不会动不动就决定自杀的，对不对？”

葛丝扭搅餐巾，虽然近来跟迈克走得很近，但她还没有跟迈克坦承克里斯从未想要自杀，部分原因在于她不愿背叛儿子，部分原因则在于她不想再让迈克伤心。“你记得吗？”她试图改变话题，“艾米丽以前玩捉迷藏时经常尖叫，克里斯追着她跑的时候，她叫得好大声，结果我们都从家里跑出来。”

迈克缓缓露出笑容。“没错，”他说，“她大叫他要杀她。”此话一出口，葛丝马上瞪着他。“对不起，”他脸色发白，“我……我不是那个意思。”

“我知道。”

“我真的不是那个意思。”

“没关系，”葛丝说，“我了解。”

迈克清清喉咙，明显感到不自在。“好吧。我们吃点什么？”

“跟往常一样吧，”葛丝开朗了一点，“我还是不敢相信能在新罕布什尔州的格拉夫顿郡吃到正宗的纽约烟熏牛肉三明治。”

“塞翁失马，焉知非福。”迈克边说边对女侍招招手。他们点菜，闲聊，刻意躲避两人不说也知道不该谈的话题：梅兰妮、詹姆斯以及两人曾经共享的往事。

有趣的是，他们都不介意讨论即将到来的审讯，聊着聊着，他们谈到乔丹希望迈克为辩方作证以及迈克的犹豫。“我不知道我为什么征询你的意见，”迈克说，“你可不是百分之百客观。”

“我确实非常偏颇，”葛丝坦承，“但就算你几乎不说话，光是看到你出庭帮克里斯作证，你能想象陪审团怎么想吗？”

迈克放下三明治。“这正是问题。”他轻声说，“我对自己说，你算哪门子爸爸？”他用右手手指敲敲桌面，“我虽然爱克里斯，但我怎么对得起艾米丽？”

“艾米丽不会想让克里斯因为莫须有的罪名而被判刑。”葛丝坚定地说。

迈克苦笑说：“啊，这就是你为什么跟我吃午饭吗？你是乔丹的秘密武器。”

葛丝脸上血色尽失，乔丹的秘密武器是他的谎言：他会让陪审团相信克里斯也想自杀，正如此刻她也让迈克认为如此。她把餐巾摆在没吃完的午餐上，伸手拿取包厢最角落的大衣。“我该走了。”她喃喃地说，然后试图拉开皮包翻找她该付的钱数，“该死。”她说，手指从皮包上滑下。

“嗨，”迈克说，“葛丝。”他把手伸过桌面，稳稳地握住葛丝拼命想打开皮包的手。

葛丝缓和了下来。*这样真好，她心想，被抚摸的感觉真好。*

迈克双颊顿时通红。“我不是说你帮辩护律师工作。”他说。

“我知道。”她勉强回答。

“但是你为什么忽然急着离开？”

葛丝看着盘沿：“我没有告诉詹姆斯我跟你吃午饭。你跟梅兰妮说了吗？”

“没有，”迈克坦承，“我没说。”

“你觉得我们为什么没讲？”

“我不知道。”迈克说。

葛丝轻轻地把手从他手中抽回：“我也不知道。”

詹姆斯坐在办公桌旁，拿起秘书给他的粉红色电话留言单。金棕榈餐厅来电，这家餐厅虽然在距离镇上四十英里的荒郊野外，但却被许多旅游及餐厅指南评选为五星级，这表示菜单是固定价码，每个人得付七十五元美金，而且餐厅当天提供什么，你就得吃什么。詹姆斯叹气，眯起眼睛看看餐厅的电话号码，伸手拿起听筒。凯特十五岁生日快到了，她选了这家餐厅，他当然不能让她失望。

其实自从圣诞节之后，他和凯特变得相当亲近。吃完晚餐、碗盘清洗干净之后，他们坐在餐桌旁聊天，已经成为一种习惯。凯特跟她妈妈不一样，她真的对詹姆斯看诊的个案及手术很感兴趣，詹姆斯则听凯特闲聊学校男孩子、她很想穿耳洞、她觉得证明题有误，等等。他觉得内心重新充满对女儿的爱，他一晚接着一晚地看着她，满心欣慰地想着：*这些都还是我的*。

“你好，”对方接起电话时，詹姆斯说，“我要订位。你们中午也营业吗？太好了，对，下星期六，我姓哈特。”他用铅笔轻敲桌上的一沓档案，“噢，我们有四位。”话一出口，他心口顿时一痛，“不、三位，”他更正，“请帮我订三个人的位子。”

他挂了电话，想起过去几个月来，他不知道多少次忘了家里只有三个人。他经常转头看看后座，希望能看到克里斯弯起长腿，他也经常半夜悄悄打开克里斯的房门，只为了看看他睡得好不好。

一家三口。

哪门子的一家？

梅兰妮把一碗汤送到迈克面前。她在他对面坐下，什么也没说就拿起汤匙喝汤。

“嗯，”迈克试探性地说，“你今天做了什么？”

梅兰妮慢慢回过神来：“什么？”

“我问你今天做了什么。”

她笑笑说：“干吗问我这个问题？”

迈克耸耸肩：“我不知道，没事聊聊吧。”

“老夫老妻了，”她淡然地说，“没必要老跟对方说话。”

迈克搅搅汤，煮烂了的芹菜和红萝卜让他觉得有点恶心。“我……”他犹豫了一下，他本来想说他去监狱探视克里斯，但想想还是不说比较好，“我今天碰到葛丝，我们一起吃了午饭。”

他尽量故作轻松，但连自己都觉得这话听起来太做作、太随意，好像事先经过演练。“她还好。”他补了一句。

梅兰妮张口结舌，一滴汤汁从嘴角流下：“你跟她吃午饭？”

“没错，”迈克说，“那又怎样？”

“我不敢相信你还愿意跟她吃饭！”

“天啊，梅兰妮，她曾是你最要好的朋友。”

“那是在她儿子杀了艾米丽之前。”

“你不知道他是否杀了她。”迈克说。

“这话是谁跟你说的呢？”梅兰妮轻蔑地说，语调充满讥讽，“她有没有吃到一半就哭？或是等到吃完东西，才跟你说检察官大错特错？”

“她什么都没说，”迈克轻声说，“就算……就算……”他连说都说不出口，“那也不是她的错。”

梅兰妮摇摇头。“你这个傻瓜，你不知道妈妈为了保护儿子，什么事都做得出来吗？”她愤然抬头，嘴唇发白，“葛丝就是如此，迈克，而你却不是。”

隔周星期六，原本的计划是詹姆斯和凯特一起开车去金棕榈餐厅，葛丝探监之后直接到餐厅跟他们碰面。但詹姆斯和凯特已经在典雅的餐桌前坐了半小时，侍者也已过来三次。“也许，”侍者说，“两位想先点菜？”

“不，爸爸，”凯特皱着眉头说，“我要等妈妈。”

詹姆斯耸耸肩说：“我们再等几分钟吧。”

他无精打采地坐着，看着凯特把玩餐桌中央那盆兰花细致的花瓣。“她老是迟到，”凯特近乎自言自语，“但通常不会迟这么久。”

葛丝忽然冲进小小的餐室，她飞快地走向詹姆斯和凯特，几乎把身上的驼毛大衣扔给带位的领班。“抱歉、抱歉，”她对着凯特弯下腰，“生日快乐，甜心。”边说边亲吻女儿。

“詹姆斯，”她跟他打声招呼，在椅子上坐好，伸手招来侍者，“请给我水就好了，我不饿。”她说。

“你怎么可能不饿？”詹姆斯说，“现在是午餐时间。”

葛丝低头看看大腿。“我路上吃了点东西，”她轻声说。“好，”她对凯特笑笑，“十五岁的感觉如何？”

“爸说，”凯特一脸高兴，“如果你同意的话，我可以打耳洞。今天吃完午饭之后就打。”

“太好了！”葛丝说，然后转身面向詹姆斯，“你可以带她去吗？”他刚开始没听到她说什么，因为他沉醉在她给这个沉闷餐室带来的气味之中；户外的白雪、她那苹果香味的护发精以及她的香水。但还有股比较强烈、比较热带性的味道……那是什么呢？

“你可以吗？”葛丝又问一次。

“可以什么？”

“带凯特去打耳洞，”葛丝边说边摸摸自己的耳垂，脸上浮现一抹红晕，“我……我不能带她去，我得再回去看看克里斯。”

“你刚刚才去。”詹姆斯说。

葛丝的脸变得更红。“今天有额外的探视时间，”她抚平膝上的餐巾，“我跟克里斯说我会再去。”

詹姆斯叹口气转向凯特：“我们吃完午饭就去珠宝店打耳洞。”他再看看太太，他想问既然她想再回去探监，何必大老远跑来这里。但她的气味再度令他分神。他感觉到有点不一样，每次她去探监之后，身上总有一股监狱的味道，那股凝重、陈腐的气味留在她的衣服和皮肤上，直到她好好洗个澡为止。她今天也去探视克里斯，但身上却没有监狱的味道，取而代之的是一股不熟悉的气息。忽然间，詹姆斯意识到这股甜腻、灼热的气味叫作“谎言”。

克里斯懒洋洋地坐着，他试着不跟妈妈生气，但却掩饰不住怒气。其实他相当期盼看到妈妈，但他尽量保持淡然，因为他如果太过期待，等待的日子就更难过。但今天早上他坐在牢房里，十点四十五分了，她总是在这个时候来访，他等了又等，直到下午两点才被叫到会客室。

“你怎么了？”他低声嘟囔。

“对不起，”他妈妈道歉，“我们今天带凯特出去吃午饭，帮她庆生。”

“这样哦，”克里斯一脸阴沉，“你可以吃饭之前过来。”

“我之前有事。”葛丝说。

有事？克里斯哼了一声，坐得更低。她以为这里是哪个文艺沙龙吗？你儿子在牢里浪费生命，有什么事情比抽空探视他更重要？

“克里斯，”他妈妈伸手摸摸他的额头，“你又不舒服了？”

他不让她碰他：“我还好。”

“你看起来不太好。”

“真的吗？我还得在牢里待三个月，然后陪审团会让我关一辈子，你说我看起来会怎样？”

“你紧张吗？”葛丝说，“你因为审讯而紧张？我可以告诉你……”

“什么？妈，你可以告诉我什么？”他把脸转开，五官因不屑而扭曲。

“嗯，”葛丝说，“迈克和我都认为乔丹的策略不错。”

克里斯轻蔑地笑笑：“当然，我会听信迈克的话，他是死者的爸爸哦。”

“你怎么可以这样说？他尽全力在帮你，你应该谢谢他。”

“谢谢他起诉我吗？”

“他跟起诉无关，那是州政府的决定，而不是戈德家。”

“天啊，妈妈，”克里斯惊讶地说，“你到底站在哪一边？”

葛丝瞪了儿子一会儿。“你这边，”她终于说，“但迈克终于决定要当辩方证人，这对我们非常有利。”

“他告诉你了？”克里斯问，尽量不要太乐观。

“他今天跟我说了。”葛丝说。

克里斯听了，疑惑地问道：“什么时候？”

“今天早上，我们带凯特出去吃饭之前，我跟他碰了面，”葛丝说，“最近我们都利用来看你的时候碰面。”

这下克里斯知道妈妈今天为什么迟到，他肩头一紧，转过身子，心中升起一股奇怪的妒意。“你们谈些什么？”他小声问。

“我不知道，”葛丝说，“你、我们家。我们只是……讲话。”她感到胸口拳头大小的心脏似乎跳动得更加卖力。“这样没什么不对吧？”她带点防卫地说，话一出口才知道这根本不算个问题。

克里斯瞪着布满刮痕的桌面好一会儿，他们旁边的囚犯都离开了，葛丝始终注视儿子的脸。“你显然有话要说。”她终于开口。

她儿子转过身，脸上刻意面无表情。“你能不能请爸爸来看我？”克里斯说。

“跟你共事不知道会不会让我更快变老、变胖？”塞琳娜咬了一口油腻的比萨。

乔丹讶异地抬头："我逼人逼得这么紧吗？"

"不，但你的饮食习惯太糟，你知不知道色拉是什么东西？"

"当然，"乔丹笑笑，"他们就是为了那东西才发明防尘护罩。"他把一片香肠推到旁边，"帮托马斯留的。"他解释。

塞琳娜看看紧闭的卧室房门："哦？他还没被牛角面包喂胖啊？"

"没有。他还瘦了一点呢。他说法国食物太油腻。"乔丹戏谑地看着油渍渗过纸盒的比萨，"如果美国的垃圾食物能吸引他回来，我吃什么都无所谓。"

"他会回来的，"塞琳娜担保，"他没把任天堂带过去。"

乔丹笑笑说："你还真会帮我打气。"

"说得好像你自己办不到似的。"塞琳娜略带嘲弄，"你付钱请我调查事情，而不是奉承你。"

"没错。"乔丹同意，"最近你调查到什么来支领薪水啊？"

塞琳娜已经访问过辩方的相关人士，现在正逐一访问检方提出的证人，这样一来，乔丹才知道将面对哪些人物。"我想法医或是警探都说不出太惊人的证词，"她说，"检方打算传讯艾米丽的朋友，但要吓唬这个孩子并不难，她对迪兰妮没什么帮助。唯一难以预料的是梅兰妮·戈德，但我却没办法跟她谈谈。"

"说不定老天帮忙，"乔丹说，"她在未来的几个月会精神崩溃，帕科特法官会判定她精神不健全，无法出庭作证。"

塞琳娜一脸不以为然："我才不指望呢。"

"我也是，"乔丹坦承，"但有时确实会发生怪事。"

塞琳娜点点头，把脚跨到咖啡桌上。"'只穿袜子不穿鞋'，"她心不在焉地说，同时动动脚趾头，"我小时候以为是'跟踪别人’[①]。”

“难怪你变成私家侦探。”

她踢踢他的球鞋说：“你呢？”

“我为什么变成私家侦探？”乔丹戏谑一笑。

“你知道我是什么意思。”

“我选择法学院的理由跟其他人一样。我不知道该做什么，而且我爸妈愿意付学费。”

塞琳娜笑笑说：“我知道你为什么当律师。你想让大家付钱听你争辩，但我不明白你为什么换到另一边。”

“你是说从检察官变成辩护律师？”乔丹耸耸肩，“检察官薪水太低。”

塞琳娜瞄了一眼陈旧的屋内，乔丹虽然重视物质享受，但显然绝不奢华。“说真话。”她逼问。

他直视她的双眼。“你知道我不相信所谓的‘真话’。”他轻声说。

“你还是没有回答我的问题。”塞琳娜说。

“嗯，”乔丹回答，“身为检察官，你有‘举证责任’；身为律师，你却只要提出‘合理的怀疑’。陪审团怎么可能没有怀疑呢？我的意思是说，毕竟他们不在案发现场，不是吗？”

“你的意思是说，当律师比较容易，所以你换到另一边？我可不相信。”

“我也不相信，”乔丹说，“所以才想换边。我不相信只有一个真相，但身为检察官，你却非相信不可，不然怎么可能起诉办案？”

---

① 英文中，“跟踪”（stalking）与“袜子”（stocking）发音相同。

塞琳娜动动身子，把脸转向乔丹，两人距离只有几英寸。“你觉得克里斯动手了吗？”她把手搁在他手臂上。“我知道你怎么想都无所谓，”她说，“你还是会尽力为他辩护，但我只是想知道。”

乔丹低头看看双手。“我认为他爱那个女孩，警方发现他们时，我想他一定吓坏了。除此之外呢？”他摇摇头，“我认为克里斯·哈特是个说谎高手，”他慢慢说，然后抬头看看塞琳娜，“但不像检方认为的那么高明。”

那是星期四，墓园一片静穆，拉比的声音因而格外醒耳，声音飘荡到朱雀栖息的树梢，朱雀眨着纽扣大小的黑眼珠观看，鸟嘴随着话语一张一合，仿佛祝祷词跟乳蓟籽一样滋养可口。迈克站在梅兰妮旁边，脚上的皮鞋挡不住从龟裂的地面直蹿而上的寒意。他心想：他们怎么把墓石打入地面？他又瞄一眼艾米丽墓地上的粉红色大理石墓石，今天是墓石的揭幕仪式，他已经瞄了墓石不下五十次。

墓石上面没写什么，只有艾米丽的姓名、出生以及去世日期，其下有几个大写字母：BELOVED。迈克不记得曾叫石匠刻上这个词，但自己也许吩咐过，毕竟那是好久以前的事了，而且最近他的脑子始终一片混乱。但话又说回来，如果这是梅兰妮的点子，他也不会感到惊讶，他只是不确定梅兰妮是否吩咐石匠在E和L之间几乎不留空间，或是石匠一时失手把“BE LOVED”（受到宠爱）刻成了“BELOVED”（心爱之人）。结果他不确定这几个字母代表艾米丽是大家的“心爱之人”，还是艾米丽借此向大家说她生前“受到宠爱”。

他听着拉比念出一连串希伯来文，梅兰妮的啜泣声也声声入耳，但他不停环顾四周，直到看到他所等待的为止。

山丘上出现了葛丝的身影，她穿着厚重的黑色雪衣和黑裙，风吹得她低下头。她迎上迈克的注视，悄悄站到他身后。

迈克退后一步，然后再退一步，直到与葛丝平行为止。她随风飘扬的衣角打在他脸上，他摸摸她戴了手套的手。“你来了。”他轻声说。

“你叫我来的。”她喃喃地回复。

典礼结束了。迈克弯腰捡起先前摆在墓石底端的一块小石头，梅兰妮也拾起一块石头，一脸阴郁地走过葛丝身旁，好像她根本不存在似的。葛丝跪下来捡起一块光滑的白色小圆石，走向墓地，把小圆石放在其他两块石头旁边。

她感觉迈克的手搁在她手臂上。“我送你到你车子旁。”他说，随后转身告诉梅兰妮他要去哪里，但梅兰妮已经不见踪影。

迈克跟拉比说了几句话，递给他一个信封，葛丝在旁等候，然后两人一语不发，一前一后离开。走到她车旁时，迈克才说：“谢谢你。”

“不，谢谢你，”葛丝说，“我也想来。”她抬头看看迈克，想说声再见，但他的某些神情（或许是他眼角的皱纹，或许是他颤抖的微笑），令她不由自主地将他揽入怀中。迈克稍微抽身时，两人眼中都一片濡湿。

“星期六见？”他问。

“星期六见。”她说。他依然轻轻揽住她，片刻之间，他看来精神恍惚，好像心中有所挣扎，然后他似乎下了决定，赫然低下头在她唇上轻轻一吻，转身离去。

葛丝在离墓园四分之一英里处把车停到路旁，在焦虑伤心的状况下，迈克显然没有想清楚自己在做什么，但话又说回来，葛丝愿用自己所有的积蓄担保，迈克肯定知道他在做什么。

她知道自己情感上非常脆弱。她已经好几个月没有跟詹姆斯做爱，两人也好久没有好好谈谈。过去这段时间，她不但失去了丈夫，最好的朋友也对她置之不理。现在有个成年男子愿意而且想要跟她谈谈，这实在太诱惑人了。

但她不知道自己是因为想谈谈克里斯，所以期盼跟迈克相会，或者，她只是把克里斯当作跟迈克见面的借口，想到这里，她顿时略感不安。

他们确实谈到克里斯、艾米丽以及案件，她也喜欢这种一吐为快的感觉。但这却不足以解释为什么他看着她微笑时，她颈背的细毛轻轻颤动；她闭上眼睛时，脑海中为何浮现迈克的各种表情，正如曾有一时，她也记得詹姆斯的多种神情？

她和迈克相识多年，她认识他的时间几乎跟她认识詹姆斯的时间一样久。唉，或许因为两人太常见面，误以为跟彼此很熟，所以才被对方吸引。她告诉自己，事情就是如此，没什么好担心的。

但她却单手操持方向盘，空着的另一只手轻抚嘴唇，车胎压过平滑的路面，似乎声声呼唤着“心爱的、心爱的”。

虽然两人都没明说，但自从詹姆斯拒绝为克里斯作证之后，葛丝就搬到了另一个房间。事实上，她搬到了克里斯的房间。她躺在儿子睡了多年的床垫上，闻着衣柜里散发出的运动器材的气味，在儿子喜欢的电台音乐声中醒来，这些都让葛丝觉得儿子似乎依然在自己身旁，也让她略感舒畅。

今晚詹姆斯值夜班，葛丝听到他进门。大门重重关上，楼梯上传来规律的脚步声。凯特早就睡了，他进房里看了看，房门微微吱嘎作响，过了一会儿，他走进主卧室的浴室洗澡，随即传来阵阵急促的水流声。他没有进来跟葛丝说话，他根本不愿走进克里斯的房间。

她悄悄下床，套上睡袍，轻轻踏在地毯上。

看到自己的床，感觉有点奇怪。床单干净整齐，但却好像吐舌头似的从被子下面露出一角，显然证明葛丝最近没睡在这里。詹姆斯不喜欢把床单塞到床下，葛丝睡的那一边，床单却总是工整地塞到床下，夜复一夜，床单半塞半露，两人的界线时有更动。

浴室水声停止，葛丝想象詹姆斯洗完澡后抓条毛巾围在腰际，头发湿淋淋地贴在脑后，然后，她推开浴室的门。

詹姆斯马上转身面向她。“哪里不对劲？”他问，显然觉得，除非事出紧急，否则她不会进来。

“全都不对劲。”葛丝边说边解开睡袍，棉睡袍随即掉落在地。

她犹豫地走向他，把手心贴在他胸前，詹姆斯把她搂入怀中，力道大得惊人。他顺着她的身躯滑下，亲吻她的乳房和肋骨，轻轻把脸颊贴在她肚子上。

她拉他起来，带着他走进卧室，他俯卧在她身上，心跳得跟她一样猛烈。她抚摸他手臂的肌肉、臀部的细毛以及脊椎骨的轮廓，她得再摸摸这些地方，再度将它们纳入记忆之中。他进入她时，她像杨柳一样躬起身子，他再度冲刺，她狠狠咬住他的肩头，生怕自己说出了不该说的话。高潮来得急也去得快，詹姆斯瘫在她身上喘气，两人紧抓着床单和彼此，依旧沉默不语。

詹姆斯带着害羞的笑容走回浴室，背上留有指甲抓痕。葛丝摸摸胡茬刮过乳房的红印，低头看看大床。床上混乱不堪，床单绞成一团，毯子扔在地上，床上有一滴从詹姆斯背上滴下的血滴，他们甚至打翻了床头柜的台灯。这看起来不像重修旧好，或者热情欢爱，事实上，葛丝心想，这看起来跟犯罪现场差不多。

乔丹解开绑着一小叠信件的橡皮圈，一看到印有“格拉夫顿郡高等法院”的信封，马上感到脉搏加快。他撕开信封，里面是帕科特法官针对预审动议的回复。

检方要求移除两位辩方的专家证人，以及塞琳娜取得的那篇议论文，两项动议皆被驳回。

他要求法官压下玛洛探长在医院访问克里斯的记录，法官表示批准，原因是克里斯当时无法自行退出访谈，警方应该先对他宣读“米兰达宣言”，但玛洛探长却没有这么做。

这虽只是小小的胜利，却足以使他露出微笑。乔丹把信塞回一叠信件中，走回办公室，把门关上。

克里斯看到爸爸不自在地站在会客室尽头的金属椅后方时，不禁吓呆了。虽然他跟妈妈说希望爸爸来看他，但他却没想到爸爸真的会来。毕竟好几个月前，克里斯曾经明确表示不希望爸爸来访，其实大家心里都很清楚，就算克里斯不说，詹姆斯也不会来探监。

“克里斯。”詹姆斯边说边伸出一只手。

“爸。”他们握手，克里斯马上惊觉到爸爸的手心好温暖。他忽然记起以前父子两人一起打猎，爸爸把手搭在他肩上，或是爸爸教他射击，双臂环绕着他，爸爸的手心总是温暖得让人心安。

詹姆斯点点头，客气地说："谢谢你让我来看你。"

"妈没跟你一起来吗？"

"没有，"詹姆斯说，"我以为你想单独跟我见面。"

克里斯从没这么说，但妈妈显然以为如此。说不定单独跟爸爸见面也好。"你有什么事想跟我说吗？"詹姆斯说。

克里斯点点头，心中同时浮现好多事情：**如果我去坐牢，你会和妈妈继续照常过日子吗？如果我问你，你会老实跟我说：我已对你造成从未想象过的伤害吗？**但他没问这些，反而脱口说："爸，你这辈子难道从来没有做错过事吗？"此话一出，他比爸爸更加讶异。

詹姆斯以咳嗽掩饰讶异。"当然有，"他说，"我大一的时候生物学不及格，小时候在商店里偷了一包口香糖，有一次参加兄弟会的派对之后，把我爸爸的车子撞烂了。"他轻笑两声，把脚跷起来，"我只是从来没犯过罪。"

克里斯瞪着他。"我也没有。"他轻声说。

詹姆斯脸色发白。"我不是……我不是那个意思……"最后他摇摇头说，"我没有因为发生这种事而责怪你。"

"但你相信我吗？"

詹姆斯迎上儿子的注视。"唉，我只想努力假装什么事都没发生，"他说，"实在很难说相不相信你。"

"但事情真的发生了，"克里斯嘶哑地说，"艾米丽死了，我被困在这个该死的监牢里，我没办法改变这一切。"

"我也没办法。"詹姆斯在双膝之间握紧双手，"你得了解，我爸妈从小就告诉我，摆脱麻烦的最佳方式是假装它不存在。"他说，

“就让谣言满天飞吧……如果我们不为所扰，何必在乎其他人怎么想？”

克里斯笑笑说：“但是就算我假装自己住在时髦的饭店里，东西不会变得更好吃，牢房也不会变得更宽敞。”

“嗯，”詹姆斯说，口气较为缓和，“有时候你确实可以从孩子身上学到一些。”他揉揉鼻梁，“其实你倒让我想起，我这辈子确实做了一件很糟糕的事情。”

克里斯好奇地往前靠：“什么事？”

詹姆斯笑得好真诚，克里斯几乎不敢直视。“我一直没来看你，”他说，“但从现在开始，我不会再躲开了。”

史蒂夫的案子连续开庭四天，他和他父母请不起较有名望的律师，所以公设辩护人接下此案。虽然他没跟克里斯谈起案子，但克里斯知道，随着审判即将告一段落，史蒂夫也越来越紧张。

陪审团达成判决的前一晚，克里斯在一阵窸窣声中醒来，他在床上翻个身，看到史蒂夫就着马桶边缘磨刮胡刀的刀片。

“你他妈的在干吗？”克里斯小声说。

史蒂夫抬头，语调凝重地说：“我要去坐牢了。”

“你已经在牢里了。”克里斯说。

史蒂夫摇摇头：“跟州监狱比起来，这里像是乡村俱乐部。你知道那里的人怎样对付杀死小孩的犯人？你知道吗？”

克里斯勉强挤出笑容：“把你当作妓女？”

“你以为这很好笑吗？你以为再过三个月，你不会落到同样下场吗？”史蒂夫急速喘气，试着不要哭出来，“有时候他们揍你一顿，狱警们却连看都不看，因为他们觉得你活该。有时候他们甚至会杀了你。”他拿起银色的刀片，刀锋在牢房黯淡的灯光中闪闪发亮，“我帮他们省点事吧。”史蒂夫说。

半睡半醒的克里斯过了一会儿才明白史蒂夫的意思。“你不能这么做。”他说。

“克里斯，”史蒂夫喃喃地说，“这是我唯一能做的事。”

克里斯忽然想起艾米丽曾试图向他解释她心中的感受，*我知道自己现在是谁*，她说，*我也知道十年之后我想做什么，但我不知道如何从这一点走到那一点*。克里斯看着史蒂夫抬起颤抖的手，刀锋像火焰一样闪动。他跳下床，猛敲牢门上的铁栏杆，大声喊叫引起狱警的注意。以前他救不了艾米丽，现在他再怎样也要救这个朋友。

谣言传遍监狱，宛如蚊虫一样无所不在，也像蚊虫一样令人难以忽视。隔天早餐之前，每个人都知道史蒂夫被带到重度设防区的自杀牢房，牢房全天候受到控制室的监控。午餐之前，他被警长带去法庭聆听陪审团的判决。

三点半刚过，一位狱警走进克里斯的牢房，动手收拾史蒂夫的东西。克里斯放下正在阅读的书。“审判结束了吗？”他问。

“是的，有罪，无期徒刑。”

克里斯看着狱警捡起塑胶刮胡刀的碎片，史蒂夫就是从这把刀上取下刀锋的。他拿起枕头盖住头，自从被关到郡监狱的那天起，他就没有哭过，此时他却低声啜泣，他是为了史蒂夫而哭，还是为自己，为自己以前做的事，以及未来肯定会发生的事而哭？他想都不敢多想。

刚开始，芭瑞·迪兰妮经常打电话给梅兰妮，知会她法医办公室或者化验室送过来哪些最新证据，后来反而是梅兰妮不时打电话过去，好让迪兰妮小姐不要忘了艾米丽。现在梅兰妮一个月只打一两次电话，检察官最好把时间花在准备案子上，她不想占用太多宝贵时间。

因此，当芭瑞打电话到图书馆找她时，梅兰妮感到相当惊讶。

她接起电话，以为另一位图书馆员听错了来电者的姓名，但却听到检察官清晰明快的声音。

“嗨，”梅兰妮说，“一切还好吧？”

“我才应该问你好不好，”芭瑞说，“其实一切都好。”

“开庭的日期有变动吗？”

“没有，还是五月。”她叹口气，“戈德太太，你能不能帮我了解一些事情？”

“请尽管问。”梅兰妮保证，“你想知道什么？”

“这事与你丈夫有关。他同意为辩方作证。”

梅兰妮沉默了好久，检察官不得不叫她两声。“我还在，”梅兰妮小声说，她想起在墓园看到葛丝，一定是葛丝驱使迈克这么做，她觉得头一阵抽痛，“我能做什么？”

“最理想的状况当然是请他打消主意。”芭瑞说，“如果他拒绝，也许你可以问出他打算说出哪些对辩方有利的话。”

梅兰妮低下头，前额靠在咨询台上。“我了解，”她说，虽然她实在不明白，“我该怎么做呢？”

“戈德太太，”检察官说，“我想这就由你决定了。”

迈克带着满身羊粪味回到家里，一身臭汗、筋疲力尽的他一进门就发现音响开着。几个月来家里一片沉寂，此时乐声似乎格外刺耳，他几乎有股冲动想把它关掉。他走到厨房一角，看见梅兰妮正在切菜，料理台上鲜艳的青、红、黄椒好像五彩彩带。“嗨，”她愉快地打招呼，神情像极了一年前的她，迈克不禁吓了一跳。“你饿了吗？”

“饿坏了。”他说。他嘴巴发干，小喇叭的乐声高昂激荡，他好想伸手碰碰梅兰妮，确定眼前真的是她。

“去洗个澡吧，”她说，“我正在做好吃的羊肉肉酱。”

他像机器人一样走到楼上浴室，感到头晕目眩。这就是所谓的悲恸吗？他听说悲恸能彻底改变一个人，但有一天，一切会忽然恢复正常，他自己就是如此，也许梅兰妮也已走出悲伤。

他在身上抹肥皂，倒出洗发水洗头，心里一直想着梅兰妮在厨房里的模样：她背向他，高领毛衣下的曲线优雅柔和，秀发在傍晚的阳光中闪烁着点点金光。

他围条毛巾走出浴室，赫然发现梅兰妮坐在床上，身旁摆着两个热气腾腾的盘子和两杯红酒。

她穿着一件绿色的丝质睡袍，腰带微微松开，迈克记得好久以前两人二度蜜月时，她也穿着这件睡袍。“我想，你也许不想等。”她说。

他咽了口口水。“等什么？”他问。

梅兰妮笑笑说：“肉酱。”她站起来，盘中可口的料理随着床垫的移动而摇晃。她举起酒杯：“喝两口吧？”迈克点点头，她啜饮一口，然后踮起脚尖吻他，红酒流经他的嘴唇，直下他的喉咙。

他觉得自己此时此刻就要达到高潮了。

艾米丽已经过世好几个月，他也已好几个月没跟梅兰妮做爱，现在她主动调情，他应该马上拉她上床……但这不像梅兰妮的作风，他们结婚多年，梅兰妮从未主动调情，但他想到她把酒灌进他嘴里，顿时感到自己又硬了起来。他心想，她不知道从哪本书里学到这一招。

思及至此，他忍不住笑出声。

梅兰妮眼光一闪。换作其他人，肯定看不出在那一瞬间，梅兰妮张大的眼睛中带着一丝犹豫。但迈克太了解梅兰妮，也看出她的犹豫，更令他惊讶的是，梅兰妮放下酒杯，伸手按住他的后脑勺，印上他的唇。

他感到她的睡袍大张，她的乳头顶在他胸前，她的舌头在他嘴里漫游，她的手指轻抚他的脑后。过了一会儿，他感到她另一只手伸到他两腿之间，一把握住他的睾丸。

这下他任凭她摆布了。

他忽然明白梅兰妮为什么烹调肉酱、穿上丝睡袍、主动要求跟他做爱。她并非隔夜变了一个人，而是有求于他。

他抬头稍微抽身，梅兰妮轻声叫喊，张开眼睛。“怎么回事？”她问。

“何不由你来告诉我呢？”迈克喃喃地说。

他看到她抬头看他，他感到自己在她手中的生殖器软了下来，也察觉到她的讶异。她狠狠用力一握，然后把手松开，猛然拉紧睡袍。“你要帮辩方作证。”她愤愤地说，“你的女儿死了，你却支持杀害她的凶手。”

“就是这么回事吗？”迈克难以置信，“你以为你干了我，我就会改变主意？”

“我不知道！”梅兰妮双手埋在发中，痛哭失声，“我以为你也许会改变主意，你欠我这份情。”

迈克难以置信地眨眨眼，他们结婚二十年了，她居然想把性爱当作筹码，实在令他吃惊。迈克想让梅兰妮跟他一样伤心，因此他板起面孔一脸漠然地说：“你太抬举自己了。”说完就走出卧室。

他全身赤裸，但这也无所谓。他穿过屋子，走进办公室，换上工作穿的手术服，在书桌前坐下。他可以听到梅兰妮在厨房里悄悄收拾碗盘。

他拿起听筒拨电话，双手依然不住颤抖。

葛丝走进欣园餐厅，马上朝着餐厅后方的包厢以前他们星期五晚上聚会的老位子走去。迈克穿着一套绿色手术服坐在那里，看来像是在啜饮纯伏特加的饮料。“迈克。”她说，他抬起头。

她看过这种表情，但却说不出那是什么。他双眼无神，嘴角微微下垂，她花了一会儿时间才看出这是“绝望”，克里斯装出什么都不在乎的模样之前，她也在他脸上看到过同样的表情。

“你来了。”迈克说。

“我说我会来。”

他打电话到她家，而且苦苦哀求马上跟她见面，她试想这个时候哪个公共场合比较不忙，最后建议在欣园餐厅碰面。她跟詹姆斯和凯特谎称出去办事，开车过来的路上，她才想到这家餐厅充满了回忆。

“梅兰妮实在……”迈克说，葛丝马上张大眼睛。

“她还好吧？”

“我不知道，我猜这得看你怎么定义‘还好’。”他说，然后他告诉葛丝刚刚发生了什么事。

等他说完，葛丝已经满脸通红。她想起不久以前，她还跟梅兰妮边喝咖啡边讨论男人的尺寸等等，现在想起来却感到相当不自在。“嗯，”她清清喉咙，“你若出庭作证，她不可能不知道，这点你也很清楚。”

“没错，但我不是因为这点而生气。”他抬头看看葛丝，眼中隐约露出泪光，“我们碰到了一件非常可怕的事，你知道吗？我一直以为如果真的碰上了，我们会一起面对，共渡难关。”他低头看看颜色鲜明的餐垫，餐垫上印着中国生肖年轮鼠年、牛年、马年等，“你对一个人完全付出，整颗心都掏给她，直到再也无可付出，而后你却发现这些依然不是她想要的，你知道那种感受吗？”

“是的，”葛丝说，“我知道。”她握住迈克的双手，帮他打气。他们各自想着詹姆斯、梅兰妮，以及似乎一夕之间出现在夫妻之间的鸿沟。

服务生过来点菜时，他们依然手握着手。“先生！太太！”服务生一脸高兴地大喊，葛丝和迈克顿时分开，“另一对先生太太什么时候来？”

葛丝张嘴结舌地瞪着服务生，迈克听出服务生弄错了。“噢……不，”他笑笑说，“我们没结婚，嗯，我是说我们已婚，但我们不是一对。”

葛丝点点头。“另外两位，还没来的那两位……”她说，但服务生依然笑容满面，显然不愿，或者听不懂她的解释，于是她说到一半就停嘴。

迈克按住菜单。“芥兰鸡，”他说，“再来一杯伏特加。”

服务生走去厨房之后，两人沉默地坐着，气氛有点尴尬，葛丝悄悄把手藏到桌面下，依然因迈克的触摸而颤动。迈克用筷子敲打伏特加酒杯的杯沿。“他以为我们是……”

“我知道，”葛丝说，“真好笑。”但她低头瞪着印着中国年轮的餐垫，心想是不是只有服务生认为伴侣可以互换。服务生弄错了倒也情有可原，这些年来，餐厅的服务生们常看到哈特和戈德夫妇，也见识了四人之间的默契，随便哪位服务生都会犯同样的错误。

葛丝偷瞄迈克一眼，打量他银白浓密的头发以及强壮方正的双手。迈克今晚需要她，所以她过来，这绝对正常，毕竟他几乎是自家人。

但正因如此，所以感觉有点可怕。

甚至像是乱伦。

笨重的瓷杯从葛丝手中“铿”的一声滑落到桌上，她和迈克都察觉到两人之间那股又自在又不安的吸引力，但他们年纪都够大，当面对现实时（比方说服务生走了过来），也都知道保持距离。但对一个年纪较轻的人而言，可能不是这么容易。

艾米丽被逼着跟一个感觉像自己哥哥一样的男孩谈恋爱，谁说她没有同样的感受呢？

而且怀了他的小孩？

葛丝闭上眼睛，很快在心中默祷。忽然间，她想通了这几个月来大家不解的问题：为什么开朗、活泼、聪明的艾米丽会困惑到结束自己的生命？

过去
1997年10月

艾米丽第一次告诉克里斯她想自杀时，克里斯大笑。

第二次，他假装没听到她说什么。

第三次，他听进去了。

他们看完晚场电影，开车回家的路上，艾米丽睡着了。克里斯注意到艾米丽最近很爱睡觉，她晚上早早就睡，早上起得很晚，克里斯开车送她上学前得先叫她起床，她甚至在课堂上打瞌睡。这时她的头轻靠在他肩上，身子斜靠在座椅中间的手动变速杆上，克里斯左手开车，右手弯成一个奇怪的角度搂住艾米丽，以免她乱晃。

车子开上高速公路，他必须双手握着方向盘，所以他放开艾米丽。艾米丽从他肩头滑到大腿上，耳朵紧贴着他皮带的扣环，胸部挨靠着排档杆，头颅沉重而温暖。开过镇上沉静的街道时，他把手搁在她头上，轻轻拨开她脸上的头发。他把车开进她家车道，关掉引擎和车灯，看着沉睡中的她。

他轻抚她粉红色的耳朵，精致的耳朵上隐约可见蓝色的血管，他几乎可以想象鲜血川流而过。“嗨，”他轻声说，“醒醒。”

她赫然惊醒，如果不是克里斯制住她，她恐怕会一头撞上方向盘。她挣扎坐起，克里斯的手依然在她颈背上。

艾米丽伸伸懒腰，他的皮带扣环在她左颊留下一个红印。“你为什么不早点叫我起来？”她说，声音有点沙哑。

克里斯对她笑笑。“你看起来好可爱。”他说，然后帮她把一簇发丝塞到耳后。

这没什么，他以前说过上千句同样的赞美词，但她却忽然哭了。克里斯大吃一惊，把手伸过排挡杆，试图把她拥入怀中。“艾米丽，”他说，“怎么了？跟我说。”

她摇头，他感觉肩头周围动了几下，然后她抽身，用衣袖擦擦鼻子。“我会想念你。”她说。

这话听来好奇怪，她的意思是不是“我很想你”？克里斯笑笑说：“我们可以互访，这就是为什么大学都放长假。”

她笑笑，但听起来仍像啜泣。“我不是说大学，我一直试着告诉你，”艾米丽犹豫了一会儿，“但你不听。”

“告诉我什么？”

“我不想待在这里。”艾米丽说。

克里斯伸手启动引擎，“现在还早，我们可以到其他地方。”他说，心中却忽然升起一股警戒。

“不，”艾米丽转向他说，“我不想活了。”

他沉默地坐着，喉咙咕咕响，他拼命回想艾米丽说过哪些沮丧的事情，让她做出这种决定。他这么了解艾米丽，怎么可能看不出她最近不太对劲？他到底忽略了什么？“为什么？”他勉强问道。

艾米丽咬咬下唇。“你相信我什么都会跟你说，对不对？”克里斯点头。“我再也受不了，我只想做个了结。”

“了结什么？到底是怎么回事？”

“我不能告诉你，”艾米丽脱口而出，“我们从来不对彼此说谎，我们或许没有告诉对方所有事情，但我们从不说谎。”

“没错，”克里斯说，双手不停颤抖，“没错。”他觉得好像脱离了自己的身躯，就像有次他撞上跳水板边缘昏了过去，他拼命想捕捉空气，记下周围平常的景象，但心里却很清楚一切正从眼前消逝。“艾米丽，”他吞咽口水，话语仿佛只是车内的另一个黑影，“你……你又讲到自杀了吗？”艾米丽把头转开，他觉得肺部像气球一样膨胀，整个人却重重下沉。

“你不能。”克里斯过了一会儿说。他嘴唇跟橡皮一样凝重，这会儿还发得出声音，自己也吓一跳。*我不要谈这件事*，他心想，*因为如果我谈了，这事就真的会发生*。苍白而美丽的艾米丽没跟他坐在一起，他正在做噩梦，随时会醒过来；但他却听到自己尖锐、惊恐的声音，他不相信也不行。“你……你不能这么做，”他结结巴巴地说，“你不能因为一天不顺心就想自杀，你不能忽然做出这种决定。”

“这不是忽然的决定，”艾米丽冷静地说，“我也不只是一天不顺心。”她笑笑，“谈一谈的感觉很好，大声说出来的感觉还不差。”

克里斯怒气腾腾，用力推开他旁边的车门：“我要跟你爸妈说。”

“不！”艾米丽大叫，语调带着高度惊慌。克里斯听了马上停手。“拜托，不要，”艾米丽喃喃地说，“他们不会懂的。”

“我也不懂。”克里斯愤然地说。

“但你会听。”她说。过去五分钟以来，克里斯第一次感觉自己总算听懂了。他当然会听，他愿意为她做任何事情，至于她爸妈……嗯，她说的没错。十七岁时，一点小挫折都会变得非常严重，其他人的想法可能深植在你脑海中，有个支持你、愿意听你说话的人跟空气一样重要。大人们与十七岁的青春年代距离好几光年，他们只会不以为然、轻描淡写地说“会过去的”，仿佛青春期是个跟水痘一样的疾病似的。他们只记得青春期有些小小的困扰，却完全忘了当时的心情与感受。

有些早晨，克里斯满身大汗醒来，心中生气勃勃，甚至好像一路跑到悬崖顶端似的气喘吁吁；有些日子，他觉得这身皮囊包不住自己，全身几乎快要涨破。

有些夜晚，他想到自己达不到众人的期望，忽然深感惊慌，这时，他只想把头埋在艾米丽的发间，嗅闻她洗发精的清香，但他怎样也不肯承认这股渴望。他无法对任何人解释这些感觉，尤其是他爸妈。至于艾米丽，艾米丽就是艾米丽，她一向依附着他，静候他渡过难关。

但艾米丽愿意对他吐露心声，他感到又恐慌又骄傲。片刻之间，他完全没注意到她仍未告诉他为了何事心烦，他只想到她信任他，没有其他人帮得了她，他是她的救星。

然后他脑海中浮现出艾米丽割腕自杀的模样，心中忽然一阵动荡。这事非同小可，单靠他们两人无法解决。“你一定得找个人谈谈。”他说，“心理医生之类的人。”

“不，”艾米丽轻声说，“我知道我什么事都能跟你说，所以我才坦白告诉你。但是你不能……”她稍微犹豫，“你不能毁了我的计划。今天晚上……好久以来，我第一次觉得应付得来，这就好像你已经吃了药，也知道再过不久就不痛了，所以再苦你也承受得了。”

“什么让你这么痛苦？”克里斯严肃地问道。

“所有的一切，”艾米丽说，“我的头，我的心。”

“这……这是因为我吗？”

“不，”她说，眼里再度闪着泪光，“不是因为你。”

他不管两人中间有根坚硬的排挡杆，一把把她拉过来紧紧抱在胸前。“你要我帮你，对不对？否则你为什么跟我说？”他小声说。

艾米丽惊慌地说：“你不会告诉别人吧？”

“我不知道。难道我应该假装没事，等到你真的动手之后才说‘嗯，对了……她确实说过想自杀’？”他抽身，用手盖住眼睛，“上帝啊，我真不敢相信我们讨论这种事。”

“答应我，”艾米丽说，“你不会告诉任何人。”

“我不能答应你。”

艾米丽眼中的泪水簌簌而下。“答应我。”她再度哀求，双手紧抓着他的衬衫。

多年以来，大家总将他视为艾米丽的另一半和保护者，虽然他自己也这么认为，但他从来不清楚如何扮演这种角色。他忽然领悟到自己的机会到了，这事对他和艾米丽都是个考验，他必须帮她平安度过。如果她信任他，他就不能辜负她的期望，即使他们抱持不同期望，他还是不能令她失望。他有时间，他会听她说话，他会问出这个可怕的秘密，也会让她知道有更好的解决之道。最后，包括艾米丽在内的每个人，都会称赞他处理得宜。“好吧，”克里斯小声说，“我答应你。”

即使艾米丽紧贴着他，他仍觉得两人之间竖起一道墙；即使两人肌肤相亲，他也再无法真切感觉到她的存在。艾米丽似乎也有同样感觉，于是将身子靠得更近。“我不知道怎样瞒着你，”她悄悄说，“所以我才告诉你。”

克里斯直视她的双眼，他知道这句话意义重大，但如果最终她还是走上自杀一途，听她自己解释打算怎么做，跟有人上门跟他说艾米丽自杀了，两者又有何差别呢？

“不，”他平静地说，心中忽然充满使命感，轻摇她的手臂说，

“我不会放弃你。”

艾米丽看着他，在那短暂的一刻，他读得出她的心思。梅兰妮曾说他们两人像双胞胎，拥有属于两人的秘密和语言。在那一刻，克里斯感觉到她的恐惧、决心以及一再碰壁的痛苦。她移开目光，他又可以呼吸了。“重点是，”艾米丽说，“这不是你的选择。”

克里斯跃入水中，游四圈自由式来暖身。游泳总是有助于他思考，毕竟，在五十米的距离内，除了思考之外没有太多可做的事。他已利用游泳的时间背诵化学周期表、SAT词汇，也利用这段时间练习该跟艾米丽说些什么，劝诱她跟他上床。大部分时候，他保持正常速度，轻松往前游，但想到“死亡”和“艾米丽”，他双臂却越划越快，双脚拼命打水，仿佛想超过自己的思绪。

游到终点时，他爬出泳池，一颗心猛跳。他摘下护目镜和泳帽，用毛巾擦擦头发，在泳池旁边的一张长椅上坐下。教练走向他，一脸戏谑地说：“哈特，比赛的时候再破纪录吧。这只是练习，别逼死自己。”

别逼死自己。

他不能让艾米丽自杀，没错，就是这么简单。或许他只顾及自己，所以才想阻止她，但将来她肯定会感谢他救了她一命。不管她为了什么烦心（哪件该死的事情让她烦恼到不能跟他说），最后一定解决得了，尤其是他将出手相助。

他张大眼睛，这就对了！艾米丽要求他的谅解及缄默，如果他照办，他就有机会劝她改变心意，即使到了最后一刻，他还是有机会。他会假装接受这个疯狂的点子，然后他会像白马骑士一样猛然现身，成功说服艾米丽不要自杀。没有人会知道她几乎自戕，他也得以遵守对艾米丽的承诺，守住这个可怕的秘密，只要目的正当，大可不择手段。

但克里斯没想过他也许不会成功。

他顿时觉得好多了，在教练的哨声中，他站起来再次跃入水中，继续练习。

艾米丽等克里斯练习完毕，所以也在学校待到很晚。她通常在美术教室画画，等克里斯游完泳再开车送她回家。她坐在男更衣室外面饮水机旁边的椅子上等他，双手带点油彩味，大衣像只小狗一样摊放在脚边。“嗨。”克里斯说，他把背包甩到肩上，慢慢走向她。

他弯下来亲吻她的脸颊，她吸进他带着肥皂、漂白水以及洗洁精的气味，他的鬓角依然滴着刚才洗澡的水滴，他离得很近，她几乎可以伸出舌头捕捉住水滴。她闭上眼睛，把他的身影深深印在脑中，这样她才可以带着一起走。

她跟着他一起走到学生停车场。“我一直在想你星期六晚上说的事。”克里斯说。

艾米丽点点头，但眼睛还是盯着鞋子。

“我得慎重告诉你，我非常不想让它发生，”克里斯说，“我也会用尽一切方法让你改变主意。”他深深吸口气，捏捏她的手，“但是，如果……真的走到那个地步，”他说，“我要在你的身旁。”

听到这话，艾米丽知道她显然仍有期盼；在潜意识里，她一直等着他这么说，她怎么可能没有期盼？“这样很好，谢谢。”她说。

克里斯开始悄悄地、坚决地展开攻势，他要让艾米丽知道她将错失什么。他请她到昂贵的餐厅吃饭，他带她到大西洋的堤岸旁观赏落日，他找出他们以前用罐头滑轮传递的小纸条——滑轮只管用三次，然后就缠在两家之间的松树间，修也修不好。他拉着她一起看成叠的大学申请表格，好像少了她的意见，他就做不了决定似的。他时而温柔、时而气愤地跟她做爱，却不确定哪种方式才能把自己的心灵交付给她，让她拿来修补她受创的心。

艾米丽忍受了下来。真的，克里斯只能这么形容。不管克里斯使出什么花招，她总是默默承受。她似乎保持了某段距离，从高处观看这一切，却老早就已下定决心。

他很惊讶艾米丽依然不为所动。他像一位准备登陆的将军一样，想尽办法、用尽策略想找出问题所在，但艾米丽依然什么也没说。在她的沉默中，他想象了各种最糟的状况：她有毒瘾，她是女同性恋，她考试作弊，但这些事情都不会抹杀他的爱意。

他试着逗她讲出秘密。他跟她玩“二十个问题”[①]，他也试着威胁，但却只弄得艾米丽噘起嘴，把头转开，克里斯反而更慌张，生怕自己更快失去她。他只能逼到某个地步，因为她若怀疑他不是真的想帮她，他的伪装以及他打算解救她的英勇计划都会被揭穿。

“我不能讲。”她常说。

“不，你只是*不愿意*。”克里斯也常纠正她。

艾米丽接着满心挫折地说，克里斯提了只会让她更难过，如果他真的爱她，就不要再问。

克里斯对这种拖延战术大感厌烦，摇摇头对她说：“我不能不

① “二十个问题”是个推理游戏，一个玩家先想好答案，其他玩家提出二十个“是或不是”的问题来找出答案。

问。”

“你只是*不愿意*。”艾米丽顺着他的口气回嘴，他也不好意思再开口。

他们卧躺在戈德家的客厅里，数学课本摊在面前，纸上写满像外国文字一样的函数和微分方程式。“不对，”她指着克里斯算错的地方说，“应该是2xy减x。”她更正，然后翻身仰躺，盯着天花板。“为什么拿A对我这么重要？”她莞然说道，“发成绩单的时候，我已经不在了。”

她听起来实事求是，不带感情，克里斯听了却感到反胃。“说不定这是因为你其实不想自杀。”他说。

“谢啦，弗洛伊德博士。”艾米丽说。

“我是说真的，”克里斯用手肘撑起身子，“你为什么不再等六个月，看看感觉如何？”

艾米丽脸色一僵。“不行。”她说。

“就这样？*不行*？”

她点头说：“不行。”

“好极了，”克里斯愤愤地合上数学课本，“棒极了，艾米丽。”

艾米丽眯起双眼：“我以为你要帮我。”

“我当然会帮你，”克里斯生气地说，“你要我怎么做？你脖子上绕个绳子，我把椅子推开吗？还是要我扣下扳机？”

艾米丽满脸通红。“你以为我很容易就能讲起这件事吗？”她严肃地问，“不，其实不容易。”

“最起码对你比较容易，”克里斯怒气大发，“你甚至不知道我怎么想。我每次看着你，看到的总是一个漂亮聪明的女孩。世界上一大堆人寻觅了一生却找不到真爱，我们找到了彼此，但你一点也不在乎。”

“我在乎，”艾米丽握住克里斯的手，“我只在乎我们的爱，我想做的就是让它永远保持原状。”

“你所采用的方式还真绝啊。”克里斯刻薄地说。

“真的吗？”艾米丽问，“你情愿剩下的一辈子都想着我们、永远记得这段完美的感情，还是让感情变质，永远记得感情被糟蹋？”

“谁说我们的感情会变质？”

“我们会的，”艾米丽说，“这不是没有可能。”

“你看不出来吗？”克里斯试着压下泪水，“你不明白你对我做了什么吗？”

“我没对你做什么，”艾米丽轻声说，“我是为了自己而做。”

克里斯瞪着她说：“这又有什么不同？”

艾米丽越常提到自杀，克里斯越不觉得可怕。他已经不跟她争执，因为越吵只会让她越坚持，甚至想出新点子。他反而跟她讨论所有可行方案，说不定她会因而看出这一切有多荒谬。

有天晚上看电视看到一半时，他转头问她打算怎么下手。

“你说什么？”这是艾米丽第一次听到克里斯主动提起——通常是她提到自杀。

“你知道我说什么，我想你一定考虑清楚了。”

艾米丽耸耸肩，很快转头看看，确定她爸妈还在楼上。“我想过，”她说，“我不要吞药。”

“为什么不要？”

“因为吞药太容易出错，”她说，“到后来会被送到精神病房强迫洗胃。”

其实他觉得那样倒是不坏：“你有什么替代方案？”

“二氧化碳中毒，”她说，然后笑笑，“但我说不定得借用你的吉普车。当然还有割腕，但这样似乎……太刻意。”

“自杀不就是刻意吗？”克里斯说。

“割腕会痛，”艾米丽轻柔地说，“我只想马上了结。”

克里斯看看她，*以免改变主意吗？*他心想，*说不定我能让你改变主意？*

“我想到枪。”她说。

“你讨厌枪。”

“那跟自杀有什么关系？”

“你打算从哪里拿到枪？”克里斯说。

艾米丽抬头看看他说：“也许你可以帮我。”

他扬起眉毛：“不、不，绝对不行。”

“克里斯，拜托，”她说，“你给我枪柜的钥匙就行了，告诉我哪里找得到子弹。”

“你不能用猎枪自杀。”克里斯喃喃地说。

“我想用一支比较小的枪，比方说柯尔特转轮手枪。”

她看到他起了防卫心，不禁心头一紧。克里斯看过这种绝望、认命、被逼到角落的表情，母鹿被射杀之前就是这副神情。他知道艾米丽此时就是这种心情，她似乎只有在计划如何结束生命时才感到快乐。

泪水流下她的脸颊，他喉头一紧，忍不住跟着流泪，就像有时她达到高潮他跟着哭一样。“你曾说你愿意为我做任何事情。”她哀求。

克里斯低头看看两人交握在教科书上的手，不知怎么的，他第一次感觉到他可能办不到，她真的会自杀。“我会的。”他说，这是真话，但却让他心碎。

他们手牵手坐在漆黑的电影院里，不管他们看的是哪部电影（克里斯甚至不记得片名），影片早已播放完毕。工作人员名单已经播完，最后一位观众也走了，他们身旁只有两三个带位员清扫座椅间的爆米花空盒。带位员们行动匆匆，试图忽略这对依然窝在影院后方的情侣。

有时他确定自己终究会是英雄，将来回想起来，他和艾米丽都会觉得此事非常好笑。有时他却觉得自己终究只能遵守对艾米丽的承诺，也就是说，他只能在她撒手西归时守在一旁，当个见证。

“没有你，我不知道该怎么办。”克里斯轻声说。

他感觉艾米丽转向他，她的双眼在黑暗中闪闪发光。“我们可以一起走。”她说完咽了口口水，话语依然哽在喉头。

克里斯没有回答，故意让她想想这句话多么荒谬。他默默想道：*你怎能确定我们死了之后还会在一起？你怎么知道行得通？*

“因为除此之外，”艾米丽口气坚定，仿佛听见他的想法似的，“我无法想象还能怎么样。”

有天晚上，他走到地下室，从爸爸的抽屉里拿出钥匙。枪柜跟往常一样上了锁，以防小孩乱动，但却防不住像克里斯一样知道门道的青少年。

他打开枪柜，取出柯尔特转轮手枪。他太了解艾米丽，也知道她一定会想看看手枪。如果他不把枪带过去，她会看出他另有计划，从此也不再信任他，这样一来，他就没机会阻止她动手。

他坐在那里，手中的枪沉甸甸的。他想起枪支清洁液的味道，也想起爸爸那双敏捷、精准的双手拿着硅胶布擦拭枪柄和枪身。克里斯以前曾想，*啊，好像摩擦阿拉丁神灯*，他还等着精灵出现呢。

他记得爸爸曾告诉他关于这把枪的故事：黑金克星艾利特·聂斯、黑帮老大卡彭、禁酒时代的地下酒吧、秘密突击以及冒着泡泡的甜酒，等等。他跟克里斯说，这把枪曾经伸张正义。

然后他想起第一次跟爸爸去猎鹿，他没有一枪把鹿打死，父子两人一路追到林中，最后看到鹿气喘吁吁地侧躺在地。*我该怎么办*？克里斯问，爸爸举起猎枪，扣下扳机。*帮它解脱*，爸爸说。

克里斯从枪柜下方拿出子弹，艾米丽不笨，她也会想看看子弹。他闭上眼睛，强迫自己想象她把银灰色的手枪举向额头，如果真的走到那种地步，他也想象自己伸出手，把枪从她额头边移开。

他不能让艾米丽自杀。这很自私，也很单纯。当你跟某人过了一辈子，你怎能想象自己活在一个没有她的世界？

他会阻止她。他会。

但他却没多想自己为什么塞了两发子弹到口袋里。

现在
1998年5月

葛丝坐在床边，慢慢穿上丝袜，然后愣愣地想到：*哦，还得穿衣服*。她走到衣柜旁拿出一件式样简单的蓝裙子和同款的低跟鞋，她还打算戴上一串优雅、保守的珍珠项链。

她不被准许进法庭。证人们直到出庭作证之后才能坐下来旁听，今天不太可能传唤到她，但她说不定会看到克里斯，虽然机会极为渺茫，但她依然为了他好好打扮。

詹姆斯在浴室里刮脸，她听到隆隆水声，感觉好像他们正要参加派对，或者跟孩子们的老师会面，但目前的情况当然不是如此。

因此，当詹姆斯从浴室出来时，他看到葛丝穿着胸罩和丝袜，眼睛闭着，躬起身子，好像跑了好久似的不停喘气。

梅兰妮和迈克一起出门。她双脚陷入柔软的泥土地里，高跟鞋沾上了泥渍。她打开她车子的车门，一语不发地坐进车里。

迈克坐上他自己的卡车，一路跟着太太开过伍德哈洛街，紧盯着她的车尾。她的车尾两端较高之处各有一个刹车灯，两灯之间的保险杆上也有一串灯光，每次梅兰妮一踩刹车，灯光全都一闪，看起来好像车子在微笑。

芭瑞·迪兰妮刚准备前往法院，小猫就打翻了咖啡。“该死，该死！”她一边推开喵喵叫的小猫，一边拿起擦碗巾收拾善后，擦碗巾吸不干咖啡，咖啡仍像小河一样流到厨房餐桌下。芭瑞很快瞄了一眼水槽，唉，她实在没时间清理。

好多天之后，她才发现咖啡在白色塑胶地板上留下印渍，其后的十年里，她一进厨房就想到克里斯多弗·哈特。

乔丹把手提包放在厨房料理台上，一边整理领带，一边转身跟托马斯说：“怎样？”

托马斯吹声口哨说：“挺英俊的。”

“英俊到会赢？”

“英俊到会给一些人好看。”他儿子咯咯笑说。

乔丹笑着拍拍托马斯。“讲话小心一点。”他半开玩笑地说，然后拿起可可味玉米片，脸色随之一沉，“噢，托马斯，你怎么可以这样？”他看看空空如也的纸盒，眉头不禁一皱。

满嘴玉米片的托马斯惊讶地说：“没有了吗？爸，我发誓，我以为还剩下一点。”

每次开庭当天，乔丹都吃一碗可可味玉米片当早餐。他知道这是个荒谬的迷信，就像有些投手连胜时不刮胡子，或是赌博郎中把兔脚缝在夹克里层，但这是**他的**迷信，而且该死的有效：吃了可可味玉米片就会旗开得胜。

托马斯被爸爸瞪得坐立不安。“我可以出去买一包。”他建议。

乔丹哼了一声说：“你怎么去？”

“骑脚踏车。”

“这么说，你大概……午餐左右到家，”乔丹摇摇头说，“有时候，”他试着不要发脾气，“我只希望你想清楚之后再行动。”

托马斯低头看着碗：“我可以到隔壁问问希金斯太太有没有玉米片。”

希金斯太太至少七十五岁，乔丹想都不想就知道她家里不太可能存放玉米片。“算了，”他不悦地说，然后从冰箱里拿了一块英式松饼，“来不及了。”

穿上西装的感觉很奇怪。狱警把衣服跟早餐一起送过来给克里斯，自从七个月前的侦讯之后，他再也没见过这套西装外套和长裤。他记得他、艾米丽和妈妈一起去买西装，店里充满了毛料的味道，感觉相当昂贵。他在试衣间里忙着穿上长裤，艾米丽和妈妈讨论该买哪条领带，两人的声音像小鸟的轻鸣一样飘过来。

“哈特，”站在牢门旁的狱警说，“该走了。”

他穿着西装走过一间间牢房，汗珠从太阳穴旁滴下来，其他犯人刻意不做声，他也刻意忽略大家的沉默。当你看着某人前往法庭，你无法不想到下一个可能轮到自己，看了也不免难过。

铁门在他身后重重关上，狱警把他交给驻守在格拉夫顿郡监狱的一位副警长。“大日子哦。”副警长边说边帮克里斯铐上手铐，然后把链条扣在克里斯腰间的铁链上。副警长一只手紧抓着克里斯的上臂，等着狱警打开监狱大门带着克里斯走出监狱。

七个月来，克里斯第一次置身户外，四周没有铁条，只有群山和缓缓流动的康乃迪克河，监狱旁边的农场散发出马粪味。他深呼吸一口，抬头迎向阳光，阳光流泻在他脸颊和鼻梁，自由的气息令他不禁膝盖发软。

“走吧。”副警长不耐烦地说，拉着他走向法院。

法庭相当空荡，案子大部分要角都等着被传讯作证，所以不在法庭内。詹姆斯僵硬地坐在被告席后面的一排长椅上，乔丹才刚到，一只脚跨在椅子上跟一位同事说话。法庭的一道侧门开了，乔丹停止说话，詹姆斯随着他的目光望去，看到克里斯被带进法庭。

法警把克里斯带到被告席，詹姆斯看到儿子，感到喉头一紧，他伸手想碰碰儿子，却忘了两排座位之间有块分隔板。

克里斯就在他眼前，但他却碰不到。

他们故意设计的，詹姆斯心想。

“这样怎么行？”乔丹指着手铐大喊。手铐看来可怕，但也在预期之中，其实乔丹已经告诉哈特夫妇克里斯会戴上手铐，所以詹姆斯不知道乔丹为什么如此讶异。乔丹生气地比手画脚，跟着检察官一起走向法官办公室。

克里斯在椅子上转身说：“爸。”

詹姆斯再度伸出手，生平第一次，他完全不管整个法庭的人都看着自己，他抬脚跨过分隔板，在乔丹先前坐着的椅子上坐下，然后他紧抱住克里斯，用身子遮住儿子，这样一来，当记者们和一拥而入的旁观者朝着被告席窥伺时，大伙甚至看不到克里斯戴着手铐。

乔丹在办公室里大发脾气。“上帝啊，庭上，”他说，“既然这样，我何不让他戴上一头小辫子的长假发，或者让他留起小胡须？去他的，我们干脆在他额头上刺个纳粹刺青，百分之百确定陪审团开庭之前就对他产生偏见算了！”

芭瑞不以为然地说：“庭上，涉嫌谋杀的犯人被铐上手铐带到法庭，这样完全符合程序。”

乔丹逼问她说：“你以为他打算在法庭上做什么？拿支圆珠笔把人刺死吗？”他转身面向法官，“我们都知道检方想让大家认为他具有威胁性，所以才让他戴上手铐。”

“他确实具有威胁性，”芭瑞低声指出，“他杀了一个人。”

“把这话留给陪审团听吧。”乔丹喃喃地说。

“上帝啊，”帕科特法官边说边剥开一颗杏仁，“我得一直看你们两人吵成这样吗？”他揉揉太阳穴，闭上眼睛，“以前或许曾有先例，但是迪兰妮小姐，我愿意大胆假设克里斯・哈特不打算大开杀戒。在开庭审问期间，被告可以不戴手铐。”

“谢谢你，庭上。”乔丹说。

芭瑞转身走出去的时候，撞了乔丹一下。“你若已经开始向法官求情，”她轻声说，“辩词肯定相当薄弱。”

乔丹对着依然搓揉手腕的克里斯露出自信的微笑。“这是一个好预兆。”他对着克里斯刚被松开的双手点点头。

克里斯实在不知道为什么，即使是货真价实的谋杀犯，也不会笨到在法庭上公然攻击他人。他和乔丹都很清楚（去他的，其实每个人都知道），他之所以被戴上手铐带进法庭，原因纯粹在于检方意欲剥夺他的尊严。

“别看检察官，”乔丹继续说，“她会说出一些相当可怕的话，她在开庭辩论时可以这么做，别理她。”

“别理她。”克里斯轻声重复。有个喉结跟鸡蛋一样大的干瘦家伙叫大家起立。“莱斯利·帕科特法官负责审理。”他大声宣布，然后有个身穿法袍的男人从侧门进来，嘴里叽嘎地咬着某样东西。

“请坐。”帕科特法官边说边翻开档案，他从面前的方罐里掏出一颗干果扔进嘴里，好像小磷虾被吸进鲸须似的。“检方请开始。”他说。

芭瑞站起来面向陪审团。“各位女士、先生，”她说，“我叫芭瑞·迪兰妮，我代表新罕布什尔州向你们每一位致谢，谢谢大家接下这个重要职责，你们十二位将确保正义与公理在法庭中得以伸张。就本案而言，这表示你们将判定那个男人……”她指指被告席说，“克里斯多弗·哈特犯下谋杀罪。

“没错，谋杀。这听来令人惊讶，你们看到我指着一位英俊的年轻人，也许更加讶异，我敢保证你们甚至心想：‘他看起来不像杀人犯’，”她转身跟着陪审团一起打量克里斯，“他看起来……嗯，像个贵族中学的孩子，一点都不像好莱坞电影里的杀人犯。但是各位女士、先生，这里不是好莱坞，而是真实人生，克里斯多弗·哈特确实杀了艾米丽·戈德。在审问结束之前，你们会了解被告的真面目，在这套昂贵的西装和漂亮的蓝领带背后，其实是个冷血的杀人犯。”

她很快瞄了乔丹一眼。“辩方将试图操控你们的感情，告诉你们这是一桩半途放弃的双重自杀，但事情绝非如此。让我跟大家说说究竟发生了什么事。”她转身，双手搁在陪审团席前面的栅栏上，眼睛直视陪审团中一位穿着印花绵洋装、头发染成蓝色的妇女，“十一月七日晚上六点，克里斯多弗·哈特从地下室上了锁的枪柜里取出一把四五口径的柯尔特转轮手枪。他把枪放到外套口袋里，开车去接他的女朋友艾米丽，他把她带到泰华特路的旋转木马场，而且带了酒，他和艾米丽喝酒，发生性关系，然后趁着艾米丽还在他怀里时掏出手枪，经过一番短暂挣扎之后，克里斯多弗·哈特把枪顶着艾米丽的右太阳穴，开枪射杀了她。”

她停下来让大家好好想想。“各位女士、先生，你们将听到安玛丽·玛洛探长的证词。她将告诉你们，检方手边的这把枪上布满了被告的指纹；法医将告诉你们，从伤口的角度判断，艾米丽几乎不可能自己扣下扳机；镇上珠宝店的店员将告诉你们，艾米丽买了一只价值五百元美金的手表给克里斯当作生日礼物，而艾米丽过世一个月之后才是克里斯生日；艾米丽的母亲和好朋友也将告诉你们，艾米丽绝无自杀倾向。

“你们更将听到克里斯多弗·哈特的动机。他到底为什么射杀女朋友呢？各位女士、先生，艾米丽怀有十一星期的身孕。”一位陪审团员轻声惊呼，芭瑞压下笑意，“这个年轻人已经规划好未来，他可不想让小宝宝或者高中女友破坏计划，所以他决定除掉这个问题。”

她从陪审团席退后一步。“被告被控一级谋杀罪。一个人若故意造成另一个人死亡，而且其行为是预谋的，经过审慎考虑，他就犯了一级谋杀罪。克里斯多弗·哈特是故意杀害艾米丽·戈德的吗？绝对是的。他那晚的行动是有预谋的、经过审慎考虑的吗？绝对是的。”她慢慢转身，一双绿眼睛冷冷地瞪着克里斯，“各位女士、先生，在

《圣经》中，魔鬼以多种面目出现，别让被告这副面貌骗了你们。”

“说得好！迪兰妮小姐讲得不错，不是吗？”乔丹站起来，朝着陪审团慢慢走过去，“很不幸的，她只说对了一件事：艾米丽·戈德……确实已经身亡。”他双手一摊，“那是一个悲剧，而我得确定诸位不会允许另一个悲剧的发生，也就是说，你们不会让这个年轻人因为他没犯下的罪而入狱。

“请大家想想失去心爱的人的痛苦。你也许曾经历这种痛苦。”乔丹看着迪兰妮先前特别关注的蓝发妇女，“还有你。”他对一位脸上布满皱纹的牧场农人说，“我们都曾失去某人，最近，克里斯也失去了心爱的人。请想想当这种事情发生在你身上时，你是多么痛苦、悲伤，请你再想想，你居然被控谋杀了自己心爱的人！

“检方说克里斯多弗·哈特犯了谋杀罪，但事情却非如此。他也几乎自杀，但看着女朋友结束自己生命之后，还没来得及动手就昏倒了。

“所有证据都显示这是个双重自杀。我们姑且不提检方自相矛盾之处，我只请求大家仔细听听证人之词，详细检视所有证据，因为检方用来佐证谋杀案的证据都已被扭曲。

“各位女士先生，若要判定克里斯·哈特有罪，你们必须排除所有‘合理的怀疑’，也必须百分之百接受迪兰妮小姐的说辞，但检方有的也只是说辞。”他走回被告席，一只手搁在克里斯肩上，“审问结束时，你们将产生不只一个合理的怀疑，你们也将知道这个案子无关谋杀。艾米丽·戈德想自杀，克里斯决定跟着做，他深爱艾米丽，少了她，他也不想活下去。”乔丹摇摇头，转向克里斯，“各位女士先生，这不是罪行，而是个悲剧。”

“检方传安玛丽·玛洛探长出庭。”

第一位证人宣誓时，台下稍有骚动。她带着老练、自在的神态坐定，沉稳地看着陪审团。

安玛丽·玛洛穿着一套朴素的黑西装，头发扎在脑后，若不是隐约可见外套下的枪套，你很可能忘了她是个女警官。

芭瑞走到证人席前面。“请向庭上说出你的姓名和地址。”安玛丽依言照办，芭瑞点点头，“请告诉大家你的职业。”

“我是班布里奇警局的刑事小队长。”

“你在那里服务多久了？”

“今年六月满十年。”她笑笑说。

两人简单谈了几句关于安玛丽的训练、在警察学校的成绩以及在警局的工作经验等等，然后芭瑞站定，一只手搁在证人席栏杆上：“谁负责侦办艾米丽·戈德之死？”

“这个案子由我负责。”探长说。

“你判定了死因吗？”

“是的，头部中枪而亡。”

“这么说来，这个案子涉及武器喽？”

“没错，一把四五口径的柯尔特转轮手枪。”

“你取得这把手枪了吗？”

安玛丽点点头。“手枪留在案发现场，”她说，“也就是旋转木马场。我们取得手枪，也做了各种弹道测试。”

“这就是你在案发现场取得的枪吗？”芭瑞拿着一把四五口径的

柯尔特手枪问道。

“没错。”安玛丽点头。

“庭上，”芭瑞说，“请将这把枪列为‘证物甲’。”她遵照程序把枪拿给乔丹看看，乔丹轻蔑地挥挥手表示没必要，然后她再度转身面向探长，“你能判定枪的来源吗？”

“可以，我们追查出手枪属于詹姆斯·哈特。”

坐在被告席后方的詹姆斯听到自己的名字时吓了一跳。“詹姆斯·哈特跟被告有亲属关系吗？”检方问。

“抗议，”乔丹大喊，“有何关联？”

“我准许检方继续。”帕科特法官说。

探长的目光从法官移到芭瑞：“他是被告的父亲。”

“你有机会和詹姆斯·哈特谈谈吗？”

“有，他说手枪是收藏品，但有时仍用来标靶射击。他还说他儿子知道怎么用枪，也曾用它来标靶射击。”

“你能告诉我们手枪的测试结果吗？”

安玛丽在椅子里动了动。“我们判定有一发子弹射出，子弹从死者的太阳穴进入，穿过死者的头部而出，最后卡在旋转木马场的木板地上。我们发现子弹弹壳仍在枪膛里，还未射出的第二发子弹也在里面。两枚子弹上都有克里斯多弗·哈特的指纹。”

芭瑞指着克里斯说：“你所说的克里斯多弗·哈特就是被告？”

“是的。”安玛丽说。

“嗯，”芭瑞转向陪审团，好像第一次仔细思量这番话似的，“两枚子弹上都有他的指纹。子弹上还有其他指纹吗？”

“没有。”

“就你专业的观点而言，这代表什么意义？”

“只有他摸过子弹。”

“我明白了，”芭瑞说，“你们还做了其他测试吗？”

“是的。我们检视手枪上的指纹，克里斯多弗·哈特和艾米丽·戈德的指纹都在枪上，但枪上到处都是哈特先生的指纹，死者的指纹只出现在枪身。”

“你能为我们示范吗？”芭瑞边问边拿起刚贴上证物标签的手枪。

安玛丽轻易握住枪。“这里、这里和这里都有哈特先生的指纹，”她边指边说，“艾米丽·戈德的指纹只出现在这里附近。”她用指尖沿着冰冷的不锈钢枪身比划。

“但是，玛洛探长，若要开枪，你的手得放在哪里？”安玛丽指指枪托，芭瑞继续说，“枪托上没有艾米丽的指纹？”

“没有。”

“但有哈特先生的指纹？”

“抗议，”乔丹懒懒地说，“证人已经回答问题了。”

“抗议成立。”

芭瑞背对乔丹：“案发现场做了测试吗？”

“是的。我们做了鲁米诺测试，也就是用萤光喷剂侦测血液溅射的模式。根据这项测试以及子弹夹在木地板里的角度，我们推断，子弹射出时，艾米丽·戈德是站着的，而且有人站在她前面，距离非常近。我们也知道，她仰躺着流血流了好几分钟，最后才被移动成警察们赶到案发现场时看到的样子。”

“什么样子？”

“她的头靠在被告大腿上，而且大量失血。”

“鲁米诺测试还侦测出什么吗？”

“是的，地上还有一摊不是枪伤的鲜血，被告自称在那里撞伤了头。”

“抗议，”乔丹指指克里斯，“你要看看伤疤吗？”

帕科特法官慎重地瞄了乔丹一眼。“请继续，迪兰妮小姐。”他说。

“从那摊血迹能不能判定被告如何，或者为什么昏倒？”

“不能，”探长说，“只能看出他直挺挺地在那里躺了五分钟，而且流血。”

“还有其他测试吗？”

“死者和被告的衣服上都有残留的火药。我们还检验了死者的手指，看看上面有没有火药。”

“你们有何发现？”

“艾米丽·戈德的手指上没有残留的火药。”

“死者若是自杀，也就是说，她如果拿枪朝自己头上开枪，你们通常会在她手上发现残留的火药，是吗？”

“绝对会的。就是因为这样，所以我才开始怀疑艾米丽·戈德并非自杀。”

芭瑞沉默了一会儿，打量一下陪审团，这下十二位陪审团员都在她的掌握之中。每位陪审团员都倾身坐到椅子边，其中好几位还在法院提供的本子上仔细做笔记。“你们在案发现场还发现了什么？”

“我们发现一瓶加拿大威士忌。”

“嗯……他们都不到可以喝酒的法定年龄。”芭瑞笑笑说。

探长也无可奈何地笑笑：“这不是我当时最关切的重点。”

乔丹听了，抗议说：“庭上，检方提出问题了吗？我是不是听漏了？”

帕科特法官伸出舌尖，卷了一颗杏仁到嘴里，娴熟地把它推到颊际。“注意一点。”他警告芭瑞。

“解剖报告中有任何值得注意的地方吗？”

安玛丽点点头：“死者怀有十一个星期身孕。”

检察官跟探长提起她访问艾米丽朋友和邻居的结果，但刻意没提到她与艾米丽父母和师长的访谈。“玛洛探长，你有机会跟被告谈谈吗？”芭瑞确定安玛丽看着她，安玛丽是个非常专业的证人，但她已事先警告安玛丽不要提到在医院的那段访谈，法官已经裁定排除那段访谈，光是提到此事都可能导致审判无效。

“是的，他十一月十一日到警察局走了一趟。我对他宣读他的权利，他表示愿意弃权。”

“这是十一月十一日的访谈记录吗？”检方举起一个印着班布里奇警局徽章的档案夹。

“是的。”

“探长，你跟克里斯多弗·哈特碰面多久之后写了这份报告？”

“他一离开我就动笔。”

“访谈重点是什么？”

“基本而言，哈特先生告诉我，他带枪到案发现场，也在案发现场看着艾米丽·戈德举枪自尽。”

“你们的证据支持这种说法吗？”

“不。”

“为什么不？”

安玛丽抬头瞪着克里斯，克里斯觉得双颊发热，不得不强迫自己直视前方。“如果只有部分证据不对劲，而不是全部……如果只是子弹穿过死者头部的角度很奇怪……”

“抗议！”

“……或者只是死者手腕上有淤青，那也就算了，但其他证据都与自杀不相吻合。”

“抗议！”

“……甚至只要有一个人说她想自杀……但实在有太多不合理之处。”

“庭上，抗议！”

帕科特法官眯着眼睛看看乔丹说：“抗议驳回。”

芭瑞感到自己心跳加快。“这么说来，就你专业的观点而言，尽管被告说那是自杀，但你觉得事情并非如此。由指纹、血液溅洒模式、残留的火药、威士忌酒瓶以及访谈记录来推断，你能提出其他理论吗？”

“我能，”安玛丽坚定地说，“克里斯多弗·哈特谋杀了死者。”

“你怎么下此定论的？”

安玛丽一边挥着照片，一边开口说话，照片原本挂在法庭里，生动得令人难以忽视。“艾米丽是个快乐的女孩子，师长、父母和朋友们都不认为她患有忧郁症，她人长得漂亮，颇受欢迎，跟爸妈感情很好，可说是个模范女儿，但她怀了十一个礼拜的身孕，孩子的爸爸是她的男朋友。克里斯是高三学生，已经开始申请大学，在这个时候，他当然不想被小孩，或者女朋友绊住。”

乔丹想抗议，这些毕竟都是个人猜测，但他知道抗议只是有害无益，而且会让探长的证词显得更重要，于是他大声叹口气，希望让陪审团知道他认为玛洛探长的推论是多么无稽。

安玛丽压低声音，陪审团更加注意倾听。“所以他以约会为借口把死者带到旋转木马场。他让她喝点酒，试图把她灌醉，这样一来，他掏枪时她就不会抵抗。他们发生性关系，他把她拉入怀里，她还不知道发生什么事之前，一把枪已经抵着她的头。”安玛丽把手举到太阳穴旁，做了一个扣扳机的手势。“她抵抗，但他比她强壮，然后他射杀了她。”她叹了口气，“这就是我的理论。”

芭瑞走回原告席，几乎准备交由辩方质问证人。“谢谢你，探长。对了，最后再问你一个问题：你在警局访问克里斯多弗·哈特时，还发现其他值得注意之处吗？”

安玛丽点点头：“他得签名同意接受访问，这是一般程序。他用左手拿笔，所以我问他是不是左撇子，他也回答说是。”

“探长，这点为什么重要？”

“因为我们从弹道轨迹和血液溅洒的模式判定，有个人站在艾米丽前面，如果那人从她的右太阳穴开枪，他一定是用左手拿枪。”

“谢谢你，”芭瑞说，“问话完毕。”

乔丹站起来交互诘问第一位证人，他对安玛丽·玛洛笑笑说：“探长，我们都听到你告诉迪兰妮小姐，你已经在警界服务十年，十年！”他吹了一声口哨，“就公务员来说，这算是很长一段时间。”

安玛丽点点头，乔丹想让她松懈下来，但她够聪明，也很有经验，她不会让他得逞。“麦卡斐先生，我很喜欢这份工作。”

“是吗？”乔丹戏谑地笑笑，“我也是。”一位陪审团员也轻声一笑。“探长，在这十年之中，你承办过多少件谋杀案？”

“两件。”

“两件。”乔丹重复，“两件谋杀案。”他皱起眉头，“这是第二件？”

“没错。”

“这么说来，在这之前，你只办过一件谋杀案？”

“是的。”

“既然如此，警局为什么让你负责这个案子？”

安玛丽双颊一红。“警局规模不大，”她说，“我又是刑事小队长，所以案子落在我头上。”

“嗯，这是你所侦办的第二件谋杀案，”乔丹再度强调这位证人缺乏经验，“你从检验枪支开始，是不是？”

“是的。”

“你在枪上发现两套指纹？”

“是的。”

“你发现两发子弹？”

“是的。”

“但如果某人打算在非常近的距离射杀你，他不需要两发子弹，是不是？”

“那得看情形。”探长说。

“探长，我知道你可能不太习惯，”乔丹说，“但请你回答是或不是就好了。”

他看到安玛丽脸色一沉。“是。”

“从另一方面而言，”乔丹神情自若地继续说，“如果你和你朋友打算一起自杀，你就需要两发子弹，这样是否合理呢？”

“是的。”

“两枚子弹上都有克里斯的指纹？”

“是的。”

“克里斯已经坦承那是他爸爸的枪，他也坦承枪是他带来的，子弹上自然只有克里斯的指纹，对不对？”

“是的。”

“事实上，既然艾米丽完全不知道如何用枪，我们不太可能在枪膛里的子弹上发现艾米丽的指纹，对不对？”

“没错。”

“好极了。你还告诉迪兰妮小姐，你对这把枪做了其他测试？”

“是的。”

“你在枪上发现艾米丽和克里斯的指纹，是吗？”

“是的。”

“你在枪上还发现其他人的指纹，对不对？”

“没错，有些指纹与被告的父亲詹姆斯·哈特吻合。”

“真的吗？但在你的调查中，他不是嫌犯？”

安玛丽叹口气：“光凭指纹，我们只能说他可能在案发现场。”

“这么说来，你不能单单依赖指纹，对不对？换句话说，虽然枪上有某人的指纹，但并不表示他在特定时刻碰了枪？”

“没错。”

“你在枪顶发现艾米丽的指纹，”乔丹边说边走向证物，“你不反对我拿这个东西吧？”他指指手枪问道，然后慎重地把枪拿在手中，“克里斯的指纹靠近枪底？”

“没错。”

“但在扳机附近却没有明显的指纹？”

“没有，我们没找到。”

乔丹慎思地点点头。“你只需要手指的四分之一英寸，也就是非常小的一点，就能判定是谁的指纹，对不对？”

“是的，”安玛丽说，“但那必须刚好在特定的四分之一英寸之内，而不是随便哪一点。”

“这么说来，指纹不像电影里所描述的那么容易采集喽？”

“没错，采集指纹不是那么容易。”

“它们也会被新近的指纹弄污？”

“是的。”

“事实上，探长，指纹辨识相当不精确，你说是不是？”

“是的。”

“如果我先拿这把枪开枪，然后你再拿起它开枪，扳机上可能显示不出我的指纹，对不对？”

“或许吧。”安玛丽勉强承认。

“这么说来，艾米丽可能扣下扳机，但后来克里斯拿起枪时，他的指纹盖住了艾米丽的指纹，对不对？”

“有可能。”

“玛洛探长，让我复述一次：即使测试时，扳机上没有显示出艾米丽的指纹，你能百分之百确定她从来没有碰过扳机吗？”

“不能。但话又说回来，克里斯也可能碰过扳机却没有显示出指纹。”她对乔丹沉着一笑。

乔丹深深吸口气。“让我们谈谈鲁米诺测试。”他说，“你说旋转木马场上的血液溅洒模式显示被告流血躺在某处。”

“这是我的猜测，因为警察发现他时，他头部擦伤，血流不止。”

“但你说那并不表示克里斯昏了过去。这么说来，”他嘲弄地说，“你认为克里斯在旋转木马场躺下来，用头撞地板，在地上躺了好几分钟，是为了故意在地上留下一摊血迹？”

安玛丽瞄了他一眼说：“这种情形不是没有发生过。”

“真的吗？”乔丹似乎真的大感惊讶，“你这话是根据以前唯一承办过的谋杀案说的吧？”

“抗议！”芭瑞说。

“抗议成立。”帕科特法官瞄了乔丹一眼，“麦卡斐先生，我不必警告你吧？”

乔丹走向证物桌：“这是你跟克里斯·哈特的访谈记录吗？”

“是的。”

“你能不能念念这一行……就是这里。”他把文件拿到探长面前，伸手指了指。

安玛丽清清喉咙：“‘我们打算一起自杀’。”

“这是直接引用克里斯·哈特所言？”

“是的。”

“他告诉你这是双重自杀？”

“是的。”

“你能不能告诉我第三页怎么说？”

探长看看芭瑞。“‘录音带暂时停顿’。”

“为什么？”

“我必须暂停录音，因为受访者在哭。”

“克里斯在哭？为什么？”

安玛丽叹口气：“我们谈到艾米丽，他讲得非常难过。”

“就你专业的观点而言，他真的很难过吗？”

“抗议，”芭瑞说，“我的证人不是情绪专家。”

“我准许辩方继续。”帕科特法官说。

“我想是吧。”探长耸耸肩说。

“好，让我弄清楚。克里斯·哈特主动接受访问，而且放弃合法权利，没有要求让我在场。在这场访谈中，他明白表示他和艾米丽打算一起自杀，访谈进行到一半时，他痛哭失声，你甚至不得不暂停录音，对不对？”

“没错，”安玛丽愤愤地说，“但我们当时也没有用测谎器。”

乔丹就算听到这话，他也没有做出任何反应：“根据你的理论，克里斯试图把艾米丽灌醉？”

“没错，我相信他有此打算。”

“她喝醉了就不会抗拒？”乔丹说。

“没错。”

“你有没有请法医检测艾米丽的血液酒精浓度？”

“法医们自动会做。”探长说。

“结果呢？”

“零点零二。”探长不悦地说。

“探长，这表示什么呢？”

安玛丽咳嗽一声：“这表示她喝了一杯酒，对个子小的女孩而言，说不定只是一小杯。”

“整瓶酒她只喝了一小杯？”

“显然如此。”

“探长，在新罕布什尔州开车时，合法的血液酒精浓度是多少？”

“零点零八。”

“请再跟我们说一次艾米丽的指数是多少？”

“我说过了，”安玛丽说，“零点零二。”

“显然远低于酒醉驾车的标准。这么说来，你认为她醉了吗？”

“可能没有。”

“你提到艾米丽和克里斯的衣服上都有残留的火药，”乔丹说，“你如果在衣服上发现火药，这只表示开枪时这件衣服刚好离枪支很近，对不对？”

“没错。”

“你能从衣服上残留的火药中判定谁开了枪吗？”

“没办法百分之百确定。但我们在死者双手上没有发现任何残留的火药，死者若是自杀，她手上通常会留有一些火药的痕迹。”

乔丹马上抓住这一点：“侦办谋杀案时，警方是不是马上把死者的双手套好？”

“通常是的，但是……”

“你们什么时候检测死者身上的残留火药的？”

安玛丽低头看着大腿：“十一月九日。”

“这么说来，你在案发现场没有检测艾米丽的双手。送医途中，甚至在停尸间里也没有，而是等到她过世两天之后才做了测试？在这段时间内，可不可能有人破坏了证物？”

“嗯，我……”

“是或不是？”

“可能吧。”安玛丽说。

“从案发现场到送抵医院途中，可不可能有人碰了艾米丽的双手？”

“可能。”

“比方说急救人员，或者穿了制服的警察？”

“两者都有可能。”

“在急诊室里，说不定有人碰了她的双手？”

“是的。”

“比方说护士或是医生？”

“我想是吧。”

“既然你们没有下达特别指令，急诊室里可能有人帮她清洗身体，对不对？”

“是的。”探长说。

“这么说来，在你们从艾米丽双手采集证据之前，任何人都可能破坏了这个重要的证物？”乔丹概略地说。

“是的。”安玛丽承认。

“在侦办谋杀案时，你们是不是也马上检测行凶者的双手有无残留火药？”

“那是标准程序。”

“在案发现场见到克里斯时，你们有没有检测他手上的残留火药？”

“没有，但他当时还不是嫌犯。”

乔丹瞪大双眼：“哦，是吗？警方到达案发现场时，他还不是嫌犯？”

“没错。”

“这么说来，他究竟什么时候才变成嫌犯？”

“抗议！”芭瑞大喊。

“麦卡斐先生，你何不改述一下问题？”帕科特法官冷冷地说。

“好。你在医院检测了他的双手吗？”乔丹追问。

“没有。”

“隔天当你过去收集更多资讯之时呢？”

“没有。”

“克里斯到警局受访的那一天呢？”

“没有。”

乔丹轻蔑地哼一声：“这么说来，他还不是嫌犯以及他被视为是嫌犯之后，你们都没有检测他手上有无残留火药。你们究竟什么时候判定他是杀人犯的？”

“我们当时确实没有对他进行检测。”

“你们如果在证物遭到破坏之前检测了艾米丽的双手，可不可能发现残留的火药呢？”

“可能。”

“这表示她开了枪？”

“没错。”安玛丽说。

“你们如果在案发现场马上检测克里斯的双手，可不可能发现他手上根本没有残留火药？”

“是的，确实有可能。”

“这也表示他没有开枪？”

“没错。”

这么说来，我们根本没必要上法庭。就算乔丹不说，大家心里也很清楚。他走到陪审团席后端，好像自己也是其中一员。“探长，根据你的理论，克里斯在案发现场，虽然他离艾米丽只有八分之一英寸，他仍然在枪里装了两发子弹，以免第一发没打中；他试图灌醉艾米丽，但没有成功；他跟她发生性关系，伸手拿枪，艾米丽看到他拿枪，两人挣扎了一番，然后他朝她头上开了一枪。你真的相信事情就是如此吗？”

“是的，我相信。”

“绝无怀疑？”

“没错。”

乔丹走向证人席："那天晚上，手枪里装了两发子弹，这可不可能表示他们打算一起自杀？"

"嗯……"

"可不可能？"

"可能。"安玛丽叹口气说。

"他们可不可能借着喝酒来消除紧张？"

"或许吧。"

"枪上可不可能有些你们检验不出的指纹？"

"可能。"

"我们姑且不管你们为什么没做，但是可不可能有另一个测试结果显示，开枪的不是克里斯？"

"我想可能吧。"

"这么说来，探长，就你专业的观点而言，我们是否可以从另一个角度来看这个案子呢？"

安玛丽重重叹了口气。"是的。"她说。

乔丹转过身说："问话完毕。"

陪审团（更别说法官）逐渐露出疲态，听了详尽的警方证词之后，这种反应倒也不足为奇。帕科特法官宣布休息十分钟，法庭也随之变得空荡荡。

乔丹上完洗手间回来途中，塞琳娜一把捉住他的手臂。"你表现得不错，"她称赞说，"第五号陪审员绝对站在你这边，我想第七号也是。"

"现在还言之过早。"

“说是这么说，但你还是不错，”她耸耸肩，“你的客户就难说了，他好像已经撑不下去了。”她指指克里斯，透过法庭的门可以清楚地看到克里斯。他依然坐在被告席上，两位法警和一位副警长站在他后面看守他，三个人都双手交叉，好像阻止任何人靠近他。“他刚才花了一小时聆听检方说他脑筋有问题，整个法庭里甚至看不到一张友善的面孔。”

乔丹瞄了克里斯一眼，克里斯整个人几乎扑在桌子上。“他爸爸来了。”乔丹告诉塞琳娜。

“没错，但他爸爸可不像沃德·克利佛[①]。”

乔丹点点头，伸手顺顺头发。“好吧，”他说，“我会跟克里斯谈谈。”

“你应该跟他谈谈，要不然等一下轮到法医作证时，他八成会昏倒。”

乔丹笑笑。“没错，他说不定会一头撞上芭瑞的椅子扶手，撞得脑袋开花。但就算真的如此，她说不定还找得出理由说他在作假。”塞琳娜紧捏一下乔丹的手，乔丹随即叹口气走回法庭。他对着站在克里斯身后的三个人点点头。“你们好。”他悄悄坐回椅子上，静候他们离开。

“进行得不错，”他对克里斯说，“真的不错。”

出乎乔丹意料的是，克里斯笑了笑。“我也希望如此，”他说，“因为现在就认输投降似乎太早了一点。”说着说着，笑容缓缓从他脸上消失，取而代之的是个嘴唇紧绷、脸色苍白、神情非常害怕的青少年。

---

① 沃德·克利佛是美国五十年代电视剧《天才小麻烦》中的爸爸，为人正派，行事合宜，是典型的模范父亲。

“请听我说，”乔丹说，“我知道你听到自己被描述成野兽，心里一定很不好过，检察官爱说什么，就可以说什么……但我们也是。只不过还没有轮到我们，而我们的说辞更精彩。”

“我不是因为她的话而难过，”克里斯伸手摸摸便签上的蓝线，“我只是……检方的话让一切变得很真实。你知道吗？虽然已经过了七个月，但这些测试报告、血液溅洒模式、艾米丽在哪里、我在哪里……”他停了下来，把头埋在双手里，“她让我再度经历了一切，我却连第一次都差点熬不过去。”

乔丹可以满怀自信地用言语攻击任何一位检方的证人，也有千百种方式回答芭瑞提出的任何问题，但此时他却只能目瞪口呆地看着他的客户。

格拉夫顿郡的法医朱百尔·朗巴诺医生十分清瘦，戴副眼镜，看起来像是打算拿张大大的捕蝶网去追捕蝴蝶，而不像一位手肘深埋到尸体内脏里翻搅的法医。芭瑞花了整整十分钟陈述朗巴诺医生的资历，确定每位陪审团员都知道他是一位经验丰富的证人，毕竟在其职业生涯中，朗巴诺医生已经解剖了五百多具尸体。

“朗巴诺医生，”芭瑞说，“是你帮艾米丽·戈德做解剖的吗？”

“是的。”朗巴诺医生说，他鼻子撞上麦克风，麦克风随即发出尖锐的声响，他赶紧往后退，抱歉地笑笑。

“你能告诉我们死因吗？”

“所有检验结果都显示她是头部中枪而亡，说得精确一点，一颗四五口径的子弹从右脑颞叶进入脑部，子弹没打中额叶，但穿过右脑后方的枕叶而出。”

芭瑞呈上一张脑部构造图作为证物，然后她带着无助的笑容转身面向陪审团。“朗巴诺医生，我们不像你一样熟知额叶、枕叶等专有名词，你能用这张图表为我们解释子弹的走向吗？”

她递给医生一支血红色的萤光笔，医生拿着笔仔细地在图表上标明。“子弹从这里进入脑部，”他边说边在右太阳穴处做个记号，“然后穿过这一带，从脖子上方这里出来。”他在右耳后面做了另一个记号，两个记号之间的直线几乎和头部的一边平行。

“你能告诉我们艾米丽·戈德过了多久才死吗？”

“她没有当场死亡，”朗巴诺说，“急救人员赶到时她还活着，说不定甚至还有意识。”

“意识……你是说她感觉得到疼痛？”

“当然。”

芭瑞露出惊恐的神情：“这么说来……艾米丽在疼痛中撑了多久？”

“我想大概半小时吧。”

“朗巴诺医生，你在艾米丽·戈德的尸体上还发现其他伤痕吗？”

“是的。”

“这些伤痕显示出暴力迹象吗？”

“法官，她在引导证人，”乔丹插嘴，“有无暴力尚待证实。”

“抗议成立。”帕科特法官说，“迪兰妮小姐，请不要引导你的证人。”

“医生，艾米丽·戈德身上有没有任何明显的伤痕？”

“有，她右手手腕上有淤青。”

“你认为那代表什么？”

“也许曾经发生某些暴力举动。”

“也许有人用力拉她，在她手腕上留下淤青？”芭瑞眼角瞥见乔丹正要开口，“让我重新措辞，”她趁乔丹还没抗议之前说，“从医学专业人员的角度而言，你认为什么可能造成这些淤青？”

“也许有人抓住她的手腕。”

“你认为在她死亡多久之前出现这些淤青？”

“一小时之内，”朗巴诺医生说，“血液才刚浮现到皮肤表层。”

“你在解剖时还有其他发现吗？”

“阴道中有精液，这表示死者最近曾发生性关系，也许在她死前半小时左右。死者指甲内有一些皮肤的细胞样本，而这些皮肤并不是死者的。”

“这表示什么呢？”

“她抓了某人。”

“你验出指甲内是谁的皮肤吗？”

“是的，这些细胞样本跟警方送过来的克里斯·哈特的细胞样本吻合。”

芭瑞点点头：“你能判定艾米丽惯用右手或是左手吗？”

“可以。所有的指茧都在她的右手，中指左方以及食指右方的指茧尤其明显。从医学的观点而言，我敢判定她惯用右手。”

“而枪伤的伤口在右太阳穴？”

“没错。”

芭瑞深思地点点头：“医生，你见过许多自杀案例吧？”

“是的，大约六十到七十件。”

“其中有没有头部中弹？”

“有，三十八件。”朗巴诺医生说，“我只怕这是相当受欢迎的自杀方式。”

“在这三十八起自杀案件中，有几件使用手枪或是转轮枪？”

“二十四件。”朗巴诺医生说。

“这二十四位死者怎样射杀自己？”

“百分之九十饮弹身亡，因为这样最能一了百了。其他百分之十从太阳穴开枪，但我见过一个奇怪的案例，死者从鼻子开了一枪。”

“在百分之十从太阳穴开枪的死者中，子弹射出脑部的伤口在哪里？”

“在颞叶的另一端。”他指指自己太阳穴的两端。

“艾米丽·戈德脑部的子弹从哪里出来？”

“子弹从额叶的同一端出来。”他用左手指指自己右耳后方的一处。

“你觉得这样颇不寻常吗？”

“确实是的，”朗巴诺医生说，双颊兴奋得发红，“我从没看到过这种状况，你若拿枪顶着右太阳穴，子弹却从右脑后方出来，这样简直是不可能。你得把枪举到这种角度，”朗巴诺医生伸出右手，手指比出枪的手势顶着右太阳穴，他的手几乎和头部平行，手腕用力弯成一个极不自然的角度，“在我看来，这不是……”

“抗议！”

“……一个平常的姿势……”

“抗议！”

“抗议成立。”帕科特法官说。

“你慢慢讲吧。”乔丹低声嘟囔。

“你说什么？”帕科特法官丢了一颗杏仁到嘴里，“什么？你没说？”他转向陪审团，“请不要管朗巴诺医生刚才的说辞。”

芭瑞走向她的证人。“从医学专业的观点而言，朗巴诺医生，你认为那代表什么？”

“纯属推论，”乔丹再度大喊，“拜托！”

“庭上，我能跟您谈谈吗？”芭瑞边说边跟乔丹点点头，乔丹跟着她一起走到法官席前。

“迪兰妮小姐，”帕科特法官说，“你干脆在这位证人脖子上套个项圈引导他算了。”

芭瑞咬咬下唇。“如果我的证人不能就此推论，我依然希望让陪审团了解我的观点……但我需要被告的协助。”

乔丹的目光从芭瑞移到法官身上，他不知道她究竟有何打算，但他不会任凭她利用他的客户。“我要知道她有何打算。”他说。

帕科特法官转向检方说：“迪兰妮小姐。”

她双手一摊：“庭上，只是个小小的示范，我要让陪审团看看克里斯会怎么做。”

“绝对不可！”乔丹轻蔑地说，“这是百分之百偏颇。”

“庭上，”芭瑞说，“我必须表达我的观点。我会请医生帮我，必要的话，就算请法警帮忙也可以。我只是需要一个人做示范，为什么不利用已经涉嫌的那个人呢？”

帕科特法官敲开一颗杏仁。“请你小心进行，不然我们又得谈谈了。”

“什么？！”乔丹大怒。

“我已经决定了，”帕科特法官坚决地说，然后转向芭瑞，“开始吧。”

乔丹走回被告席，心想这下最起码有了一个上诉的理由。他悄悄坐回椅子上，碰碰克里斯的肩膀。“我不确定她打算要什么把戏，”他轻声说，“你看着我就好，我会跟你点头，如果她太过分的话，我也会抗议。”

芭瑞走向克里斯。“朗巴诺医生，我请被告帮我个忙。”她对克里斯笑笑，“哈特先生，请你站起来，好吗？”

克里斯瞄了乔丹一眼，乔丹轻轻点点头。他站了起来。

“谢谢。你能过来这里吗？”她指指陪审团和证人席中间一处，“好，哈特先生，请你伸出双手。”她边说边像科学怪人一样伸长手臂，克里斯犹豫地举起手臂。

芭瑞直接走到他两只手臂之间。

她抱住他，双手圈住他西装外套的下摆，整个人贴在他身上，他吓了一跳，像块木板一样呆站在原处，她把头靠在他右肩上，刚好就是以前他抱着艾米丽时艾米丽倚在他肩上的位置。**这究竟是怎么回事？**他心想。

“哈特先生，”芭瑞说，他的西装外套稍微遮住了她的声音，“你能用双手圈住我吗？”克里斯看看他的律师，乔丹紧张地点点头。“好，请你伸出左手，把手举到我的右太阳穴。”

他紧盯着乔丹，先前连连抗议的乔丹却跟块该死的石头一样僵硬地坐着，克里斯依言照办。

他们面对面站着，陪审团清楚地看到克里斯后退稍微八英寸，距离远到刚好让他把左手举到检方的右太阳穴旁，在此同时，他的右手依然抱着她。“朗巴诺医生，”芭瑞说，“如果现在哈特先生手中有把枪，子弹可不可能从我的右太阳穴射入，然后从右脑后方的枕叶出来？”

朗巴诺医生点点头说："极有可能。"

"谢谢。"芭瑞说，她双手从克里斯身旁垂落，转身走开。在一记记清脆的脚步声中，克里斯被单独留在法庭中间。

"上帝啊，"克里斯哼了一声，一张脸红得跟甜菜似的坐回乔丹身旁，"你为什么不说些什么呢？"

"我不能，"乔丹咬紧牙根说，"我若高声抗议，陪审团会认为你有所隐瞒。"

"好、好，这下他们认为我是个该死的杀人犯，这样就好吗？"

"别担心，等一下交互诘问时，我会处理这个问题。"他站起来，原本以为迪兰妮搞出这个把戏之后就告停，但她又开口，他有点讶异。

"我还有一个问题，"芭瑞说，"你在解剖时还有其他发现吗？"

"是的，"朗巴诺医生说，"艾米丽·戈德过世的那晚已经怀有十一个礼拜的身孕。"

乔丹闭上眼睛，坐回椅子上。

"我们都非常感激你今天出席，朗巴诺医生，"乔丹过了几分钟之后说，"我们都知道你曾处理三十八起自杀案件，也听到你陈述精液、淤青以及艾米丽指甲里的皮肤样本等证据，现在让我们来做个分析。精液表示死者曾发生性关系，是吗？"

"是。"

“你知不知道艾米丽是否容易淤伤？”

“我不知道，”朗巴诺医生说，“我只知道她肤色相当白皙，也许这表示她容易淤伤。”

“这些淤伤可能……”他故意轻咳两声，转身对陪审团笑笑，“……可能是发生性关系时激情过度的结果吗？”

“可能。”朗巴诺医生板着脸说。

“至于指甲里的皮肤，医生，可不可能因为轻刮某人的背，所以指甲里留下皮肤样本呢？”

“可能。”

“在激情中抓伤了他的肩膀呢？这样可不可能在指甲里留下皮肤样本？”

“绝对可能。”

“爱抚某人的脸颊和下巴呢？”

“也有可能。”

“你的意思是说，克里斯的皮肤样本可能在几种不同的情况下留在艾米丽的指甲里，而这些情况都吻合非暴力、热情的性爱，这样说对不对？”

“对。”

“你没办法百分之百确定克里斯曾对艾米丽施加暴力，对不对？”

“没错，我确实没办法百分之百确定，但死者头上有个枪伤伤口。”

“哦，是的，”乔丹说，“我们都看到迪兰妮小姐跟克里斯的示范。但那天晚上可能发生很多事情，对不对？我们姑且举出另外两种状况，看看可能发生什么事情。”他忽然转向他的客户。“克里斯，你若不介意……再麻烦你一次，好吗？”

克里斯困惑地站起来走向乔丹，一直走到检方刚才叫他站着的同一处。乔丹随后走到证物桌前拿起手枪。“我可以借用一下吗？”他没等芭瑞同意就拿着枪走到克里斯面前。“好，”他对陪审团戏谑一笑，拉起克里斯的双手摆在自己腰上，“各位得运用一下想象力，因为我可不像迪兰妮小姐一样，大家一看就知道是个女孩子。”他对克里斯笑笑，克里斯轻轻搂着乔丹，连脖子都通红。

乔丹把枪顶着自己的头，观众席马上传来窃窃私语声，他知道这下陪审团看到了比刚才克里斯和迪兰妮示范的更骇人的画面，不禁满意地笑笑。“医生，如果艾米丽跟一般人一样像这样拿着枪，但因为她没用过枪，所以她把枪身靠向自己，”乔丹微微倚向克里斯怀里，同时像先前法医说的一样，把枪举成一个不自然的角度顶着自己的太阳穴，“如果枪像这样顶着她的头，子弹轨迹可不可能跟你在解剖时所发现的一样呢？”

“我想可能。”

“医生，如果她跟那些百分之十的举枪自杀者一样，把枪顶着自己的太阳穴，但手抖得非常厉害，扣下扳机的时候忽然颤动，子弹轨迹可不可能因而改变？”

“可能。”

“如果艾米丽不想握着枪，所以她像这样拿枪呢？”他用双手包住枪身，把枪举向头部，手枪几乎跟太阳穴平行，两只大拇指扣着扳机，“如果她像这样拿枪，大拇指扣下扳机，子弹轨迹可不可能符合你的发现？”

“可能。”

“医生，你的意思是，我们可以用几种不同方式来解释那颗子弹的轨迹为什么如此奇怪？”

“我想是吧。”

“朗巴诺医生，”乔丹在他客户的怀抱中转身，“在这些不同的状况中，你认为克里斯多弗·哈特可能握着那把枪吗？”

“不可能。”

乔丹从克里斯的怀中脱身，把枪摆回证物桌上，手指在枪上停留了一会儿。“谢谢你。”他说。

一头金色染发的证人渴望地看着法官前面的一罐杏仁，缓缓举起她的手。原本埋首于自己笔记的芭瑞吓了一跳，抬头看看说：“嗯……怎么了？”

“如果他可以吃坚果，我能不能也吃片口香糖？我是说……我知道你跟我说过了，但既然法庭里不准抽烟，我又有点紧张……”她充满希望地对检察官眨眨眼，“你说呢？”

帕科特法官笑笑，大伙都感到惊讶。“迪波娜洛小姐，说不定啊，”他说，“等一下我也来支烟。”他示意法警把那罐杏仁拿给证人，“嚼口香糖说不定让人听不清楚你的证词，但我不介意分享坚果。”

证人席上的女子放松了一点，但随即发现她没有工具敲开坚果，这时芭瑞却已准备好提出问题。“为了记录所需，请说出你的姓名、地址以及职业。”

“丹娜·迪波娜洛，”她对着麦克风大声说，“班布里奇市罗斯伍德路四百五十六号，我在‘淘金热’工作。”

“‘淘金热’是怎样的场所？”

“那是一家珠宝店。”丹娜说。

“你跟艾米丽·戈德说过话吗？”

“有，她到店里帮她男朋友买生日礼物。她买了一块手表，还要求在表上刻字。”

“嗯，她想刻哪些字？”

“‘克里斯’。”丹娜边说边偷瞄被告席。

“手表多少钱？”

“五百美金。”

“哇，”芭瑞说，“五百美金？对一个十七岁的孩子而言，这是一笔大数目。”

“这对任何人都是一笔大数目。但她说她很高兴送他这份礼物。”

“纯属传闻。”乔丹抗议。

“抗议成立。”

“她有没有告诉你她为什么买表？”芭瑞问。

丹娜点点头说：“她说手表是她男朋友的十八岁生日礼物。”

“她有没有留下特别的指示？”

“有，她把指示写在收据上，如果我们要跟她说任何关于手表的事情，比方说手表送到店里了，我们只能说请找艾米丽，而不能提到珠宝店，或者手表。”

“她有没有告诉你为什么要保守秘密？”

“她说那将是个惊喜。”

“又来了，”乔丹大喊，“纯属传闻。”

帕科特法官点点头：“律师们请上前。”

乔丹和芭瑞并肩而站，抢着占位子。“你要么找出其他方式问问题，”帕科特法官对检察官说，“不然我就把这个问题从记录中删除。”

芭瑞点点头，走回她的证人旁边，乔丹则再度坐定。“让我重新措辞，”她说，“指示的确切内容是什么？”

丹娜皱着眉头想想：“打电话到家里，就说找艾米丽，这是私事，别说是关于哪件事。”

“艾米丽有没有告诉你她男朋友的生日是哪一天？”

“有，因为我们得在生日之前把字刻好。手表特别从伦敦订购，我们得在十一月之前处理好。”

“哪个特定日期？”

“手表上也得刻上生日日期，也就是十一月二十四日。她要我在十一月十七日之前把手表准备好，万一出错的话，我们还有一个礼拜的时间可以更正，她打算二十四日把手表送给他。”

芭瑞靠在陪审团席的栏杆上：“你等着艾米丽十一月十七日来取表吗？”

“当然。”

“她来了吗？”

“没有。”

“你知道她为什么没来吗？”

丹娜·迪波娜洛沉重地点点头：“她十一月十七日之前的一星期过世了。”

证人准备接受交互诘问时，乔丹在被告席坐了一分钟，他不打算在这个证人身上花太多时间，他慢慢站起来，膝盖吱嘎作响。“迪波娜洛小姐，”他亲切地问，“艾米丽·戈德什么时候订购手表？”

“八月二十五日。”

“那是你第一次见到她？”

“不，大约一个礼拜之前，她曾经到店里看过。”

“她订购手表时付钱了吗？”

“是的，一次付清。”

“你八月份碰到她时，她看起来如何？快乐？高兴？”

“没错，她很高兴找到这只手表当作生日礼物。”

“迪波娜洛小姐，手表什么时候送到店里？”

“十一月十七日，”她笑笑说，“一切都没问题。”

那得看你怎么想，乔丹心想，但他依然自在地笑笑说：“你什么时候打电话到戈德家？”

“十一月十七日第一次打过去。”

“这么说来，八月二十五日和十一月之间，你和艾米丽没有联络？”

“没有。”

“你打电话到戈德家时，对方的反应如何？”

“说真的，她妈妈口气非常不好。”

乔丹一脸同情地点点头：“你打了几次？”

“三次。”丹娜说。

“第三次打电话过去时，你终于跟戈德太太提到手表？”

“她跟我说她女儿死了，这下我才提到手表，我真的吓坏了。”

“嗯，艾米丽八月时似乎相当开心……你一直到十一月都没跟她联络，那时你才发现她已经过世。”

“没错。”丹娜说。

乔丹双手滑进口袋，这个证人似乎没什么用，但他已经设想周到，在结辩中，他将利用这个证人的证词强调，艾米丽·戈德过世三个月前没有自杀倾向，事实上，自杀可能是个突然的决定，正因如此，所以艾米丽的老师、朋友甚至她自已的母亲都没料到她会自杀。

“没问题了，谢谢。”乔丹说，然后又坐回椅子上。

因为帕科特法官要去洗牙，所以刚过两点就休庭。法官提醒陪审团员不要跟任何人讨论这个案子，陪审团员随即离去。还未出庭的证人接获通知，明天上午九点报到。克里斯再度铐上手铐，被法警带到法院地下室的警长办公室。

詹姆斯和葛丝在法院大厅碰面，他知道从法律的观点而言，他不能跟太太提到今天在法庭发生了什么事，但他也知道葛丝才不管什么司法制度，她非得知道目前为止的进展不可，但这时葛丝却心事重重地跟在他身旁，出奇的沉默，让他觉得相当惊讶。

外面下着雨。“我去开车，”詹姆斯瞄了一眼葛丝的高跟鞋，“你在这里等我。”

她点点头，詹姆斯跳过一摊摊积水，她站在原地，双手贴着入口处的大扇玻璃窗，忽然有人把手贴住她的上臂，她吓得转身。

“嗨。”迈克说。他的触碰令她全身酥麻，但又想让她赶快抽身。

她强迫自己露出微笑。“你看起来跟我一样糟。”他说。

“谢啦。”

葛丝看着詹姆斯打开车门。“我看到你和梅兰妮。”他们先前也坐在大厅，两人跟她一样失神。

迈克也把手贴在窗上。“试着想象法庭里面的状况？很难，对不对？”

葛丝没回答，詹姆斯的富豪轿车已驶出停车位。

“明天，”迈克说，“我们一起等吧。”

她不让自己看他。“我得走了。”她说，然后奔入凄冷的雨中。

乔丹甩甩两人共用的雨伞，塞琳娜赶紧跑进门。“换把大一点的雨伞吧。”她笑笑，头发全湿了。

“或是换个身材比较娇小的侦探。”乔丹回了一句，对塞琳娜邪邪一笑，“我花了好几年才找到一把中意的伞。”

他们一起从置物间跌跌撞撞地走进客厅，托马斯双手交叉坐在里面。“如何？”他质问。

塞琳娜笑笑说：“你老爸很厉害。”

托马斯咧嘴一笑。“我就知道。”他说。他举起手和乔丹合掌一拍，然后翻身坐到大沙发上，“这表示你心情很好，对不对？”

“怎么了？”乔丹心生警戒，“你做了什么？”

“没什么，”托马斯有点反抗地回答，“我只是饿了，我们可以叫比萨吗？”

“现在才三点半！吃晚饭不是太早了吗？”

“就说是点心吧。”托马斯说。

乔丹一脸无可奈何地走进厨房，身上还穿着雨衣。“从冰箱里找点东西吃，”他边说边打开冰箱，“啊，也许还是别这么做比较好。”他说，然后把一团保鲜膜包着的东西扔进垃圾桶，“冰箱里没有其他东西吗？”

“啤酒，”托马斯说，“还有牛奶，其他东西都长霉了。”

塞琳娜搂住托马斯瘦弱的肩膀：“你要香肠还是腊肠？”

“只要没有腌鳀鱼就好，”托马斯说，“你要打电话吗？”

塞琳娜点点头：“送比萨的小弟来了，我会叫你。”

托马斯知道这话的意思，站起来躲回他的房间。塞琳娜侧身到冰箱里拿出一罐啤酒。“算你好运，他没喝这些东西。你要一罐吗？”

乔丹看看手表，想想还是不要比较好，但他看到塞琳娜拉开啤酒拉环，“好吧。”他说。

打电话叫比萨之后，他们在客厅坐定，乔丹猛喝一口啤酒，呻吟了一声。“我真正需要的是头痛药。”他说。

“来，”塞琳娜拍拍她的大腿，“躺下来。”

他满心感激地照办，顺手把啤酒摆在地上。塞琳娜修长的手指拂去他额头的头发，轻揉他的太阳穴。“你还真配合。”他喃喃地说。

塞琳娜敲敲他的脑壳：“总得让这个聪明的脑袋继续发挥功效。”

他闭上眼睛，任凭她的双手滑过各个穴道。她停下来时，他伸手拉住她的手腕，示意她不要停，马上却想到芭瑞拉起克里斯的手贴向她太阳穴的模样。

乔丹叹口气，头痛再度猛烈袭来，如果他还忘不了那一幕，他怎能指望陪审团忘得掉？

克里斯被脱光了衣服搜身，身上那套好西装送交保管，直到隔天上午为止。他套上运动长裤和柔软的短袖衬衫，整个人放松了下来。这套陈旧、褪色、带着监狱味道的衣服比穿了一整天的紧绷西装裤和领带舒服一千倍，但话又说回来，他在牢里已经待了七个月，今天，他赫然发现自己对许多事情感到不习惯，比方说耀眼的阳光，跟其他人的身体接触，甚至百事可乐。他好久以来一直想喝罐可乐，乔丹帮他买了一罐，可乐却在他胃里作怪，让他跑了好几次厕所。

克里斯爬到床上，心中忽然有一个不请自来的顿悟：即使得以重返外面的世界，他也许再也无法融入。

夜半时分，窗帘已拉下，卧室漆黑沉静。葛丝转向詹姆斯，他跟她一样直挺挺地躺在床上，好像动也不动就能激发睡意，但葛丝知道他跟自己一样清醒，她深深吸口气，庆幸四下一片漆黑，这样一来，她才看不到他的脸，也不知道他是否言不由衷。

“詹姆斯，”她说，“一切都会没事吗？”

他没有假装听不懂，只是在被子下盲目地摸索，握住她的手说：“我不知道。”

隔天早上，乔丹梳洗，刮胡子，穿衣。他走进厨房，心里已经想着今天的交互诘问。艾米丽的朋友海瑟·柏恩斯不成问题，他闭着眼睛也能处理，梅兰妮·戈德就不同了。

直到坐在桌前，他才发现托马斯隔着餐桌对他微笑。他面前摆着一个干净的碗、一支汤匙、一瓶牛奶和一盒全新的可可味玉米片。

证人席上的海瑟·柏恩斯抖得好厉害，椅脚不太均衡的椅子被震得在地上发出敲击声。为了让她镇定下来，芭瑞走到她面前，挡住她的视线，让她只看到芭瑞一人。“放轻松点，海瑟，”她悄悄说，“记得吗？我们已经预习了所有问题。”

海瑟勇敢地点点头，脸色一片惨白。“海瑟，”芭瑞说，“我知道你是艾米丽最要好的朋友。”

“是的，”她小声地说，“我们认识四年了。”

“蛮久的嘛，你们在学校认识的吗？”

“没错，我们一起修了好几门课，性健康教育、数学等等，还有一些美术课……但艾米丽的艺术天赋比我高多了。”

“你跟她多长时间见一面？”

“我们每天都见面，最起码课堂上会碰面。”

“她有没有跟你提到未来计划？”

“她想上大学，成为一个更好的画家。”

“她开始跟克里斯约会时，你们认识了吗？”

海瑟点点头：“我认识她的时候，她已经跟克里斯约会了，他们……他们总是在一起。”

“总是？”

“嗯，高二的时候，他们分手了大约两个月，克里斯另外交了女朋友，艾米丽非常难过。”

“这么说来，他们不是始终合得来喽？”

“不是，”海瑟低下头，“但他们后来又和好了。”

芭瑞苦笑说：“没错，确实如此。海瑟，你能告诉我，艾米丽十一月的时候怎样吗？比方说她的性情。”

“她通常很安静，她个性向来沉稳，但她没有一天到晚哭，或者说要自杀，她表现得跟平常一样，念书、画画、跟男朋友在一起等等。就是因为这样……”她声音越来越弱，出庭到现在，她第一次看着克里斯，“就是因为这样，所以大家知道这件事之后都很惊讶。”

乔丹对海瑟发出迷人一笑，海瑟身材娇小，一头褐发垂在背后，每只手指上都戴了银戒指。“海瑟，谢谢你的出席。我知道出庭作证不容易，”他戏谑一笑，“但最起码今天就不必上学了。”

海瑟咯咯笑，马上对辩护律师产生好感，看起来跟那个一分钟前几乎快要昏倒的女孩完全不同。“你每天都在学校见到艾米丽，”他说，“放学之后呢？”

“不太常见面。”海瑟说。

“你没有在GAP服饰店碰到她，或者周末约了看电影？”

“几乎没有，”她说，“并不是我不想跟她碰面，而是她老跟克里斯在一起。”

“这么说来，即使你是她最要好的朋友，你们放学之后依然不常见面喽？”

“我是她最好的朋友。”海瑟坦承，“但克里斯比任何人都了解她。”

“你看见过艾米丽跟克里斯在一起吗？”

“看见过。”

“他们的关系如何？”

海瑟的双眼蒙上一层雾气。“我以前觉得他们的关系非常罗曼蒂克，”她说，“我的意思是，他们在一起好久了，有时候好像除了彼此的声音之外，他们什么也听不到；除了彼此的脸之外，其他什么也看不到。”她咬咬嘴唇，“我以前觉得艾米丽拥有了我们想要的一切。”

乔丹凝重地点头：“海瑟，根据你对艾米丽和克里斯的观察，你能想象他会伤害她吗？”

“抗议。”芭瑞大喊。

“驳回。”

乔丹点点头，海瑟直直地盯着克里斯，眼中泪光蒙眬。“不能，”她轻声说，“我不能。”

梅兰妮·戈德一身黑衣。坐在证人席上的她，头发紧紧扎在脑后，西装外套的垫肩往外延伸，整个人像是顽固严肃的女修道院院长，甚至宛若天使长。“戈德太太，”芭瑞边说边伸出一只手拍拍她的证人，“谢谢你今天前来。真对不起，麻烦你忍受一些正式的程序，为了记录所需，我必须知道几点事实。你能说出你的姓名吗？”

“梅兰妮·戈德。”

“你跟死者有何关系？”

梅兰妮直直地盯着陪审团。“我是她母亲。”她轻声说。

“你能跟我们说说你和你女儿的关系吗？”

梅兰妮点点头。“我们在一起的时间很多。”她开口说话，字字句句有如画笔，让那个极具艺术天赋的艾米丽重新活了过来。**我在图书馆上班时，她放学后过来找我，我们周末一起逛街买东西，她知道她可以求助于我。**

“艾米丽跟你说些什么事情？”

梅兰妮吓了一跳，赶紧回过神来对检察官说：“我们讨论了很多关于大学的事，她正准备申请。”

“她对于即将离家上大学的感觉如何？”

“她很兴奋，”梅兰妮说，“她是个好学生，更具有艺术天赋。事实上，她正申请巴黎的索邦大学。”

“哇，”芭瑞说，“真令人佩服。”

“这就是艾米丽。”梅兰妮说。

“你什么时候发现艾米丽出事了？”

梅兰妮在座位上动了动：“我们在半夜接到电话，请我们马上赶去医院。我们只知道艾米丽跟克里斯出去约会，等我们赶到医院时，艾米丽已经走了。”

“除了她的死讯，他们还跟你说了什么？”

“不太多，我丈夫去指认尸体……艾米丽……我……”她抬头看看陪审团，“我做不到。然后迈克出来告诉我，她头部中枪。”

“戈德太太，你怎么想？”芭瑞缓缓问道。

“我心想，天啊，谁会对我的小宝贝做这种事？”

梅兰妮真挚的悲伤弥漫整个法庭，气氛一片凝重，四下沉寂到陪审团听得见乔丹写字的沙沙声、法警手表的滴答声以及克里斯沉重的呼吸。“戈德太太，你可曾想过这可能是自杀？”

“没有，”梅兰妮坚定地说，“我女儿没有自杀倾向。”

“你怎么知道？”

“我怎么不知道？我是她母亲。她不沮丧，也不忧郁，她不哭不闹，还是那个从小就快快乐乐的女孩。况且，她这辈子从没用过枪，她完全不懂枪，怎么可能会拿枪射杀自己？”

“艾米丽死后，珠宝店的人打电话给你？”

“是的，”梅兰妮说，“刚开始我不知道她是谁，那个女人一直说要找艾米丽，好像恶意开玩笑。后来她终于告诉我艾米丽帮克里斯买了一块手表，我去店里拿表，那是一块五百美金的手表，艾米丽整个夏天在夏令营不过赚了四百五十美金。艾米丽知道，如果我们发现她花了这么多钱帮克里斯买生日礼物，肯定非常生气，我们会说这样太奢侈浪费，叫她把表退回去。”她深深吸口气，然后继续陈述，“我去了一趟珠宝店把表拿回来，我知道艾米丽想借此告诉我一些事情。”她瞪着陪审团，“比方说，如果她早就想自杀，为什么买了手表，而且打算十一月底把表送给克里斯？”

芭瑞走向被告席：“戈德太太，你也知道，那天晚上除了艾米丽之外，只有克里斯多弗・哈特在旋转木马场。”

梅兰妮瞪着克里斯，双眼闪烁发光：“我知道。”

“你跟被告熟吗？”

“很熟，”梅兰妮说，“克里斯和艾米丽一起长大，我们两家是十八年的邻居。”她的语调忽然变得凝重，移开视线，看向他处，“我们随时欢迎他来我们家，他像是我们的儿子。”

“你知道他因为被控谋杀，所以才坐在被告席吧，而被害者正是你的女儿？”

“我知道。”

“你相信克里斯可能对你女儿下毒手吗？”

“抗议，”乔丹说，“这位证人有所偏颇。”

“偏颇？”芭瑞愤愤地说，“这位女士的女儿已经身亡，她当然可以偏颇。”

帕科特法官揉揉太阳穴：“检方有权传讯任何想要传讯的证人，我们就暂且相信戈德太太的证词吧。”

梅兰妮清清喉咙：“我认为他杀了她。”

“抗议！”乔丹大喊。

“驳回。”

“你认为他杀了她，”芭瑞重复，让大伙深深记住梅兰妮的话，“为什么？”

片刻之间，梅兰妮瞪着克里斯。“因为我女儿怀孕了，”她愤愤地脱口而出，完全忘了检察官告诫她保持冷静，“克里斯要去上大学，他不想让小宝宝和一个家乡的女孩毁了他的前途和游泳生涯。”梅兰妮紧盯着一脸惊讶、全身发抖的克里斯。“克里斯懂得用枪，”她严肃地说，“他爸爸有枪库，父子两人经常出去打猎。”她狠狠地盯着克里斯，独独对着他说：“你在枪里装了两发子弹。”

乔丹跳起来说：“抗议！”

“你计划了整件事情，但她反抗，你没办法让她不留下淤青……”

“抗议！庭上！这样非常不恰当！”

梅兰妮瞪着克里斯，没人阻止得了她：“你没办法控制子弹的轨迹，你也不知道她打算送你手表。”她双手紧紧抓着证人席的栅栏，指关节全都发白。

“戈德太太。”帕科特法官试图插嘴。

“你杀了她，”梅兰妮大叫，“你杀了我的心肝宝贝，你也杀了你的宝宝。”

“戈德太太，请你马上停止！”帕科特法官大叫，用力敲敲法槌，“迪兰妮小姐，请控制一下你的证人。”

克里斯整张脸红到耳尖，颓然在乔丹旁边缩成一团。“轮到你了。”芭瑞说，随即把这位啜泣、心碎的女士交给乔丹。

“庭上，”乔丹不悦地说，“或许我们应该稍作休息。”

帕科特法官瞄了检察官一眼。“或许应该吧。”他说。

梅兰妮再度坐上证人席时，双眼通红，双颊染上一抹红晕，但除此之外，她已恢复镇定。“戈德太太，艾米丽听起来真是个好女儿，”乔丹坐在被告席的桌前说，态度一派悠闲，好像开口邀请对方一起吃午餐似的，“漂亮，才华洋溢，而且什么事情都跟你说，你对这么一个好孩子还有什么期望呢？”

“我期望她活着。”梅兰妮冷冷地说。

乔丹没想到她如此犀利，顿时哑口无言，他暗自提醒自己谨慎一点。“戈德太太，你每个礼拜有多少小时跟艾米丽在一起？”

“我一星期上班三天，艾米丽也得上学。”

“这么说来……”

“我想每晚两小时吧。周末或许多一点。”

“她花多少时间跟克里斯在一起？”

“很多。”

“你能讲得确切一点吗？每个晚上多于两小时？周末的时候更多？”

“没错。”

“这么说来，她跟克里斯相处的时间，比跟你相处的时间多？”

“是的。”

“艾米丽对自己的前途期许甚高吗？”

乔丹忽然改变话题，梅兰妮顿时吓了一跳，她点点头说：“相当高。”

“你和你丈夫一定相当支持她。”

“是的。我们确实重视她的课业成绩，也鼓励她朝艺术方面发展。”

“你觉得艾米丽非常符合你们的期望吗？”

“我想是的，她知道我们以她为傲。”

乔丹点点头：“你说艾米丽什么都跟你讲？”

“绝对是的。”

“戈德太太，我得跟你说，”乔丹说，“我有点忌妒你呢。”他转向陪审团，好像请他们一起分享他的秘密，“我有个十三岁的男孩，跟他沟通实在不容易。”

“或许你懒得听他说话。”梅兰妮讽刺地说。

“啊，你们母女每个晚上花两小时聊天，艾米丽想说什么，你就专心聆听？”

“没错，她什么事都跟我说。”

乔丹靠在陪审团的栅栏上说：“她有没有跟你说她怀孕了？”

梅兰妮双唇紧绷。“没有。”她说。

“她怀有十一个礼拜的身孕，在这段期间，你们母女每晚无所不谈，但她却没有跟你提起？”

“我说过了，没有。”

“她为什么没告诉你？”

梅兰妮顺顺裙子的布料。“我不知道。”她轻声说。

“也许她认为怀了孕就没办法达成你对她的诸多期望？也许这下她就没办法成为一个艺术家，甚至去上大学？”

“或许吧。”梅兰妮说。

“也许因为她无法达成你的期望，也没办法再当个完美的女儿，心里非常难过，所以才不敢跟你讲？”

梅兰妮摇摇头，眼泪簌簌落下。“戈德太太，请回答我的问题。”乔丹缓和地说。

“不是这样，”她说，“她会告诉我的。”

“但你才跟大家说她没有，”乔丹指出，“而且艾米丽不能亲自跟大家解释。让我们看看既有的事实：你说艾米丽跟你很亲，什么事都跟你说，但她怀孕了，却没有告诉你。如果她连这么重要的事情都没跟你说，她可不可能也隐瞒了其他事情呢？比方说想自杀？”

梅兰妮双手遮住脸。“不、不。”她喃喃自语。

“她可不可能因为怀孕，所以想自杀？她可不可能因无法达成你的期望，所以不想活了？”

这番责备重重压在梅兰妮肩上，把她压得崩溃。她颓然陷入证人席中，整个人缩成一团，就像她刚得知女儿过世时一样。乔丹知道他不能再逼问，不然自己肯定成了坏人，他走向证人席，伸手拍拍梅兰妮的手臂。“戈德太太，”他边说边递上自己干净的手帕，“请用。”她接下手帕擦脸，乔丹继续拍着她的肩膀，“真抱歉让你这么难过，我知道光听到这些问题就让人难过，但为了法庭记录所需，我得请你回答问题。”

梅兰妮表现出超人的自制，她坐直身子，擤了一下鼻子，一只手紧紧握住乔丹的手帕。“对不起，”她慢慢说，“我没事了。”

乔丹点点头。“戈德太太，”他说，“艾米丽可不可能因为怀孕，所以产生自杀的念头？”

“不可能，”梅兰妮说，口气坚定得令人信服，“麦卡斐先生，我很清楚我跟我女儿的关系，尽管你试图捏造谎言，我依然相信艾米丽什么事都会跟我说。如果哪件事让她心烦，她一定会告诉我，如果她没跟我说，那就表示这件事对她并不造成困扰，也许她自己都不确定要不要留下宝宝。”

乔丹稍微把头侧到一边。“戈德太太，如果她还不确定要拿宝宝怎么办，她怎么会告诉克里斯呢？”

梅兰妮耸耸肩说：“也许她没有。”

“你是说他可能不知道她怀孕？”

“没错。”

“这么说来，”乔丹问，“他为什么要杀她？”

梅兰妮退席时，法庭里一阵骚动。在法警护送下，她缓缓走过中间走道，她一离开法庭，观众席马上爆出一连串问题和评论，众人的窃窃私语有如流行性感冒一样猛烈而急速蔓延。

乔丹再度坐回被告席，克里斯对他笑笑说：“那真是太棒了。”

“我很高兴你觉得我表现不错。”乔丹边说边顺顺领带。

“接下来呢？”

乔丹正想开口，芭瑞就替他回答了问题。“庭上，”她说，“检方对案情所作的陈述完毕。”

“现在，”乔丹对他的客户轻声说，“轮到我们上场。”

过去
1997年11月7日

艾米丽用毛巾擦拭全身，然后包住头发。她用力打开浴室的门，走道的冷空气随之涌入，她不禁打了个冷战。离开浴室时，她特意不看镜中自己平坦的腹部。

家里没人，所以她光着身子走到卧室，她把床铺整理好，仔细用那件带有克里斯气味的毛衣包住枕头。但她把脏衣服堆在地上，这样爸妈看了才会感到熟悉。

她坐到桌子前，毛巾松松绕在肩头，桌上有一叠艺术学院的申请表格，罗德岛设计学院和索邦大学的资料摆在最上方，还有一个做功课用的空白笔记本。

她应该留个短笺吗？

她拿起铅笔，用力把笔尖压在纸上，留下了一个小点。爸妈赋予你宝贵的生命，当你即将刻意舍弃时，你能跟他们说什么呢？艾米丽叹口气扔下铅笔，你不能，你什么也不能说，因为他们将揣测你字里行间的意义，坚信这全是他们的错。

思及至此，她好像想起什么似的，她从床头柜里翻出一本精装的小本子，拿着本子走到衣柜旁。衣柜里成叠的鞋盒后面有个小洞，多年以前松鼠咬出了这个小洞，她和克里斯小时候常把秘密宝贝藏在这里。

她把手伸进洞里，找到一张折好的纸片，纸片上是柠檬汁写的秘密，只有就着烛火才读得出来。那时她和克里斯大约十岁，他们在卧室之间架设了罐头滑轮传纸条，后来滑轮的钓线缠在树枝间，最后只好放弃。艾米丽摸摸纸片残破的边缘，露出微笑。*我要过来找你*，克里斯曾写道。如果她没记错的话，那时她被禁足，克里斯在房子旁边的玫瑰丛里挖出一个小缝，打算从卧室窗户解救她，结果却摔了下来，跌断了手臂。

她把纸片揉成一团握在手掌中，原来他已经不止一次想救她。

艾米丽把头发扎成发辫，走到床边躺下来。她全身赤裸，手中紧抓着捏皱的纸片，她就这样躺在床上，直到听见克里斯在隔壁的车道上发动引擎。

克里斯满十五岁时，世界变得有点陌生。时间过得快得——或者慢得惊人，似乎没有人听得懂他说什么。他的四肢阵阵酸麻，感觉近乎撑破了皮肤。他记得有个夏日午后，他和艾米丽懒洋洋地躺在水塘的橡皮舟上，艾米丽讲话讲到一半他就睡着了，醒来之时，阳光低斜，更加炎热，艾米丽还在讲话，四下好像变了，又好像什么都没变。

现在的感觉也一样。克里斯闭着眼睛也勾画得出艾米丽的脸颊，但忽然之间，他却认不得她。他想给她时间，也许她会看出这个点子有多么荒谬，但时间已经耗尽，这个噩梦却像雪球一样越滚越大，他再也无法阻止。他想救她一命，所以才假装帮她自杀，从一方面而言，他觉得世界大到他无法改变，但从另一方面而言，他的世界却又缩小到针尖一般大小，除了他、艾米丽和他俩的盟约之外，再也容不下任何东西。他带着青少年的雄心与自信，感觉自己能够应付这种大事，但与此同时，他又想悄悄把这事告诉妈妈，让她来解决问题。他成天左思右想，下不了决定，也不知如何是好。

他双手抖得很厉害，不得不把双手放到大腿下，有时他甚至坚信自己疯了，他把整件事情视为一场非赢不可的比赛，与此同时，他又无法不提醒自己，没有哪种比赛会让人身亡。

自从那天晚上艾米丽表达自杀意愿之后，时间似乎过得特别快；但有时他盼望时间过得更快，这样一来，他就是个大人，而他也会像其他大人一样，记不清生命中的这段日子发生了什么事。

他慢慢开车到隔壁，但他为什么感觉车轮下的道路正趋瓦解？

她悄悄溜进副驾驶座，这个动作是如此熟悉，克里斯看了不得不心痛地闭起眼睛。“嗨。”她跟往常一样打招呼。克里斯驶出她家车道，觉得自己好像正参与某场戏的演出，有人改了剧本，但却忘了告诉他。

他们刚开过伍德哈洛街的弯道，艾米丽就请他停车。“让我看看。”她说。

她的声音兴奋高亢，双眼迷蒙闪烁，整个人好像在发高烧，克里斯不禁怀疑，艾米丽究竟是不是脑子烧坏了？

他伸到外套里拿出用软皮包着的手枪，艾米丽伸出手，犹豫着该不该碰它，然后她用食指摸摸枪身。“谢谢你。”她轻声说，听起来仿佛松了一口气，“子弹呢？”她忽然说，“你没忘了吧？”

克里斯拍拍口袋。

艾米丽看看他的手，然后看看他的脸。“你不想说些什么吗？”

“不，”克里斯说，“我不想。”

艾米丽提议去旋转木马场，部分原因在于，这个季节几乎没有人会来这里，部分原因则是，她若能把回忆装进口袋，利用回忆勾勒出接下来的路径，她就能把美好的回忆通通带走。

她始终喜欢旋转木马场。过去两年夏天旋转木马场由克里斯负责操作时，她经常到这里找他。他们帮木马取了“郁金香”“拉洛伊”“珊蒂”“星光”和“巴克”等名字，有时她白天过来帮克里斯把重重的、带着奶香的小宝宝抱上木马，有时她黄昏过来帮他打扫。这个运转中的巨型机器让人不得不爱，她喜欢看着木马吱吱嘎嘎地慢慢转动。

她不害怕。现在她已经找出解决之道，即使想到死也吓不了她。她只想在所爱的人跟自己一样伤心之前，赶快做个了结。

她看看克里斯以及那个装有启动按钮的银盒。“你的钥匙还在吗？”她问。

风吹得她的辫子打上他的脸颊，她抱住双臂取暖。“还在，”他说，“你想骑马吗？”

“拜托。”她走上旋转木马场，伸手抚过一只只木马的鼻子。她选了一只名叫“达里拉”的木马，这匹白马的名字是她取的，马鬃银白，缰绳上还贴着假红宝石和翡翠。克里斯站在银盒旁，一手压下启动木马的红色按钮，艾米丽感到木马隆隆启动，越转越快，汽笛风琴音乐也更加高亢，她拉扯一下马颈旁边的破旧皮绳，闭上双眼。

她脑海中浮现她和克里斯的身影：两个小孩并肩站在后院的圆石上，手牵手一起跳进一堆秋天的落叶里。她记得枫树与橡树散发出珠宝般的光泽，她记得两人往下跳时克里斯拉着她手臂的感觉，她也记得在那一刻，他们都相信自己在飞。

他站在一旁看着艾米丽，她的头往后仰，风吹得她两颊泛红，泪水滑下她的脸庞，但她带着微笑。

就这样吧，他顿时明白了；要么就让艾米丽达成她最渴望的心愿，不然就照着他想的去做。但在他的记忆中，生平头一回，他和艾米丽有着不同的心愿。

他怎么可以看着她死？但话又说回来，如果她活得这么痛苦，他又怎能阻止她动手？

艾米丽信任他，但他却即将背叛他。下次她打算自杀时，（而克里斯也知道一定会有下次）他肯定跟其他人一样，事发之后才会知晓。

他真的想着这些事情吗？他顿时感到毛骨悚然。

他思量怎样在最短时间之内，用最快速的方法从甲地开到乙地，每次跟人碰面之前，他都用这种方式厘清思绪。此时他也采用同样方式，但这次却不是那么单纯，谁也无法保证他和艾米丽都会顺利抵达终点。

他专心盯着她优雅白皙的颈线以及喉头的小凹洞，过了一会儿，她消失在他视线之外，他却始终紧盯着她的脉搏；他屏住气息，直到她又出现在他眼前。

他们坐在旋转木马场的长椅上，妈妈们经常抱着小宝宝在此休息。木椅连续上了好几层漆，摸起来凝重而光滑，克里斯的两脚间有瓶加拿大威士忌，他感觉艾米丽在他身旁发抖，他宁愿相信这是因为她冷，而不是害怕。他靠过去帮她扣好整排扣子。“你可别生病了。”他说，然后他想想这话，顿时一阵反胃，“我爱你。”他轻声说，就在那一刻，他知道他打算怎么办了。

当你爱上某人时，你会把她的需求摆在你的需求前面。

就算这些需求不可思议，荒谬至极，让你觉得自己被撕扯成碎片，也都无所谓。

半是惊慌，半是接受，他流下了眼泪；但直到他在艾米丽唇上尝到咸咸的泪水，他才知道自己哭了。事情不该这样，但是上帝啊，如果解救艾米丽只会让她更痛苦，他怎能逞英雄呢？艾米丽拍拍他的背部安抚他，他心想：*到底是谁在帮谁？*忽然间，他非得跟她做爱不可，他急忙扯下她的牛仔裤，把裤子褪下她的大腿，速度快得连自己都吓一跳，他把她的双腿绕在他腰间，猛然进入她，很快就达到高潮。

带我一起走吧，他心想。

艾米丽拉直衣服，脸颊发烫；克里斯不停道歉，好像她会因为他忘了戴安全套而永远责怪他似的。“没关系。”她边说边把衬衫塞进牛仔裤，她心想：*你要是知道就好喽*。

他坐到离她几英尺之处，双手交握在大腿上。他牛仔裤的扣子依然没扣上，四周余留着性爱的气息，他感到出奇的平静。“你要我怎么做？”他说，“我是说结束之后。”

他们还没谈到这一点，事实上，直到此刻，艾米丽不确定克里斯会不会为了阻止她而做出什么傻事，比方说把子弹扔到树丛里，或是在最后一刻从她手中夺下手枪。“我不知道。”她说，而她也确实不知道。她从未想得这么远，她想过计划、布局，甚至行动本身，但说真的，她想象不到死了是什么模样。她清清喉咙。“随便，”她说，“你看着办吧。”

克里斯用指甲刮刮木板地，忽然觉得自己像个陌生人。“时候到了吗？”他僵硬地问道。

“还没。”艾米丽轻声说。听到暂缓令下，克里斯扣上纽扣，把她拉到自己大腿上，他紧紧抱住她。她栖身在他怀里，心里想道：*原谅我吧*。

他打开枪膛时双手颤抖，柯尔特转轮手枪可装六发子弹，射出一发之后，弹壳会留在枪内。他一边在衬衫口袋内摸索，一边跟艾米丽解释，好像光凭念诵机械原理就能大幅减轻痛苦似的。

“两颗子弹？”艾米丽问。

克里斯动动肩膀。“以防万一。”他回答，生怕艾米丽叫他解释他自己也无法完全理解的一点。*以防子弹没有命中？以防他发现艾米丽死了，自己也不想活了？*

手枪躺在他们之间，仿佛有了生命。艾米丽拿起枪，枪在手中感觉相当沉重。

克里斯有好多话想说。他想让她告诉他那个可怕的秘密究竟是什么，他想哀求她停手，他想告诉她这时歇手还不算太迟，但事情已经发展到这个地步，他自己都不相信可以就此歇手。他把双唇紧贴到她唇上，狠狠印上一吻，但还没吻完就低声啜泣，整个人像被打了一拳似的缩成一团。“我爱你，”他说，“所以才这样做。”

艾米丽满脸惨白，盈满泪水。“我也是因为爱你才这样做。”她紧捉住他的手，“我要你抱我。”她说。

克里斯把她拉进怀里，她的下巴靠在他的右肩上，他要牢牢记住她身体的重量以及有如电流般的生命活力，然后，他稍微往后退，腾出空间让艾米丽把枪举到头边。

现在
1998年5月

蓝蒂·安德伍向陪审团致歉。“我上晚班，”她解释，“通常晚上头脑最清楚，但他们不想让各位熬夜。”她在医院急诊室担任医生助理，刚值完三十六小时的班。“如果我开始胡说八道，请跟我讲一声。”她开玩笑地说，“如果我把笔插进哪个人身体里，麻烦赏我一巴掌。”

乔丹笑笑说：“安德伍女士，我们真的谢谢你出席。”

“嗯，”她戏谑一笑，“少睡一会儿又怎样呢？”

她体型壮硕，依然身穿印满了绿色小雪花的医生外袍，乔丹已经请她陈述了姓名与职业。“安德伍女士，”乔丹说，“十一月七日晚上，艾米丽·戈德被送到班布里奇纪念医院急诊室时，刚好轮到你值班吗？”

“是的。”

“你记得她吗？”

“记得。她非常年轻，看了也最令人伤心。急救人员送她进来时，她已经没有心跳，刚开始大家忙着急救，但过了几秒钟之后，一切就结束了，她被送到急诊室的小房间之前就已宣告死亡。”

“我了解了。接下来呢？”

“按照正常程序，尸体被送到太平间之前必须经过指认，有人跟我们说死者父母正赶过来，所以我开始帮她清理。”

“帮她清理？”

“这也是惯例，”她说，“特别是如果死者流了很多血，亲人看了会难过。我把她的双手和脸擦干净，没有人跟我说不要动她。”

“你的意思是……”

“在警方调查中，证物就是证物，尸体也算是证物。但随同而来的警察说这是自杀，警察局的人没有叫我们特别小心，也没有人过来检验。”

“你清洗了她的双手？”

“是的。我记得她戴了一个漂亮的金戒指，你知道的，就是那种十字架型的戒指。”

“你什么时候离开小房间的？”

“她爸爸过来指认尸体时，我就离开了。”她说。

乔丹对证人笑笑说：“谢谢你。我的问话完毕。”

诚如乔丹所料，芭瑞婉拒交互诘问这位医师助理。不管她问什么，都会损及检方明星证人玛洛探长的证词，所以检方选择放弃。乔丹接着请林伍德·卡派吉恩医生出庭，看着医生走向证人席时，乔丹暗想实在应该送给塞琳娜一打玫瑰花，谢谢她找到这位证人。

陪审团目不转睛地看着卡派吉恩医生，他长得很像壮年的加里·格兰特[①]，鬓角旁的银发浓密有型，双手的指甲修剪得整整齐

① 美国著名影星。

齐，看起来保证让人有信心，更别说他是个知名的医生，证词也颇具权威。他自在地坐在证人席上，显然很习惯成为众人注目的焦点。

“对不起，”芭瑞说，“可否跟庭上谈谈？”

帕科特法官挥手示意两位律师向前，乔丹扬起眉毛，等着听芭瑞要说什么。“为了将来上诉，我必须再度声明检方反对传讯这位证人。”

“迪兰妮小姐，”帕科特法官说，“我已经下了判决。”

芭瑞愤愤地走回桌前，乔丹详细列举卡派吉恩医生的经历，陪审团这下更表敬佩。“医生，”他说，“你辅导过多少位青少年？”

“好几千位，”卡派吉恩医生说，“我说不出详细数目。”

“其中多少位有自杀倾向？”

“嗯，我辅导过将近四百位具有自杀倾向的青少年，这当然不包括我三本著作里所提到的其他自杀个案。”

“这么说来，你已发表了研究成果？”

“没错。除了著作之外，我还在《辅导与诊疗心理学》和《异常孩童心理学》期刊发表文章。”

“既然我们不像你一样对‘青少年自杀’问题有研究，可不可以请你跟我们简单描述一下这个问题？”

“当然可以。青少年自杀是个令人担心的心理疾病，每年人数都持续增加。对青少年而言，自杀不但表示心情沮丧，也代表某种决心。青少年需要受到重视，他眼中的世界也只有自己。请大家想象一个碰到问题的青少年，他父母因为不想接受小孩不开心的事实，或是没时间听孩子说话，所以不加理会。孩子可能在心中暗想：‘好，你们不管我，是吗？看看我能做出什么事。’接着就走上自杀一途。他并不是想死，而是想用自杀来解决问题和痛苦，或者借此跟大家说：

‘你们看吧！’”

“有没有数据显示男孩跟女孩自杀的比例？”

“相较于男孩，女孩自杀的比例超过三倍，但男孩自杀成功的几率较大。”

“真的吗？”乔丹故作惊讶地说。其实他上个礼拜已经跟卡派吉恩医生详细演练，医生说什么都不会吓到他，“为什么？”

“女孩试图自杀时，通常采用比较间接的方式，比方说吞药，或者开瓦斯等等，这些方式花的时间比较长，通常还没见效就被送往医院。有时候她们割腕，但大多时候都横着划一刀，而不知道这也并不一定见效。从另一方面而言，”他说，“男孩用枪或是上吊，这两种方式都立即见效，其他人根本来不及阻止，或者解救。”

“我了解了，”乔丹说，“哪一种类型的青少年特别容易自杀呢？”

“这点说来有趣，”卡派吉恩医生说，双眼闪烁着学者的光芒，“家境贫穷和家境富裕的青少年同样容易试图自杀，想自杀的青少年没有特定的社会和经济背景。”

“有没有哪些特定行为让大家看了之后说‘哇，这孩子打算自杀’？”

“忧郁沮丧，”卡派吉恩医生直接说，“他可能沮丧了好多年，也可能最近几个月才心情欠佳。通常有个特定事件引发自杀念头，这件事再加上抑郁的心情，往往沉重得让他无法承受。”

“周围的人看得出他沮丧吗？”

“嗯，麦卡斐先生，这就是问题所在。忧郁症有多种面相，朋友和家人不一定看得出来。想自杀的人会表现出某些迹象，心理医生看得出来，也会非常重视，问题是有些青少年却没有任何迹象，有些则表露无遗。”

“有哪些迹象呢？”

“根据我们的观察，想自杀的青少年老想着死亡，饮食、睡眠习惯有所改变，表现出叛逆行为，不跟人打交道，或者干脆离家出走。有些想自杀的青少年始终一副百般无聊的样子，或是很难专心，说不定酗酒、嗑药、成绩退步。他们或许变得不重视外表，个性起了变化，抱怨有些心理不适所引发的生理病痛。我们也看过有些孩子把最心爱的东西送给别人，或是开玩笑说要自杀。但诚如我先前所言，有时候我们一项也看不出来。”

“听起来很像我认识的一般青少年。”乔丹说。

“没错，”医生说，“这就是为什么事先很难看出迹象。”

乔丹举起一叠文件，其中包括艾米丽的医疗记录，以及塞琳娜和警方访问家人邻居的记录。“医生，你曾看过艾米丽·戈德的档案吗？”

“是的。”

“她朋友跟家人怎么说？”

“大体而言，她爸妈没有看出她心情沮丧，她朋友们也没有。但她的美术老师说艾米丽虽然没说自己心情不佳，但作品却日趋阴沉。我认为这似乎表示，在她过世的几星期之前，她封闭了自己。她花很多时间跟克里斯在一起，这点也符合所谓的‘自杀盟约’。”

“‘自杀盟约’？这究竟代表什么？”

“两人或两人以上相约自杀。成年人觉得非常不可思议，你怎么可能左右另一个人到这种地步，让他跟着你一起自杀？”他对陪审团悲伤地一笑，“但我们都忘了自己十六七岁时的感觉。十六七岁时，有一个了解、崇拜你的人是非常重要的，成年之后，事情的重要性变得比较相对，但在青少年时期，你只在乎那个跟你最亲近的人，你们的关系好到穿同一种款式的衣服、听同一种音乐、做同一些事情打发时间，想法也都相同。只要其中一人提到自杀，另一个青少年就会基于各种心理因素，判定这是个好主意。”

卡派吉恩医生看看克里斯，仿佛正在分析他。“相约自杀的青少年通常非常亲密，但一旦决定一起自杀，两人的世界会变得更加狭小。他们只跟对方吐露心事，只想见到对方，周遭一切变得越来越狭隘，最后只在乎自杀这件事。他们共同计划，执行，借此向两人小世界之外不了解他们的人宣示。”

“卡派吉恩医生，根据艾米丽的档案，她看起来有自杀倾向吗？”

“我没见过她，但似乎有这种可能。”

乔丹点点头说：“你的意思是说，虽然她的档案中没有任何明显的警讯，但那个看起来相当正常、只是有点内向的少女可能想要自杀？”

“以前也有这种例子。”卡派吉恩医生说。

“我了解了。”乔丹低头看看笔记，“你看过克里斯的档案吗？”

在乔丹的坚持下，塞琳娜比照帮艾米丽建档的同样方式，借由访问亲戚朋友，帮克里斯建立了一份档案。虽然不愿知情，但他已经知道克里斯无意自杀，在这种情况下，他最好不让克里斯跟心理学专家面谈，以免这位专家出庭跟大家说出实情。

“我看过了。克里斯·哈特对艾米丽·戈德非常痴迷，这是档案中最重要的一点。我研究青少年自杀，更是个心理学家，克里斯和艾米丽这些年发展出的感情，可以用一个特别的名词来形容。”

“哪个名词？”

“融合。”他对陪审团微笑，“就像物理学的术语一样。这表示两个人的个性紧密融合，结果造就了一种新的人格，两人原本的个性也随之消失。”

乔丹难以置信地说：“你能再解释一次吗？”

“简单来说，”卡派吉恩医生说，“艾米丽和克里斯的想法、人格紧密相连，两人之间已经密不可分，他们亲密到少了对方就活不下去的地步，其中一人发生什么事，势必会影响到另一个人。就自杀这件事而言，其中一人若死了，另一个人也活不下去。”他看看乔丹，“这样说清楚吗？”

“清楚多了，”乔丹说，“但令人难以接受。”

卡派吉恩医生微笑说：“恭喜你，麦卡斐先生，这表示你心理正常。”

乔丹戏谑一笑。“医生，我可不确定迪兰妮小姐是否同意你的看法，但还是谢谢你。”陪审团在他身后窃笑。“卡派吉恩医生，根据你的专业判断，你能针对克里斯·哈特和艾米丽·戈德下个结论吗？”

“可以。我认为艾米丽想自杀，我们不知道为什么，更重要的是，我们可能永远不知道原因何在。但她因为某事而沮丧，死亡似乎是个解脱，克里斯是她最亲近的人，所以她跟他说她打算自杀，也请他帮忙。但她一跟克里斯说了，他马上明白，如果艾米丽死了，他也没有理由活下去。”

乔丹瞪着陪审团：“你的意思是说，艾米丽和克里斯基于不同理由想自杀？”

“没错。很可能仅仅因为艾米丽打算自杀，所以克里斯同意一起动手。”

乔丹暂时闭上眼睛。在他的辩护策略中，最困难的一点莫过于说服陪审团，让他们相信两个孩子可能一起想出这么可怕的点子。感谢上帝（或是找到这位医生的塞琳娜），卡派吉恩医生让大家觉得这点并非不可能。“还有一件事，”乔丹说，“艾米丽自杀几个月之前帮某人买了一个非常昂贵的礼物，你怎么解释这种行为？”

“哦，这是一种赠予，”卡派吉恩医生说，“她计划把某样东西留给某人，确定大家不会忘了她。”

“这么说来，艾米丽买了这个礼物，好让大家知道她打算自杀？”

“抗议！”芭瑞大喊，“引导证人。”

“庭上，这点非常重要。”乔丹辩驳。

“那就请你重新措辞，麦卡斐先生。”

乔丹再度面向卡派吉恩医生：“根据你的专业意见，如果艾米丽打算自杀，她为什么还买了一个手表之类的贵重礼物？”

“在我看来，”医生一副沉思的模样，“艾米丽买手表时，还没决定要自杀，也没有约同克里斯自杀。就算手表确实很贵重，但那也不是重点，”他对乔丹悲伤地笑笑，“当你打算自杀时，你绝不会想到退钱这回事。”

“谢谢。”乔丹说，然后坐下。

芭瑞的头好昏，她得让这个专家看起来像个白痴，但她对他的领域却毫不知悉。“好，卡派吉恩医生，”她鼓起勇气说，“你读了艾米丽的档案，你也提到具有自杀倾向的青少年，有时候会显现许多征兆。”她拿起写满注释的便签，“失眠是其中之一吗？”

“是的。”

“你从艾米丽的档案中看出这一点吗？”

“没有。”

“你发现任何无法解释的饮食习惯改变吗？”

“没有。”

“艾米丽表现出叛逆行为吗？”

“没有，我在档案里没有读到这一点。”

“离家出走呢？”

“没有。”

“她老想到死亡吗？”

“不是非常明显。”

“她看起来无聊，或者无法专心吗？”

“没有。”

“她酗酒或是嗑药吗？”

“没有。”

“她有哪门课不及格吗？”

“没有。”

“她变得不在乎外表吗？”

“没有。”

“她抱怨有些心理不适所引发的生理病痛吗？”

“没有。”

“她开玩笑说要自杀吗？”

“显然没有。”

“这么说来，仅仅因为她有点冷漠、退缩，所以你就判定她有自杀倾向。百分之九十九健康、正常的女性每个月多少都会这样，不是吗？”

卡派吉恩医生笑笑说：“各方权威人士都会赞同你的说法。”

“既然艾米丽没有表现出大部分的征兆，她可不可能不具自杀倾向呢？”

“可能。”医生说。

“就算艾米丽显现了几个征兆，在你看来，一个健康正常的青少年是否也会表现出这些行为？”

“是的，而且常有。”

“你是根据艾米丽的档案做出的分析，对不对？”

“是的。”

“谁建立了这份档案？”

“据我了解，辩护律师的侦探塞琳娜小姐搜建了这份档案，档案中包括她本人以及警方访问艾米丽家人、朋友的记录。”

“根据你的证词，克里斯·哈特是艾米丽·戈德最亲近的人。档案中包括克里斯对艾米丽的观察吗？”

“嗯，没有。他没有受访。”

“但艾米丽在世的最后几个礼拜中，她最常求助于克里斯，对不对？”

“是的。”

“这么说来，他也许可以告诉你，艾米丽是否表现出我们刚才列举的种种征兆？他也许比任何人看得更清楚。”

“没错。”

“他显然是最可靠的消息来源，但你却没有跟他谈谈？”

“我们想要保持客观，所以没有探询克里斯的意见。”

“医生，那不是我的问题。我的问题是*你有没有访问克里斯·哈特*。”

“不，我没有。”

“你没有访问克里斯·哈特。他活得好好的，而且可以接受访问，你却从来没有征询他的看法。除了艾米丽之外，他最能解释艾米丽死前的行为，你却从来没有跟他谈。”芭瑞直直盯着这位证人，“而你也无法访问艾米丽，对不对？”

金·肯莉身穿印满了上百个小手印的手工扎染土耳其长袍出庭。“这是一群幼稚园小朋友送我的，”她对护送她走向证人席的法警说，“是不是很漂亮呢？”

乔丹阐述她的资历，然后请问她是怎么认识艾米丽·戈德的。“我是她的高中美术老师，”她说，“艾米丽非常有天赋。我是个专科老师，一天下来可能见到五百名学生，大部分学生只是晃过美术教室，留下一片混乱，只有少部分人继续修课，而且真的喜欢美术，其中一两位也许具有天赋，而艾米丽是最稀有的好学生，我想大概每十年才会出现几位，她不但真心热爱艺术，而且知道怎样善用天赋。”

“她听起来相当特别。”

“她才华洋溢，”金·肯莉说，“而且非常用功。她空闲的时间都花在美术教室，甚至有自己的画架。”

乔丹举起一系列先前法警连同肯莉女士带进来的油画。“我这里有几幅图画想列为证物，”他说，然后等候芭瑞逐一检视，法庭书记仔细加以标示，“请你解释一下这些油画，好吗？”

“当然。《拿着棒棒糖的男孩》是她九年级的作品，《母子图》

则是她十年级的作品。你从脸部轮廓可以看得出来，《母子图》的技巧成熟多了，感觉比较鲜活，人物也较具立体感。至于第三幅图画，嗯，主题显然是克里斯。”

“克里斯·哈特？”

金·肯莉笑笑说：“麦卡斐先生，你看不出来吗？”

“我看得出来，”他向她担保，“但法庭得留下记录。”

“嗯，好吧，确实是克里斯·哈特。艾米丽捕捉了他脸上的表情和脸部五官，事实上，艾米丽的作品总是让我想到玛丽·卡莎特。”

“嗯，”乔丹说，“这下我听不懂了。谁是玛丽·卡莎特？”

“她是一位常以母亲和小孩为主题的十九世纪画家，艾米丽也采用同样主题，而且同样注重细节和情感。”

“谢谢，”乔丹说，“这么说来，艾米丽的绘画逐年成熟了？”

“从技术层面而言，是的。她从一开始就很有感情，但从九年级到十二年级，她一直不断进步，我看得出她画的不仅是人物，而是人物的感觉和想法。麦卡斐先生，你在业余画家身上很少看到这一点，这是非常精练的技艺。”

“你注意到艾米丽的风格有所改变吗？”

“嗯，我确实注意到了。去年秋天她画了一幅非常不一样的油画，让我相当惊讶。”

乔丹抽出证物中最后一幅图画，画中随笔勾勒的骷髅头、乌云密布的眼眶以及下垂的舌头深深吸引了陪审团的注意力，其中一名妇女遮住嘴巴低声惊呼：“我的天啊。”

“我也有同样感觉，”金·肯莉对着陪审团点点头说，“你们也看得出来，这已经不是现实主义，而是超现实主义。”

“超现实主义？”乔丹说，“你能跟我们解释一下吗？”

“每个人都看过超现实画家的作品，比方说达利以及马格利特。”看到乔丹一脸不解，她叹口气说，“达利，就是那个画滴水时钟的家伙。”

“哦，是、是。”他很快瞄了陪审团一眼，陪审团跟其他格拉夫顿郡随机取样的小团体一样，成员的背景迥异，达特茅斯学院经济学教授的旁边坐着一位农夫。乔丹敢打赌，这人一辈子从来没有离开过农场，经济学教授看起来很无聊，也许他从头到尾都知道谁是达利，农夫则低头拼命做笔记。“肯莉女士，艾米丽画了这幅画吗？”

“她九月底开始动笔，她……她过世的时候还没有百分之百完成。”

“没有吗？但是已经签名了。”

“没错，”美术老师皱着眉头说，“而且写下了标题，她显然认为快完成了。”

“你能告诉我们艾米丽写下的标题吗？”

金·肯莉修长的红指甲轻轻划过骷髅头、宽长的舌头和眼眶中的朵朵乌云，最后停留在艾米丽的签名上方。“在这里，”她指指说，“**自画像**。”

芭瑞撑着下巴，盯了油画好一会儿，然后叹口气站起来。“我看不出所以然，”她对金·肯莉坦承，“你呢？”

“我不是专家……”金·肯莉开口。

“没错，”芭瑞插嘴，“但我敢保证辩方已经找到一位专家。你是艾米丽的美术老师，你有没有问过她为什么画出这么可怕的画？”

“我提过这幅画跟她往常的作品非常不同，她说这是她那时想画的画。”

芭瑞在证人席前走来走去。“画家尝试不同媒介和风格，这样很不寻常吗？”

“不。”

“艾米丽尝试过雕塑吗？”

“十年级的时候试过一次，为期不长。”

“捏陶呢？”

“一点点。”

芭瑞略带鼓舞地笑笑说：“水彩画呢？”

“试过。但她偏好油画。”

“但是艾米丽有时候会画出不太相称的作品？”

“当然。”

芭瑞慢慢走向那幅骷髅头的油画：“肯莉女士，艾米丽刚开始尝试水彩画时，她的行为举止有什么不一样吗？”

“没有。”

“她尝试雕塑时，你注意到她的行为有任何改变吗？”

“没有。”

芭瑞举起骷髅头油画：“她画这幅画的时候，你注意到她跟往常很不一样吗？”

“没有。”

“问话完毕。”芭瑞说，然后把油画放回证物桌，正面朝下。

法院大厅有一长排椅子，好像连结了两个法庭，椅子上每天坐着行色匆匆的律师、等着应讯的人以及被警告不准彼此交谈的证人们。

过去两天以来，迈克跟梅兰妮坐在大厅的一边，葛丝坐在另一边，但今天梅兰妮已经出庭，获准进去法庭旁听，葛丝坐在她通常坐的椅子上拼命试着看报，未曾注意到迈克已经走过来。

他在她身旁坐下，她折起报纸。“你不该。”她说。

“不该怎样？”

“坐在这里。”

“为什么？只要我们不讲到案子就好。”

葛丝闭上眼睛：“迈克，我们周围弥漫着这个案子的气息，怎么可能不讲？”

“你见到克里斯了吗？”

“没有。我今天晚上过去。”葛丝想想说，“你呢？”

“我想不太恰当，”他说，“尤其是如果我今天出庭的话。”

葛丝微弱地笑笑说：“你的逻辑很奇怪。”

“你这话什么意思？”

“没什么。你已经帮被告作证，克里斯应该亲自谢谢你。”

“没错。但就因为帮被告作证，所以今晚我也许出去喝个烂醉，忘掉这一切。”

葛丝坐着转过身。“别这样。”她边说边把手搁在他手臂上。

他们同时低头看看，两人都满脸通红。迈克伸手盖住她的手。“要不你今天晚上跟我出去？”他问。

葛丝摇摇头。“我得去探监，”她轻声说，“看看克里斯。”

迈克望向他处。“没错，”他缓缓地说，“我们都该想到孩子。”说完就站起来走向大厅另一边。

“费南女士，”乔丹说，“你是艺术治疗师。”

“没错。”

“你能告诉我们那是什么吗？”他鼓励地笑笑，“新罕布什尔州没有太多艺术治疗师。”

事实上，桑德拉·费南远从加州柏克利而来。她一头银白色的短发，一身加州阳光的黝黑，还有加州大学洛杉矶分校的心理学博士学位。“我们隶属心理保健行业，经常受雇于机关单位。我们请患者画些特别的东西，比方说房屋、树木或者人，根据患者的画作以及绘画风格，我们可以判定患者的心理状况。”

“真了不起，”乔丹真心佩服，“你看看图画就可以判断出某人心里想些什么？”

“当然可以。比方说年纪很小、没办法用言语表达的小孩，我们可以判定他们是否遭到虐待、性侵害等等。”

“你辅导过青少年吗？”

“有时候。”

乔丹走到克里斯身后，一只手故意摆在克里斯肩上。“你曾辅导过非常沮丧、具有自杀倾向的青少年吗？”

“有。”

“你从青少年的画看得出绘者曾遭到性侵害，或有自杀倾向吗？”

“可以，”桑德拉说，“图画描绘出某些受到压制下的意识情感，有时这些情感太强烈，太原始，没办法用其他方式表达。”

“这么说来，当你碰到一个正在发脾气的小孩，你看了图画就知道她生命中起了巨变？”

“当然。”

乔丹走到证物桌旁，拿起艾米丽十年级时画的《母子图》："你能告诉我们这个绘者的心理状态吗？"

桑德拉从口袋里掏出一副细框猫眼眼镜，把眼镜架上鼻梁。"这看起来像是出自一位调适良好、心情稳定的绘者，你可以看出画中人物的脸庞和双手比例恰当，传达出高度真实感，画中没有不寻常或是夸张之处，而且用色鲜明。"

"好，"乔丹举起骷髅头油画，"这幅呢？"

桑德拉扬起眉毛。"嗯，"她说，"这幅图画非常不同。"

"你能告诉我们，你从中观察到什么吗？"

"当然。首先，画中有个骷髅头，我马上觉得绘者可能一心想着死亡，更令人担心的是背景中红色和黑色并陈，根据许多艺术心理治疗的研究，这表示绘者有意自杀。还有乌云密布的天空，当我们看到图画中出现云朵，或者下雨时，通常表示绘者心情忧郁或是具有自杀倾向……但更令人不安的是，绘者把云朵画进原本应该有眼睛的地方，眼睛象征一个人的思绪，这位绘者在眼框中画上乌云，我认为她很可能已经想要自杀。"

她靠向证人席的栏杆："可不可以……麻烦你把图画拿过来一点？"乔丹拿着油画走过来，把画高举在陪审团和桑德拉之间，"最令人困扰的是画中的部分细节，这些都符合超现实风格……"

"这有特别意义吗？"

"倒是没有，但画中物件呈现的方式却不太寻常。请看这里，这虽然是个骷髅头，但却有长长的眼睫毛，嘴里伸出的舌头也极为传神。在我看来，这些都传达出性侵害的警讯。"

"性侵害？"

"没错。性侵害的被害人特别喜欢画出舌头、眼睫毛、楔形物品和皮带。”她眯起眼睛看画，仔细思量，“嗯，骷髅头飘浮在天空。当我们看到画中出现一具没有手，或者身首异处的躯体飘浮在空中，通常表示绘者觉得自己的生命已经失控。他们双脚不着地，逃不开困扰他们的事情。”

乔丹把图画放回证物桌。“费南女士，你若在诊疗时看到这幅图画，会对绘者有何建议？”

桑德拉·费南摇摇头。“我会非常关切这位绘者的心理状态，特别是忧郁症，甚至自杀，”她说，“我会建议她去看心理医生。”

梅兰妮在椅子上动了动，她已经出庭作证，所以今天是她第一天获准到场旁听。在所有证词中，这名来自柏克莱的女士的证词最让人生气。*舌头，眼睫毛，楔形物品。*

警讯；性侵害。

她双手紧紧交握在膝上，她清楚想起艾米丽日记中传达出的情绪——那本藏在衣柜后面、被她烧了的日记。

那本她从头读到尾的日记。

梅兰妮推开同排的人，跌跌撞撞走出法庭，她跑过葛丝·哈特、迈克以及其他众人身旁，直奔洗手间，吐了一地。

“费南女士，你曾就读艺术学院吗？”

“是的，”桑德拉对着检察官一笑，“好久以前喽，那个时代说不定恐龙依然存在。”

芭瑞笑也不笑：“申请艺术学院必须附上十五到二十张作品的投

影片，对不对？”

“是的。”

“这幅图画可不可能呈现出不同风格，借此向校方表示申请人的画风广泛？”

“其实校方偏好申请人画风一致。”

“但还是有可能，对不对？”

“是的。”

芭瑞从她的手提包里拿出两个小小的塑胶方块。“请将这些列为证物，”她边说边把两张CD摆到证物桌上，“费南女士，这两张CD是从艾米丽·戈德房间里拿来的，你能为我们描述一下吗？”

艺术心理治疗师从检察官手中接过CD。“一张是感恩至死乐队的唱片，”她说，“这张CD很棒。”

“封面是什么？”

“一个骷髅头飘浮在幻觉色彩的天空。”

“另一张CD呢？”

“滚石合唱团的。封面是一张大嘴巴和一根长舌头。”

“费南女士，你见过青少年复制对他们意义重大的艺术作品吗？”

“有，我们经常看到，这是青少年成长的过程。”

“这么说来，这位画骷髅头的绘者，很可能只是复制她几张心爱CD的封面？”

“绝对有可能。”

“谢谢你，”芭瑞边说边拿回CD，“你提到画中的某些风格令你不安。你能不能列举一个明确的来源证明云朵代表自杀？”

“恐怕不行。我说的不是某一个特定研究，而是多项针对孩童的研究结果。”

“好。你能指出哪一个研究结果显示，嘴巴里伸出舌头暗示性侵害吗？”

“恐怕不行，这也是许多个案的综合报告。”

“这么说来，你也不能确切指出，为什么画中出现红、黑色就表示绘者企图自杀？”

“不能。但我们发现诸如此类的画作中，百分之九十的绘者都有自杀倾向。”

芭瑞微笑说：“你这么说真是有趣。”她拿出一张海报，把海报高举到乔丹面前。

“抗议！”他马上说，然后走到法官面前，“这到底是什么玩意？”他问芭瑞，“跟案子又有什么关系？”

“拜托，乔丹，这是马格利特的作品，我知道你是艺术白痴，但即使是你也看出来我打算用这张海报做什么。”

乔丹转向法官：“如果我知道她打算摆出一张该死的马格利特海报，我会事先针对这个画家做些研究。”

“算了吧，”芭瑞说，“我昨天晚上才想到这回事，请给我一点发挥的空间。”

“如果你在法庭里摆出那张海报，”乔丹说，“我也需要一些发挥空间。庭上，我需要时间找些关于马格利特的资料。”

芭瑞甜美一笑：“根据你对艺术的了解，等你找好资料，你的客户可能已经七十岁了。”

“我需要时间研究一下马格利特，”乔丹重复，“他也许曾经求助于该死的弗洛伊德。”

“我同意让检察官继续进行。”帕科特法官说。

“什么？”芭瑞和乔丹不约而同地说。

“我准许检方摆出海报。”他说，“乔丹，你传讯了艺术专家作证，不妨让芭瑞有些发挥空间。”

乔丹踱步回到桌旁，芭瑞呈上马格利特的海报作为证物：“你知道这幅画吗？”

“当然，这是马格利特的作品。”

“马格利特？”

“没错，他是个比利时画家，”桑德拉解释，“他以这幅画为主题做了一系列变化。”她指指海报上男子的黑色侧面影像，男子式样保守的礼帽中满是云朵。

“这幅海报和麦卡斐先生请你分析的那幅图画，你看得出两者相似之处吗？”

“当然。两者都有云朵，但马格利特的作品比较没有那么乌云密布，云朵也不限于眼眶之中，而是充满整个头部，”桑德拉笑笑，“你怎能不喜欢马格利特呢？”

“显然有人真的很喜欢。”乔丹喃喃地说。

“马格利特接受心理咨询吗？”

“我不知道。”

“他画了这幅画之后，有没有去看心理医生？”

“我不知道。”

“他画这幅画的时候沮丧吗？”

“我无法判定。”

芭瑞一脸嘲弄地转向陪审团：“你的意思是说，艺术心理治疗无法做出定论？换句话说，你看到一张图画，画中若出现吐出的舌头，你没办法百分之百确定绘者是否曾遭受性侵害？有人如果在眼眶中画了乌云，你也没办法百分之百确定她是否想自杀？费南女士，这样说对不对？”

“没错。”桑德拉坦承。

“我还有一个问题，”芭瑞说，“在艺术心理治疗中，你指示小孩或是青少年画画，而没有让他们自由发挥，对不对？”

“是的。我们请他们画房子、人或者风景等等。”

“大部分艺术心理治疗的研究，是不是根据这些指示？”

“没错。”

“你为什么下达指示？”

“因为观察创作过程是艺术心理治疗的一环，”桑德拉解释，“创作过程跟完成的作品一样重要，两者都有助于分析患者的困扰。”

“你能举个例子吗？”

“当然。我们请一个小女孩画她的家庭，她画到爸爸的时候若稍有犹豫，或者完全没画他的下半身，这可能表示她遭受性侵害。”

“费南女士，你亲眼看到艾米丽·戈德画那个骷髅头吗？”

“没有。”

“你下达指令叫她画自画像吗？”

“没有。”

“这么说来，你今天才第一次看到这幅画，你针对它所做的推论可不可能受到影响？比方说，变得比较不确定？”

“我想有可能。”

“艾米丽·戈德画这幅画的时候，可不可能从未遭到性侵害，也没有自杀倾向……也许她只是跟马格利特先生一样，作画当天心情不太好？”

“可能吧，”桑德拉说，“但话又说回来，这幅画进行了好几个月，难不成她连续好几个月都心情不好？”

芭瑞听到这番意想不到的辩白，双唇不禁紧绷。“轮到你了。”她对乔丹说。

“庭上，我要覆问。”乔丹说完，站起来走向桑德拉，“你告诉迪兰妮小姐，画中这些令人不安的表达方式，没有任何一项能让你百分之百确定艾米丽曾经遭到性侵害，或者想自杀，她可能只是尝试不同画风，希望能进得了索邦大学。但根据你的专业了解，这种可能性有多大？”

“相当低。这幅画中有很多奇怪之处，如果只有一两个地方，”桑德拉说，“比方说融化中的时钟，或者脸中央有个苹果，我会认为她尝试超现实主义的画风。但你可以用其他方式表现画风，没必要画出一些让艺术心理治疗师毛骨悚然的东西。”

乔丹点点头，然后走向证物桌，慎重地拿起马格利特的海报。“如果这场审判证实了什么，那就是我对艺术一窍不通。”桑德拉对他笑笑。“你们绝对已经让我屈居下风，我姑且相信你和迪兰妮小姐吧。这张海报是马格利特的作品？”

“没错，他是个非常杰出的画家。”

乔丹不解地抓抓头。“我看不太出来，说真的，我不会把这张海报挂在我家里。”他边说边转身对着陪审团举高海报，“即使像我这种艺术白痴也知道梵高割下自己耳朵、毕加索画中的人物脸部扭曲等等，艺术家通常相当情绪化，马格利特有没有看心理医生呢？”

“我不知道。”

“也许他心理状态不太稳定？”

“我想可能吧。”

“也许他曾遭到性侵害？”

“也有可能。”桑德拉说。

“很不幸，”乔丹继续说，“我没有时间研究马格利特，但你的意思是说，从一位艺术心理治疗师的观点而言，他似乎有些心理问题，对不对？”

桑德拉笑笑说：“没错。”

“你告诉迪兰妮小姐，你大部分时间请患者画一幅特定的图画。这么说来，你从来没有随便拿起一幅图画，依此判定这个孩子是不是有问题吗？”

“不，但我们偶尔会观察患者的任何一幅作品。”

“比方说，小孩家长们带过来的画作？”

“是的。”

“你能从这类图画中判定孩子是否有问题？”

“通常可以。”

“你的意思是说，你能从随便一幅画作中看出问题，稍后也证实绘者确实需要帮助？准确度有多高？”

“是的，大概百分之九十，”桑德拉说，“我们相当谨慎。”

“不幸的是，”乔丹说，“艾米丽无法照着你的指令画画，如果她能的话，你也许可以帮助她。尽管如此，你看过她的画作，身为一位合格的艺术心理治疗师，你担心她的心理健康吗？”

“是的，我确实担心。”

“问话完毕。”乔丹坐下，对克里斯笑笑。

“庭上，我要再度诘问。”芭瑞站到桑德拉·费南面前，“你刚才跟乔丹先生说，你偶尔根据一幅没有经过指示而画出的图画做一些初步评估？”

“没错。”

“你也说画中如果出现令人不安的图像，百分之九十的绘者都有急需解决的心理问题？”

“是的。”

“其他百分之十呢？”

“嗯……”桑德拉说，“通常没事。”

芭瑞笑笑说：“谢谢。”

琼安·博特瑞是个平凡的中年妇女，一双绿眼睛闪耀着梦幻的光彩，显示出她花了好多时间想象自己是世界文学名著中的女主角，说不定甚至想象自己和最喜欢的男学生为伴。坐上证人席不到几分钟，这位克里斯的英文老师已经告诉大家，克里斯不但是她心爱的学生，而且说不定是本世纪下一个伟大的思想家。乔丹不禁露齿一笑，博特瑞太太不在证人席时，唯一的道具只有黑板和一排排书桌，远不及法庭上具有戏剧效果。

“克里斯是怎样的学生？”

琼安·博特瑞在胸前合起手掌。“他非常优秀，我想我没有给过他低于A的成绩。他是那种老师们会在教职员休息室谈论的学生，你知道的，比方说‘这学期谁帮克里斯·哈特上社会学？’等等。”

“他去年秋天在你班上吗？”

“是的，上了三个月的课。”

“博特瑞太太，你认得这个吗？”乔丹举起一份打字工整的作业。

“认得，”她说，“这是克里斯在大学英文先修班的作业，他十月最后一个礼拜交的。”

“什么作业？”

“议论文的写作技巧。我请学生们找一个时下最热门、颇具争议性的话题，然后根据个人信念评判正反观点。学生们必须陈述论点，找出佐证，反驳对方，作出结论。”

乔丹清清喉咙。“我的写作几乎跟艺术一样糟糕，”他带点羞怯说，神情相当迷人，“你能再为我解释一次吗？”

博特瑞太太傻傻一笑：“他们必须选择一个主题，陈述正反两方意见，然后下结论。”

“啊，”乔丹说，“这下我就懂了。”

“大部分高二学生都做不到，但克里斯表现得好极了。”

“博特瑞太太，你能告诉我们克里斯选择的主题吗？”

“堕胎。”

“他站在哪一方？”

“他反对堕胎。”

“学生们必须真心赞同他们陈述的论点吗？”

“是的。有些人当然不是，但在写作过程中，我跟克里斯碰了几次面，从跟他的谈话中，我可以告诉你，他相当坚持自己的信念。”

“博特瑞太太，请你念念第四页最下方做记号的地方，好吗？”

英文老师把作业举到一段距离之外，眯起眼睛。“‘其实，根本没有所谓的选择。缩减某人的性命是违法行为，事实就是如此。辩称胎儿不是生命无异是强词夺理，因为等到大部分堕胎手术进行时，所有的人体器官已经成形。辩称堕胎是女人的权利也不成立，因为那不仅是她的身体，也攸关另一个人的生命。’”她抬头看看，等待指示。

“你说得没错，文章里说得确实很清楚。博特瑞太太，你认为克里斯·哈特可能因为女朋友怀孕，所以杀害她吗？”

“抗议！”芭瑞说，“她是英文老师，不会读心术。”

“我准许被告律师继续。”帕科特法官回答。

乔丹瞄了芭瑞一眼。“博特瑞太太，你要我重复一次问题吗？你认为克里斯·哈特可能因为女朋友怀孕，所以杀害她吗？”

“不，他绝对不会这样做。”

乔丹的酒窝乍现。“谢谢。”他说。

琼安·博特瑞瞪着他，叹口气说：“不客气。”

芭瑞马上站起来。“我跟麦卡斐先生不一样，”她说，“我以前非常喜欢作文课，克里斯似乎也很喜欢，他显然是你最欣赏的学生之一。”

“没错。”

“你没办法想象他做出诸如谋杀之类的可怕事情。”

“绝对无法想象。”

“根据那篇令人佩服的文章，你也无法想象他会夺走小宝宝的生命，或者冷酷地射杀他的女朋友，对不对？”

“没错。我无法想象他杀害任何人。”

“甚至他自己？”

“哦，”博特瑞太太猛摇头，“当然不可能。”

“嗯，让我重复一下几个事实。”芭瑞扳着手指数数，“他不会夺走任何人的生命，他不会杀害艾米丽，他不会让艾米丽自杀，他当然也不会自杀。但从另一方面而言，案发现场有具尸体，克里斯招认艾米丽打算自杀，他也想跟着做，各种证据也显示他在案发现场。”她的头稍微一偏，“博特瑞太太，你怎么解释呢？”

“抗议！”乔丹大喊。

“撤回。”芭瑞说。

午餐时，克里斯被带到楼下警长办公室，乔丹帮他买了一个火鸡肉三明治，然后坐到牢房外面的塑胶折叠椅上吃自己的一份。“我替她难过，”克里斯吃得满嘴食物，“我是说博特瑞太太。”

“她是个好人。”

“没错。不像那个检察官。”

乔丹耸耸肩。“职业不同，作风也不一样，”他说，“我在检察官办公室工作时，跟她一样凶狠。”

克里斯微弱地笑笑：“你是说你现在刚好相反，变得心软了？”

“喂，”乔丹把手贴上牢房的铁栏杆，“你该不会开始怀疑我吧？”克里斯没回答，乔丹轻蔑地说，“‘只要你有一点信仰，你为什么要怀疑’。[①]”

克里斯听了抬起头来，一脸严肃。“我有信仰，”他说，“我只是不确定自己相信什么。”他把没吃完的三明治放在锡箔纸上，包成一团丢掉，“如果我被判有罪怎么办？”他问。

乔丹迎上他的凝视。“你得出席判刑听证会，”他说，“然后根据刑期被移送到康科特。”

“就这样？”

“不。我们会提出上诉。”

“上诉得花好多时间，而且可能没有结果。”

① 原文：‘O ye of little faith.’，出自《马太福音》。

乔丹低头看看三明治，三明治忽然跟木屑一样难以下咽。他不置一词。

“你知道吗？”克里斯说，“你不想听我说实话，我却只想听你说实话。”他转头，伸出拇指轻刮铁栏杆，“但我想我们都没能让对方满意。”

“克里斯，”乔丹说，“我不喜欢给人无谓的期望，但我们还有两位最好的证人。”

“然后呢？”

乔丹盯着克里斯，脸上毫无表情：“我不知道。”

那天下午史蒂芬妮·纽威尔坐上证人席时，法庭里起了小小骚动。有个坐在后排的人对她丢了一颗烂番茄，而且大喊：“杀人犯！”番茄打到她衬衫上，这人则夺门而出。法院暂时休庭，史蒂芬妮利用这段时间换上干净的衬衫，警方也过来处理这场小规模的反堕胎示威。等到史蒂芬妮·纽威尔重新坐上证人席陈述自己的经历时，大部分的陪审团员都已推论出艾米丽·戈德曾到“家庭计划中心”寻求堕胎。

“我是辅导人员，”她说，“被指派处理艾米丽的案子。”

“你有她的档案吗？”乔丹问。

“有。”

“你什么时候见到艾米丽的？”

“第一次是十月二日。”

“那次会面时做了什么？”

“我初步访问艾米丽，跟她解释验孕测试的结果以及各种可行方案。”

“下次会面是什么时候？”

“十月十日。堕胎之前需要经过协商，费用也在那时支付，我们也得知道手术时有没有人陪同。”

“比方说孩子的父亲？”

“没错。如果是青少年的话，则是她们的父母。但是艾米丽表示她爸妈并不支持，她没有告诉宝宝的父亲，也不打算跟他说。”

“你听了有何反应？”

“我跟她说她最好跟孩子的爸爸讲，身边才多个人关照。”

“你们什么时候再碰面？”

“十月十一日，也就是排定堕胎的那一天。辅导员在手术进行之前、当中以及之后都在场，提供必要的心理协助。”

乔丹走向陪审团席：“她堕胎了吗？”

“没有。某件事情让艾米丽非常不高兴，结果她决定不堕胎。”

乔丹手肘靠在陪审团席的栅栏上：“这种状况很奇怪吗？”

“哦、不，其实经常发生。很多人在最后一刻改变心意。”

“她决定留下宝宝之后，你怎么说？”

史蒂芬妮叹口气说：“我建议她告诉孩子的父亲。”

“她反应如何？”

“她变得更生气，所以我就不提了。”史蒂芬妮说。

“纽威尔女士，你什么时候最后一次见到艾米丽·戈德？”

“十一月七日，也就是她过世的那天下午。”

“那天你们为什么会面？”

“我们之前就约了会面。”

“那天艾米丽·戈德心情不好吗？”

“抗议，”芭瑞说，“纯属臆测。”

“驳回。”帕科特法官说。

“你觉得艾米丽·戈德看起来难过吗？”乔丹重新措辞。

“确实很不开心。”史蒂芬妮说。

“她有没有跟你说为什么？”

“她说她觉得已经没有选择余地，她不知道该拿这个宝宝怎么办。”

“你怎么跟她说？”

“我重申她应该告诉孩子的爸爸，他也许能提供超出她预期的协助。”

“你们花了多久讨论该不该告诉宝宝的父亲？”

“那次会面大部分时间都在讨论这件事……大概一小时吧。”

“在你看来，她那天离开你的办公室时，是否已经打算告诉孩子的父亲呢？”

“不，我说什么都无法改变她的心意。”

“在你认识她的五个礼拜里，艾米丽是否曾经犹豫该不该把此事告诉孩子的父亲？”

“不。”

“你们最后一次会面之后，你有任何理由认为她会改变心意吗？”

“不，我没有。”

乔丹坐下。“轮到你了。”他对芭瑞说。

芭瑞走向证人席：“纽威尔女士，你跟艾米丽在十一月七日见过面？”

“是的。”

“什么时候？”

“她约了下午四点，也就是四点到五点。”

“你知道艾米丽·戈德那天晚上十一到十二点之间过世吗？”

“知道。”

“你们四点到五点之间碰面，嗯……”芭瑞轻点下巴，“那就是六小时之前。在这六小时之间，你在艾米丽身边吗？”

“没有。”

“你见过克里斯吗？”

“没有。”

“在她死前的六小时之内，他们讲话的时候你在场吗？”

“没有。”

“这么说来，纽威尔女士，”芭瑞说，“艾米丽可不可能最后还是决定告诉克里斯？”

“嗯……我想可能吧。”

“谢谢。”芭瑞说。

迈克·戈德像死刑犯似的走向证人席。他直视帕科特法官，刻意不看走道左边的梅兰妮以及右边的詹姆斯·哈特，他坐定，对着《圣经》宣誓之后，马上看着克里斯。他心想：*我这么做是为了你。*

他打心眼里无法想象克里斯会谋杀他女儿。就算检方让克里斯手里拿着冒烟的枪，迈克依然不相信克里斯是凶手。但他心里依然存有一丝怀疑，而且日益加重。这个小小的声音问道：*你怎么知道克里斯是清白的？*而他也确实无从得知。除了克里斯和艾米丽之外，没有人知道真相，而克里斯也许真的犯下令人难以想象的罪行，正因如此，所以他决定不遵照乔丹的指示。

四个晚上之前，迈克和乔丹碰面商讨证词。“你如果直截了当告诉陪审团克里斯没有杀害你女儿，”乔丹说，“那么克里斯就很有机会获释。”

迈克同意考虑看看。但*如果是他呢*？那个小小的声音说：*如果是他呢*？

现在他瞪着这个女儿最心爱的跟她有了孩子的男孩，心里暗自为不打算说出口的话而致歉。

“戈德先生，”乔丹轻声说，“谢谢你今天出席。”迈克点点头。“为被告作证，感觉肯定很奇怪。”乔丹加了一句，“毕竟这个审判攸关谋杀，而被告被控谋杀你的女儿。”

“我知道。”

“请问你为什么决定为被告作证？”

迈克舔舔嘴唇，脑中机械性地寻求他和乔丹演练过的答案。“因为我了解克里斯，就跟我了解自己的女儿一样。”

“戈德先生，我会尽量简短，也会尽量不伤你的心。你能描述一下你和艾米丽的关系吗？”

“我跟她很亲，她是我唯一的孩子。”

“请跟我们说说克里斯吧。你怎么认识他？”

迈克坐得笔直，眼睛直视克里斯：“我从他出生那一天就认识他了。”

“克里斯和艾米丽差几岁？”

“三个月。事实上，克里斯的妈妈帮我太太接生……我有点迟了，还没赶到医院，克里斯就已经在我女儿身边。”

“你看着他们长大的？”

“没错。他们从出生就共用婴儿车，几乎形影不离，克里斯常在我家进进出出，艾米丽也在他家跑来跑去。”

“他们什么时候从朋友变得……更进一步？”

“艾米丽十三岁时，他们开始约会。”

“你对这件事感觉如何？”乔丹问。

迈克翻弄运动夹克的衣袖。“当爸爸的对此有何感受？”他低头沉思，“我想保护她，她始终是我心爱的小女儿，但艾米丽迟早必须探索人生的真相，而除了克里斯之外，我想不出其他最佳伴侣。她迟早会长大，而我了解也信任克里斯。我当然信得过他，所以才把最宝贵的女儿托付给他，其实我已经把女儿托付给他好多年了。”

“你觉得他们的关系如何？”

“他们非常非常亲密，我想比一般青少年情侣都亲密。他们无时无刻不跟对方分享心事，天啊……我想不出艾米丽有什么事情没跟克里斯说，他是她最好的朋友，她也是他最亲近的人，如果他们打算把关系提升到比较成人的层面，说不定也是时候了。”

“她花多少时间跟克里斯在一起？”

“许多时间，”迈克微弱地笑笑，“似乎醒着的时候都跟他在一起。”

“克里斯见到艾米丽的时间比你多，这样说合理吗？”

“没错。”他苦笑，“我猜我见到她的次数，跟其他青少年的父母差不多。”

乔丹笑笑。“我明白你的意思。我家里也有一个，最起码我希望他人在家里。”他走向证人席，“这么说来，你不常见到艾米丽，但你依然觉得跟她很亲？”

“绝对是的。我们总是一起吃早餐，而且边吃边聊。”

乔丹放缓语气：“戈德先生，你知道你女儿有性生活吗？”

迈克顿时脸红：“我……我想过，但做爸爸的都不想知道。”

“艾米丽会跟你讨论这方面的事吗？”

“不会。我想她跟我一样不自在。”

乔丹把手伸向证人席的栅栏，拉近自己和迈克之间的距离：“她跟你说她怀孕了吗？”

“我一点都不知道。”

“就你所知，她告诉你太太了吗？”

“没有。”

“她跟你和你太太很亲，但却没有告诉你们？”

“没有，”迈克抬头看看乔丹，“我想艾米丽不会把这种事情告诉任何人。”

“这么说来，艾米丽没有提到她怀孕。她有没有跟你说她不开心？”

“没有，”迈克咽咽口水，他知道迟早会谈到这点，“我也没注意到。”

“她经常跟克里斯在一起，所以你不常见到她……”

“我知道，”迈克嘶哑地说，“但这不是借口。她胃口不太好，申请学校以及其他事情也给她很大压力，我以为……我以为她只是太忙。”他伸手拿起桌上为证人准备的开水啜饮一口，用手背擦擦嘴。“我一直在想，”他轻声说，“我会找到一张让我看了好过一点的字条，但我没找到。

“失去女儿让我非常伤心，这辈子没有任何一件事更让我难过。

因为非常难过，所以我想怪罪其他人。如果我和我太太说‘哪有什么征兆，她没有自杀倾向，她是被人谋杀的’，这样一来……我、我太太，以及全天下可能碰到同样事情的父母，心里可能会好过一点。”迈克转向陪审团，“当爸爸的应该看得出女儿想自杀，或者心情不好，对不对？但我没看出来。如果我能责怪另一个人，那么整件事就不是我的错，我女儿之所以会死，也不是因为我没留心，或者没有仔细观察。”他伸手扒过银白的头发，“我不知道那天晚上在旋转木马场发生了什么事，但我知道我不能因为不想心怀愧疚，就怪罪他人。”

乔丹先前秉神聆听，现在放心叹了口气，迈克表现得比他预期中好，他觉得相当乐观，决定再多问一点。“戈德先生，”他说，“我们现在面临两种状况：谋杀或是自杀。我知道两者都令你难以接受，但事实依然是事实，你女儿已经死了。”

“抗议，”芭瑞说，“被告律师有问题想问证人吗？”

“庭上，我快要讲到重点了，请给我一点余地。”

“驳回。”帕科特法官说。

乔丹又转向迈克：“你说你像了解自己女儿一样了解克里斯。你认识克里斯一辈子了，而且长久见证了他们的关系，在你看来，这是谋杀，还是自杀？”

迈克伸手蒙住脸：“我不知道，我真的不知道。”

乔丹瞪着他：“戈德先生，那你知道什么呢？”

迈克久久一语不发。“少了我女儿，克里斯不会想要活下去，”迈克终于说，“我也知道，即使受审的是他，他也不该是唯一受到谴责的人。”

芭瑞不喜欢迈克·戈德。他似乎从一开始就无法接受隔壁家的男孩杀了他女儿的事实，她第一次跟他碰面就不喜欢他，当她发现他答应为被告作证，对他更无好感，现在听了他在证人席上的一番自责，她更是完全无法忍受。

“戈德先生，”她勉强装出同情的模样，“真抱歉你今天得出席。”

“迪兰妮小姐，我也是。”

她在证人席前走来走去，直到与陪审团平行为止。“你说你跟艾米丽很亲。”她说。

“是的。”

“你也说，你跟你女儿相处的时间比不上她跟克里斯相处的时间。”迈克点点头。“你说你不知道她不开心。”

“不知道。”

“你不知道她怀孕。”

“不知道。”

“你还说她什么都告诉克里斯。”

“没错。”

“你无法想象艾米丽有什么事情没跟克里斯讲。”

“没错。”

“这么说来，她肯定告诉克里斯她怀孕喽？”

“我……我不知道。”

“是，或不是？”

“我猜是吧。”

芭瑞点点头：“戈德先生，你说你非常了解克里斯，所以今天才出庭作证。”

“没错。”

“但这场审判关系到你女儿，以及她发生了什么事，不管她是自杀或他杀，诚如麦卡斐先生所言，两者都令人伤心。很不幸的，受审的是你的邻居；更不幸的，离开人间的是你女儿。但是陪审团其实只有两个选择：有罪或是无罪。戈德先生，你也是。”她深深吸口气，“你真的能想象你女儿拿起手枪，举到自己额头，扣下扳机吗？”

迈克闭上双眼，为了艾米丽，他照着检察官的话想象，脑海中再度响起那个挥之不去的声音。他想象艾米丽漂亮的脸庞，琥珀色的双眼缓缓闭上，枪紧贴着她的太阳穴；他想象那只握着枪的手，如此决然、绝望、痛苦，但他却不确定握着枪的是艾米丽。

他感到热泪夺眶而出，整个人不禁缩在椅子里，好像想要保护自己似的。

“戈德先生，你真的能想象吗？”检察官逼问。

“不能。”他轻声说完，摇摇头，眼泪簌簌流下，“我不能。”

芭瑞转身面向陪审团。“这么说来，”她问，“我们该怎么想呢？”

对克里斯而言，换下出庭时的衣物好像脱了一层皮。他脱下西装和长裤，穿上监狱的制服，感觉似乎褪下文明的外壳，再度赤裸裸地回到牢房。刚从法庭回到监狱的第一个钟头，他没跟任何人说话，其他犯人也刻意回避。他吸进牢里窒碍的空气，吸到肺部涨得满满的，也得重新适应狭窄的牢房，然后他才能摆出过去七个月来培养出来的冷漠、漠然和无动于衷。

他走进休闲室，感觉众人窃窃私语，其中几个人偷偷瞪他一眼，然后继续看着电视、墙壁，或者一排排置物柜。克里斯在牢里待得够久，深知大伙不会招惹正在出庭受审的犯人，但这时他觉得大伙的反应格外不同，他们不是不理他，而是不让他知道某件事情。

他走向坐在桌旁的一群人。“怎么了？”他直截了当地问。

“你没听说吗？史蒂夫昨天晚上在州监狱用两条该死的鞋带上吊了。”

克里斯摇摇头，试图厘清思绪：“他怎么了？”

“老兄，他死了。”

“不，”克里斯从盯着他看的一群囚犯身旁退后两步，“不。”然后很快走回一个月前他跟史蒂夫同住的牢房。

他脑海中史蒂夫的模样比他记忆中的艾米丽更清晰，他想到史蒂夫被移送到州监狱之前所说的话：州监狱的囚犯们对谋杀小孩的人可是毫不留情的。

也许再过几天，他也会被移送到州监狱。

他躲到毯子下，伤心而恐惧地偷偷颤抖，直到控制室通知他有访客。

葛丝一等克里斯靠得够近，马上抱住他。“乔丹跟我说进行得还不错，”她帮他打气，“好得不能再好了。”

“你又不在那里，”克里斯身子一硬，“况且他还能说什么？他能说你们的钱花得不值得吗？”

“嗯，”葛丝在椅子上坐定，“他没有理由骗我们。”

克里斯低下头，揉揉太阳穴。“是哦，圣人乔丹。”他喃喃地说。

会客室里没有别人，葛丝通常早到一点，但今天她得从法庭赶回家帮凯特准备晚餐，然后再赶过来探视克里斯。克里斯似乎相当烦躁，葛丝谨慎地偷瞄他。“你还好吗？”她问。

他揉揉双眼，对她眨眨眼。“好，”他说，“好极了。”说完就用指尖敲敲桌子，抬头看看驻守在楼梯旁的狱警。

“乔丹说我是重要证人，”葛丝说，“他说陪审团会被我感动，将你无罪开释。”

克里斯抖了一下：“听起来像是他会说的话。”

“你今晚似乎很紧张，”葛丝说，“迈克今天帮了你一个大忙。乔丹到目前为止表现得也很好，你也知道我会尽全力让你无罪开释，你知道吧？”

“妈，你有没有想过，”克里斯回答，“陪审团或许不在乎你说什么，他们也许已经打定主意。”

“别这么说，司法制度不是这么回事。”

“你哪知道司法制度是怎么回事？我在牢里待了将近一年，就为了等着开庭，这样合理吗？我的律师从来没问我：‘喂，克里斯，到底发生了什么事？’这样合理吗？”他蓝色的双眼冷冷地盯着葛丝，“妈，你想过这些吗？再过一天，审判就结束了。等我被法警带走，剩下的这辈子都关在牢里，你要把我的房间改漆成什么颜色？你有没有想过我到了四十、五十甚至六十岁，在一个跟衣柜一样大的牢房里蹲了几十年之后，我会变成什么德行？”

说完他已全身发抖，葛丝看着他发狂的双眼，深知儿子近乎惊慌。“克里斯，”她安慰他，“不会糟到那种地步。”

“你怎么知道？”他啜泣，“你他妈的怎么知道？”

葛丝从眼角瞥见狱警朝着他们向前一步，她轻轻摇摇头，狱警才退回楼梯旁。克里斯满脸通红，全身发抖，她温柔地摸摸克里斯的手臂，试图掩饰自己的惶恐。她知道，一个十八岁的孩子坐在法庭里等着一群陌生人决定他的命运，心里一定非常紧张。詹姆斯说的没错：克里斯在法庭里戴上了面具。光是镇定坐着，而没有濒临崩溃，就足以显示儿子的决心和人格。“甜心，”她说，“我了解这一切为什么让人害怕……”

“不，你不了解！”

“我了解，我是你妈妈，我了解你。”

克里斯慢慢转过头来，仿佛一只蓄势待发的蛮牛。“是吗？”他说，“你知道些什么？”

“我知道你依然是我心爱的儿子；我知道你承受得了这件事，正如你应付得了其他事情；我知道陪审团不会把一个无辜的人定罪。”

克里斯的头摇得好厉害，葛丝的手被摇得甩开。“妈，你知道吗？”他轻声说，“我开枪射了艾米丽。”他低声啜泣，然后起身走向楼梯旁的狱警，让狱警把他安全送回牢里。

葛丝好不容易在控制室里签退，她蹒跚经过开门的狱警，一路走到车旁，然后跪在停车场上大吐特吐。**我是你妈妈**，她刚才说，**我了解你**，但她显然不了解。她用外套衣袖抹抹嘴巴，坐到驾驶座上，盲目地发动引擎，但却发现自己的状况最好不要开车。克里斯说得很清楚：他开枪射了艾米丽。过去几个月来，葛丝驳斥众人的闲话和毁谤，甚至指责詹姆斯无动于衷，结果却只证明自己的愚蠢。

她脑海中赫然浮现一幅幅画面：克里斯躺在医院，衬衫上沾满了鲜血；克里斯不愿跟费因斯坦医生谈；克里斯松了一口气说，他从来没想过要自杀。她把头靠在方向盘上，轻声叹息。克里斯，天啊，克里斯杀了艾米丽。

她怎么没有看出来？

她发动引擎，慢慢开出监狱的停车场。她可以告诉詹姆斯，詹姆斯会知道怎么处理……不，她不能告诉詹姆斯，因为他会告诉乔丹。虽然葛丝对于刑事辩护所知甚少，但她也知道最好不要告诉乔丹，她决定回家之后假装今晚没来看儿子，隔天早上，情况自然有所改观。

然后她将出庭作证。

司法制度中，你若作出对丈夫不利的证词，可能免于受到起诉；但你却无法凭借任何理由，阻止自己作出对孩子不利的证词。葛丝觉得很奇怪，因为孩子有着你的笑容、你的眼睛，最起码血脉里流着你的血；若有必要，葛丝作出对詹姆斯不利证词的几率，比她作出对克里斯不利证词的几率高出十倍，在她混乱的思绪中，这可不是作伪证，而是母亲的责任。

她穿了一件石榴色的洋装，轻薄的衣袖让大家更清楚地看出她不自主地发抖。葛丝勉强挤出微笑，她确信自己只要一放松，马上会说出先前获知的那件事，所以一点也不敢放松。她坐在法庭的双层门外，乔丹刚通知她，她将是今天第一个，也是唯一被传讯出庭的证人。法警面无表情地站在她对面。

门忽然开了，她被带着走过一排排旁听席，她始终低头盯着自己的双脚。坐上小小的证人席时，她心想：*克里斯将被关一辈子的牢房，比这里大得了多少？*

她知道乔丹要她一坐定就看着克里斯，但她却盯着自己的大腿。

她感觉坐在左前方的儿子跟她一样紧张，但她如果抬头看他，她知道自己一定失声痛哭。

一本厚厚的、磨损的《圣经》猛然被推到她面前，法庭书记指示她把左手放在《圣经》上，举起右手。“你愿意向神发誓，一切据实禀告，毫不欺瞒？”

向神发誓。走进法庭之后，葛丝首度迎上儿子的目光。“是的，”她坚定地说，“我愿意。”

乔丹不知道葛丝·哈特究竟出了什么事。每次见到她，她似乎总是沉着镇定，甚至连警方拿着拘票上门带走她儿子的那天晚上也不例外。她虽然个性有点冲动，但一头红色卷发的她依然美丽动人。今天，他最需要她表现出完美的一面，但她却一团糟。她匆匆忙忙编了发辫，发丝七零八落，而且脸色苍白，没有上妆，指甲也咬得参差不齐。

每个坐上证人席的人表现都不一样。有些人哗众取宠，有些人似乎深感震慑，大部分人表现得中规中矩，葛丝·哈特看起来却似乎非常不想出庭作证。

乔丹打起精神走向她：“为了记录所需，请说出你的姓名和地址，好吗？”

葛丝靠向麦克风。“奥葛丝塔·哈特，”她说，“班布里奇市伍德哈洛街三十四号。”

“你怎么认识克里斯的？”

“我是他母亲。”

乔丹背向陪审团和芭瑞，对着葛丝笑笑，希望帮她放松一点。*放轻松*，他以嘴唇示意。“哈特太太，请跟我们说说你儿子。”

葛丝紧张地环顾法庭四周，梅兰妮一脸阴沉地坐在一边，她身旁的迈克双手交握在膝上，詹姆斯坐在法庭的另一边，正对着她微微点头。她紧张地抿抿嘴唇。“克里斯……游泳游得很好。”她终于说。

“游得很好？”乔丹顺着她的话继续问。

“他是学校两百米蝶泳的纪录保持人，”她草草地说，“他爸爸和我都以他为傲。”

乔丹趁她离题太远之前赶快发问：“你觉得你儿子有负责感、值得信赖吗？”

他可以感觉到身后的芭瑞一脸疑惑，她显然正考虑该不该抗议乔丹引导证人。“哦，没错，”葛丝神情紧张，低头看着大腿，“克里斯向来比同年龄的孩子成熟。我可以把我的……”她突然停下来，“……生命托付给他。”

“你认识艾米丽·戈德，”乔丹这下也感到困惑，但他必须阻止葛丝说出陪审团不需要知道的事情，“你认识她多久了？”

“哦，”葛丝轻声说，双眼迎上旁听席中梅兰妮的注视，“我是梅兰妮·戈德的生产教练，我比梅兰妮还先见到艾米丽。”

谢天谢地，乔丹心想。“戈德一家住在隔壁多久了？”

“十八年，”葛丝说，“克里斯和艾米丽大部分时间都像连体婴一样形影不离。”

“你的意思是说，他们两人从来没分开？”

“没错，”葛丝平静地说，“他们简直就像双胞胎。”*这么说来，究竟出了什么事？*她心想，问题不断在她脑中盘旋，“他们以前有自己的语言，而且时常溜出去找对方……”

这么说来，究竟出了什么事？

“……常常帮对方说话……”

乔丹点点头："你跟艾米丽的父母也很亲？"

"我们以前交情很好，"葛丝沉重地说，"就跟自家人一样。克里斯和艾米丽好像兄妹似的一起长大。"

"他们什么时候变成男女朋友？"

"克里斯十四岁的时候。"葛丝说。

"你和戈德夫妇赞成吗？"

"我们都巴不得呢。"她喃喃地说。

"你认为克里斯爱艾米丽吗？"

"我知道他爱她，"葛丝断言，"我知道。"但她又想到她对迈克的感觉，虽然她受到他的吸引，但那种想要抽身的感觉却同样强烈。也许当两人从兄妹之情转变为男女朋友，感情与承诺随之大增，那种感觉太亲密，让人感到相当不自在，或许因为如此，所以你没办法跨出那一步。艾米丽就有这种感觉吗？

乔丹眯起眼睛，他忽然看出问题的症结：葛丝始终回避克里斯，事实上，她似乎不愿看他，陪审团当然会注意到这一点。"哈特太太，"乔丹说，"请你看看你儿子，好吗？"

葛丝慢慢转头，她深深吸了口气，决然瞪着克里斯，同时很快抑制住眼角的泪水。"这个男孩，"乔丹继续说，"这个你认识了十八年的男孩，他会伤害艾米丽·戈德吗？"

"不会。"葛丝轻声说，眼光悄悄从儿子身上移开。泪水从她眼角滴落，她用手背很快地抹去泪水。"不会。"她颤抖地重复。

她感觉克里斯默默哀求她看看他，她抬头迎上他的注视，却看到陪审团看不到的一面：他眼神中带着苦楚，双唇痛苦紧闭，静静地看着母亲替他说谎。

"我知道这对你相当困难，"乔丹走向证人席，一只手轻抚葛丝的手臂，“但我只剩下一个问题，依你之见……”

葛丝知道他想问什么，她已经跟乔丹演练过了，昨晚也想了千百次。她闭上眼睛，等着他说出那个即将让她作出伪证的问题。

“不。”

一听到那个沙哑、痛苦的声音，葛丝马上睁开眼睛，乔丹转身瞪着克里斯·哈特，法官和检察官也不约而同地看着他。“别问了，你不要再问了。”

帕科特法官眉毛纠成一团。“麦卡斐先生，”他说，“请你控制一下你的客户，好吗？”

乔丹很快走到克里斯旁边，紧紧抓住他的手臂。“你究竟在干什么？”乔丹背对着陪审团说。

“乔丹，”克里斯急迫地说，“我得跟你谈谈。”

“我还有一个问题，然后会要求暂时休庭，好吗？”

“不行，我现在就得跟你谈谈。”

乔丹深深吸了口气。他抬起头来，看来似乎一切如常，多年的训练让他得以隐藏心中强烈的怒意。“庭上，我可以跟你谈谈吗？”

芭瑞一头雾水，跟着他走到法官面前。“庭上，”乔丹说，“我客户说他必须马上跟我谈谈。我们能不能休庭几分钟？”

帕科特法官皱眉说：“这件事最好真的很重要。你有五分钟的时间。”

他们来到一个比克里斯牢房大不了多少的小房间里。“好吧，”乔丹显然非常生气，“到底怎么回事？”

“我不想让我妈出庭作证。”克里斯说。

“这怎么行？”乔丹大怒，“她是对你最有利的证人。”

“撤掉她。”

“克里斯，我只剩下一个问题，陪审团必须听你妈妈亲口说，她绝对无法想象她儿子杀了艾米丽·戈德。”

克里斯呆呆瞪着他的律师，好像乔丹从未开口说话似的。“我要你撤掉她，”他说，“让我出庭作证。”

一时之间，乔丹哑口无言。“你一作证，我们肯定会输。”他说。

检方很容易就能挑出被告的语病，或是曲解被告的话，所以辩护律师通常不让自己的客户作证。只要稍微紧张出错，甚至仅是不安的一瞥，在陪审团眼中，最无辜的被告看起来都像在说谎。

但乔丹却基于不同的理由，不让克里斯作证。克里斯已经承认他不想自杀，稍有本事的检察官都能让他说出实情，而乔丹却辩称这是一场未能彻底执行的双重自杀，辩护策略也基于此，当然不能让检方问出实情。尽管如此，乔丹却感觉克里斯已经下定决心说出实情，他想了就担心。

“你坐上证人席，”乔丹说，太阳穴旁的血管不停跳动，“等于就进了监牢，事情就是这么简单。你是证人，你得说实话，我花了四天告诉大家你想拿枪把自己打得头脑开花，你却打算坐上证人席，跟每个人说你不想自杀，这样一来，你要我怎么帮你辩护？”

一时之间，克里斯默不做声。然后他转身跟乔丹说话，声音小得乔丹得竖起耳朵听。“七个月前，你说过我有权决定是否出庭作证，而且只有我能做主。你说如果我想作证，依照法律，你不能制止我。”

他们瞪着对方，僵持不下。然后乔丹退到一旁，举起双手。“好，”他说，“他妈的。”说完就走出房间。

他几乎和塞琳娜撞个正着。“怎么回事？”她问。

乔丹把塞琳娜拉到一旁，远离一些转头看他们的旁观者。“他要作证。”

塞琳娜屏息说：“你怎么跟他说？”

“我说祝你在州监狱过得愉快。”他摇摇头，“上帝啊，塞琳娜，我们本来还有一丝胜算。”

“你本来不仅只有一丝胜算。”她轻声说。

“我干脆把克里斯交到迪兰妮手上，告诉她这是一份提早到来的圣诞礼物算了。”

塞琳娜一脸同情地摇摇头。“他为什么要这么做？”她问，“为什么是现在？”

“他良心发现，他见到上帝，他妈的，我哪知道？”乔丹无可奈何地叹气，“他要告诉陪审团他不打算自杀，他不要他妈妈帮他说谎，至于这会不会让我看起来像个白痴，他才不在乎呢。”

“你真的认为他会说这些？”塞琳娜问。

乔丹轻蔑地哼一声。“上帝啊，”他喃喃地说，“他还能说出什么更糟糕的话？”

乔丹走回房间，克里斯静静地坐着，他把一张纸“啪”的一声摆在桌上。“签名。”他愤愤地说。

“这是什么？”

“这是承诺书，上面说即使我极力劝告，你还是甘愿毁了自己，这么一来，将来你以‘律师辩护不力’为由上诉最高法院时，我就不会挨告。你或许愿意冒险，克里斯，但我可不愿意。”

克里斯拿起乔丹递过来的笔，草草签下姓名。

法庭里人声鼎沸，乔丹再度走向证人席面对葛丝·哈特时，旁听席已经充斥着各种谣言和问题。“谢谢你，”他直截了当地说，“问话完毕。”

光看到芭瑞脸上的表情，就算输了官司也几乎值得。他和检方都知道，他若没让葛丝亲口说出克里斯绝不会杀害艾米丽，那么葛丝的证词发挥不了太大功用。

芭瑞一脸困惑地站起来，她几乎愿意以微薄的薪水打赌，克里斯之所以忽然叫停，原因在于他帮乔丹想出了一个绝佳的问题问他妈妈，不然的话，他为什么在诘问进行到一半时忽然叫停？她神情自若地走向证人席，心里很清楚自己必须非常小心，但却不知道该怎样进行。

唉，她心想，我干脆帮麦卡斐把话问完算了。“哈特太太，”她说，“你是被告的母亲？”

“是的。”

“你不想看他去坐牢，对不对？”

“当然不想。”

“当妈妈的很难想象自己的儿子会杀人，你说是吗？”

葛丝点点头，大声吸口气。芭瑞抬头看看，她知道她如果再问一个问题，对方也许会再度失控，她看起来肯定像个恶婆娘。她嘴巴张了又闭上。“问话完毕。”她终于说，然后很快走回座位。

葛丝·哈特被护送走下证人席，芭瑞忙着翻阅自己的笔记，乔丹会说辩方诘问告一段落，然后她将靠着自己的结辩，一举得胜。她必须承认，最后这位证人更让自己胜算在握，她可以听到自己满怀胜算地说：连他自己的母亲……克里斯·哈特自己的母亲……作证的时候都不看他。

“庭上，”乔丹说，“辩方还有一位证人。”

“什么？”芭瑞惊叫，但乔丹已传克里斯多弗·哈特作证。

“抗议！”芭瑞气急败坏地说。

帕科特法官叹了口气：“两位请到我办公室，把被告一起带来。”

他们跟着法官走进办公室，克里斯走在最后面，门还没完全关上，芭瑞就开口：“庭上，这完全出人意料之外，没有人告诉我今天会发生这种事。”

“不只你被蒙在鼓里。”乔丹尖酸地说。

“芭瑞，你需要一些时间吗？”帕科特法官问。

“不，”她喃喃地说，“但辩方若能事先告知，不是比较合理吗？”

乔丹把承诺书“啪”的一声摆在法官面前，好像芭瑞没开口说话似的。“我跟他说我不要他作证，他可能毁了辩护策略。”

帕科特法官瞄了克里斯一眼。“哈特先生，你的律师有没有详细解释你若作证将对本案造成什么后果？”

“有，庭上。”

“这份承诺书上说，你的律师确实已经详加解释，而你也签了名？”

“是的。”

“好吧。”帕科特法官耸耸肩，然后领着三人走回法庭。

“辩方，”乔丹说，“传克里斯多弗·哈特作证。”

乔丹从被告席的桌旁起身，走向他的客户。他可以看到陪审团员一个个屏息聆听，芭瑞则像一只刚吞了金丝雀的小猫。她凭什么不感到心花怒放呢？这下她可以交互诘问克里斯，就算她用斯瓦西里语发问，她依然胜算在握。

“克里斯，”乔丹说，“你知道你因为涉嫌谋杀艾米丽·戈德而受审吗？”

“知道。”

“你能告诉我们，你对艾米丽·戈德的感觉吗？”

“我爱她超过全世界所有一切。”

克里斯的声音清晰而稳定，他面对一群也许已经判定他有罪的人，还得坦然陈述自己的说辞，实在不容易，乔丹不得不佩服这个孩子：“你认识她多久了？”

克里斯顿时缓和了下来，整个人和说话的口气都变得柔和：“我认识艾米丽一辈子了。”

乔丹实在不知道接下来该怎么办，他只能尽全力将伤害减到最低。“你最早的记忆是什么？”

“抗议，”芭瑞大喊，“我们真得坐在这里聆听十八年的往事吗？”

帕科特法官点点头：“律师先生，请赶快说到重点。”

“你能谈谈你和艾米丽的关系吗？”

“你知道那种感觉吗？”克里斯轻声说，“你非常爱一个人，爱到少了她，你也看不到自己；你一碰到她，就有了回家的感觉？”他一手握拳，轻轻顶着另一只手的掌心，“我们之间不只是性爱，或是像其他同年龄的孩子一样，为了炫耀自己有了男女朋友，所以跟对方交往。有些人花了一辈子寻找那个特别的人，”他说，“我很幸运，她一直都在我身旁。”

乔丹盯着克里斯，他跟法庭里每个人一样被这番话吓得默不做声。这不像十八岁孩子说的话，而像出自一个年岁较大、较有智慧、较为伤心的人之口。

“艾米丽是不是想自杀？”他忽然问。

“是的。”克里斯回答。

“克里斯，你能告诉我们十一月七日晚上发生什么事吗？”

克里斯低头。“那晚艾米丽计划自杀，我遵照她的要求拿到了枪，我开车载她到旋转木马场，我们聊了一会儿，然后……然后……”他声音逐渐变小，乔丹仔细看着他，心里很清楚他又回到旋转木马场跟艾米丽在一起。“然后，”克里斯抬头凝视他的律师，轻轻地说，“我开枪射了她。”

法庭顿时一片哗然，记者们冲出去打大哥大，梅兰妮·戈德高声狂叫，她丈夫脸色惨白，静静把她拉开。“庭上，我需要休庭几分钟。”乔丹严肃地说，然后径自动手把克里斯拉下证人席，拖着他走出法庭。芭瑞放声大笑，葛丝坐得笔直，泪珠不住地一颗颗滚下脸颊，詹姆斯轻轻前后晃动，不停地轻声说：“哦、上帝啊，哦、上帝啊。”过了一分钟之后，他转向葛丝，伸手捉住她的手，但一看到她的脸，他马上停下来。“你知道。”他轻声说。

葛丝低下头，她不能承认，但也无法否认。

她以为詹姆斯会出去走走，或者干脆躲开，只留下与她擦身而过的一丝热气，但詹姆斯反而紧握她的手，感觉温暖坚实，而她也牢牢紧握。

乔丹拖着克里斯回到小房间，他颓然坐下，头埋在双手中，整整一分钟，他动也不动，也没说半句话。当他终于开口时，头依然低垂。“你这么做是为了上诉吗？”他平静地说，“或是你只是想死？”

“都不是。”克里斯说。

乔丹语调平缓，远不及脑海中沸腾的思绪。克里斯多弗·哈特让他看起来像个白痴，他真想猛掐克里斯的喉咙，也想狠狠踢自己一脚。他为什么自作聪明，十分钟之前没问克里斯作证时打算说什么？他更想一巴掌打掉检察官脸上的奸笑，因为她知道这下谁赢定了，他自己又何尝不知道呢？

“我以前就想告诉你，”克里斯说，“你却不愿意听。”

“好，既然你已经彻底搞砸，你不妨一五一十跟我说吧。”乔丹气得苦笑，十年，甚至更久以来，他头一次被迫以真相来挽救客户，因为除了真相之外，他已经一无所有。

他很早以前就知道法庭中没有真相的容身之地，检察官不想知道，辩护律师更不想提起。审判攸关证据、反证以及各种说辞，而非真正发生了什么事，但现在所有证据、反证和说辞全都没用，乔丹只能倚赖这个觉得有必要把真相告诉全世界的笨孩子。

十五分钟之后，乔丹和克里斯一前一后离开小房间，两人都面无笑容，也都沉默不语。他们快步前进，穿过已经听到传言、张口结舌瞪着他们的人群，走到法庭门口时，乔丹转向克里斯。“不管我做什么，你只管照着做；不管我说什么，你只管照着说。”他看到克里斯面带犹豫。“你欠我的。”他轻声斥责。

克里斯点点头，然后两人一起推门而入。

法庭里很安静，静到克里斯听得见自己的脉搏跳动。他又坐回证人席，双手出汗，而且颤抖得十分厉害，他不得不把双手压在大腿下。他只看了爸妈一眼，妈妈虚弱地跟他笑笑点点头，至于爸爸，嗯，最起码爸爸人还在那里。

他不敢看艾米丽的父母，但他感觉得到他们从旁听席传来的炽热怒意。

他非常非常累。外套的布料透过薄薄的衬衫，刮得他发痒，新鞋子也在脚后跟磨出一个水泡，他的头好像快要爆炸了。

忽然间，他听到艾米丽的声音，声音清晰，镇定，熟悉。她跟他说一切都会没事、她不会离开他，克里斯狂乱地四下观望，其他人也听到她说话吗？即使心头一阵刺痛，他依然希望见到她。

“克里斯，”乔丹再问一次，“十一月七日晚上发生了什么事？”

克里斯深深吸口气，开始说话。

过去
1997年11月7日

手枪在她太阳穴旁白皙的肌肤上印下一道痕迹，他双眼始终没有离开那道痕迹。他们的双手颤抖得同样厉害，他心里直想：*枪快要发射了*。但接着又想：*这就是她要的*。

她双眼紧闭，牙齿咬着下唇，屏住呼吸，他知道她正等着一阵剧痛。

他看过她这种表情。

他忽然清楚想起一件日后忘了跟费因斯坦医生提起的往事。那时他还摇摇学步，所以肯定是他最早的记忆。他在人行道上跌跌撞撞往前冲，不注意跌了一跤。妈妈抱起号啕大哭的他，让他在前廊上坐好，妈妈亲亲看起来没刮伤的左膝，还在伤口贴上一小块绷带。他不哭之后才听到艾米丽也在尖叫，她妈妈也忙着进行同样的治疗，虽然她先前跟他一起在人行道上，她却没有跌倒，奇怪的是，她左膝也出现一道新的伤口。“他刮伤自己，”他妈妈笑着说，“流血的却是她。”

他们小时候发生过好几回同样的事情。克里斯受伤，呻吟的却是艾米丽，有时反之亦然，她从脚踏车上摔下来，大叫出声的却是他。小儿科医生说这种现象叫作“同情之痛”，长大以后就没事了。

但却不是如此。

手枪贴上艾米丽的太阳穴，他忽然明白，如果她自杀，他也活不下去。也许不会马上死去，也许不是死于同一阵突然的剧痛，但他会死。少了一颗心，你怎能活得太久？

他伸手紧紧抓住艾米丽的右手腕，他个子比她大，可以把枪从她头边拿开。他用空着的那只手扳开艾米丽在枪托上的五指，小心按下保险杆。“对不起，”他说，“你不能这么做。”

艾米丽好一会儿才回过神来看着他，双眼先是充满困惑与惊讶，然后怒气勃勃。“我能。”艾米丽边说边伸手夺枪，克里斯已经把枪举到她够不到的地方。

“克里斯，”她过了一分钟之后说，“你如果爱我，就把枪还给我。”

“我爱你！”克里斯大喊，一张脸痛苦扭曲。

“如果你不能留下来陪我，我会了解的。”她边说边看看手枪，“你走吧。但让我自己动手。”

克里斯闭紧嘴巴等待，但她不愿看他。*看看我*，他默默哀求，*你我都赢不了*。虽然挨子弹的不是他，但如今他敞开胸怀，清楚感觉到了艾米丽的悲痛。他顿时难以呼吸，无法思考，他必须离开这里，他必须尽量远离艾米丽，这样他才感觉不到任何痛楚。

他跌跌撞撞冲过旋转木马周围的矮木丛，泪水使得夜色更加蒙眬。他抹去眼中的泪水，往前狂奔，一路跑向吉普车。

他没有上车；他知道自己正等着枪声响起。

已经过了半小时，感觉拖了好久。还弄不清楚自己在做什么，他就已经走回旋转木马场。他看到艾米丽盘起双脚坐在木地板上，双手托住手枪，她像爱抚小猫一样摸摸枪身，哭得几乎喘不过气。

一看到克里斯的双脚，她马上抬头看。她双眼通红，不停流鼻水。“我下不了手，”她说，仿佛被自己的话吓得喘不过气，“我可以大声叫你滚开，也可以尖叫说我要死，但我就是下不了手。”

克里斯一颗心狂跳，赶紧拉着艾米丽站起来。*这是个预兆*，他心想，*告诉她这是个预兆*。但她一站起来就把枪塞到他手中，手枪沾了汗水而湿黏，感觉跟她的肌肤一样温暖。“我胆子太小，不敢自杀，”她小声说，“但也不敢活下去。”她抬头看着他，“我该怎么办？”

克里斯想说的话全都哽在喉头。他知道自己大可夺下手枪，扔到她永远找不到的地方，毕竟他比她强壮……但这正是问题所在。他不介意受苦，他向来吃得了苦，正因如此，所以他擅长困难的蝶泳，也可以在严寒的气候中躲在打猎的掩体后，一躲就是好几小时；也因为如此，所以他说服了自己让艾米丽自杀。但就算是小时候，他一看到艾米丽因为“同情之痛”而出现淤青，他马上觉得比摔倒了还痛，他承受得了痛苦，但却看不得*她受罪*。

艾米丽脸上流露出难言的痛苦，克里斯看得吓呆了。不管这件她不能告诉他的秘密是什么，它正缓缓扼杀她，它所引发的痛苦也远超过这把柯尔特手枪。

克里斯耳边隆隆作响，眼前忽然出现白光，思绪也随之清明，那种感觉就像有时比赛即将结束，他奋力一划，胜利地破水而出。他终于想清楚了：艾米丽并不怕死，她怕的是*不死*。

夜色越逼越近，在那一刻，克里斯没想到逃开，没想到求助，也没想到多争取一点时间。这里只有他们两人，他也没有其他选择。克里斯终于了解艾米丽最近的感受。“拜托。”她小声说，而他也知道自己始终只想让艾米丽快乐。

他抱住她，用左手拿起枪。“这就是你要的？”他小声说，艾米丽明白他的心意，轻轻点头。她在他怀中放松身子，这份小小的信任令他赫然一惊。“我不能对你做这种事。”他边说边抽身。

艾米丽伸手握住他的手，把枪举到她的太阳穴旁。“那就为我做吧。”她说。

她从这个角度看不到他的脸，但她可以想象他的模样。她想起去年夏天，他们在学校打网球。那天气温高达35摄氏度，天知道他们为什么想打网球，但他们站在网球场上，艾米丽狠狠发球，球掉到隔壁球场，克里斯追着球跑，笑声像网球一样弹跳在空中。

她记得他站着，阳光在他身后闪烁，他左手握着球拍，右手把球往上一丢，他停下来抹抹额头擦去汗水，然后对艾米丽开心一笑。他的声音低沉、沙哑，带着浓浓的爱意。“准备好了吗？”他问。

艾米丽感觉到枪贴上她的肌肤，深深吸了口气。“动手吧。”她说。

动手吧，克里斯，动手吧。

他听到这几个字，听到艾米丽的声音回荡在他胸前，但他双手又开始发抖，如果扣下扳机，也许会射到自己，但这又有什么不好呢？

动手吧，动手吧。

他哭得很厉害，他用眼角看看艾米丽，她的脸庞一片模糊，他不禁以为自己已经开始忘了她。但他眨眨眼，眼前的她又是那么美、那么镇定。她静静等候，嘴巴稍微张开，就像她睡着时的模样。她张大双眼，他只看到她眼中的决然。

“我爱你。”他说，最起码他是这么想的。但不管怎样，艾米丽听了进去。她举起右手盖住他的手，手指缠绕在他的手指上，催促他动手。

她压下他的手指，他的手指压下扳机，然后他头昏眼花，听不到任何声音，跌倒在地，艾米丽依然在他怀中。

现在
1998年5月

克里斯静默不语，众人的震慑有如一张渔网，慢慢笼罩着法庭，开庭以来的疑问也全被纳入网中。乔丹移动身子，率先打破僵局，坐在证人席的克里斯往前倾，双臂交握在胃部，呼吸浅短不均。

只有一个办法能够扭转劣势。乔丹百分之百确定检方会怎么说，他自己已经多次采取同样策略：若想夺得优势，他必须先下手为强，抢在芭瑞之前狠狠诘问克里斯。

乔丹走向证人席，满心不情愿地准备攻击他的客户。

“你为什么在案发现场？”乔丹嘲讽地说，“你究竟打不打算自杀？”

克里斯一头雾水地抬头看他的律师，过去一小时虽然发生了许多事，但乔丹应该还是站在他这一边。“我以为我可以阻止她。”

“是哦，”乔丹轻蔑地说，“你以为阻止得了她，结果却开枪射了她。你为什么带了两发子弹过去？”

“我……我真的不知道，”克里斯说，“我就是带了两发子弹。”

“以防失手？”

“以防……我没想清楚，”克里斯坦承，“我确实带了两发子弹。”

“你昏了过去，”乔丹话锋一转，“你知道吗？”

“我醒来的时候躺在地上，头上还流血，”他说，“我只记得这些。”他忽然想起乔丹几个月前曾跟他说：**坐上证人席可能非常寂寞**。

“警察抵达现场时，你依然意识不清吗？”

“不，”克里斯说，“我已经坐起来抱着艾米丽。”

“但你不记得自己昏了过去。你记不记得昏倒之前发生了什么事？”

克里斯的嘴张了又合，挤不出任何字句。“我们两个都握住枪。”他终于说。

“艾米丽的双手在枪上？”

“她的手在我的手上。”

“在枪上？”

“我不知道，我想是吧。”

“你不记得她的手确实在哪里？”

“不记得。”克里斯严肃地说，感到越来越生气。

“这么说来，你怎么能够确定她的手在你的手上？”

“因为现在想想，我依然感觉得到她的温暖。”

乔丹一脸难以置信。“克里斯，算了吧，少来这套祝贺卡的滥情。你怎么知道艾米丽的手在你的手上？”

克里斯满脸通红，狠狠瞪着他的律师。“因为她试着让我扣下扳机！”他大喊。

乔丹转向他。“你怎么知道？”乔丹尖锐地问。

“因为我知道！”克里斯双手紧抓住证人席的栏杆，“因为事情就是如此！”他急促地吸口气，试图控制自己。“因为，”他说，“这就是事实。”

“哦，”乔丹退后一步，“事实。我们凭什么要相信这个事实？还有好多其他的事实呢。”

克里斯在椅子上前后晃动，乔丹曾指责克里斯毁了辩方的策略，这下克里斯明白了他的律师正要他付出代价。如果哪个人得像个呆瓜一样走出法庭，那人肯定是克里斯。

乔丹忽然又走到克里斯身边：“你的手在枪上？”

“没错。”

“枪的哪里？”

“扳机。”

“艾米丽的手呢？”他问。

“在我手上，也在枪上。”

“到底在哪里？在你手上，还是枪上？”

克里斯低下头：“两者都是。我不知道。”

“这么说来，你不记得昏倒，但你记得艾米丽的手搭在你的手上和枪上，这怎么可能？”

“我不知道。”

“艾米丽的手为什么搭在你手上？”

“因为她想让我开枪杀了她。”

“你怎么知道？”乔丹语带挑衅。

“她说：‘动手吧，克里斯，动手吧。’但我下不了手。她一直说，一直说，然后把手放在我手上，用力拉扯。”

“她拉扯你的手？她有没有扯动你按在扳机上的手指？”

“我不知道。”

乔丹靠得更近：“她有没有拉扯你的手腕，让你整只手移动？”

“我不知道。”

“克里斯，她的手指有没有擦过扳机？”

“我不确定。”他拼命摇头，试图厘清思绪。

“她的手有没有让你扣下扳机？”

“我不知道，”克里斯啜泣，“我不知道。”

“克里斯，扣下扳机的是你吗？”乔丹逼近克里斯，两人仅离几英寸，克里斯点点头，鼻水流个不停，双眼通红。“克里斯，”乔丹说，“你怎么知道？”

“我不知道，”克里斯边哭边伸手盖住耳朵，“我不知道，上帝啊，我不知道。”

乔丹把手伸过证人席的栏杆，轻轻拉起克里斯的双手，然后把自己的手盖在克里斯的手上。“克里斯，你不确定自己是不是杀了艾米丽，对不对？”

克里斯一口气哽在喉头，睁大双眼瞪着他的律师。*你不必想清楚*，乔丹默默哀求，*你只要承认自己不确定就行了*。

克里斯人垮了下来，好像有人重重踏在他的胸口……但好几个月来，他心中第一次感到宁静。“对，”克里斯耳语，默默接纳这番说辞，“我不确定。”

芭瑞这辈子从未起诉过像这样的案件。乔丹等于帮她诘问了被告。到了最后，被告情绪几近崩溃，简直撤回先前的供词。但他确实已经招供，芭瑞不会轻易放弃。

“十一月七日晚上发生了很多事，对不对？”

克里斯抬头看看检察官，忧虑地点点头：“是的。”

“最终而言，”芭瑞说，“你的手握住了那把枪？”

“是的。”

“枪是不是顶着艾米丽的头？”

“是的。”

“你的手指是不是扣着扳机？”

克里斯深深吸口气。“是的。”他说。

“子弹射出了吗？”

“是的。”

“哈特先生，”芭瑞说，“子弹射出时，你的手是不是在枪的扳机上？”

“是的。”克里斯耳语。

“你认为你射杀了艾米丽·戈德吗？”

克里斯咬着下唇。“我不知道。”他说。

“庭上，请求覆问。”乔丹再度走向证人席，“克里斯，你前往旋转木马场时，有没有打算杀艾米丽？”

“天啊，当然没有。”

“你有没有计划在那天晚上杀她？”

“不，”他猛摇头，“当然没有。”

“克里斯，即使手里握着枪顶住艾米丽额头的那一刻，你想过要杀她吗？”

“不，”克里斯嘶哑地说，“不想。”

乔丹转身背对克里斯，但他盯着芭瑞，重复说出她先前的问题。“克里斯，十一月七日晚上，你的手握住那把枪吗？”

“是的。”

“枪是不是顶着艾米丽的头？”

“是的。”

“你的手指是不是扣着扳机？”

“是的。”

“子弹射出了吗？”

“是的。”

“艾米丽跟你一起握着枪，对不对？”

“是的。”克里斯说。

“她是不是说‘动手吧，克里斯，动手吧’？”

“是的。”

乔丹走过法庭，停在陪审团前面。“克里斯，你能不能百分之百确定，单单因为你的动作、你的举止以及你的力道，所以那发子弹才射了出去？”

“不能，”克里斯说，双眼闪闪发光，“我想不能。”

出乎大家意料之外，帕科特法官坚持双方在午餐之后结辩。法警向前把克里斯带到警长的监闭室，克里斯伸手碰碰乔丹的衣袖。“乔丹。”他开口。

乔丹正在收拾散落在桌上的笔记、铅笔和文件，甚至连头都不抬。“别跟我说话。”他说，然后头也不回地离开。

芭瑞放任自己享用一支哈根达斯冷饮，冷饮里外都是巧克力，她显然意在庆祝。

身为助理检察官，她若想出人头地，唯一的方法是有幸参与重大刑案。就这点而言，芭瑞确实幸运，格拉夫顿郡很少发生谋杀案，大家也从没听过法庭上充满戏剧性的告白，全州居民必然持续讨论这个案子，她也许会上电视接受专访。

她仔细舔着冷饮的边缘，她还得做结辩，冰淇淋若滴到套装上，那可不太好。但在她看来，乔丹做完结辩之后，就算她站起来念诵英文字母，克里斯·哈特依然会被判刑。乔丹虽然放手一搏，但陪审团已经知道被耍了一道，辩方提出的所谓“双重自杀”全是一派胡言，十二位陪审团退席研判案情时，绝对不会忘了这一点。

陪审团会记得克里斯说他射杀了那个女孩，也会记得被告母亲在证人席上的失态，他们更清楚开庭以来的头三天，辩护律师简直是刻意说谎。

没有人喜欢受到欺骗。

芭瑞微笑着舔舔手指。*乔丹·麦卡斐，她心想，尤其是你啊。*

“滚开。”乔丹大喊。

“你真狠啊。”塞琳娜冲了回去。

“别烦我，好吗？”他慢慢踱步离开，但她太高，一双长腿马上赶上他。他看到男士洗手间，马上趁机躲进去，塞琳娜却一把将门推开，踏了进去。她瞥见一个老人家站着小解，老人家很快就拉上拉链，满脸通红地离开，然后她靠在门上，防止任何人进来。“好，”

她喝令，“开始讲话。”

乔丹靠在水槽边，闭上眼睛。“你知不知道，”他说，“这对我的信誉有何影响？”

“一点都没影响，”塞琳娜说，“你让克里斯签了承诺书。”

“新闻才不会提到这一点，大家会以为我在法庭上的表现跟七个小矮人没两样。”

“哪一个？”塞琳娜笑笑地问。

“糊涂蛋，”乔丹叹气，“天啊，我是白痴吗？我怎么没有事先逼问他，问清楚他打算说什么之后再让他出庭作证？”

“你在生气。”塞琳娜说。

“生气又怎样？”

“你不知道自己生起气来是什么样子。”她摸摸他的手臂，“你已经尽了力，”她轻声提醒他，“你不能每次都赢。”

乔丹瞪了她一眼。“他妈的为什么不行？”他说。

“你们知道吗？”乔丹面向陪审团开始发言，“三小时前，我完全不知道该对你们说些什么。后来我想到了，我得恭喜大家，因为你们今天见证了一个相当不寻常的景象，更令人讶异的是，这个景象从来没有在法庭中出现过。各位女士、先生，今天，你们看到了‘真相’。”

他微笑着靠在被告席的桌旁。“‘真相’，这个字眼很微妙，不是吗？听起来似乎很了不起。”他板起面孔，神情颇似帕科特法官，“也很严肃。我查了字典，”他坦承，“根据韦氏大字典，真相是事情的真实面，也就是真实事件，或者事实的总合。”乔丹耸耸肩，

“但王尔德说，真相极少单纯，也绝不简单。你们瞧瞧，所谓的‘真相’，其实全凭个人而定。

“你们知道我以前是检察官吗？没错，我曾经是。我在迪兰妮小姐服务的地方工作了十年。你们知道我为什么离开吗？因为我不喜欢所谓的‘真相’。当你是检察官时，世界黑白分明，事情不是已经发生，就是没有发生。我却始终认为一件事情不止一种说法，看事情的角度也不止一种，我甚至认为‘真相’在审判中没有容身之地。身为检察官，你呈现证据和证人，然后辩方根据同样证据提出不同说法。但请大家注意，我提都没提所谓的‘真相’。”

他笑笑：“有趣的是，现在我却只能凭着‘真相’坚持到底，因为帮克里斯·哈特辩护时，我手边也只有真相。各位女士、先生，说来似乎难以置信，但这场审判自始至终都攸关真相。”

乔丹走向陪审团，双手摊放在陪审团席的栏杆上。“审判之初有两个真相，我的，”他摸摸胸口，“以及她的。”他伸出大拇指指向芭瑞，“然后我们听到不同版本。对艾米丽的母亲而言，真相是她的女儿尽善尽美，但话又说回来，我们只看到自己想看到的一面。对警探和法医而言，真相来自确切的证据，他们也可能根据这些证据作出推论。对迈克·戈德而言，即使归咎于他人比较容易，但他还是必须为这件可怕得令人难以想象的事情负责，这就是他认为的真相。至于克里斯的母亲，她心目中的真相跟本案无关，她只相信自己的儿子……无论她将承担什么后果。

“但克里斯说出了最重要的真相。只有两个人知道十一月七日晚上究竟发生了什么事，其中一人已经过世，另外一人则对你们道出原委。”

乔丹仔细端详陪审团员，匆匆瞥过自己在栏杆的手。“各位女士、先生，这下就看你们的了。迪兰妮小姐呈现一组事实，克里斯·哈特则告诉你们真相。你们会不会盲目采信迪兰妮小姐的说辞，透过她黑白分明的框架，以她希望的方式看事情呢？你们会不会说，有把枪，有发子弹射出，有个女孩死了，所以一定是谋杀？或者，你们愿意看看真相？

“你们有所选择。你们可以跟我以前一样，逐一检视各项事实，然后拟定自己的意见。或者，你们可以把真相摆在手中，善加看待这个珍贵的礼物。”他靠向陪审团，口气变得温和，“从前有个女孩和男孩，他们一起长大，他们像兄妹一像深爱彼此，他们时时刻刻都在一起。长大之后，他们成了恋人，他们的感情和心思紧密交融，已经分辨不出个人的需求。

“但基于一个我们可能永远无法得知的理由，他们其中一人感到沮丧，十分伤心，不想再活下去，而她求助于她唯一信任的人。”乔丹走向克里斯，在离他客户几英寸之处停步，“他试图帮忙，他试图阻止，但在此同时，他感到她的痛楚，好像他自己也受苦。最后他还是阻止不了她。他失败了，他甚至抛下她走开。”

乔丹看看陪审团。“问题是，艾米丽没办法自己下手。她哀求，哭泣，拉起他的手握住枪，把手盖在他手上，她是他生命中最重要的一部分，他也是她生命中最重要的一部分，她甚至无法独立完成最后这桩事。好，这下问题就来了：克里斯是否*真的自己动手了*？

“各位女士先生，谁知道什么启动了那个扳机？可能是人为力量，也可能是心灵力量。也许那是因为艾米丽拉扯了克里斯的手，也许那是因为艾米丽告诉克里斯她只想一死，也许那是因为她跟他说她信任他，她爱他，只有他能帮她完成这桩事。诚如我先前所言，在这个法庭里，只有克里斯在案发现场，而根据他的证词，甚至连他都不确定究竟发生了什么事。

“迪兰妮小姐希望你们判决克里斯犯了一级谋杀罪，但若要达成这个目标，她必须证明他有时间、有机会杀人。也就是说，他想过他打算做什么，也下定决心夺走艾米丽的性命。”

乔丹摇摇头：“但你们知道吗？克里斯不想杀艾米丽，那天晚上不想，其他任何一晚也不想。事实上，他根本不想杀艾米丽，但他没时间思考，他始终没有做出决定，艾米丽帮他做了决定。

“这场审判无关迪兰妮小姐提出的事实，或是我一开始所说的一切，甚至跟我请来作证的证人们都没关系。这场审判关系克里斯·哈特以及他决定跟你们吐露的一切。”乔丹的目光慢慢扫过陪审团，迎上每一位陪审团员的注视，“他人在案发现场，而他却不确定究竟发生了什么事，你们又怎能确定？”

乔丹转身走回被告席，走到一半就停了下来：“克里斯告诉你们大部分陪审团都听不到的真相，现在轮到你们跟他说：‘我们听进去了。’”

“麦卡斐先生将来绝对可以当个小说家，”芭瑞说，“我自己也听得入迷，但麦卡斐先生试图转移诸位的注意力，让各位忽略本案各项确切的事实，他也说事实并不等于‘真相’。

“我们其实不知道克里斯·哈特是否说出了真相，”她说，“但我们知道他先前跟警察以及他的爸妈撒谎。事实上，在审判进行过程中，我们已经听到三种不同说辞。第一种说辞是艾米丽打算自杀，克里斯也是；第二种说辞是艾米丽想自杀，但克里斯试图阻止她。”芭瑞稍作停顿，“你们知道吗？我有点相信这个说辞，因为克里斯似乎不想自杀。”

“哦，然后克里斯再度改变说辞：艾米丽自己扣不下扳机，所以他得帮她动手。”芭瑞夸张地叹口气，“麦卡斐先生要你们看看真相，”她扬起眉毛，“哪一个呢？”

“为了方便讨论，让我们姑且采信克里斯的第三种说辞，暂且假定那是真相。但即使如此，我们依然必须将他定罪。你们已经看过各项证据，而这场审判中，证据从头到尾都没有改变。你们听了玛洛探长说枪上有克里斯的指纹；你们听了法医说，根据子弹穿过艾米丽头部的轨迹，某人开枪射了她；你们也听了法医说，艾米丽的指甲间留有克里斯的皮肤，手腕上的淤青则表示曾有一番挣扎。但最重要的是，你们听了克里斯・哈特说，他开枪射了艾米丽・戈德。换言之，克里斯自己供称杀了她。

“一个人若意图造成他人死亡，而且行动是预谋、故意、经过慎思，那么他就该被判一级谋杀罪。

“让我们想想，克里斯・哈特衡量轻重，然后决定带枪到案发现场，此举便是预谋；他将子弹上膛，此举经过慎思；他出于自愿把枪从艾米丽的手里拿过来，把枪举到她的头际，子弹射出时，他的手还握着枪。各位女士先生，那就是一级谋杀。他是否为艾米丽抱憾，艾米丽是否请他动手，或者他杀了她是否感到难过，这些都无关紧要，在我们这个国家，即使对方请你动手，你也不能拿枪射杀他人。”

芭瑞走向陪审团。“我们这会儿若相信克里斯・哈特，那么道德标准何在呢？特别是被害人已经身亡，没办法出庭作证。上帝啊，这下罪犯们岂不是在街上漫行无阻、信誓旦旦跟我们保证被害人自己要求被杀？”她指指证人席，“克里斯・哈特亲口告诉你们，他拿枪顶住艾米丽的头，开枪射了她。不管辩方律师感情多么丰富，或者讲了多少心理学的胡言乱语，事情始末就是如此，这就是真相。

“如果克里斯多弗·哈特的行动造成艾米丽·戈德之死，你们就必须判他有罪。请记住，他的行动经过审慎考虑，而且是蓄意、有意的。你们怎么能够百分之百确定呢？”芭瑞边穿过法庭边扳着指头数数，“因为他大可放下那把枪，因为他随时都可以走开，因为没人强迫他开枪射杀艾米丽·戈德。”她停在证物桌前，拿起那把武器，“毕竟，各位女士、先生，没人拿枪顶着克里斯的头。”

下午六点，陪审团依然尚未做出判决。克里斯被带回监狱休息，他甩掉身上的衣服，爬到毯子下，拒吃晚餐，也拒绝跟任何猛敲牢房铁栏杆的人说话。

他的头阵阵抽痛，乔丹和芭瑞刚才可都没提到这一点。也许他们都不觉得有必要，克里斯自己就没注意到，直到乔丹点醒了那天晚上真正发生了什么事，他才觉得头痛。乔丹让他想到了艾米丽。

她爱他，这点他知道，他也从来不曾怀疑。但她也求他杀了她。

你若深爱某人，你不会让他剩下的这辈子都得承受这种重担。

克里斯内心曾经挣扎，他也决定，如果艾米丽真的想死，那么他就该放手让她走。但是艾米丽真自私，她让克里斯无从选择。从此之后，他永远跟她脱不了关系，但却是带着耻辱、痛苦与罪恶感。

楼下牢房传来犯人的争执声，狱警的钥匙“当当”晃荡，但克里斯只听到心中的怒吼。在那一刻，他气愤于艾米丽对自己做出这种事情，她只顾到她自己，完全没有为他着想，而他却刚好相反。

他气愤于她害他被关在这个狗屎地方，让他虚掷了七个月的生命；他气愤于她没跟他提到小宝宝；他气愤于她弃他而去，毁了他的一生。

在那一刻，克里斯知道，如果艾米丽·戈德出现在他眼前，他真的会蓄意杀了她。

塞琳娜把空酒杯推到一旁。“结束了，”她说，“你这下没办法改变什么了。”

“我原本可以……”

“不，”她跟乔丹说，“你不能。”

他闭上眼睛，靠上椅背，摆在他面前盘子上的牛排动都没动。“我最讨厌等待，”他说，“他们干脆给我一把切腹刀，叫我直接动手算了，这样可以节省纳税人一些钱。”

塞琳娜爆出笑声。“乔丹，你很乐天派，”她说，“一点小挫败不会毁了你的事业。”

“我不在乎我的事业。”

“那你为什么心烦？”她仔细端详他，轻轻嘘了一声，“哦……克里斯。”

他伸出双手揉揉脸。“你知道我一直在想什么吗？”他说，“我一直想着克里斯在证人席上说，有时候，他还感觉得到艾米丽的温暖，而我却叫他少来这套。”

“乔丹，你非得这么说不可。”

他垂头丧气地挥挥手：“我知道。但我年纪比克里斯大一倍，也结过婚，却从来没有这种感觉。说真的，我认为他杀了那个女孩吗？没错，我认为是的，最起码按照字面意义而言是的。但上帝啊，塞琳娜，我忌妒他，我没办法想象爱一个人爱到那种地步，即使你会变成杀人犯，你也愿意为她做任何事情。”

“你会为托马斯做任何事。”塞琳娜说。

“那不一样，你知道的。”

片刻之间，塞琳娜默不做声。“别忌妒克里斯·哈特，你该为他感到抱歉，因为将来他不太可能再跟另一个人如此亲密，而你还有很多机会。”

乔丹耸耸肩，扳扳指尖。“随便你说吧。”他说。

塞琳娜叹口气，拉他站起来。“该回家了，”她说，“你明天还得早起呢。”然后就在餐厅中央，她伸手捉住他的耳朵，轻轻把他的头拉向她，好让自己可以吻他。

她的嘴唇紧紧贴上他的嘴，舌头轻易滑进他嘴里。等到她抽身时，他已经喘不过气来。“你……”他说，“你为什么吻我？”

她拍拍他的脸颊。“我只想让你惦念其他事情。”她说，然后转身离开，留下他随后而行。

晚上九点，哈特一家已经准备上床休息。除了睡觉之外，葛丝想不到任何其他法子让早晨更快到来。她关灯，等着詹姆斯从浴室出来。

詹姆斯盖上毯子，床垫随之移动，嘎嘎作响。葛丝转头凝视窗外，细细的月牙高挂天际，等到月圆之时，她的大儿子将在州监狱坐牢坐一辈子。

她知道克里斯为什么打断她的证词，正如她知道自己的表现糟透了。他看不得她在证人席上说谎，谎言把她的心切割成一个个俄罗斯娃娃，她的心也越变越小，最后心中将一无所有，克里斯绝对受不了他心爱的人承受这种痛苦。

这就是为什么他对艾米丽开枪。

她一定不自主地啜泣了，因为詹姆斯忽然把她抱到胸前，葛丝置身在他温暖的怀里，双臂缠绕住他。

她想靠得更近，栖身到他皮肤之下；她想变成他的一部分，这样她才不必思考，不必担心，不必忧伤。她需要他给她力量，但与其开口说话，她反而抬头吻他，她的嘴轻轻扫过他的脖子，臀部也紧贴着他。

床铺和卧房在他们四周燃烧，他们紧紧抓住彼此，期盼同时达到高潮。詹姆斯很快进入葛丝，她的身体随之抽动，脑中一片空白，心中满是愉悦。

完事之后，詹姆斯轻抚她潮湿的背。“你记得我们有了他的那晚吗？”她轻声说。

他在葛丝的发间点点头。“我那时候就知道了，”她喃喃地说，“我感觉那次跟其他时候不一样，你好像把自己交付给我，让我抓住些什么。”

詹姆斯把她抱得更紧。“是的。”他说，感到葛丝的肩膀不住地抽动，热泪流下他的胸前，“我知道，”他轻声安抚，“我知道。”

陪审团鱼贯进入法庭，克里斯发现自己无法吞咽，他的喉结梗在喉头，整个人头昏眼花，双眼湿润。没有一位陪审团员望向他，其他犯人曾经根据自身经验提到这一点，这种现象是好是坏呢？他想不起来。

帕科特法官转向其中一位陪审团员，这位老先生穿了一件有污点、衬领尖端有纽扣的呢绒布衬衫。“团长先生，你们做出判决了吗？”

“庭上，是的。”

“无异议达成决议了吗？”

“是的。”帕科特法官点头示意，法庭书记走向陪审团席，从陪审团长手中接过一张折起来的纸片。他慢慢走回法官面前（克里斯觉得他有如蜗行），把纸片递给法官。法官点点头，然后把纸片交还陪审团长。

帕科特法官抬头一瞥，面无表情：“被告请起立。”

克里斯感觉乔丹在他旁边站了起来，他也想站起来，但双脚却不听使唤，重重瘫在长椅上动弹不得。乔丹低头一看，扬起眉毛，*站起来*。

“我站不起来。”克里斯轻声说，然后感觉他的律师撑起他，拉他站直。

他的心跳又急又快，双手感觉好沉重，不论怎么尝试都无法合掌。忽然间，他的身体似乎不属于他。

在那一刻，周遭一切却显得十分清晰。昨晚清洗法院木头桌椅的肥皂味，他肩胛骨滴下的汗水，法院记者在桌边轻点高跟鞋，这些他全都感觉得到。“新罕布什尔州控告克里斯多弗·哈特一级谋杀罪一案，诸位的判决如何？”

陪审团长看着手中的纸片。“无罪。”他念道。

克里斯感到乔丹转向他，脸上渐渐露出难以置信的笑容。他听到他妈妈在身后几英尺之处啜泣，也听到法庭众人惊讶之余高声喊叫。生平第三次，克里斯·哈特昏了过去。

尾　声

每到一处地方，克里斯一定开窗。开车时，即使冷气开着，他依然摇下车窗。他打开家里每个房间的窗户，即使晚上天气变凉，他也宁愿在床上堆满毯子，而不愿关上让空气得以流通的小窗。

即使清风徐徐，有时他依然感觉到空气中飘来某种气味。他忽然从睡梦中惊醒，拼命想挣脱这股气味，觉得几近窒息。隔天早晨，爸妈会发现他睡在沙发上，或者客厅地板上，有次甚至发现他躺在他们的床脚边。

*怎么了？*他们问。*怎么回事？*

但他很难跟从来没有坐过牢的人解释那种感觉：无缘无故的，他会忽然闻到监狱的气味。

六月的一个星期六，一部白色的大卡车倒车进入戈德家的车道，六名男子下车，搬走戈德家的物品。葛丝和詹姆斯在前廊看着男人们把一个个箱子搬上卡车，安置好床垫，电灯电线好端端地缠绕在台灯上，脚踏车也被抬进卡车里。他们没跟彼此说话，但两人都做些户外活动打发时间，这样一来，他们才可以整天在旁观看。

邻居们谣传戈德家搬到镇上的另一边，距离不算远，但确实有必要搬家。他们出售旧家，房子还没卖掉就买了新家。

大家说迈克想搬得远远的，比方说科罗拉多州，甚至加州，但梅兰妮拒绝抛下女儿，这下他们该怎么办？

新家也有个兽医办公室，从各方面而言都称得上温馨、怡人、安全。有人听说新家有三间卧室，而这当然又是谣言：一间给迈克·戈德，一间给他太太，一间给艾米丽。

葛丝任由自己走向车道尽头。她看着大卡车缓缓消失在转弯处，梅兰妮的福特轿车紧随在后，迈克的卡车远远落在后面。

卡车的车窗开着，卡车太老旧，冷气已经不管用。卡车驶近哈特家的车道时，迈克放慢车速，她看到他打算停车，他想跟她说话，想接受她的道歉，想赦免她，或者只想说声再见？

卡车几乎停了下来，迈克转头，严肃地瞪着葛丝，眼神中流露出凝重的伤痛、沉重的质疑以及一丝默默的谅解。

他什么都没说，开车离去。

搬家大卡车驶离戈德家车道时，克里斯在他房里，长长的白色卡车闷声不响地开过两旁都是树木的碎石小径，几乎撞上信箱。

先是梅兰妮的福特轿车，最后是迈克的卡车。克里斯心想，这就像是吉普赛人的篷车车队，驶向远方，追寻更自在、更美好的生活。

然后，房子空了，宛如一方巨大的黄色护墙板块。少了窗帘的窗户好像一双双迷蒙空洞的眼睛，愿意凝视，但却记不得任何事情。克里斯房里的窗户开着，他靠在窗台上，听着吱吱蝉鸣，夏日热气渐息，搬家卡车静静驶过伍德哈洛街。

他好奇地探头出去，试着看看窗台的最上方。那个滑轮还在！小时候他和艾米丽用小铁罐传纸条，绳子的一端还在他的窗台上，他知道另一端也依然系在艾米丽的窗台上。

克里斯把手伸长，拉扯那条发霉却依然完好的钓鱼线。好久以前，钓鱼线缠绕在两家之间的松树上，小铁罐以及罐内的纸条也跟着悬挂在半空中，他们始终拉不下来。

克里斯曾经尝试，但他当时年纪太小，拉了半天依然徒劳无功。

这时他扭曲身子，好让自己坐在窗台上。他沿着屋瓦伸出双手，最后终于拉动绳子，他心中顿时升起一股难以言喻的成就感，好像此举代表着某种意义。发霉的线绳晃动下垂，克里斯看着生锈的铁罐从树梢掉落到两家之间。

他一颗心怦怦跳，两步并作一步飞奔下楼。他冲向铁罐落下的地方，左顾右盼，直到瞥见闪亮的银光。

树木高耸挺拔，遮住了阳光。克里斯在一棵高大的松树旁跪下，伸手到铁罐里搜寻，拉出一张小纸条。他不记得他们在最后这张纸条上写了什么，他甚至不记得是他传纸条给艾米丽，还是艾米丽传纸条给他。纸条缓缓从铁罐里掉出来，他紧张得胃部紧缩。

他轻抚纸条的皱折，小心翼翼地摊开。

纸条一片空白。

纸条上是否始终一片空白，或是岁月抹去了原本写在上面的字句，克里斯无从得知。他把纸片塞进短裤口袋里，转身离开艾米丽的家，心中暗想，不管如何，都已无所谓了。